KARINA
HALLE

DELUXE DREAMS

ROMAN

Aus dem amerikanischen Englisch
von Ulrike Laszlo

Die Originalausgabe erschien 2019 unter dem Titel
Discretion bei Montlake Romance, Seattle.

1. Auflage 2021
© 2019 by Karina Halle
Deutsche Erstausgabe
© 2021 für die deutschsprachige Ausgabe
by MIRA Taschenbuch
in der HarperCollins Germany GmbH, Hamburg
Published in agreement with the author,
c/o BAROR INTERNATIONAL, INC., Armonk, New York, U.S.A.
Gesetzt aus der Stempel Garamond
von GGP Media GmbH, Pößneck
Druck und Bindung von GGP Media GmbH, Pößneck
Printed in Germany
ISBN 978-3-7457-0166-1
www.mira-taschenbuch.de

Für Scott
(obwohl du mir nicht geglaubt hast,
dass ich mir die Handtaschen
nur zu Recherchezwecken anschaue)

PROLOG

Olivier

Zehn Jahre zuvor
Grasse, Frankreich

Ich kann sie immer noch auf meinen Lippen schmecken.

Zarter, süßer Moschus. Nektar von einem gefallenen Engel.

Ich atme tief durch, die Augen geschlossen, und versuche, die Erinnerung festzuhalten, während sie doch unaufhaltsam verblasst. Der Geschmack wird bitter und kupferartig, als hätte ich eine Münze unter der Zunge.

Es ist vorbei. Alles ist vorbei.

Alles, was ich jemals hatte, alles, was ich jemals kannte.

Ich bin erst zwanzig Jahre alt, und mein Leben wird sich schon bald für immer ändern.

Mir gegenüber befindet sich der Mann, der alle Macht in seinen Händen hält, in diesen grausamen Fingern, die noch keinen Tag im Leben eine Arbeit verrichten mussten.

Mein Onkel.

Die Beine locker gekreuzt, sitzt er da, beobachtet mich und trommelt langsam mit den besagten Fingern auf die mit Samt überzogene Armlehne seines Stuhls.

Marine ist längst gegangen. So weit weg, dass ich befürchte, sie nie wiederzusehen. Wahrscheinlich ist es so am besten, doch es tut immer noch weh, so sehr, als würde man mir einen in meinem Herzen verwurzelten Anker langsam herausziehen.

Ich bemühe mich, nicht an sie zu denken.

Und ich versuche, mir nicht vorzustellen, was mein Onkel als Nächstes tun wird.

Irgendetwas wird er unternehmen.

Das tut er immer.

Der Stolz meines Onkels ist so brüchig wie Eis im Frühling. Auf den ersten Blick beständig, aber unter Belastung schnell rissig.

»Wie lange geht das schon?«, fragt er mich schließlich. Ob in dem dunklen Raum Sekunden oder bereits Minuten verstrichen sind, kann ich nicht sagen. Es kommt mir vor wie eine Ewigkeit. Draußen hängt der Mond tief über den Lavendelfeldern, und ich könnte schwören, dass er einen Moment zuvor noch nicht da war.

Ich starre auf meine Hände, und mir ist bewusst, dass ich nicht lügen kann. Eigentlich bin ich ein verdammt guter Lügner, Onkel Gautier allerdings ist besser.

»Sechs Monate«, erwidere ich.

Er atmet scharf ein. »Ich verstehe.«

Ich könnte versuchen, mich zu rechtfertigen, zu protestieren, ihm zu sagen, dass er alles falsch versteht, doch er würde mich durchschauen. Tatsächlich hat er bereits entschieden, was er mit mir machen wird.

Und es wird nicht schmerzfrei ablaufen.

»Olivier«, beginnt er leise. Wenn er die Stimme senkt, ist er so bedrohlich wie ein in der Stille jagender Hai. »Du hast damit den schlimmsten Vertrauensbruch begangen, den es gibt. Weißt du, was ich damit meine?«

Ich antworte nicht – ich kann es nicht.

»Den Verrat an der Familie«, fährt er fort und trommelt weiter rhythmisch mit den Fingern auf die Stuhllehne. »Du hast das Band zwischen uns allen vergiftet. Dein Blut, mein Blut, das Blut deines Vaters. Wir sind alle gleich. Alle Dumonts. Was du tust, betrifft uns alle. Wenn du blutest, bluten wir auch. Das weißt du. In all den Jahren war ich immer für dich da, Olivier, und bin eingesprungen, wenn dein Vater zu beschäftigt war, um dir Zeit zu widmen. Und das ist nun der Dank dafür.«

Natürlich bezieht er das alles auf sich und nicht auf Pascal.

Ich schlucke und versuche, Bedauern zu heucheln. Es fällt mir schwer, denn ich empfinde keine Reue. Ich hasse Pascal. Ich habe nicht gezögert.

Gautier beugt sich nach vorn und stützt sich auf seine Ellbogen, sodass seine Armbanduhr das Licht aus der Küche einfängt. Diese Uhr ist zweihunderttausend Dollar wert, eine Tatsache, die er liebend gern jedem erzählt. Und dass man sich so etwas nur leisten könne, wenn man hart arbeitete. Allerdings ist er immer nur auf der Erfolgswelle meines Vaters mitgeschwommen. Der Name Dumont, das Dumont-Vermögen – ohne meinen Vater würde es das heute alles nicht geben.

Und Gautier weiß das ganz genau.

Deshalb ist er zum Gegenpol meines Vaters geworden, zu seiner Kontrastfigur. Er hat sich nie etwas erarbeiten müssen. Er musste lediglich lernen, einen Nutzen aus allem zu ziehen.

Mein Vater ist zu vertrauensvoll, um das zu begreifen.

Doch das trifft nicht auf mich zu.

Im Augenblick befinde ich mich allerdings in einer bösen Lage, also zählt das alles nicht. Ich habe meinen eigenen Vater im Stich gelassen, indem ich Gautier die Oberhand gewinnen ließ.

Verdammt.

»Du bereust es, richtig?«, fragt er, und als ich aufschaue, sehe ich seinen Blick auf meine Hände gerichtet. Dass ich die Finger ineinander verschränkt habe, ist ein Zeichen von Wut, nicht von Reue, aber ich lasse ihn das deuten, wie er will.

Ich nicke. »Es tut mir leid.«

»Ich habe mich schon gefragt, wann du das endlich zugeben wirst«, erwidert er und steht langsam auf. Er ist groß, wie mein Vater und wie alle meine Geschwister und Cousins, aber er nutzt seine Größe, um bedrohlich zu erscheinen. Pascal tut das ebenfalls. Sie ähneln sich sehr.

Ich frage mich, wie dieses Gespräch mit Pascal verlaufen wäre. Er ist wesentlich unberechenbarer und launischer. Gautier ist sich zumindest bewusst, dass er mich nicht körperlich verletzen kann – dabei würde er den Kürzeren ziehen.

Pascal hingegen ist ein bösartiger, intriganter Mistkerl, und er spielt nicht fair. Ein Mann von der übelsten Sorte.

Mein Onkel kommt langsam auf mich zu und beugt sich über mich. Schatten fallen auf sein Gesicht. »Ich könnte dich ruinieren, das weißt du, oder?«

Immer wieder diese Fragen.

Ich nicke noch einmal.

»Ich könnte deinem Vater sagen, was du getan hast. Und auch Pascal. Ich könnte es der ganzen Welt erzählen. Und ich könnte dafür sorgen, dass du nie wieder einen Job bekommst. Dass du es nie wieder zu etwas bringst. Denn wer seine Familienbande verrät, hat nichts anderes verdient.« Er hält inne und neigt den Kopf, als würde er darüber grübeln, was er mit mir anstellen will. Vielleicht überlegt er sich, ob er mich gleich an Ort und Stelle töten soll. So geschickt, wie er lügt und manipuliert, könnte er es wie einen Unfall aussehen lassen. Auch wenn ich ihm körperlich überlegen bin, gibt es wahrscheinlich einige Leute, die er sofort anrufen könnte. Leute, die sich darauf verstehen, jemanden spurlos verschwinden zu lassen.

Zum ersten Mal, seit Gautier in das Haus gestürmt ist, habe ich Angst um mein Leben.

Wieder werden Sekunden zu Minuten, und mein Herzschlag dröhnt immer lauter in meinem Kopf.

Schließlich stößt er ein lautes Seufzen aus. »Du bist noch jung, Olivier, und du hast einen Fehler gemacht, das ist mir bewusst. Ich erinnere mich noch daran, wie es ist, wenn man zwanzig Jahre alt und vermögend ist und einem die Welt zu Füßen liegt. Alles ist einem egal – es geht nur um Sex, Geld und Macht, und man tut alles dafür. Glaub bloß nicht, dass ich das nicht weiß. Aber Jugend bewahrt nicht vor Strafe. Und sie macht deine Sünden nicht ungeschehen.« Nach einer kurzen Pause fährt er fort. »Ich möchte dir einen Vorschlag machen, Olivier. Es ist dein einziger Ausweg. Willst du ihn hören?«

Blinzelnd versuche ich, mich auf die Schatten auf seinem Gesicht zu konzentrieren, aber mir verschwimmt alles vor den Augen.

Eine Vereinbarung mit meinem Onkel ist wie ein Pakt mit dem Teufel.

Doch welche andere Wahl habe ich?

»Worum geht es?«, murmle ich und streiche mir mit der Zunge über die trockenen Lippen.

»Ich werde dafür sorgen, dass weder Pascal noch deinem Vater von deiner Indiskretion etwas zu Ohren kommt. Niemand wird jemals davon erfahren, und du kannst dein unbekümmertes, selbstsüchtiges und dummes Leben weiterführen wie bisher. Du kannst herumvögeln und dein Geld für sinnlose, unnütze Dinge verprassen und bleibst Olivier Dumont, einer der vielen Erben des Dumont-Imperiums und der begehrteste Junggeselle in Frankreich.«

Ich räuspere mich. »Und was muss ich tun?«

Obwohl sich seine Miene verfinstert, bemerke ich ein Lächeln über sein Gesicht huschen, bei dem seine überkronten Zähne so hell schimmern wie das spitze Gebiss der Grinsekatze aus *Alice im Wunderland.*

»Ein Dokument unterzeichnen, das ist alles.«

Das dürfte wohl kaum der Wahrheit entsprechen.

Nichts bei den Dumonts ist so einfach.

»In Ordnung«, erwidere ich leise, und mir ist bewusst, dass ich meine Zustimmung geben muss, ganz gleich was in der Vereinbarung steht.

Ich werde sie mit meinem Blut unterschreiben.

KAPITEL EINS

Sadie

Nizza, Frankreich
Gegenwart

Zugticket?
  Check.
  Handy?
  Check.
  Lächerliche Reisebrieftasche zum Anschnallen ans Bein?
  Ähm.
  Mist.
  Ich durchwühle die Fächer meines Rucksacks, krame in meiner Umhängetasche, schaue mich in dem leeren Schlafsaal um und versuche verzweifelt, mich daran zu erinnern, wo ich das verdammte Ding gelassen habe. Schließlich befinden sich mein Geld, meine Kreditkarten *und* mein Reisepass darin.
  Den Vormittag habe ich damit verbracht, an der Promenade zu joggen, und da hatte ich nur ein paar Euro für einen Kaffee nach

dem Laufen dabei. Die restliche Zeit hing ich im Aufenthaltsraum rum und futterte mich durch die Reste von der Grillparty des Hostels am Vorabend. An solchen Tagen, an denen ich kein Geld fürs Essen ausgeben muss, kann ich mir etwas anderes gönnen. Ich bin wie ein Schakal mit Lippenstift.

Doch wenn ich meinen Geldgürtel nicht mehr finde, kann ich mir keinen neuen Lippenstift leisten.

Dann fällt mir ein, dass ich nach zu vielen Drinks an der Bar zu meinem Bett gestolpert bin und plötzlich allen in dem Raum misstraut habe.

Ich strecke die Hand aus und hebe die Matratze am Rand an.

Tada! Mein Geldgürtel.

Seufzend greife ich danach und drücke ihn mir an die Brust.

Nach der zweimonatigen Rucksacktour durch Europa könnte man glauben, mir fielen bessere Möglichkeiten ein, meine Sachen aufzubewahren, aber, hey, zumindest war ich nach einer Flasche Wein noch wachsam. Ich habe genügend Horrorgeschichten von meinen bisherigen Reisebekanntschaften gehört, um zu wissen, dass man immer mit dem Schlimmsten rechnen musste.

Mein Worst-Case-Szenario wäre im Augenblick der Verlust meines Reisepasses oder meiner Geldbörse, daher trage ich diesen hässlichen und unbequemen Geldgürtel um meine Wade geschnallt. Kommt mir ein Hostel zu unsicher vor, nehme ich ihn beim Schlafen nicht ab. Gestern Abend habe ich es offensichtlich für einen guten Mittelweg gehalten, die Reisegeldbörse unter meiner Matratze zu verstecken.

Ich ziehe ein Bein meiner weiten und unglaublich zerknitterten Leinenhose nach oben und schnalle mir den Gürtel um, bevor ich mich noch einmal in dem schmutzigen, schäbigen Zimmer mit den durchhängenden Matratzen umschaue. Es stinkt nach den beiden ungeduschten Schweizern, die gestern angekommen sind. Wahrscheinlich sind sie jetzt in irgendwelchen Clubs unterwegs, ihr säuerlicher Geruch hängt allerdings noch in der Luft.

Nur gut, dass ich gleich aus diesem Loch raus bin.

Bei meiner Ankunft in Europa hätte ich mir niemals träumen lassen, dass ich einmal in einer so heruntergekommenen Jugendherberge wie dieser würde schlafen müssen, doch damals war ich in Begleitung meines inzwischen Ex-Freunds Tom, und vor mir lagen nur Liebe und Abenteuer, ganz zu schweigen von der Sicherheit, die ich zum ersten Mal in meinem Leben genoss.

Obwohl ich so viel Geld wie möglich gespart hatte – ich arbeitete nach den Vorlesungen im Universitätsbuchladen –, hatte Tom die Planung für uns beide übernommen. Als Paar übernachteten wir nur selten in einem Hostel, und wenn, dann in keinem Mehrbettzimmer. Meistens schliefen wir in Hotels; nichts Ausgefallenes, aber auch nichts, wo es nach Alkoholpupsen stank.

Als wir einen Monat unterwegs waren, erhielt ich von meiner Freundin Chantal eine E-Mail von zu Hause, die mein Leben gründlich veränderte. Chantal berichtete mir, dass Tom in den zwei Jahren unserer Beziehung regelmäßig mit unserer gemeinsamen Freundin Jen geschlafen hatte. Es genügt wohl zu sagen, dass es danach mitten auf dem Wiener Hauptbahnhof zu einem gewaltigen Krach kam. Und zu einer Trennung mit Pauken und Trompeten.

Tom ist nach Seattle zurückgereist, und ich stolpere seitdem mit gebrochenem Herzen und schwindendem Bankkonto durch Europa und versuche herauszufinden, was ich aus meinem Leben machen soll. In drei Wochen muss ich nach Hause fliegen, und ich habe keine Ahnung, was ich tun soll, wenn sich herausstellt, dass Tom im September in den meisten meiner Kurse sitzt.

Scheiße, ich habe nicht den blassesten Schimmer, was ich mit mir selbst anfangen soll. Obwohl die Trennung nun vier Wochen zurückliegt, bin ich noch kein bisschen über ihn hinweg. An jedem neuen Ort, an dem ich ankomme, wünsche ich mir unwillkürlich, jemanden an meiner Seite zu haben, mit dem ich alles teilen kann.

Seufzend hebe ich meinen immer schwerer werdenden Rucksack hoch und stemme ihn mir stöhnend auf den Rücken. Wir haben unsere Reise in London begonnen, wo ich eine Menge Geld für Klamotten und Schnickschnack ausgegeben habe. Ich schleppe viel zu viel

Zeug für eine Person mit mir herum. Wahrscheinlich sollte ich ein paar Sachen zurücklassen oder nach Hause schicken, aber für Ersteres bin ich viel zu sentimental und für Letzteres fehlt mir das Geld.

Ich gehe zum Eingangsbereich und nicke Ryan, dem Neuseeländer an der Rezeption, zu.

»Sadie«, sagt er und verzieht leicht schmollend die Lippen. »Gehst du schon?«

»Ich darf meinen Zug nicht verpassen, das weißt du doch.« Ich rücke meinen Rucksack auf den Schultern zurecht. Er hat mich die ganze Woche, die ich in Nizza verbracht habe, angebaggert, und ich habe jeden seiner plumpen Annäherungsversuche geschickt abgewehrt.

»Aber es ist schon so spät«, erwidert er schief lächelnd. »Warum bleibst du nicht noch eine Nacht und fährst erst morgen früh nach Barcelona?«

»Geht nicht«, erkläre ich. »Wenn ich den Zug um elf Uhr nehme, kann ich dort schlafen und muss nicht extra für ein Bett bezahlen. Danke, dass du mir erlaubt hast, meine Sachen in den Schlafsaal mitzunehmen.«

»Kein Problem. Bist du sicher, dass du nicht bleiben willst?«

»Es ist alles gebucht und kann nicht rückerstattet werden.« Ich werfe einen Blick über seine Schulter auf die Uhr. »Und ich habe nur noch fünfzehn Minuten Zeit, wenn ich rechtzeitig am Bahnhof sein will.«

Rasch winke ich ihm zum Abschied zu und haste nach draußen, bevor er noch einmal versuchen kann, mich zu überzeugen. Nizza war ein großartiger Ausgangspunkt, um Städte wie Menton und Cannes und sogar Monaco zu besichtigen, jetzt allerdings habe ich genug von der französischen Riviera. Ohne Geld an einem Ort wie diesem fühlt man sich ziemlich fehl am Platze. Ich hoffe, dass Barcelona besser zu meiner Stimmung passt und dass Spanien das Land ist, das mich heilen wird, bevor ich mich auf die Heimreise mache. Zumindest soll das Leben dort schonender für den Geldbeutel sein.

Die Nacht ist warm und schwül, und die Brise vom Mittelmeer scheint nicht so weit in die Stadt hineinzuwehen. Das Hostel liegt nicht weit entfernt vom Bahnhof – etwa zehn Minuten Fußweg –, aber es befindet sich in einem zwielichtigen Viertel der Stadt.

Wenn ich mit Tom hier wäre, würde ich vielleicht in einem der schicken Hotels an der Promenade des Anglais wohnen, schießt es mir unwillkürlich durch den Kopf.

Aber solche Gedanken sind sinnlos.

Ich ziehe mein Handy aus der Tasche und lasse mich von der App durch das Straßengewirr lotsen, doch als die Häuserblocks immer schmutziger und heruntergekommener werden – die Geschäfte sind mit Brettern vernagelt, und aus den Gassen schlurfen einige Gestalten herbei –, wird mir klar, dass es keine gute Idee ist, hier mein Smartphone aufblitzen zu lassen.

Ich präge mir die Karte ein.

Nach rechts an dieser Straße.

Nach links an dieser Straße.

Geradeaus bis zu …

Ein leises Husten hinter mir beschleunigt meinen Herzschlag.

Ich werfe einen Blick über die Schulter und sehe ein paar Meter hinter mir einen großen Mann gehen. Sein Gesicht kann ich nicht erkennen. Er starrt auf den Boden vor sich und schaut mich nicht an, was mich ein wenig erleichtert.

Trotzdem bin ich nervös. Ich laufe mitten in der Nacht durch ein fremdes Viertel in Nizza und schleppe einen großen Rucksack mit mir herum, mit dem ich nicht besonders schnell laufen kann.

Keine Panik! befehle ich mir. Geh einfach ein Stück weiter.

Doch kaum dass ich nach rechts in die Rue d'Alger abbiege, folgt der Mann mir.

Oh verdammt.

Sofort wird mein Mund vor Angst ganz trocken.

Ich schlucke heftig und laufe ein wenig schneller, wobei ich mir einzureden versuche, dass es sich um einen Zufall handelt und er mir nicht folgt. Schließlich kann ich nicht jeden verdächtigen.

Und dennoch kommt mir alles irgendwie verlassener und düsterer vor, und in mir steigt Panik auf, sowie ich seine schweren, trampelnden Schritte hinter mir höre.

Ich muss mich vergewissern.

Dieses Mal biege ich wieder nach rechts ab, sodass ich praktisch wieder in die Richtung gehe, aus der ich gekommen bin, zurück zur Jugendherberge. Ein Versuch, ihn zu überrumpeln.

Er folgt mir.

Verdammt, er folgt mir tatsächlich!

Verdammt, verdammt, verdammt.

Was soll ich jetzt machen?

Ich spüre ihn beinahe schon an meinem Rücken. Er kommt immer näher und näher, und die Angst umklammert mein Herz wie ein Schraubstock.

Was soll ich tun, was soll ich tun?

Ich greife nach den Riemen über meinen Schultern und recke den Kopf in gespieltem Selbstbewusstsein in die Höhe, während meine Blicke hin und her huschen und nach einem Ausweg aus dieser Situation suchen. Allerdings entdecke ich niemanden. Keine Menschenseele. Meine Chancen stehen besser, wenn ich zum Hostel zurückgehe oder mich in irgendeinen geöffneten Laden flüchte, als wenn ich versuche, zum Bahnhof zu gelangen.

Zumindest sollte ich die Straße überqueren. Wenn er mir nachgeht, dann weiß ich, dass ich losrennen muss. Auf keinen Fall will ich grundlos ausflippen und mich zum Narren machen, aber das wäre ein sicheres Zeichen, dass ich die Beine in die Hand nehmen muss.

Ich schaue die Straße hinunter und entdecke, wie ein Wagen einbiegt. Die Scheinwerfer spenden gerade genug Licht, also wage ich einen Blick zurück auf den Mann, in der Hoffnung, ihn gut erkennen zu können. Für den Fall, dass mir etwas zustößt.

Alles, was ich wahrnehme, ist ein großer kahlköpfiger Kerl, der mit ausgestreckten Händen auf mich zukommt. Seine Augen funkeln wild.

Dann geschieht alles wie im Nebel.

Ich schreie auf und versuche, ihm davonzulaufen, aber als ich vom Bordstein trete, erwischt er mich am Rucksack und zerrt mich zur Seite.

Mein linker Fuß landet in einem unnatürlichen Winkel auf dem Boden.

Wieder schreie ich. Ein scharfer Schmerz schießt von meinem Knöchel nach oben, heiße gezackte Blitze zischen über meinen Oberschenkel bis hinauf zu meinem Herzen. Wie angewurzelt bleibe ich stehen, starr vor Schreck und vor Schmerz.

Doch dann stürze ich, meine Schulter knallt auf den Gehsteig, meine Haut brennt wie Feuer. Der Mann versucht, mir meine Tasche über den Kopf zu zerren, sodass der Riemen mir die Kehle abschnürt.

Ich brülle und schreie, bringe aber nichts Verständliches hervor. Ich trete mit einem Bein nach ihm – das andere scheint vor Schmerz zu explodieren. Während er alles probiert, um mir die Tasche und den Rucksack zu entreißen, höre ich über meine Rufe und sein heiseres Ächzen hinweg das Quietschen von Bremsen – und dann taucht plötzlich ein weiterer Mann auf.

In dem verzweifelten Unterfangen, ihm zu entkommen, winde ich mich und sehe, wie dieser Typ meinen Angreifer packt und seinen gewaltigen Körper niederringt. Endlich kann ich mich aus seinem Griff befreien.

Doch ich kann nicht weglaufen; ich kann mich kaum bewegen. Ich krieche nur ein Stück weiter, und meine Handflächen und Ellbogen schrammen über das raue Pflaster, bevor ich auf der Straße zusammenbreche und in der Embryonalstellung liegen bleibe. Ein scharfes Stechen durchströmt meinen gesamten Körper.

Die beiden Männern ringen miteinander wie zwei wilde Kreaturen in einem Kampf um Leben und Tod, und dann versetzt der zweite Typ meinem Angreifer heftige Faustschläge. Ich höre, wie Knochen brechen, sehe Blut spritzen und senke rasch die Lider, in der Hoffnung, aus diesem grauenhaften Alptraum aufzuwachen.

Plötzlich wird alles ruhig.

Als mich eine Hand an der Schulter berührt, öffne ich die Augen und stoße einen spitzen Angstschrei aus.

»Ça va?«, fragt der Mann und geht neben mir in die Hocke. »Alles in Ordnung?« Er wechselt in meine Muttersprache, und sein Akzent ist weich wie Samt.

Ich schüttle den Kopf und wimmere leise, während mir Tränen in die Augen schießen.

»Wo tut es weh?«, fragt er und beugt sich über mich. »Kannst du aufstehen?«

»Nein«, flüstere ich. Ich will nicht aufstehen. Ich will mich nicht bewegen. Ich will liegen bleiben, allein, ohne diesen Fremden an meiner Seite, selbst wenn er den anderen Mann ordentlich verprügelt hat.

Oh Scheiße, was, wenn mein Angreifer tot ist? Diese Faustschläge waren unbarmherzig.

Ich hebe den Kopf. Das Licht der Scheinwerfer fällt auf den riesigen Kerl, und ich sehe, dass sich seine Brust hebt und senkt. Sein Gesicht ist blutig, aber er bewegt sich noch. Nicht tot.

»Kennst du ihn?«, fragt der Mann und folgt meinem Blick.

»Nein«, wispere ich. »Ich war auf dem Weg zu meinem Zug. Schon vor einigen Häuserblocks hatte ich den Verdacht, dass er mich verfolgt, und ...« *Scheiße, mein Zug!* Ich schaue den Mann mit großen Augen an. »Ich muss meinen Zug erreichen.«

Obwohl ich sein Gesicht im Schatten nicht richtig erkennen kann, bemerke ich, dass er die Stirn runzelt. »Zug?«, wiederholt er ungläubig.

»Ich muss los«, erkläre ich ihm und will herumrollen, um dann aufzustehen, aber mein Rucksack drückt mich nach unten.

Der Mann rückt ein Stück weiter ins Licht, blinzelt verständnislos und hält mich an den Schultern fest, bevor er die Riemen nach unten schiebt und mich von meinem Rucksack befreit. »Du wirst mit keinem Zug fahren«, sagt er. »Du musst sofort ins Krankenhaus.«

Nach einem kurzen Moment schaue ich zu ihm auf und bin sofort total überwältigt. Dunkles zerzaustes Haar, dunkle Augen, ein perfekt gepflegter Bart, ein kräftiges Kinn mit einem Grübchen. Er sieht aus wie Ende zwanzig oder Anfang dreißig. Es muss mich doch schlimmer erwischt haben, als ich dachte, denn dieser Mann kann einfach nicht echt sein. Wahrscheinlich bin ich noch nie einem so attraktiven Mann begegnet.

Typisch, dass ich ihn auf diese Weise treffe.

Irgendwie gelingt es mir, meinen Blick von ihm loszureißen. Der pochende Schmerz in meinem Knöchel macht es mir leichter. Ich kneife die Augen zu und zucke zusammen.

Mistkerl.

»Ich kann nicht ins Krankenhaus gehen«, stoße ich zwischen zusammengebissenen Zähnen hervor.

»Warum nicht? Du bist verletzt. Du musst in die Notaufnahme und anschließend zur Polizei, um diesen Mann anzuzeigen.« Er deutet angewidert auf den Verprügelten, bevor er in die Brusttasche seines schicken weißen Hemds greift, das jetzt mit Blut befleckt ist, und sein Handy herauszieht. »Ich rufe einen Krankenwagen.«

»Bitte nicht«, erwidere ich schnell. »Nicht. Es geht mir gut.« Es gelingt mir, mich aus seinem Griff zu lösen, und ich wende alle Kraft auf, um auf die Beine zu kommen.

Sein Stirnrunzeln vertieft sich, sodass sich eine scharfe Linie zwischen seinen dunklen Augenbrauen bildet. Er steckt das Smartphone wieder ein. »Es geht dir nicht gut. *Allez!*«

Er stellt sich hinter mich, greift mit den Armen unter meinen Rücken und zieht mich in eine sitzende Position. In diesem Moment fühle ich mich nutzlos, und gleichzeitig spüre ich, wie nahe ich diesem Fremden bin. Er riecht fantastisch – ein schwacher Hauch eines Aftershaves, das ich nicht zuordnen kann. So, als wäre er im Ozean geboren. Das Bild des ruhigen blauen Mittelmeers steigt vor meinem geistigen Auge auf, in der gleichen Farbe, wie ich es heute Vormittag beim Joggen gesehen habe.

Ja, konzentriere dich auf seinen Duft, befehle ich mir. Denk nicht an deinen Knöchel. Vergiss den Schmerz. Ruhiger blauer Ozean, ruhiger blauer Ozean.

Er schiebt seine Ellbogen unter meine Arme und stellt mich vorsichtig auf die Beine. Mein linker Knöchel protestiert schmerzhaft, und ich stoße einen kurzen Schrei aus.

»Belaste den Fuß nicht, stütz dich auf mich«, befiehlt er und legt meinen Arm über seine Schultern. Meine Güte, er hat breite Schultern, hart wie ein Fels, und trotzdem sind seine Bewegungen geschmeidig und elegant.

Als ich mein Gewicht auf ihn verlagere, höre ich hinter uns ein Ächzen und ein Rascheln. Wir drehen uns beide um und beobachten, wie sich der Angreifer hochrappelt.

»*Arrête!*«, ruft der Mann, aber der Angreifer nimmt die Beine in die Hand. Ohne einen weiteren Blick auf uns stolpert er die Straße hinunter.

»Verdammt«, flucht der sexy Franzose. Er löst sich von mir – anscheinend will er den Kerl verfolgen.

»Nur zu«, ermutige ich ihn. »Ich komme schon klar.«

Ich will zwar nicht, dass er mich hier allein lässt, aber noch weniger möchte ich, dass dieser Kerl sich ungeschoren aus dem Staub machen kann.

Nach einem langen Blick auf mich schüttelt er den Kopf. Ich sehe, dass sein Kiefer sich anspannt und seine Augen funkeln. »Nein, ich kann dich in diesem Zustand nicht allein lassen.«

»Er wird entwischen.«

»Nein«, erwidert er mit harter Stimme. »Das wird er nicht.«

Ich runzle die Stirn. Nein? Der Typ ist buchstäblich soeben aufgestanden und weggerannt. Was soll die Polizei also tun? Der Spur seiner Blutstropfen durch die ganze Stadt folgen?

»Komm.« Er führt mich zu dem Wagen, der in der Mitte der Straße steht. »Wenn du keinen Krankenwagen willst, werde ich dich selbst in die Notaufnahme bringen.«

»Nein«, erwidere ich. »Der Bahnhof würde mir reichen«, füge ich bittend hinzu.

Er mustert mich eine Weile, und für einen Moment treffen sich unsere Blicke. Zuerst glaube ich, seine Augen seien braun, doch je näher wir an die Scheinwerfer herankommen, umso deutlicher kann ich erkennen, dass sie dunkelgrün sind. Umwerfend.

»Wohin willst du flüchten?«, fragt er.

»Flüchten?«, wiederhole ich und bemühe mich, leise zu sprechen. Sein Kopf befindet sich nur wenige Zentimeter von meinem entfernt, und ich möchte ihm auf keinen Fall meinen Barbecue-Atem ins Gesicht blasen.

»Warum ist es wichtiger, einen Zug zu erreichen, als zum Arzt zu gehen? Wohin willst du fahren, *mon petit lapin*?«

Mon petit lapin? Das verstehe ich nicht.

»Nach Barcelona«, antworte ich und stöhne vor Schmerz, als er mir hilft, näher an den Wagen heranzuhumpeln. Es ist ein glänzender neuer Mercedes, wie ich feststelle. »Ist das dein Auto?«

»*Oui*«, bestätigt er. »Und was ist in Barcelona so wichtig?«

»Ich weiß es nicht.« Merkwürdigerweise fühle ich mich angegriffen. Warum mischt dieser Fremde sich in meine Angelegenheiten ein? Und was macht ein elegant gekleideter, unfassbar gut aussehender Mann mit einem Schickimicki-Sportwagen in dieser Gegend?

»Woher kommst du?«, fragt er und betrachtet immer noch mein Gesicht. Seine Art, mich anzuschauen, bringt mich aus der Fassung.

»Seattle«, erwidere ich automatisch und füge dann hinzu: »Amerika.«

»Ja, davon habe ich schon gehört. Und du bist allein?«

»Ja.« Leider.

»Du bist in Barcelona mit niemandem verabredet?«

»Was? Nein, warum?«

Er führt mich um das Auto herum zur Beifahrerseite. »Dann werde ich dich ganz sicher nicht in einen Zug setzen. Allein.«

Ich seufze tief. Das nun anstehende Geständnis fällt mir schwer, vor allem weil er soeben die Wagentür für mich öffnet, hinter der ich makellose Ledersitze erblicke. »Hör zu, ich bin pleite, okay?

Ich bin nur eine Rucksacktouristin und Collegestudentin. Um es kurz zu machen: Ich kann es mir nicht leisten, mich in einem Krankenhaus behandeln zu lassen. Ebenso wenig kann ich es mir leisten, den Zug zu verpassen. Mein Platz ist gebucht, und das Ticket ist bereits bezahlt.«

Er nickt langsam. Ich kann mir kaum vorstellen, dass dieser Mann jemals in meiner Lage war. Alles an ihm, von seiner Armbanduhr über sein Hemd bis hin zu seinem Auto, riecht förmlich nach Geld.

»Mach dir darüber keine Sorgen.« Er deutet auf den Beifahrersitz. »Steig ein.«

»Du hast leicht reden.«

»Hast du Schwierigkeiten damit?« Er nimmt meinen Arm, um mir beim Einsteigen zu helfen, aber ich sträube mich.

»Nein, ich meine, es ist leicht für dich zu sagen, ich solle mir keine Sorgen um das Geld machen, das ich verliere, wenn das Ticket verfällt.«

Er neigt den Kopf nach hinten und sieht mich forschend an. »Verhältst du dich immer so widerspenstig Menschen gegenüber, die dir das Leben gerettet haben?«

»Mein Leben gerettet?«, wiederhole ich und breche beinahe in Gelächter aus. »Dieser Kerl hat nur versucht, mich auszurauben, richtig? Zu sagen, du hättest mein Leben gerettet, ist etwas übertrieben.«

Ich begreife, wie undankbar ich mich anhöre, als er leicht mit den Schultern zuckt. »Vielleicht, doch wer weiß, was passiert wäre, wenn du dich gewehrt oder eine Szene gemacht hättest. Nizza ist zwar eine sichere Stadt, aber es gibt auch Ausnahmen. Du hattest Glück, dass ich vorbeigekommen bin.«

Wahrscheinlich haben der Schmerz und das Adrenalin in dieser Situation meine Realitätswahrnehmung etwas verzerrt. Ich habe pausenlos nur daran gedacht, dass ich diesen Zug erreichen muss – den Zug, der inzwischen sicher schon ohne mich abgefahren ist. Das hat mich davon abgehalten, mir die schreckliche und brutale

Wahrheit bewusst zu machen, dass ich gerade in Nizza auf der Straße überfallen werde. Wer weiß, was zur Hölle aus mir geworden wäre, wenn dieser Mann nicht aufgetaucht wäre. Außerdem ist es möglich, dass der Angreifer mich gar nicht bestehlen wollte. Er hätte mich in eine Gasse zerren können, und ich wäre vollkommen hilflos gewesen.

Gütiger Himmel …

»Hey«, sagt der sexy reiche Franzose nach einem Moment mit sanfter Stimme und drückt leicht meine Schulter. »Du hast einiges durchgemacht. Wir sollten ins Krankenhaus fahren. Ich verspreche dir, dass du dir in nächster Zeit keine Sorgen um Geld machen musst.«

Ich schlucke heftig und ziehe die Augenbrauen hoch. Nach dem, was ich soeben erlebt habe, sollte ich mich auch vor diesem Mann in Acht nehmen, der mir anbietet, für alle Kosten aufzukommen. Obwohl er mich gerettet und meinen Angreifer in die Flucht geschlagen hat, bin ich mir nicht sicher, ob ich ihm trauen kann. Wer weiß, was er vorhat.

»Wenn du willst, kann ich einen Krankenwagen rufen, wie ich dir bereits angeboten habe«, fügt er rasch hinzu und greift nach seinem Handy. »Du musst nicht in meinen Wagen steigen.«

Er meint es ernst. Ich habe keine Ahnung, woher diese Gewissheit stammt, aber sie ist da. Und das hat nichts damit zu tun, dass er einen sehr gepflegten und seriösen Eindruck macht. Es liegt an seinen Augen, in denen ich eine gewisse Sanftheit und Verständnis sehe.

Okay, und vielleicht an der Tatsache, dass mein Herz umso heftiger klopft, je länger ich ihn anschaue.

Ich sollte wirklich einen klaren Kopf behalten, denn solche Gedanken sind nach diesem Vorfall ziemlich banal. Allerdings ist das auch das erste Mal seit meiner Beziehung mit Tom, dass ich einen Mann attraktiv finde, also lasse ich sie zu. Besser, als daran zu denken, in welchem Schlamassel ich mich befinde.

»Schon gut«, erwidere ich. »Fahren wir zum Verarzten.«

Ich lasse mir von ihm ins Auto helfen und schnalle mich an, während er sanft die Tür schließt und zur Bordsteinkante läuft, wo mein Rucksack liegt. Er hebt ihn auf, als würde er praktisch nichts wiegen, und wirft ihn in den Kofferraum. Nachdem er eingestiegen und losgefahren ist, lege ich den Kopf an die Rückenlehne des Sitzes und versuche, mir zu überlegen, was ich nun wegen Barcelona machen soll, aber noch bevor ich einen einzigen zusammenhängenden Gedanken zustande bringe, gleite ich in einen dunklen Schlaf.

Als ich wieder aufwache, stehen wir auf dem Parkplatz einer Klinik, und der sexy reiche Franzose schüttelt mich vorsichtig.

»Wir sind da«, sagt er leise und mustert mich. »Hast du dir bei dem Sturz den Kopf verletzt?«

Ich bin so benommen, dass ich kaum sprechen kann, und je länger ich wach bin, umso stärker wird der Schmerz. »Nein, meine Schulter hat den Sturz größtenteils aufgefangen«, bringe ich schließlich hervor.

»Ich wollte mich nur vergewissern, dass du keine Gehirnerschütterung hast«, erklärt er. »Du warst zehn Minuten lang bewusstlos.«

»Das war ein höllischer Abend«, erkläre ich und versuche zu lächeln.

Er erwidert mein Lächeln nicht. »Er ist noch nicht vorbei«, meint er und öffnet die Wagentür. »Ich hole einen Rollstuhl für dich. Warte hier.«

Bevor ich ihm sagen kann, dass er sich keine Sorgen machen müsse und dass ich nirgendwohin gehen werde, läuft er schon zur Eingangstür der Notaufnahme hinüber.

Mir wird klar, dass ich nicht einmal den Namen dieses Mannes kenne.

KAPITEL ZWEI

Olivier

»Kann ich einen Rollstuhl haben?«, frage ich die mürrische Frau am Empfang der Notaufnahme.

Langsam zieht sie eine Augenbraue nach oben. Man sollte glauben, dass sie daran gewöhnt ist, mit Notfällen konfrontiert zu werden. »Wofür brauchen Sie den?«

Was glauben Sie wohl?

»In meinem Wagen sitzt eine Frau, die heute Abend überfallen worden ist. Ihr Knöchel ist wahrscheinlich verstaucht oder gebrochen«, erkläre ich.

Die Miene der Frau bleibt unbewegt. »Überfallen?«

»Ja«, erwidere ich ungeduldig und trommle mit den Fingern auf den Tresen.

»Von wem?«

»Weiß ich nicht. Von einem Mann.«

»Das müssen Sie der Polizei melden.«

»Das werde ich tun, sobald Sie die junge Frau aufgenommen haben, und dafür brauche ich einen verdammten Rollstuhl.«

Ihre zweite Augenbraue schnellt nach oben. Offensichtlich ist sie es nicht gewohnt, dass man so mit ihr spricht, aber ich werde normalerweise auch nicht so behandelt.

»Wie lautet ihr Name?«, fragt sie nach einer kurzen Pause und wirft einen Blick auf das vor ihr liegende Formular.

Mist. Ich habe keine Ahnung.

»Jane«, antworte ich rasch. Das ist der in Amerika gebräuchlichste Name, der mir einfällt. »Jane Doe. Kann ich jetzt einen Rollstuhl bekommen, oder muss ich einen stehlen?«

Sie sieht mich mit zusammengekniffenen Augen an und wirft einen kurzen Blick über meine Schulter. Als ich mich umdrehe, entdecke ich ein paar zusammengeklappte Rollstühle an der Wand lehnen.

»Danke«, sage ich, laufe hinüber und schnappe mir einen davon, bevor sie protestieren kann.

So hatte ich mir den Freitagabend nicht vorgestellt.

Allerdings war dieser Abend ohnehin nicht so gelaufen, wie ich ihn geplant hatte.

Celine, mein Date, war nur darauf aus, mich auszunutzen. Das ist bei allen meinen Dates so – ich weiß das, seit ich ein Teenager war –, und Models sind in dieser Beziehung die Schlimmsten. Anscheinend hält mich das nicht davon ab, mit ihnen ins Bett zu gehen, doch nach einer Weile ist es für mich ziemlich ermüdend, wenn ich immer so tun muss, als würde ich das Ende nicht kommen sehen.

An diesem Tag sollte ich Celine nach ihrer Ankunft aus Paris am Bahnhof abholen und sie dann in Cannes in eines der neuesten und angesagtesten Restaurants zum Dinner ausführen. Ein sinnloses Unterfangen, denn ich weiß, dass Models immer nur vorgeben, etwas zu essen. Das Geld für ein Drei-Gänge-Menü kann man sich sparen. Man fährt viel besser damit, ihnen in einem Hotelzimmer Champagner und Kokain in rauen Mengen anzubieten, dazu ein paar Oliven gegen die Heißhungerattacken, bevor man sie dann gründlich durchvögelt.

Unnötige Ausgaben spielen bei mir zwar keine Rolle, doch es geht ums Prinzip. Und in diesem Fall führte ich Celine nicht nur zu einem Dinner aus, bei dem sie nur so tat, als würde sie etwas essen, sondern ich war ohne mein Wissen auch noch eine Spielfigur in einer Eifersuchtsgeschichte. Wie sich herausstellte, ist der Besitzer des neuen Restaurants, ein erst vor Kurzem aus London angereister Starkoch, Celines Ex-Freund.

Es genügt wohl zu sagen, dass die Situation ziemlich heikel war, und ich bin sicher, dass der Koch mir in meine Lauch-Muschel-Suppe gespuckt hat. Bevor es zu einer handfesten Auseinandersetzung kommen konnte – was Celine wohl beabsichtigt hatte –, gelang es mir, das Restaurant zu verlassen. Zwei Männer, die sich um sie prügeln, hätten ihr eine Meldung auf den Titelseiten eingebracht. Auf keinen Fall wollte ich sie mit in mein Hotel nehmen, also brachte ich sie zum Bahnhof zurück.

Danach war ich ein wenig verunsichert und durcheinander, vor allem weil Celine begann, dicke Krokodilstränen zu vergießen, als ich sie in den Zug setzte. Und deshalb bog ich anschließend in die falsche Straße ein.

Vielleicht war es aber auch die richtige Straße. An Schicksal glaube ich zwar inzwischen nicht mehr, aber ich schaudere bei dem Gedanken daran, was der jungen Frau hätte passieren können, wenn ich nicht zufällig genau zu diesem Zeitpunkt dort entlanggefahren wäre.

Während ich den Rollstuhl zu meinem Wagen schiebe, werfe ich einen Blick auf meine blutigen Fingerknöchel. Offensichtlich ist es mir allerdings dann doch nicht gelungen, einem Faustkampf zu entkommen.

An meinem Auto angekommen, öffne ich die Beifahrertür. Die Amerikanerin ist wieder eingeschlafen, was mich ein wenig beunruhigt. Das sollte ich auf jeden Fall dem Arzt berichten.

Ich räuspere mich. »*Mon petit lapin?*«, frage ich, beuge mich vor und rüttle sie sanft wach.

»So hast du mich jetzt schon zweimal genannt«, erwidert sie

benommen, und ich atme erleichtert auf. Sie öffnet vorsichtig die Augen und schaut mich an.

Ihre Augen haben die gleiche Wirkung auf mich wie schon bei unserer ersten Begegnung in dieser düsteren Gasse. Noch nie habe ich so große, runde und unglaublich blaue Augen gesehen. Sie sind faszinierend und erwecken den Eindruck, als käme sie aus einer anderen Welt, wie aus einem der Märchen, die meine Mutter mir vorgelesen hat.

Bei der Art und Weise, wie sie mich mit diesen Augen ansieht, unschuldig und gleichzeitig leidenschaftlich, zieht sich etwas in meiner Brust zusammen. Und im Zusammenspiel mit ihrem runden Gesicht, ihren vollen Wangen und ihren, nun ja, großen und ein wenig spitzen Ohren erinnert sich mich an das kleine Kaninchen, das mir als Kind gehörte, bis der Koch es eines Abends schlachtete und zum Dinner servierte. Ich habe dieses verdammte Kaninchen wirklich geliebt.

Doch ich will auf keinen Fall taktlos erscheinen und dieser armen Frau erzählen, dass sie mich an mein geliebtes Kaninchen erinnert, also lächle ich sie an und frage: »Wie heißt du eigentlich?«

Sie räuspert sich und setzt sich langsam auf. »Sadie. Und du?«

Sadie. Auch ihr Name gefällt mir. Er könnte französisch sein und ist viel schöner als Jane Doe.

»Olivier.« Ich strecke die Arme aus und schiebe die Hände unter ihre Ellbogen, um ihr aus dem Auto zu helfen.

Sie ist relativ klein, und obwohl ihre Figur einige Kurven aufweist – eine erfrischende Abwechslung von den klapperdürren Laufstegmodels –, wiegt sie nicht viel. Ich hebe sie hoch und setze sie vorsichtig in den Rollstuhl.

Bei jeder Bewegung zuckt sie zusammen, versucht jedoch, sich nichts anmerken zu lassen, als sie meinen Blick bemerkt. »Es geht mir gut. Alles in Ordnung.«

»Der Arzt wird dir sicher gleich ein starkes Medikament gegen die Schmerzen geben«, tröste ich sie und schiebe den Rollstuhl zur

Eingangstür. »Und falls nicht, weiß ich, wo ich dir etwas besorgen kann.«

Sie wirft mir einen Blick über die Schulter zu. »Mit Geld geht alles, richtig?«

Normalerweise wäre ich jetzt auf der Hut, doch ich habe das Gefühl, dass sie keine Ahnung hat, wer ich bin. Woher auch? Wahrscheinlich nimmt sie an, ich wäre irgendein reicher Franzose mit einem neuen Mercedes, der zufällig zur richtigen Zeit am richtigen Ort war.

»Es hilft, Französisch zu sprechen«, erwidere ich. »Das tust du wohl nicht, oder?«

»Ich weiß, was *merci, bonjour* und *zut alors!* bedeuten«, sagt sie mit einem lustigen Akzent. »Der letzte Ausdruck stammt aus *Arielle, die Meerjungfrau*«, fügt sie hinzu.

»Bist du nicht noch ein bisschen zu jung, um diesen Film zu kennen?«

»Ich bin dreiundzwanzig«, antwortet sie steif. »Und ich habe mir schon immer gern Zeichentrickfilme angesehen. Sie sind viel interessanter als die Wirklichkeit.«

Das erklärt einiges.

In der Notaufnahme angelangt, steuere ich wieder auf die Schwester am Empfang zu.

»Ist das Jane Doe?«, fragt sie.

»Was?« Sadie reißt ihre unglaublich blauen Augen weit auf. »Jane Doe?«

Ich schenke ihr rasch ein Lächeln und wende mich wieder der Schwester zu. »Ihr Name ist Sadie.«

»Sadie und weiter?«

»Wie lautet dein Nachname?«, frage ich Sadie.

»Reynolds.«

»Sadie Reynolds«, erkläre ich der Schwester.

»Sie ist keine Französin?«

»Nein, Amerikanerin. Aus Seattle.«

»Ist sie versichert? Die Behandlung hier ist nicht kostenlos.«

»Machen Sie sich deswegen keine Gedanken. Ich komme dafür auf.«

Wieder zieht sie eine Augenbraue nach oben. »Und wer sind Sie?«

»Was spielt das für eine Rolle?«

»Nun, ich brauche Ihre Kreditkarte.«

»Jetzt sofort? Kann sie nicht zuerst von einem Arzt untersucht werden?«

»So sind die Regeln. Vor allem am Wochenende lassen sich hier etliche Touristen aus welchen Gründen auch immer behandeln, und dann bleiben wir auf der Rechnung sitzen.«

Seufzend ziehe ich meine Brieftasche hervor.

»Du musst das wirklich nicht für mich bezahlen«, wirft Sadie ein.

»Mach dir deshalb keine Sorgen«, erwidere ich und verzichte darauf, ihr zu erklären, dass Geld nicht das Problem dabei ist.

Ich reiche der Schwester meine American Express Black Card, und sie starrt sie an.

»Olivier Dumont?«, fragt sie nach.

»Richtig.«

Nachdem sie mich mit zusammengekniffenen Augen rasch gemustert hat, verändert sich ihre Miene – sie wird plötzlich weicher, aber nicht angenehmer. »*Der* Olivier Dumont? Der Sohn von Ludovic Dumont? Von *den* Dumonts? Die mit den Handtaschen?«

Handtaschen, Parfum, Haute Couture. Die Marke Dumont besitzt den gleichen Stellenwert wie Chanel und Hermès im Hinblick auf die Milliardenumsätze und den Einfluss auf die französische Kultur und Gesellschaft. Außerhalb Frankreichs weiß kaum jemand, wer hinter diesem Label steckt, da mein Vater darauf bedacht war, so diskret wie möglich zu handeln. Doch in Frankreich kennt uns praktisch jeder.

Ein Produkt von Chanel kauft man, um der Welt zu zeigen, dass man es geschafft hat. Mit einem Artikel von Dumont hingegen beweist man sich selbst seinen Erfolg.

Zumindest stellt mein Vater es so dar, und für ihn hat sich das bewährt.

»Ja«, bestätige ich knapp, ohne weiter drauf einzugehen. »Das bin ich.«

»Was ist los?«, fragt Sadie und runzelt die Stirn. Mir wird klar, dass sie kein einziges Wort unserer Unterhaltung verstanden hat. Gott sei Dank. »Gibt es ein Problem?«

Noch nicht, denke ich. Eigentlich stört es mich nicht, wenn ich erkannt werde – damit muss ich eben leben. Doch es wäre mir lieber, wenn Sadie mich weiterhin für irgendeinen Typen hält. Außerdem möchte ich sie von der Presse fernhalten. Sie mag eine Fremde für mich sein, aber sie hat einiges durchgemacht, und das Letzte, was sie jetzt braucht, sind Berichte in den Boulevardblättern über das mysteriöse Mädchen, das ich gerettet habe.

Und für mich könnte das die letzte Chance sein, als der Mann aufzutreten, der in der Öffentlichkeit bekannt ist. Die Uhr tickt, und ich habe nur noch drei Wochen Zeit, um eine Entscheidung zu treffen. Falls sie falsch ist, werde ich nichts mehr zu lachen haben – dafür wird mein Onkel mit Sicherheit sorgen.

»Alles in Ordnung«, beruhige ich sie. Rasch hole ich aus meiner Brieftasche ein Bündel Hunderter und schiebe es der Schwester zu. »Das ist dafür, dass Sie Schweigen über diese Sache bewahren«, sage ich leise und beuge mich dabei zu ihr vor. »Ich kenne diese Frau nicht und habe nur zufällig beobachtet, wie sie auf der Straße überfallen wurde. Sie ist eine arme amerikanische Studentin und hat es nicht verdient, dass sich die Presse auf sie stürzt, und das trifft ebenso auf mich zu. Ist das klar?«

Die Schwester starrt mit weit aufgerissenen Augen auf die Geldscheine und nickt heftig. Als sie danach greifen will, halte ich das Bündel fest und schaue sie streng an. »Ich meine das ernst. Sagen Sie mir, dass Sie das verstanden haben.«

»Ja, ich habe verstanden«, erklärt sie.

»Und ich will jetzt sofort einen Arzt sehen«, fordere ich und lasse die Scheine los. Sie nimmt das Geld schnell an sich, steckt es in ihre Uniform und strahlt über das ganze Gesicht.

»Natürlich. Ich werde sofort schauen, was ich für Sie tun kann.«

Sie steht auf, verlässt ihren Arbeitsplatz und geht durch den Wartebereich, in dem sich krank und elend wirkende Menschen drängen.

»Worum ging es?«, will Sadie wissen.

»Ich habe mich nur versichert, dass du so schnell wie möglich von einem Arzt untersucht wirst«, antworte ich und schenke ihr ein ungezwungenes Lächeln.

»Du hast ihr ungefähr fünfhundert Euro gegeben«, stellt sie leise fest.

Ich zucke mit den Schultern. »Man bekommt das, wofür man bezahlt.«

Sadie runzelt die Stirn und sinkt in ihrem Stuhl zurück, und ich sehe ihr an, wie unangenehm ihr das alles ist. Pech für sie. Wenn ich mich einmal entschieden habe, etwas zu unternehmen, dann ziehe ich es auch durch. Das ist der einzige Grund, warum ich in meinem Leben so weit gekommen bin.

Geld regiert die Welt, und es dauert nicht lange, bis wir in ein Zimmer geführt werden, wo ein Arzt Sadie gründlich untersucht und ihren Fuß röntgt. Ich warte draußen und schaue mir die E-Mails auf meinem Smartphone an. Es ist zwar Freitagabend, aber die Arbeit hört nie wirklich auf. Allmählich wäre ein Urlaub fällig, nur ein paar Tage ohne geschäftliche Verpflichtungen. Allerdings denke ich mir das jedes Mal, wenn ich an der Riviera bin, doch es hat noch nie geklappt.

Schließlich kommt Sadie mit einer Bandage um ihren verstauchten Knöchel und versorgt mit einigen Schmerzmitteln aus dem Untersuchungszimmer, und im gleichen Augenblick taucht die Polizei auf und möchte von uns beiden eine Schilderung des Überfalls haben.

Natürlich interessiert die Polizeibeamten vor allem, dass ausgerechnet Olivier Dumont diese fremde Amerikanerin gerettet hat.

Und in diesem Fall kommt uns das sogar zugute, denn das erhöht ihre Motivation, den Mann zu schnappen. Da ich mir Gesichter sehr gut merken kann, liefere ich ihnen eine brauchbare Beschreibung. Bei einer Gegenüberstellung würde ich ihn problemlos wiedererkennen.

»Haben die Polizisten geglaubt, ich hätte das alles erfunden?«, fragt mich Sadie danach, während ich sie im Rollstuhl zum Auto schiebe. Die Wirkung der Schmerzmittel, die sie soeben genommen hat, hat noch nicht eingesetzt, also habe ich mir ihre Krücken unter den Arm geklemmt.

»Wie meinst du das?«

»Ich weiß nicht; sie haben sich irgendwie merkwürdig verhalten.«

»Das liegt wahrscheinlich daran, dass du nicht Französisch sprichst.«

»Sie gingen sehr vorsichtig mit dir um.«

Ich ziehe eine Augenbraue nach oben. »Tatsächlich? Das ist mir nicht aufgefallen. Komm.« Ich öffne die Wagentür und beuge mich über sie, um ihr aus dem Rollstuhl zu helfen.

»Doch, das stimmt. Beim Arzt war es genauso und bei der Schwester auch. Sie haben dich anders behandelt.«

»Vielleicht sind sie nicht daran gewöhnt, einen so attraktiven Mann vor sich zu haben.«

Sie bricht in Gelächter aus, und ich versuche, nicht beleidigt zu sein. Zwar zweifle ich in keiner Weise an meinem Aussehen, aber es wäre schön, wenn diese hübsche junge Frau das auch so sehen würde.

»Kann schon sein«, erwidert sie ironisch lächelnd und lässt sich vorsichtig auf den Sitz sinken.

Während sie sich anschnallt, verstaue ich die Krücken auf dem Rücksitz, schiebe den Rollstuhl vor die Eingangstür der Klinik und steige dann in den Wagen. »Wohin?« Ich werfe ihr einen Blick zu und lasse den Motor an.

»Für den Zug ist es wohl zu spät?«, fragt sie blinzelnd.

»Allerdings.«

Sie nickt, und ihre Miene wirkt entschlossen. »Na gut, dann fahr mich bitte zurück ins Hostel. Tagsüber hat niemand mein Bett in Anspruch genommen, also wird es sicher auch jetzt noch frei sein. Vielleicht überlässt Ryan es mir sogar umsonst.«

Aus irgendeinem Grund zieht sich mein Magen zusammen. »Wer ist Ryan?«

»Oh, niemand. Nur der Typ, der am Empfang arbeitet.«

»Du willst also, dass ich dich in einem Hostel absetze?«

»Wenn es nicht zu viel Mühe macht«, antwortet sie und schaut mich aus ihren blauen Augen an. *Merde.* Sie meint das tatsächlich ernst. Als ob ich sie in ein verdammtes Hostel bringen würde, wo sie sich allein mit einem Haufen dreckiger Rucksacktouristen herumschlagen muss.

»Das kommt auf keinen Fall infrage«, erkläre ich. »Selbst wenn du nicht in diesem Zustand wärst.«

Sie schnaubt laut. Ich bin nicht sicher, ob das von ihr gewollt war oder ob die Schmerzmittel allmählich wirken, aber ich finde es liebenswert. »Ich bin daran gewöhnt. Glaub mir, ich habe keine Probleme mit primitiven Unterkünften. Damit bin ich schon mein ganzes Leben lang vertraut.«

»Ich bringe dich in ein hübsches Hotel.«

Sie schüttelt den Kopf und presst kurz die Lippen zusammen. »Das möchte ich lieber nicht.«

»Ich aber schon, *mon petit lapin.*«

Sie verdreht die Augen und holt ihr Handy aus ihrer Tasche. »Also gut, jetzt schau ich nach, was zum Teufel dieses Wort heißt.«

Rasch lege ich die Hand auf das Telefon und halte es fest. »Es bedeutet, dass du mich an etwas Schönes erinnerst.«

Am liebsten würde ich ihr sagen, dass ich damit ausdrücken will, wie süß ich sie finde, aber ich nehme an, das hört sie sehr oft. Und meine Erfahrung hat mich gelehrt, dass Frauen dieses Wort nicht mögen. Ich wage es auch nicht, ihr zu gestehen, wie unglaublich sexy sie auf mich wirkt, denn irgendwann wird sie herausfinden, dass ich sie »mein Kaninchen« nenne, und wahrscheinlich glauben, bei mir wären ein paar Schrauben locker.

In ihren Augen flackert etwas auf, sodass sie heller erscheinen. »Hauptsache, es ist etwas Nettes«, merkt sie leise an und räuspert sich. »Wer zum Teufel weiß schon, wie man mich auf dieser Reise bereits genannt hat. Etliche Männer haben mich auf Französisch, Italienisch und Deutsch angeschrien, und ich bezweifle, dass da etwas Gutes dabei war. Wahrscheinlich ging es immer um meine Brüste.«

Das bringt mich zum Lachen, und es fällt mir schwer, den Blick auf die Straße zu richten und ihr nicht auf den Busen zu schauen, der, soweit ich das beurteilen kann, verdammt gut geformt ist.

»Wahrscheinlich lässt sich so etwas nicht vermeiden, wenn man als Frau allein eine Rucksacktour macht«, meine ich.

Sie zuckt mit den Schultern und seufzt tief, bevor sie den Kopf nach hinten an die Lehne sinken lässt. »Na ja, als ich mit Tom unterwegs war, ist mir das auch passiert, aber ihn hat das völlig kalt gelassen. Jetzt weiß ich auch, warum.«

Wieder zieht sich etwas in meiner Brust zusammen. »Wer ist Tom?«

Welche Männernamen wird sie noch erwähnen?

»Tom ist mein … mein Ex-Freund«, antwortet sie. »Ein verdammter Arsch.«

Zumindest ihr Ex. »Was ist passiert?«

»Tja, hier kommt die Geschichte in Kurzfassung: Wir waren zusammen, wir haben diese Reise gemeinsam geplant, wir sind zu zweit losgefahren und haben uns nach einem Monat getrennt. Er ist wieder zu Hause, und ich bin noch hier.«

»Ein bisschen mehr würde ich schon gern wissen. Was genau ist geschehen?«

»Ach«, stöhnt sie. »Belassen wir es dabei, dass ich betrogen wurde. Was spielt das jetzt noch für eine Rolle? Die Sache zwischen uns ist erledigt.«

»Wie lange kannst du noch in Europa bleiben?«

»Ich wollte meine letzten drei Wochen in Spanien verbringen und dann von Madrid aus nach Hause fliegen. Ich werde mich dort wohl von Tapas ernähren, aber wer weiß, ob ich es überhaupt schaffe, das Hostel wieder zu verlassen, solange ich kaum laufen kann.«

Sie tut mir leid. Zuerst die Trennung und nun diese Verletzung. »Kannst du nicht früher zurückfliegen?«

»Nein, ich kann meine Buchung nicht ändern. Der Flug war ein Schnäppchen. Wahrscheinlich sitze ich in der Toilette.«

»Du könntest einen anderen Flug buchen.«

»Und wie soll ich den bezahlen?«

Sie starrt mich an, als wolle sie mich zu dem Angebot herausfordern, das für sie zu übernehmen. Doch ich habe das Gefühl, dass sie das als Almosen ansehen und wieder eine Abwehrhaltung einnehmen würde. »Können dir deine Eltern oder vielleicht Freunde von zu Hause nicht helfen? Schließlich ist das ein Notfall.«

Sie schnaubt wieder und schüttelt den Kopf. »Meine Eltern? Nein, mein Dad hat uns verlassen, als ich noch ein Kind war, und meine Mom ist ständig pleite. Ich helfe ihr, wenn ich kann, nicht andersherum.«

Eine Weile herrscht Schweigen, bis ich auf die Autobahn Richtung Süden fahre. »Dein Fuß wird schnell heilen. Der Arzt hat gesagt, dass es sich nur um eine leichte Verstauchung handelt. Du wirst sicher schon bald wieder laufen können.«

»Mmhm.« Sie scheint zu dösen. Doch plötzlich hebt sie den Kopf. »Wohin bringst du mich?«

»In ein Hotel. Wie ich gesagt habe.«

»Wo ist das? Wir haben Nizza verlassen, richtig? Die Stadt liegt bereits hinter uns, oder?«

»Das Hotel befindet sich nicht in Nizza.«

Sie versteift sich und starrt mich mit weit geöffneten Augen an. »Wo ist es?«

»Entspann dich«, beruhige ich sie.

»Willst du mich etwa entführen?«

Ich schaue sie ruhig an. »Ich bitte dich.«

»Woher soll ich das wissen? Ich kenne dich nicht. Ich weiß nur, dass du Olivier heißt und bisher sehr nett und freundlich zu mir warst, aber aus Nizza gebracht zu werden, gehört eigentlich nicht zu dieser Wohltätigkeitsmission.«

»Es ist keine Wohltätigkeitsmission«, erwidere ich gelassen, obwohl sie meine Geduld mittlerweile ziemlich strapaziert. »Ich bringe dich in das Hotel in Antibes, in dem ich wohne. Dort kann ich dir ein Zimmer besorgen. Mach dir keine Sorgen.«

Darauf antwortet sie nicht, und ich nehme an, dass sie wieder eingeschlafen ist. Allmählich frage ich mich, worauf ich mich da eingelassen habe. Es ist bereits zwei Uhr morgens, und wahrscheinlich werden die starken Schmerzmittel schon bald ihre Wirkung zeigen.

Doch vielleicht wird sie dadurch umgänglicher.

»Warum tust du das alles?«, fragt sie schließlich undeutlich. »Was willst du von mir?«

Unwillkürlich fühle ich mich angegriffen. Diese Frau scheint genau zu wissen, wie sie mich auf die Palme bringen kann.

»Kann ich nicht einfach nur ein besorgter Mitmensch sein? Ein netter Typ?«

»Es gibt keine netten Männer«, stellt sie leise fest und starrt aus dem Fenster in die Dunkelheit. Sie wurde ganz offensichtlich betrogen.

»Vielleicht hast du bisher an den falschen Orten nach dem Richtigen gesucht.«

»Ich bin nicht auf der Suche«, entgegnet sie scharf. »Und außerdem gibt es keine netten Männer mit Geld.«

Mir fällt kein Argument dagegen ein. Ich denke an Pascal und Blaise. Und an Onkel Gautier. Sie sind schlimmer, als Sadie es sich wahrscheinlich vorstellen kann. Ich habe den Großteil meines Lebens damit verbracht, mich von ihnen zu unterscheiden und so zu werden wie mein Vater. Doch ein netter Mensch zu sein, das habe ich bei meinen Bemühungen festgestellt, erfordert in einer skrupellosen Welt eine schwierige Gratwanderung.

»Vertrau mir einfach«, bitte ich sie nach einer kurzen Pause.

»Etwas anderes bleibt dir ohnehin nicht übrig. Wenn du allerdings möchtest, dass ich umkehre und dich in das Hostel in Nizza zurückbringe, damit sich dieser Ryan um dich kümmert, dann tue ich das natürlich.«

Das scheint ihr die Sprache zu verschlagen.

»Die Polizei hat uns zusammen gesehen«, fahre ich fort. »Glaub mir, wenn dir irgendetwas passieren würde – was nicht der Fall sein wird, aber du bist anscheinend sehr misstrauisch –, dann würden sie sofort nach mir suchen. Sie wissen, wer ich bin.«

»Und wer bist du?«

»Olivier Dumont«, erwidere ich einfach. »Und ich versuche nur, nett zu dir zu sein, *d'accord*?«

Der Name sagt ihr nichts. Sie weiß nicht, wer ich bin, und ich spüre, wie ein Gefühl der Erleichterung in mir aufsteigt.

»Nach allem, was mir passiert ist, habe ich ein Recht darauf, misstrauisch zu sein«, sagt sie nach einer Weile.

Seufzend verstärke ich meinen Griff um das Lenkrad. »Absolut. Du hast recht.«

»Ich habe mich jedoch dazu entschlossen, dir zu vertrauen«, fügt sie leise hinzu.

Ich werfe einen Blick zu ihr hinüber. Ihre Lider sind schwer, und ihr Lächeln wirkt schwach.

Sie verliert wieder das Bewusstsein.

Glücklicherweise dauert die Fahrt nach Antibes nur dreißig Minuten, vor allem mit einem Auto wie diesem und bei einer fast leeren Autobahn. Kurz darauf habe ich das Hôtel du Cap-Eden-Roc erreicht, stelle mein Auto direkt vor dem Eingang ab und laufe zur Beifahrerseite hinüber.

»Monsieur Dumont.« Felix, der Hotelpage, kommt mir über die Treppe entgegen. Als er sieht, wie ich versuche, die offensichtlich halb betäubte Sadie aus dem Wagen zu zerren, bleibt er stehen.

»Kann ich Ihnen helfen?«, fragt er.

Ich lege ihren Arm um meine Schultern, aber ihr Kopf rollt wie bei einer Stoffpuppe hin und her. So wird es nicht klappen, denn anscheinend kann sie nicht laufen.

»Holen Sie den Rucksack und die Krücken aus dem Wagen«, bitte ich ihn. »Ich bringe sie in mein Zimmer.«

Während Felix meiner Anweisung folgt, bücke ich mich, hebe Sadie hoch und steige mit ihr die Treppe zum Hoteleingang hinauf. Erleichtert stelle ich fest, dass die Lobby leer ist. Allerdings würde es hier ohnehin niemand wagen, irgendwelche Informationen über Gäste weiterzugeben. Absolute Diskretion – zusammen mit der luxuriösen Ausstattung und der Lage am Meer – ist der Grund, warum so viele Promis und Politiker in diesem Hotel absteigen.

»Marie«, begrüße ich die Nachtrezeptionistin im Vorbeigehen. »Ist eine der Villen heute Nacht frei?«

Sie starrt einen Augenblick auf die bewusstlose Frau in meinen Armen, bevor sie sich rasch wieder auf ihre Manieren und ihre Aufgabe besinnt. »Ich schaue sofort nach.« Während ich auf den Lift warte, wirft sie einen Blick in das Buchungssystem. »Villa Eleana ist nicht besetzt. Die koreanische K-Pop-Band ist heute Morgen abgereist.« Sie verstummt und starrt uns wieder an. Dieses Mal richtet sie den Blick auf Sadies bandagierten Fuß. »Geht es ihr … gut?«

»Alles in Ordnung. Der Knöchel ist nur verstaucht, und sie hat vom Arzt Schmerzmittel bekommen«, antworte ich schnell, um weitere neugierige Fragen abzuwehren.

»Und die Villa ist für …?«

»Für mich«, erwidere ich. Die Aufzugtüren öffnen sich, und ich steige ein. »Das ist Sadie. Sie übernachtet in meinem Zimmer.«

Den Mund zu einem O geformt, schaut Marie uns nach, bis die Türen sich schließen. Sie hat noch nie erlebt, dass ich eine Frau ins Hotel bringe und ihr dann meine Suite überlasse.

Für alles gibt es ein erstes Mal.

KAPITEL DREI

Sadie

Schmerz dringt in meine Träume ein.

Vor meinen geschlossenen Lidern wird es hell.

Bevor ich die Augen öffne, versuche ich herauszufinden, wo ich bin. Meine Gedanken formen sich nur langsam, und dafür bin ich dankbar, denn normalerweise wäre ich jetzt schon in Panik ausgebrochen …

Moment.

Augenblick mal.

Ich habe guten Grund, beunruhigt zu sein.

Einige Bilder von letzter Nacht prasseln wie Hagelkörner auf mich nieder.

Mein Weg zum Bahnhof.

Der Mann, der mich verfolgte.

Der irre Ausdruck in seinen Augen, als er sich auf mich stürzte.

Der Schmerz in meinem Fußknöchel, meine Schulter, die auf den Boden prallte.

Und dann …

Olivier.

Er tauchte plötzlich auf und verprügelte den Angreifer.

Ist das tatsächlich passiert?

Hat er mich wirklich … gerettet?

Wer ist dieser Olivier eigentlich?

Wo bin ich?

Ich öffne die Augen und blinzle in das sanfte Licht, das durch die hauchdünnen Vorhänge strömt. Durch die Fenstertüren weht eine frische, nach Salz riechende Brise herein. Das Meer.

Langsam hebe ich den Kopf und sehe in der Ferne das Mittelmeer blau schimmern; die Oberfläche glitzert, als wäre sie mit Diamanten übersät. Vor den Glastüren befindet sich eine große Terrasse mit Liegestühlen und einem riesigen, runden, direkt in den Teakholzboden eingelassenen Whirlpool. Es sieht beinahe so aus, als wäre ich auf einem Schiff gelandet.

Ich wage einen Blick nach unten und stelle erleichtert fest, dass ich noch dieselben Klamotten trage wie am Abend zuvor – ein Top mit U-Boot-Ausschnitt und eine Leinenhose. Beide Kleidungsstücke sind an einigen Stellen zerrissen und sehen ziemlich mitgenommen aus, doch zumindest bin ich angezogen.

Nicht, dass ich Olivier in Verdacht gehabt hätte, mir etwas anzutun. Auch wenn ich im Augenblick niemandem über den Weg trauen sollte, habe ich mich bei ihm für einen Vertrauensvorschuss entschieden – zumindest bis sich unsere Wege trennen und ich in den nächsten Zug steigen kann.

Außerdem hat er mich offensichtlich in einem sehr teuren Hotel untergebracht. Vorsichtig drehe ich den Kopf und schaue mich in dem Zimmer um. Es ist ungefähr dreimal so groß wie der Schlafsaal mit den sechs Stockbetten, in dem ich zuletzt übernachtet habe.

Unwillkürlich stoße ich einen leisen Pfiff aus. Das riesige Himmelbett, die mit besticktem Stoff bezogenen Stühle und die Kronleuchter deuten auf eine luxuriöse Residenz am Meer hin.

Du meine Güte!

Einen Moment lang glaube ich beinahe, mir hätte nichts Besseres passieren können als dieser Überfall, doch eine kleine Bewegung lässt den Schmerz in meinem Knöchel wieder explodieren.

Mist. Au, au, au.

Nachdem ich das Hosenbein aufgerollt habe, starre ich auf den Verband. Ich kann mich nicht mehr an die Anweisungen des Arztes erinnern. Soll ich ihn wechseln? Fester ziehen? Wie lange soll ich den Fuß nicht belasten? Ob ich die Krücken schon benutzt habe, weiß ich auch nicht mehr.

Doch sie sind da, lehnen an dem antiken weißen Kleiderschrank gegenüber vom Bett und wirken auf traurige Weise ziemlich fehl am Platz.

»Also gut«, sage ich laut und atme tief durch. »Denk nach, Sadie. Was hat der Arzt gesagt?«

Mir fällt nichts dazu ein. Mein Fuß ist verletzt, und ich rede mit mir selbst und verfluche mich dafür, nicht Französisch zu sprechen. Ich hätte mehr Fragen stellen sollen. Olivier ist wahrscheinlich gegangen, und ich bin allein und …

Es klopft an der Tür.

Mein Herz schlägt schneller.

»Hallo?«, rufe ich und überlege mir, wie ich humpelnd zur Tür gelangen kann, um sie zu öffnen. Sowie ich die Beine über die Bettkante schwinge, wird der Schmerz so stark, dass ich sitzen bleiben muss.

»Sadie?« Oliviers Stimme dringt durch die Tür. »Bist du angezogen? Darf ich reinkommen?«

»Ja.« Bevor ich mich vom Bett hieven und zur Tür hinken kann, wird die Tür aufgesperrt.

Was zum Teufel …? Woher hat er einen Schlüssel?

Die Tür öffnet sich, und er streckt den Kopf herein, die Stirn besorgt gerunzelt. »Bitte steh nicht auf.«

Dann wird die Tür noch weiter aufgeschoben, und ein Mann, anscheinend ein Butler, schiebt einen Servierwagen mit einigen von Speiseglocken bedeckten Tellern ins Zimmer.

»*Merci*, Marcel«, bedankt sich Olivier leise bei dem Butler, der so schnell wieder verschwindet, wie er hereingekommen ist. Die Tür schließt sich hinter ihm, und ich schaue zwischen Olivier und dem Servierwagen hin und her, bis mein Blick an ihm hängen bleibt.

Und das ist wirklich kein Wunder. Meine Güte! Ich sehe ihn zum ersten Mal bei Tageslicht, ich bin nicht mehr in Gefahr, und der Schmerz in meinem Fuß lässt sich irgendwie ertragen.

Dieser Mann sieht einfach *umwerfend* aus.

So wie eines der Models auf den Zeitungsanzeigen von Hugo Boss. Ein Mann von der Sorte, von der Gott eindeutig nicht genug erschaffen hat. Ein Mann, wie es ihn wahrscheinlich nur in Südfrankreich gibt.

Und er steht vor mir. In meinem Hotelzimmer.

Oder ist das etwa sein Zimmer?

»Wie bist du hier reingekommen?«, frage ich ihn, als ich meine Stimme wiedergefunden habe.

Er hält den Zimmerschlüssel in die Höhe. »*La clé*.«

»Ich nehme an, das heißt Schlüssel? Wieso hast du einen Schlüssel zu diesem Zimmer?«

Er neigt leicht den Kopf zur Seite, und um seine Lippen spielt ein belustigtes Lächeln. »Warum nicht? Das ist *mein* Zimmer.«

»Dein Zimmer?« Ich schaue mich noch einmal um. Meine Güte, hat er etwa die Nacht hier mit mir verbracht?

Plötzlich spüre ich, wie sich Wärme zwischen meinen Schenkeln ausbreitet. Verdammt, der bloße Gedanke an ihn sollte mich nicht derart erregen.

»Ich habe in der Villa geschlafen«, erklärt er nüchtern. »Ich hätte dich dort unterbringen können, aber sie liegt ein wenig abseits. Normalerweise ist sie von Mitgliedern königlicher Familien oder Prominenten, die ihre Ruhe haben wollen, gebucht, aber letzte Nacht war sie frei.«

Ich starre ihn an. »Das verstehe ich nicht.«

Er deutet auf den Servierwagen. »Dein Frühstück. Ich habe

nicht gewusst, was du magst, also habe ich fast alles kommen lassen, was auf der Speisekarte steht.«

Das kann doch nicht wahr sein!

Spöttisch schüttle ich den Kopf. »Nein, das kann nicht sein. Du bist nicht echt.«

»Doch, das bin ich.«

»Dann träume ich.«

»Ich kann dich kneifen, wenn du willst.« Seine samtweiche Stimme klingt plötzlich eine Oktave tiefer, und seine Augen funkeln mutwillig. Und sein Blick verstärkt die Hitze zwischen meinen Schenkeln. Oh verdammt, jetzt stecke ich in Schwierigkeiten. Ihm sollte doch klar sein, wie gefährlich solche Blicke von ihm sind. Aber vielleicht ist er sich dessen nicht bewusst.

Ich mustere ihn noch einmal. Das weiße T-Shirt mit dem V-Ausschnitt sieht sehr weich aus und betont seine von der Sommersonne gebräunte Haut. Er ist größer, als ich dachte, mindestens eins dreiundachtzig – ein Riese im Vergleich zu meinen knapp eins achtundfünfzig –, und sehr muskulös. Seine Figur ist allerdings nicht so schwer und massig wie bei Männern, die stundenlang im Fitnessstudio trainieren, sondern wirkt ganz natürlich. Kräftige Unterarme, ein großer, fester Brustkorb, breite Schultern, schmale Hüften.

Herrje, ich muss endlich aufhören, ihn anzustarren.

Rasch richte ich mich auf, versuche, das alles zu begreifen und mich in die Realität zurückzugeben. Nachdem er ohnehin schon so viel für mich getan hat, habe ich auch noch sein Hotelzimmer, das sicher ein Vermögen kostet, in Beschlag genommen. Und er hat sogar den Zimmerservice für mich bestellt.

Und mir alles bringen lassen, was auf der Speisekarte steht.

»Was bezweckst du eigentlich damit?« Ich kann mir die Frage nicht verkneifen. Eigentlich sollte ich einfach nur dankbar sein, aber was er für mich, eine Fremde, getan hat, kommt mir ungewöhnlich viel vor.

»Bezwecken?«, wiederholt er, und seine Armbanduhr blitzt auf, als er die Arme vor der Brust verschränkt.

Wow, diese Unterarme haben es mir wirklich angetan.

»Mmhm«, erwidere ich langsam. »Versuchst du etwa, mich zu verführen?« In dem Moment, in dem ich die Worte ausgesprochen habe, bereue ich sie.

Er schenkt mir ein umwerfendes Lächeln, eines von der Art, die mir den Atem für immer rauben könnte. »Möchtest du denn von mir verführt werden?«, fragt er und fährt sich mit seinen langen Fingern übers Kinn, als würde er darüber nachdenken.

»Nein«, antworte ich rasch.

Allerdings bin ich mir ziemlich sicher, dass das eine Lüge ist.

»Gut«, meint er immer noch lächelnd und beißt sich auf die Unterlippe. »Denn das würde dich überfordern, *mon petit lapin*, glaub mir.«

Das erinnert mich daran, dass ich so schnell wie möglich herausfinden muss, was dieses blöde Wort bedeutet. Wir kennen uns nicht gut genug, um uns Spitznamen zu geben.

Und trotzdem befindest du dich in seinem luxuriösen Hotelzimmer, tauschst Anspielungen mit ihm aus und wirst gleich im Bett frühstücken.

Meine Wangen röten sich, ich räuspere mich und wechsle rasch das Thema. Dummerweise dreht sich alles, worüber ich sprechen möchte, um uns.

»Ähm, ich kann mich nicht mehr daran erinnern, wie du mich gestern Abend hierhergebracht hast.«

»Ich habe dich getragen.« Er hebt eine der Speiseglocken hoch. »Das ist ein Eiweißomelett.«

»Mit Eigelb wäre es mir lieber«, erwidere ich naserümpfend.

Seine Augen funkeln belustigt, und er lacht. »Solche Frauen gefallen mir.«

Herrje! Das Prickeln, das seine Bemerkung in mir auslöst, gefällt mir nicht.

»Du hast mich tatsächlich getragen?«, frage ich. »Was hat das Hotelpersonal dazu gesagt? Bist du nicht … sind wir nicht erwischt worden?«

Er hebt eine weitere Speiseglocke hoch und nickt. »Ich habe ihnen erklärt, was passiert ist. Hier sind Crêpes, falls du Lust auf etwas Süßes hast.« Er hält mir den Teller hin – Heidelbeeren und etwas, was wie Nutella aussieht. Mein Magen knurrt, obwohl ich normalerweise nichts Süßes zum Frühstück mag.

»Die Hotelangestellten waren sicher misstrauisch. Schließlich war ich bewusstlos, als du mich hereingetragen hast.«

»Sie vertrauen mir, und das solltest du auch tun.«

»Warum sollten sie dir vertrauen? Kommst du öfter hierher?«

Wieder lächelt er und präsentiert mir den nächsten Teller. »Avocadotoast. Alle jungen Amerikaner hier bestellen das. Dieser ist mit Trüffeln und Radieschen verfeinert.«

»Du meinst die sogenannten Millennials, zu denen ich auch gehöre. Und nein, ich betrachte das nicht als Beleidigung.«

»So war es auch nicht gemeint«, erwidert er ruhig. »Und zu guter Letzt Eier mit Speck«, verkündet er und hebt eine weitere Speiseglocke hoch.

Beim Anblick des knusprigen Schinkens und der perfekt pochierten Eier knurrt mein Magen deutlich vernehmbar. Das Geräusch ist so laut, dass ich innerlich zusammenzucke.

Seine Augen leuchten auf. »Dein Magen hat sich offensichtlich dafür entschieden.«

Er nimmt den Teller mit dem Speck und den Eiern in die Hand und bringt ihn mir mit Besteck und einer Serviette ans Bett.

»Ich nehme an, du möchtest auch Kaffee«, fügt er hinzu, während ich, immer noch total verblüfft, den Teller entgegennehme. »Mit Milch?«

»*S'il te plaît*«, antworte ich, und er geht zurück zum Servierwagen.

»Ah, du hast noch einen französischen Begriff gelernt.« Er schenkt mir eine Tasse Kaffee ein. »Ich habe den Koch um einen *Caffè Americano* gebeten, da ich mir denken kann, dass du den Kaffee aus deiner Heimat vermisst.«

Er reicht mir die Tasse, aber der Teller auf meinem Schoß bringt mich ein wenig aus dem Gleichgewicht, und ich verschütte ein paar Tropfen auf die weiße gestärkte Bettdecke.

»Verdammt«, stoße ich hervor. »Tut mir leid.«

Wie wird ein schickes Hotel wohl auf ein solches Missgeschick reagieren?

»Mach dir darüber keine Gedanken.«

»Aber wird man dir die Reinigung nicht berechnen? Ich habe einmal Kaffee auf mein Lieblings-T-Shirt gekippt und den Fleck nie wieder herausbekommen.«

»Wie gesagt, mach dir deswegen keine Sorgen«, erklärt er noch einmal und lässt sich mit einer Tasse Espresso in der Hand auf der Bettkante nieder. So ungezwungen, als würden wir beide jeden Tag hier nebeneinandersitzen.

Man stelle sich das nur vor!

»Isst du nichts?«, frage ich und mache mich über mein Frühstück her.

»Ich habe schon etwas gegessen.« Er trinkt einen großen Schluck, ohne dabei den Blick von mir abzuwenden.

Na toll. Der Mann mit dem größten Sexappeal der Welt beobachtet mich aufmerksam, während ich mir den Mund vollstopfe.

»Das muss doch ein Vermögen kosten«, bringe ich zwischen zwei möglichst kleinen Bissen hervor.

»Schon gut.«

Ich schaue ihn genervt an. »Das ist nicht gut. Du hast mich in einem teuren Hotelzimmer mit Meerblick, Terrasse und Whirlpool untergebracht, mir alles bestellt, was auf der Frühstückskarte angeboten wird, und ich habe Kaffee auf dem Bett verschüttet. Dafür wirst du eine Wahnsinnsrechnung bekommen.«

Bei meinen schwindenden Ersparnissen kann ich ihm zwar nicht viel anbieten, aber es erscheint mir falsch, dass er für all das aufkommen soll, auch wenn er anscheinend kein armer Mann ist.

Er trinkt seinen Espresso aus und starrt in die leere Tasse, als würde er über etwas nachdenken. Vielleicht über die Rechnung. Seine dunklen Augenbrauen ziehen sich zusammen, und das lässt ihn noch attraktiver erscheinen.

Plötzlich steht er auf, geht mit der Espressotasse und dem Unterteller in der Hand zu dem gefliesten Bereich im Zimmer, hebt beide Teile hoch und wirft sie auf den Boden, wo sie in kleine Stücke zerbrechen.

Mit einem Aufschrei verschütte ich wieder Kaffee, dieses Mal über mich.

»Was zum Teufel soll das?«, rufe ich. »Was tust du da?«

»Du kennst doch Alfred Hitchcock?«, fragt er, den Blick auf die Scherben auf den Fliesen gerichtet.

Es ist ein wenig unheimlich, dass ich genau weiß, was er meint. »Ja, er warf jeden Tag Geschirr auf den Boden, weil er sich danach besser fühlte.«

Wieder zieht er die Augenbrauen hoch und schaut mich einen Moment lang unverwandt an. »Du beeindruckst mich, Sadie.«

»Na ja, ich mag seine Filme, aber er selbst war ein Ungeheuer.«

»Das stimmt. Und es zeigt, dass auch in sehr angesehenen Menschen Monster lauern.«

Worüber um alles in der Welt redet er da?

»Du zerbrichst also einfach so Geschirr in Hotelzimmern? Willst du rausgeworfen werden? Lebst du deine Johnny-Depp-Fantasien aus den Neunzigern aus?«

Ich finde, sein Bart passt dazu.

»Manchmal hilft es«, erklärt er.

»Wobei?«

Will ich das wirklich wissen?

»Das spielt keine Rolle«, erwidert er schulterzuckend. »Ich lasse jemanden zum Aufräumen kommen.«

Er geht zum Telefon hinüber, drückt eine Taste, spricht kurz auf Französisch in den Hörer und legt wieder auf. »Marcel wird gleich hier sein.«

Die Art, wie er hier tut, was er will, und wie er das Personal anweist, deutet darauf hin, dass er nicht nur ein Dauergast ist.

»Wohnst du hier etwa, oder so?«

»Manchmal«, antwortet er und richtet den Blick nachdenklich auf die sich blähenden Vorhänge und das Meer. »Nur, wenn ich Sonnenschein und ein wenig Abwechslung brauche.«

»Wo wohnst du normalerweise?«, frage ich und kaue mit vollen Backen ein Stück gebratenen Speck. Seine theatralische Vorstellung mit dem Geschirr hat mich zwar schockiert, aber ich bin trotzdem noch verdammt hungrig.

»Ich habe ein Apartment in Paris«, erwidert er. »Und Immobilien in Bordeaux, Cannes, Lyon und Biarritz. Nein, warte, das Haus haben wir vor Kurzem verkauft.«

»Wir?«, wiederhole ich. Die Liste der Immobilien, die er soeben heruntergerasselt hat, ignoriere ich und konzentriere mich auf das *wir*. Meine Güte, ist Olivier etwa verheiratet?

Ich achte nie auf Eheringe, doch ein rascher Blick verrät mir, dass er keinen trägt. In Europa scheint das allerdings nicht viel zu bedeuten.

»Nun, die Firma«, erklärt er.

»Welche Firma?«

»Meine Firma«, erwidert er in dem Moment, in dem es an der Tür klopft.

Er geht hinüber und lässt Marcel herein.

»Monsieur Dumont?«, fragt Marcel.

Olivier deutet nur auf die Scherben auf dem Boden, und Marcel macht sich sofort daran, sie zu beseitigen.

»*S'il vous plaît. Merci*, Marcel.«

Während Marcel hier ist, sollte ich vielleicht keine weiteren Fragen stellen, aber das alles wird immer verwirrender.

»Ähm, welche Firma?«, hake ich nach. Die Frage kann ich mir einfach nicht verkneifen.

Olivier tritt an den Nachttisch, hebt den Notizblock des Hotels auf und wirft ihn zu mir herüber, sodass er direkt neben mir landet.

Mit meinen vom Speck fettigen Fingern hebe ich ihn auf und entdecke zwei Dinge, die mir den Atem verschlagen.

Zuerst einmal lese ich, dass ich mich im Hôtel du Cap-Eden-Roc befinde, und selbst ich weiß, dass hier Promis und Royals aus der ganzen Welt zu Gast sind. Ich kann es kaum fassen, dass ich tatsächlich hier gelandet bin.

Dann fällt mein Blick auf das Logo über dem Hotelnamen, auf dem es heißt: »Firmengruppe Dumont«.

Dumont.

Wie … *Olivier Dumont*?

Ich schaue ihn forschend an. »Ist das *dein* Hotel?«

Seine vollen Lippen verziehen sich zu einem verhaltenen Lächeln, und er nickt. »*Oui, Madame.*«

Plötzlich ergibt alles einen Sinn, und das Puzzle fügt sich zusammen. Sein Geld, sein Zugang zum Hotel, seine Suite, die Art, wie das Personal mit ihm umgeht. Und die Tatsache, dass er sich nicht um die Rechnung oder den verschütteten Kaffee schert. Nur die Alfred-Hitchcock-Imitation verstehe ich immer noch nicht, aber das verdränge ich jetzt mal.

»Und du kannst hierbleiben, solange du willst«, fügt er hinzu.

Ich blinzle kurz, bis Oliviers Worte in mein umnebeltes Gehirn vorgedrungen sind. Für einen Augenblick stelle ich mir vor, eine andere Version meiner Selbst zu sein. Eine Frau, die ernst nimmt, was er sagt, die ihr Studium und die Verantwortung, die sie trägt, hinter sich lässt und gegen ein Leben mit Wein, nach Lavendel duftender Bettwäsche an der Küste des tiefblauen Mittelmeers eintauscht, die Haut gebräunt und schimmernd und ein sorgenfreies Lächeln auf den Lippen, während die Meeresbrise ihr durchs Haar fährt.

Doch diese Vorstellung verschwindet so schnell, wie sie gekommen ist.

»Was sagst du dazu?«, erkundigt er sich.

»Dazu, dass du dich plötzlich als Besitzer dieser sehr bekannten, sehr luxuriösen Hotelkette entpuppt hast?«

Er grinst. Anscheinend amüsiert ihn alles, was ich sage, doch das stört mich nicht im Geringsten.

»Nein, so plötzlich ist das nicht gekommen. Ich arbeite schon sehr lange daran, und manchmal kommt es mir wie eine Ewigkeit vor.«

»Aber du bist doch noch … jung«, wende ich ein.

»Dreißig«, erwidert er. »Ja, ich höre oft, dass ich noch sehr jung sei, aber ich bin schon seit dem Tag meiner Geburt auf diese Aufgabe vorbereitet worden.«

Rasch versuche ich mich an alles zu erinnern, was ich über diese Hotels weiß, aber mir fällt nur ein, dass dort hauptsächlich reiche und berühmte Leute absteigen. Und wenn ich daran denke, wie die Schwester am Empfang des Krankenhauses und die Polizisten gestern auf ihn reagiert haben, geht es offensichtlich nicht nur um Geld.

»Dumont«, sage ich langsam. »Warte mal, hast du etwas mit den Handtaschen zu tun? Mit der französischen Modelinie?«

Für einen kurzen Moment verschwindet sein Lächeln.

»*Bien sûr*«, erwidert er, aber die Leichtigkeit in seiner Stimme wirkt nun ein wenig gezwungen. »Diesen Teil des Unternehmens führen jedoch mein Vater und meine Schwester.«

»Bist du nicht an Mode interessiert?« Das kann ich mir kaum vorstellen, da er tadellos gestylt ist.

Er zuckt mit den Schultern. »Doch, ich bin schon daran interessiert, vor allem an der Marke Dumont, aber die geschäftliche Seite ist – wie sagt man das? – nicht mein Fall. Ich bin lieber Hotelier.« Er scheint ein Mann mit vielen Vorlieben zu sein, die ich alle gern näher erforschen würde. »Wenn du bleibst, erzähle ich dir mehr darüber, versprochen.«

Bei Oliviers letztem Satz verlässt Marcel das Zimmer, und wir bleiben allein zurück. Die Luft scheint schwerer geworden zu sein, aufgeladen mit Versprechen und Möglichkeiten. Und noch dazu wird Oliviers Blick mit jeder Sekunde, die verstreicht, immer intensiver.

»Das soll wohl ein Witz sein«, sage ich.

»Nein«, erwidert er leise. »Bleib bei mir. Nur ein paar Tage. Bis du dich erholt hast.«

Obwohl ich unwillkürlich lächle, kann ich das alles immer noch nicht glauben. »Das geht nicht.«

Er neigt den Kopf zur Seite. »*Pourquoi pas*? Warum nicht?«

»Dafür gibt es eine Million Gründe.«

»Und wie lauten sie?«

Er scheint es nicht zu begreifen.

Mit einer Geste deute ich auf das Hotelzimmer. »Zum einen kann ich mir das nicht leisten.«

Offensichtlich kostet es ihn Mühe, die Augen nicht zu verdrehen. »Wie gesagt, darüber musst du dir keine Gedanken machen.«

»Ich will aber keine Almosen von dir.«

»Ein Almosen würde bedeuten, dass meine Hilfe vollkommen uneigennützig ist. Ich kann dir jedoch versichern, dass ich einen sehr selbstsüchtigen Grund habe, um dich zum Bleiben zu überreden.«

Sag es nicht, sag es nicht, sag es nicht.

»Du willst mit mir schlafen.«

Verdammt, jetzt habe ich es doch gesagt.

Er grinst, und wieder einmal scheint meine Welt an der Achse zu kippen. »Das habe ich nicht gesagt. Ich will das nicht bestreiten, aber ich würde es lieber anders formulieren: Ich möchte dich gern näher kennenlernen.«

»Sicher gibt es viele Menschen, die du gern näher kennenlernen möchtest.«

»Eigentlich nicht.«

Na gut, nun bin ich bereits mit etwas herausgeplatzt, was ich besser nicht so deutlich hätte sagen sollen, und ich will mich ihm gegenüber nicht unsicher verhalten, aber ich habe wirklich keinen blassen Schimmer, was dieser Mann von mir will. Ich sehe nicht aus wie ein Model, ich bin keine Französin, ich bin nicht reich. Ich bin alles andere als all das, und trotzdem will dieser Mann Zeit mit mir verbringen und mich näher kennenlernen. Er hat keine Ahnung, wie langweilig ich eigentlich bin.

»Du scheinst mir nicht zu glauben«, stellt er schulterzuckend fest. »Ich bin nicht sicher, wie ich darauf reagieren soll. Allerdings weiß ich, dass du nirgendwohin musst. Dein Zug ist längst abgefahren. In den kommenden Tagen musst du deinen Knöchel schonen, und in dieser Verfassung solltest du auf keinen Fall reisen. Also warum tust du deiner Gesundheit und deinem Herzen nicht etwas Gutes und bleibst hier?«

Meinem Herzen?

Als er die Verwirrung auf meinem Gesicht bemerkt, fügt er rasch hinzu: »Stress belastet das Herz, und du stehst im Moment unter Stress, das sehe ich. Nicht nur wegen des schrecklichen Erlebnisses von gestern Abend, sondern auch wegen anderer Dinge. Gib deinem Herzen die Möglichkeit, unbeschwert und frei zu schlagen, ohne irgendwelche Belastungen.« Er deutet auf die Glastüren und die strahlend blaue See dahinter. »Dort draußen ist das Meer. Die Wellen kommen und gehen. Gib dich einfach eine Weile diesem Rhythmus hin.«

Das klingt verführerisch und fast zu gut, um wahr zu sein – und genau deshalb habe ich das Gefühl, weiterhin wachsam bleiben zu müssen, trotz der poetischen Worte, die aus Oliviers Mund kommen.

Meine Güte, dieser Mund!

Ich wende den Blick von seinem Gesicht ab, auch wenn es mir schwerfällt.

»Kennst du den Film *Vertigo*?«, frage ich ihn.

Er blinzelt. »Natürlich. Du hast doch gesehen, wie ich soeben die Tasse zerschmettert habe. Ich kenne jeden Film von Hitchcock.«

»Dann nimmst du es mir sicher nicht übel, dass du mich ein bisschen daran erinnerst, wie James Stewart sich Kim Novak gegenüber verhalten hat.«

»Weil ich dich für einen Geist halte?«

»Weil sie in der Bucht von San Francisco ins Meer gesprungen ist und er ihr das Leben gerettet hat. Und was hat er danach gesagt? ›Bei den Chinesen heißt es, dass man für eine Person, der man das Leben gerettet hat, für immer verantwortlich ist.‹ Demnach hast du Verantwortung für mich übernommen.«

Er verschränkt belustigt die Arme vor der Brust. »Tatsächlich gibt es bei den Chinesen kein solches Sprichwort, es wurde für den Film erfunden. Und wenn ich mich recht erinnere, hast du gestern Abend behauptet, nie wirklich in Gefahr gewesen zu sein.«

Er hat recht, und das finde ich schrecklich.

»Nun, ich hatte eben einen Schock. Es war jedoch ernst gemeint, als ich gesagt habe, dass du mir das Leben gerettet hättest. Ich versuche zu ignorieren, was passiert ist, aber …«

»Das solltest du nicht tun. Einen seelischen Schock sollte man niemals verdrängen, sonst kann dadurch ein ernstes Trauma entstehen. Du hast einiges durchgemacht, und es wird eine Weile dauern, bis du dich davon erholt hast. Also warum tust du das nicht hier? Bei mir.«

Meine Güte, er ist wirklich hartnäckig. Eigentlich weiß ich nicht, warum ich mich so sehr dagegen wehre. Meine Freundin Chantal würde mir eine Kopfnuss verpassen, wenn sie wüsste, wie widerspenstig ich mich verhalte, vor allem weil sie mich immer wieder dazu gedrängt hat, mir einen heißen Europäer zu schnappen und mit ihm zu schlafen. Und mich damit so richtig bei Tom zu rächen.

Doch so etwas liegt mir nicht. In der Highschool hatte ich keinen Freund. Meine Jungfräulichkeit habe ich mit siebzehn verloren – ich habe mit meinem besten Freund geschlafen, um es endlich hinter mich zu bringen. In Gegenwart von Männern bin ich oft unbeholfen und schüchtern, vor allem wenn eine sexuelle Komponente im Spiel ist. Für mich gab es lange Zeit eben nur Tom.

Und trotzdem spüre ich jetzt in Oliviers Beisein eine gewisse Vertrautheit und Geborgenheit, wie ich sie noch nie bei jemandem empfunden habe. Zumindest nicht bei einem Fremden.

Wahrscheinlich liegt das nur daran, dass er dich gerettet hat, sage ich mir.

Aber was soll's?

Warum lasse ich mich nicht darauf ein, selbst wenn es nicht meinem Naturell entspricht?

Ich mustere eingehend sein Gesicht und schiebe all die attraktiven Barrieren beiseite, die mir den Atem rauben, um ein Gefühl dafür zu bekommen, wer er wirklich ist. Er hat schön geschwungene Lippen und warme Augen. Und er ist wahrscheinlich Milliardär.

»Okay«, sage ich leise.

»Okay«, erwidert er und zieht die Augenbrauen hoch.

Ich nicke und verbeiße mir ein Grinsen.

»Ich bleibe hier«, erkläre ich. »Aber nur so lange, bis es mir besser geht. Und selbst wenn sich das hinzieht, werde ich auf keinen Fall meinen Flug nach Hause verpassen. Ich muss wieder aufs College und mich um meine Mutter kümmern. Ich habe … ein Leben, zu dem ich zurückkehren muss.«

»Das heißt aber nicht, dass du bis dahin nicht ein anderes Leben leben kannst.« Er sagt das so, als wüsste er bereits, dass Sadie Reynolds so etwas normalerweise nicht tut.

Ein anderes Ich, ein anderes Leben.

Nur für eine kleine Weile.

KAPITEL VIER

Olivier

Eine so dickköpfige Frau habe ich in meinem Leben noch nicht kennengelernt, doch das ist wahrscheinlich sogar der Grund dafür, warum Sadie es mir so angetan hat. Es mag kaltschnäuzig klingen, aber ich bin es gewohnt, nur mit dem Finger schnippen zu müssen, um eine Reihe von Frauen zur Verfügung zu haben. Dass ich Sadie nur mit Mühe zum Bleiben überreden konnte, obwohl sie jetzt weiß, wer ich bin, macht sie zu einer noch verlockenderen Herausforderung für mich.

Allerdings möchte ich sie nicht noch mehr bedrängen, als ich es ohnehin schon getan habe. Nachdem sie eingewilligt hat, eine Weile zu bleiben, habe ich beschlossen, ihr ein wenig Zeit für sich zu geben, während ich mich um geschäftliche Belange kümmere.

Leider handelt es sich nicht um das übliche Tagesgeschäft. Meine Schwester Seraphine hat mir eine Nachricht geschickt und mich gebeten, am Abend auf einen Drink nach Paris zu kommen. Wir stehen uns recht nahe und sehen uns mindestens einmal in der

Woche, wenn ich in der Stadt bin, aber mir ist klar, dass sie bei dem heutigen Treffen übers Geschäft sprechen will. Über das Geschäft unseres Vaters. Die *Paris Fashion Week* und die Herbstkollektion stehen vor der Tür, und sie versucht alles, um mich in diesen Teil unseres Unternehmens einzubinden.

Es war keine Lüge, als ich Sadie gesagt habe, dass ich an dieser Seite der Marke Dumont nicht interessiert bin. Ich bin mit meiner Aufgabe als Hotelier sehr zufrieden und lege keinen Wert darauf, mir ständig Sorgen über die Schwankungen machen zu müssen, denen unser Label mehrmals jährlich unterliegt. Das ist ein mörderisches, aufreibendes Geschäft und viel zu kompliziert, wenn man alle Familienmitglieder, die dabei ihre Finger im Spiel haben, unter einen Hut bekommen muss.

Ich weiß jedoch, dass ich gut darin wäre. Sehr gut sogar. Mein Vater würde sich nichts mehr wünschen, als dass ich in seine Fußstapfen träte, doch ich versuche seit zehn Jahren mit allen Mitteln, das zu vermeiden. Nicht, weil ich das unbedingt will, sondern weil ich es tun muss.

Mir ist bewusst, dass Seraphine mich an ihrer Seite braucht, und das macht die Sache für mich noch schwieriger. Sie und mein Vater mussten sich schon immer gegen Pascal, Blaise und Gautier zur Wehr setzen. Die Lage ist unausgewogener, als sie sein sollte, und das ist meine Schuld.

Meine Schwester und mein Vater kennen jedoch die Wahrheit nicht. Sie wissen nicht, was ich getan und was ich unterschrieben habe. Sie wissen auch nicht, dass das Ende naht und ich bald meine Anteile an der Firma an Gautier abtreten muss. Sonst werden bald alle von meiner Indiskretion erfahren. Sie kennen nur die Lüge, und ich muss alles tun, was in meiner Macht steht, um sie am Leben zu erhalten.

Es ist fast Mittag, als ich in die Suite zurückkehre, um nach Sadie zu sehen. Natürlich komme ich nicht mit leeren Händen – ich habe einen vergoldeten Eiskübel mit zwei gekühlten Flaschen Dumont-Champagner dabei. Obwohl wir beide noch nicht zu

Mittag gegessen haben, finde ich, dass wir eine Kleinigkeit brauchen, um besser in den Tag zu kommen.

Ich klopfe an die Tür und rufe leise ihren Namen. Da sie nicht antwortet, stecke ich meine Schlüsselkarte in das Schloss. Dabei habe ich zugegebenermaßen das Gefühl, meine Grenzen ein wenig zu überschreiten.

»Sadie«, rufe ich noch einmal und öffne langsam die Tür. Mein Blick fällt auf das ordentlich gemachte Bett und die neben der Tür sorgfältig aufgestapelten Serviertabletts. Ich hätte ihr sagen sollen, dass sie Marcel jederzeit rufen kann – er hätte sich um alles gekümmert.

Eine der Türen zur Terrasse steht offen, und ich sehe Sadie auf einem der Klubsessel sitzen. Sie trägt ein einfaches schwarzes Top und Jeansshorts, und ihr Haar ist zu einem lockeren Knoten zusammengebunden. Nach unten gebeugt zupft sie an dem Verband um ihren Fußknöchel.

»Guten Tag«, begrüße ich sie, und sie zuckt beim Klang meiner Stimme leicht zusammen. Dann schenkt sie mir ein Lächeln und wirkt beeindruckt, als sie den Champagner entdeckt.

»Ich habe dich nicht hereinkommen hören«, erklärt sie verlegen.

Ich trete auf die Terrasse, ziehe einen Sessel neben ihren und stelle den Eiskübel auf dem kleinen Teakholztisch zwischen uns ab.

»Wahrscheinlich bin ich daran gewöhnt, mich an- oder davonzuschleichen«, erwidere ich.

»Das glaube ich dir gern.« Ihre Stimme klingt wissend, doch in ihren Augen liegt keine Boshaftigkeit.

»Ich bin der Jüngste«, erzähle ich ihr. »Während mein Vater mit meinem Bruder oder mit meiner Schwester beschäftigt war, bin ich oft aus dem Fenster geklettert. Manchmal bin ich sogar durch die Haustür hinausgelaufen, ohne dass mich jemand bemerkt hat.«

»Oh, ich verstehe. Ich hätte eher gedacht, dass du mit deinen Frauen heimlich durch die Gegend schleichen musstest.«

»Mit meinen Frauen?« Ich ziehe die Augenbrauen hoch.

Ihre Mundwinkel heben sich, und ihre Augen blitzen schelmisch. So würde ich sie gern öfter sehen. »Vielleicht habe ich die letzten Stunden dazu genutzt, alles über dich zu googeln.«

Seufzend verdrehe ich die Augen. »*Mon Dieu.*« Wer weiß, was sie in dieser Zeit alles über mich ausgegraben hat. Mir ist nicht viel von dem bekannt, was über mich geschrieben wird. Obwohl ich in der Öffentlichkeit als Serien-Dater gelte, ist es mir bisher gelungen, mein Privatleben relativ diskret zu führen. Es stört mich nicht, wenn ich jede Woche – oder jeden Abend – mit einer anderen Frau fotografiert werde, denn ich weiß, dass niemand erfahren wird, was ich wirklich für sie empfinde. Mit der Presse spreche ich ausschließlich über meine Hotels. Zur Dumont-Linie gebe ich keine Kommentare ab – das überlasse ich meinem Vater und meiner Schwester.

Doch je mehr ich mein Privatleben schütze, umso versessener sind die Medienleute darauf, Gerüchte zu verbreiten. Irgendetwas müssen sie schließlich bekanntmachen, und wenn es von meinen Cousins nichts zu berichten gibt, stürzen sie sich oft auf mich.

»Nun, du kannst versichert sein, dass ich nicht alles glaube, was die Leute so sagen«, meint Sadie. »Vor allem wenn es im Gegensatz zu dem steht, was ich bisher erlebt habe.«

»Das gehört einfach dazu«, erkläre ich und deute auf den Champagner. »Wahrscheinlich überrascht es dich nicht, dass ich Champagner mitgebracht habe.«

»Oh, glaub mir, alles hier ist für mich eine riesige Überraschung«, entgegnet sie und schaut mich mit weit geöffneten Augen an. »Ich wollte mich schon ein paarmal kneifen, um mich zu vergewissern, dass ich nicht träume, aber das hat dann mein Knöchel übernommen.«

Ich werfe einen Blick darauf. »Tut er noch weh? Hast du den Verband abgenommen?«

Sie schüttelt den Kopf. »Ich hab's versucht, aber dann Angst bekommen, dass es mir nicht gelingt, ihn wieder richtig anzulegen.«

»Darf ich mir den Fuß mal anschauen?«

»Bist du etwa auch noch Arzt?«

Grinsend erhebe ich mich. »Das hast du sicher nicht über mich gelesen, oder?«, scherze ich. »Warte, ich hole dir zuerst etwas gegen die Schmerzen.«

Rasch gehe ich zurück ins Zimmer, nehme zwei Champagnergläser aus dem Schrank und trage sie nach draußen. »Los geht's!«

Eigentlich erwarte ich, dass sie ablehnt, aber sie beobachtet mich dabei, wie ich die Flasche öffne und der Korken über das Terrassengeländer fliegt.

»Schockiert es dich, wenn ich dir sage, dass ich noch nie Dumont-Champagner getrunken habe?«, fragt sie, während ich ihr langsam ein Glas einschenke. »Und auch sonst noch nichts von Dumont ausprobiert habe?«

Das wird sich ändern, denke ich, und als sich unsere Blicke treffen, sehe ich in ihren Augen einen Blitz aufflammen, so als könnte sie meine Gedanken lesen.

Ich schenke mir auch ein Glas ein, halte es hoch und räuspere mich, bevor ich sage: »Darauf, dass man zum richtigen Zeitpunkt am richtigen Ort ist.«

Sie wirft mir einen strengen Blick zu. »Es war wohl eher der falsche Ort zum falschen Zeitpunkt, findest du nicht?«

»Schon, aber ich sehe es aus meiner Warte.«

Sie schaut mich spöttisch an und lacht trocken. »Na gut, dann stoße ich darauf an, welches Glück ich hatte, dass ausgerechnet du mich gerettet hast. Ich bezweifle, dass ich sonst jemals an einem solchen Ort gelandet wäre.«

»*Santé!* Das kann man nie wissen.« Ich proste ihr zu. »Vielleicht wären wir uns auf eine andere Weise begegnet.«

Ihre Augen leuchten auf, und mir ist bewusst, dass ich möglicherweise ein wenig aufdringlich bin, aber in ihrer Gegenwart kann ich mich einfach nicht anders verhalten. Ich trinke einen

Schluck, und als sie ihr Glas wieder absetzen will, drücke ich den Glasboden sanft nach oben, sodass sie den Champagner in einem Zug austrinkt.

»Gegen die Schmerzen«, erkläre ich.

Lächelnd leckt sie sich auf eine Weise über die Lippen, die mich beinahe aus der Fassung bringt. »Dafür sind Schmerzmittel da. Wenn ich es nicht besser wüsste, würde ich glauben, dass du mich betrunken machen willst.«

»Betrunken«, wiederhole ich. »Nein. Hier in Frankreich betrinken wir uns nicht. Wir werden glücklich. Und jetzt lass mich einen Blick auf deinen Fuß werfen.«

Ich stelle mein Glas auf den Tisch und setze mich neben sie auf den Liegesessel. Vorsichtig lege ich meine Hände um ihre Wade und hebe ihren Fuß auf meinen Oberschenkel. Angespannt hält sie kurz den Atem an, bevor sie nach hinten rückt, um mir Platz zu machen. Auf ihrem Gesicht zeichnet sich Angst ab, und ich werfe ihr einen beruhigenden Blick zu. »Ich werde dir nicht wehtun, versprochen.«

»Wie kannst du da so sicher sein?«, fragt sie nach einer kurzen Pause, und ihre Stimme klingt so bedeutungsvoll, als spräche sie über etwas anderes.

Darüber will ich jetzt nicht nachdenken. Stattdessen beginne ich behutsam, den Verband von ihrem Knöchel zu wickeln. Offensichtlich habe ich keine medizinische Ausbildung, aber Seraphine war früher im Ballett, und ich erinnere mich daran, wie ich meiner Mutter dabei geholfen habe, ihre Füße nach besonders anstrengenden Tagen zu versorgen.

Sadie atmet hörbar ein, als ich den Verband abnehme, aber ihr Knöchel sieht nicht so schlimm aus, wie ich befürchtet habe. Er ist geschwollen und leicht blau verfärbt.

»Das sieht gut aus«, stelle ich fest.

»Tut es nicht«, entgegnet sie. »Es sieht wund aus.«

»Nicht wund, nur entzündet«, erwidere ich lachend. »Noch ein paar Tage Ruhe und Entlastung, und alles ist wieder in Ordnung. Ich habe dir doch nicht wehgetan, oder?«

»Nein, aber du musst den Verband wieder anlegen, dann hast du noch eine Chance dazu.«

Unwillkürlich muss ich lächeln. Sie kann wirklich kratzbürstig sein. Ich deute mit einer Kopfbewegung auf ihr Glas. »Schenk dir noch etwas ein und trink.«

»Du willst mich doch betrunken machen.«

»Ich genehmige mir auch gleich noch ein Glas.«

Und das meine ich ernst. So vorsichtig, wie ich den Verband abgenommen habe, bringe ich ihn auch wieder an ihrem Knöchel an. »Zu fest?«, frage ich. Ihr Fuß liegt immer noch auf meinem Oberschenkel.

»Ich bin beeindruckt.« Sie trinkt einen Schluck. »Auch von dem Champagner, von dem Hotel, von dir und von allem, was du machst und zustande bringst.«

»Nun, ich bin froh, dass ich dich mit dem beeindrucke, was ich tue, und nicht damit, was du über mich gelesen hast.«

»Oh, glaub mir, auch das hat mich beeindruckt. Selbst die offenkundigen Lügen. Ich hatte keine Ahnung, dass du ein Kind mit der Prinzessin von Monaco hast.« Sie hält inne und kneift die Augen zusammen. »Es sei denn …«

»Eine infame Lüge«, erkläre ich. »Obwohl mein Cousin sich wohl öfter mit ihr getroffen hat.«

»Welcher?«

»Du kennst meine Cousins?«, frage ich gereizt.

»Wenn man über Olivier Dumont recherchiert, stößt man zwangsläufig auch auf Informationen über den Rest seiner Familie.«

»Und was hast du über sie erfahren?«, frage ich vorsichtig.

Sie zuckt mit den Schultern. »Einiges, aber wer weiß schon, was davon wahr ist und was nicht. Deine Familienmitglieder scheinen sich untereinander nicht sehr gut zu verstehen. Und dein Vater und dein Onkel unterscheiden sich anscheinend sehr voneinander.«

»Wie meinst du das?« Natürlich kenne ich die Wahrheit, aber es interessiert mich sehr, wie wir auf Außenstehende wirken, vor allem wenn sie nicht aus Frankreich kommen und nicht regelmäßig mit Nachrichten über meinen Vater und meinen Onkel konfrontiert werden.

»In der Klatschpresse ist oft von einer Familienfehde die Rede. Angeblich gibt es eine ›gute Seite‹ der Dumonts, das sind du, deine Schwester, dein Bruder und deine Eltern. Und dein Onkel, deine Tante und deine Cousins sind die ›böse Seite‹. Obwohl man sie manchmal auch ›fortschrittlich‹ nennt, also ist ›böse‹ wohl relativ, sozusagen.«

Sie hat ja keine Ahnung. »Du hast recht. Sie sind fortschrittlicher«, gebe ich zu. »Mein Vater glaubt immer noch daran, dass das Unternehmen Dumont so geführt werden sollte, wie mein Großvater es getan hat. Alles an die heutige Zeit anzupassen, betrachtet er als Schaden für die Firma.«

Sadie starrt mich so eindringlich an, dass ich unbedingt etwas trinken muss und mein Glas in einem Zug leere. »Und was ist deine Meinung?«, will sie wissen. »Stimmst du deinem Vater zu?«

Ich nicke. »Ja. Ich setze das in meinem Geschäftsbereich auf meine eigene Weise um. Meine Hotels werden in Hinsicht auf den Service und die Lage immer einen Hauch der Alten Welt behalten. Das ist es, was die Gäste von einer solchen Unterkunft erwarten. Natürlich passe ich mich, wie alle anderen Hotelbesitzer, in gewisser Weise an. Heutzutage brauchen wir Onlinemarketing. Wir müssen Instagram und andere soziale Medien nutzen. Wäre ich in dieser Hinsicht nicht flexibel, könnte ich nicht mit den anderen mithalten.«

»Und dein Vater? Er hat nicht einmal einen Onlineshop.«

»Nun, die Produkte sind zwar online, kaufen kann man sie auf diesem Weg jedoch nicht. Dazu muss man schon in einen Laden gehen.«

»Ist das nicht zu umständlich?«

Dieses Argument habe ich so oft gehört, dass ich mittlerweile genau weiß, wozu es führen kann. »Das mag sein, aber es verhindert, dass die Markenartikel zu billiger Wegwerfmode werden.«

Sie bricht in Gelächter aus. »Billig? Ich habe mir die Handtaschen angesehen. Sie kosten um die fünftausend Dollar.«

»Bei Chanel auch, und da regt sich niemand über den Preis auf.«

»Oh, ich schon. Es ist einfach lächerlich. Meine ganze Reise hat nur die Hälfte gekostet.«

Ein guter Einwand. Ausnahmsweise fehlen mir die Worte.

»Schau, ich möchte dich und deinen Vater auf keinen Fall beleidigen«, fährt sie nach einer Weile fort. »Ich bin sicher, dass die Produkte ihren Preis wert sind, aber für mich ist das eine ganz andere Welt, die ich wahrscheinlich nie verstehen werde. Unsere Welten sind eben sehr verschieden.«

»Und trotzdem sitzen wir hier, du und ich, auf der Terrasse meiner Suite im Hôtel du Cap-Eden-Roc und trinken Champagner. Es sieht so aus, als hätten unsere beiden Welten ganz gut zusammengefunden.«

»Das ist nur vorübergehend so«, entgegnet sie. »Und das auch nur, weil du so großzügig bist.«

»Wahrscheinlich sollte ich mich geschmeichelt fühlen, dass du nicht wieder von Almosen gesprochen hast.«

»Ich versuche, mich höflich zu benehmen«, erklärt sie. »Allerdings bin ich mir nicht sicher, ob ich alles richtig mache.«

Ich strecke den Arm aus und lege meine Hand auf ihr Knie. Ihre warme Haut unter meiner Handfläche macht mir bewusst, wie nahe wir nebeneinander sitzen. Ihre Beine liegen immer noch auf meinem Oberschenkel, und das vermittelt mir ein Gefühl der Vertrautheit, das ich wahrscheinlich noch nicht empfinden sollte. »Du machst das sehr gut! Du bist ehrlich, und wir alle brauchen ehrliche Menschen in unserem Leben, sonst machen wir immer wieder die gleichen Fehler. Ganz gleich, ob du unsere Handtaschen für überteuert hältst – trotz der Verarbeitung und des Materials – oder nicht, wir könnten auf jeden Fall ein wenig moderner werden. Doch ich sehe auch einen großen Wert darin, an der Vergangenheit festzuhalten. Dadurch zeigen wir Verlässlichkeit. Mein Onkel würde es bevorzugen, online zu gehen und durch den schnelleren

Verkaufsweg höhere Gewinne zu erzielen, aber ich bewundere meinen Vater dafür, dass er auf seinem Standpunkt beharrt.

Wahrscheinlich habe ich jetzt zu viel verraten. Ich kann mich nicht daran erinnern, wann ich mich zum letzten Mal auf diese Weise geöffnet und so viel über meine Familie und das Geschäft erzählt habe. Nicht einmal für einen kurzen Augenblick. Meine Familie ist so komplex und vielschichtig, dass man ständig Gefahr läuft, die Büchse der Pandora zu öffnen, und diese sollte man besser fest verschlossen halten.«

Ich räuspere mich. »Aber ich möchte dich nicht mit meinen geschäftlichen Dingen langweilen. Wir sollten uns stattdessen über unser Mittagessen Gedanken machen.«

»Ehrlich, das langweilt mich überhaupt nicht«, erwidert sie, bevor kurz darauf ihr Magen ein lautes Knurren von sich gibt.

»Ich glaube, dein Magen ist da anderer Meinung«, sage ich lachend. Ich finde es süß, dass sie offensichtlich peinlich berührt ist.

»Ich habe geglaubt, zum Frühstück viel zu viel gegessen zu haben, aber anscheinend habe ich mich geirrt.«

»Nun, Appetit ist ein gutes Zeichen. Möchtest du zum Essen nach Cannes fahren? Oder nach Antibes? Wir könnten auch in einem Restaurant in der Nähe essen oder uns etwas aufs Zimmer kommen lassen.«

»Sollte ich meinen Fuß nicht schonen?«

»Ich kann dir versichern, dass du nicht weit gehen musst. Wir könnten auch auf meinem Boot zu Mittag essen.«

»Natürlich hast du ein Boot«, bemerkt sie trocken, lächelt aber dabei. Und je öfter ich sie lächeln sehe, umso mehr wünsche ich mir, sie immer wieder dazu bringen zu können, egal, was es kostet. Natürlich habe ich immer darauf Wert gelegt, einer Frau eine schöne Zeit zu bereiten, ihr etwas zu bieten, woran sie später gern denkt, aber ich kann mich nicht daran erinnern, wann ich, so wie jetzt, zum letzten Mal das Bedürfnis verspürt habe, alle Hebel dafür in Bewegung zu setzen. Und das Witzige an der Sache ist, dass es kaum Mühe kostet, Sadie zu beeindrucken.

Eigentlich ist das die falsche Betrachtungsweise. Sie ist nicht leicht zu beeindrucken, sondern ihr imponieren andere weniger oberflächliche Dinge.

Wie gesagt, sie ist eine Herausforderung.

Was unser Mittagessen betrifft, hat sie keine speziellen Wünsche. Allerdings ist sie ihrer Meinung nach nicht passend für ein Essen in einem Lokal gekleidet, und obwohl das nicht stimmt, spüre ich, dass ihr diese Vorstellung unangenehm ist. Also beschließen wir, den Zimmerservice in Anspruch zu nehmen, und ich sage dem Koch, dass er ihr, unabhängig von der Karte, alles zubereiten soll, was ihr Herz begehrt.

Das ist, wie sich herausstellt, ein einfacher amerikanischer Hamburger, den sie in Sekundenschnelle verschlingt. Natürlich ist er mit Kobe-Rindfleisch zubereitet, aber das muss ich ihr ja nicht auf die Nase binden. Wir trinken noch mehr Champagner, dieses Mal mit Crème de Cassis als Kir Royal, und schon bald sind wir satt und beschwipst und fühlen uns wohl.

Zumindest trifft das auf mich zu. Es ist herrlich, einen Tag ohne Sorgen zu verbringen, an dem die Zukunft nur aus dem Horizont besteht, einer schmalen blassen Linie in der Ferne.

Im Augenblick ist dieser Streifen von einem satten Blau und schwankt leicht mit den Wellen auf und ab. Wir lehnen uns beide an das Geländer und schauen auf den langen, an der Küste gelegenen Pool. Einige der Gäste planschen im Wasser, andere lassen sich Drinks servieren. Die Hauptsaison eignet sich hervorragend dazu, Leute zu beobachten.

Meine Aufmerksamkeit ist jedoch auf die Frau neben mir gerichtet. Eine Brise pustet sanft ein paar Haarsträhnen aus ihrem Pferdeschwanz nach hinten, sie schimmern in der Sonne goldrot. Die vereinzelten Sommersprossen auf ihrer Haut treten plötzlich stärker hervor, so als würde sie vor meinen Augen aufblühen. Ihr Blick ist auf ein Segelboot gerichtet, das mühelos über das Wasser gleitet; das weiße Segel bildet einen starken Kontrast zu dem tiefblauen Mittelmeer. Als sie sich zu mir umdreht, bemerke ich zum ersten Mal, wie sehr die Farbe ihrer Augen der der See gleicht.

»Warum starrst du mich so an?«, fragt sie ein wenig schüchtern.

Wieder befürchte ich, dass ihr meine Antwort unangenehm sein wird, aber ich kann nicht anders. »Deine Augen. Sie sind marineblau – wie das Meer.«

Sie senkt lächelnd den Blick, und ihre Wangen röten sich leicht. »Bei meinen Recherchen über dich habe ich bei Google auch noch etwas anderes nachgeschlagen.«

»Ach ja?«

»Ich weiß jetzt, was *mon petit lapin* heißt.«

Ich hätte mir denken können, dass sie das tut. Allerdings muss ich ihr zugutehalten, dass sie mir das offensichtlich nicht übel nimmt. Sie wirkt lediglich belustigt.

»Ich kann dir das erklären«, sage ich rasch.

Sie lacht. »Dann mal los. Ich möchte gern wissen, warum ich dich an ein Kaninchen erinnere.«

»Du siehst nicht so aus«, versichere ich ihr und berühre kurz ihren Arm. Ihre Haut scheint unter meiner Hand wärmer zu werden. »Aber …«

Sie legt die Hände an die Ohren. »Ja, meine Ohren. Ich weiß, dass sie abstehen. Als Kind haben mich in der Schule alle ›Arwen‹ genannt.«

»Arwen ist sehr hübsch«, merke ich an.

»Ja, wenn sie von Liv Tyler gespielt wird. Glaub mir, sie wollten mir nicht schmeicheln, als sie mich als Halbelbin aus *Herr der Ringe* bezeichnet haben.«

Das war offensichtlich ein heikles Thema, das hätte ich ahnen können. »Meine Erklärung mag sich komisch anhören, aber du musst mir glauben, dass ich es als Kompliment gemeint habe.«

Einen Moment lang mustert sie mich aus zusammengekniffenen Augen und zuckt dann mit den Schultern. »Mir bleibt wohl nichts anderes übrig. Ihr Franzosen habt manchmal eine merkwürdige Ausdrucksweise.«

»Das liegt nicht an den Franzosen im Allgemeinen – nur an mir. Bei Kosenamen kann ich wohl mit meinen Landsleuten nicht mithalten.«

»Man sollte glauben, dass du mittlerweile ausreichend Übung darin hast«, erwidert sie leichthin.

»Das könnte man meinen«, erwidere ich. »Vielleicht sollten wir einigermaßen gleiche Bedingungen schaffen. Du scheinst so viel über mich zu wissen, während ich praktisch nichts über dich weiß.«

»Über mich gibt es nicht viel zu sagen.« Sie versucht, sich eine Haarsträhne aus den Augen zu schieben.

Ich strecke eine Hand aus und streiche ihr die Strähne hinters Ohr. Zu meiner Überraschung zuckt sie dieses Mal bei meiner Berührung nicht zusammen. »Jeder hat eine Geschichte. Ich wette, deine ist einzigartig und viel interessanter, als du glaubst. Erzähl mir, wo du aufgewachsen bist.«

Sie verzieht das Gesicht und rümpft die Nase. »Von dem Ort hast du sicher noch nie gehört.«

»Erzähl es mir trotzdem.«

Sie atmet tief aus. »Also gut: Der Ort, an dem ich geboren wurde, heißt Wenatchee und liegt im Staat Washington. Er befindet sich im Landesinneren, also ein gutes Stück von Seattle entfernt. Dort ist es sehr trocken, beinahe wie in einer Wüste, aber wir haben einige hübsche Seen in der Nähe, und wir sind berühmt für unsere Äpfel.«

»Das klingt nett.«

»Na ja, ganz okay. Meine Schilderung ist ein wenig zu positiv.«

»Und was haben deine Eltern gemacht? Äpfel angebaut?«

Sie lacht. »Das wäre schön gewesen. Nein, mein Vater war Bankangestellter und meine Mutter Kellnerin. Sie haben beide nicht viel verdient. Wir wohnten in einer Wohnwagensiedlung, allerdings in einer sehr gepflegten. Ich hatte ein eigenes Zimmer, also war ich dort recht glücklich ...« Ihre Stimme wird leiser, und sie sieht ganz und gar nicht glücklich aus.

»Hast du Geschwister?«

Sie schüttelt den Kopf und schaut ausdruckslos auf die Gäste am Pool hinunter. »Mein Dad hat uns verlassen, als ich noch klein war. Keine Ahnung, wo er jetzt ist. Es interessiert mich auch nicht.«

Ich hüte mich, weiter nachzufragen.

»Und deiner Mutter stehst du sehr nahe?«

»Ja«, bestätigt sie leise.

»Macht sie sich Sorgen wegen deiner Reise?«

»Ein wenig. Ich glaube … ich glaube, dass ich ihr fehle. Wir leben jetzt in Seattle, in der Nähe der Universität. Und es beunruhigt sie sehr, dass ich jetzt allein unterwegs bin.«

»Heißt das, dass du nicht mehr mit deinem Freund zusammen bist? Wie war noch sein Name? Dom?«

»Tom«, berichtigt sie mich rasch und schaudert, als würde es ihr schwerfallen, den Namen auszusprechen. »Sie war zwar nicht begeistert von ihm, aber es hat sie erleichtert zu wissen, dass er auf mich aufpasste. Du weißt schon, was ich meine.«

»Wirst du ihr von mir erzählen?«

»Von dir?« Sie zieht die Augenbrauen hoch. »Und was soll ich über dich sagen?«

»Dass du einen sehr attraktiven Franzosen kennengelernt hast, der dir versprochen hat, sich um alle deine Bedürfnisse zu kümmern.«

Sie schüttelt langsam den Kopf, und auf ihrem Gesicht breitet sich ein Lächeln aus. »Du bist unglaublich.«

Ich lehne mich an sie und atme tief ihren süßen Duft nach Vanille, gemischt mit dem frischen Geruch nach Meersalz, ein. »Du hast ja keine Ahnung, *mon petit lapin*«, flüstere ich ihr leise ins Ohr.

KAPITEL FÜNF

Sadie

»Erzähl mir alles über Spanien«, fordert meine Mutter mich auf. »Wie ist es in Barcelona? Oder bist du jetzt in Madrid? Ich verliere allmählich den Überblick.«

»Ich bin in Barcelona«, erwidere ich. Es fällt mir schwer, meine Mutter anzulügen, aber im Moment bleibt mir nichts anderes übrig. Würde ich ihr wahrheitsgemäß erzählen, was mir zugestoßen ist, würde ich ihr nur Sorgen bereiten, und das ist das Letzte, was sie braucht, denn sie hat ohnehin schon Stress genug. Also lasse ich sie in dem Glauben, dass alles in Ordnung ist.

Eine Weile ist es still in der Leitung. »Geht es dir gut?«, fragt sie dann.

Ich räuspere mich und versuche, meiner Stimme einen fröhlichen Klang zu geben. »Ja, klar. Ich bin nur ein bisschen müde von all dem Herumgereise.«

Noch eine Lüge. Ich habe einen kleinen Kater und bin ein wenig benommen von den Schmerzmitteln. Gestern habe ich tagsüber mit Olivier ein bisschen zu viel getrunken und bin deshalb schon sehr früh ins Bett gegangen. Tatsächlich bin ich wohl schon eingenickt, bevor er Abendessen für uns bestellen wollte. Ich kann mich nur noch dunkel daran erinnern, dass er mich ins Bett gebracht hat und dann gegangen ist. Und ich bin unter die Decke geschlüpft und war sofort weg.

Sicher eine tolle Nummer für meinen Gastgeber.

»Ich weiß, ich hätte erst in einer Stunde oder so anrufen sollen«, sagt sie. »Aber ich habe schon so lange nicht mehr mit dir telefoniert, und du hast mir erzählt, dass man in den Hostels ohnehin nicht ausschlafen kann.«

»Das stimmt. Ich freue mich über deinen Anruf. Wie war es in der Arbeit?«

Meine Mom ist gerade von der Spätschicht in dem Diner zurückgekommen, in dem sie momentan arbeitet. Normalerweise wechselt sie alle paar Monate ihren Job, weil sie es wegen ihrer Depressionen nicht länger an einem Arbeitsplatz aushalten kann. Heute scheint jedoch alles glimpflich abgelaufen zu sein.

»Es war alles in Ordnung«, erwidert sie seufzend. »Vor ein paar Tagen ging es mir jedoch ziemlich schlecht ...« Sie verstummt, und ich weiß, dass sie mir nicht erzählen will, was passiert ist. Doch sie wird es trotzdem tun, auch das weiß ich. Außer mir gibt es niemanden, dem sie sich anvertrauen kann.

»Und?«, hake ich nach.

»Nun ja, die gute Nachricht ist, dass ich noch einen Job habe.« Sie lacht nervös und stöhnt dann auf. Ich kann mir gut vorstellen, wie sie sich jetzt den Handballen gegen die Stirn drückt, als könnte sie damit zu ihrem Gehirn durchdringen. »Schätzchen, es war so schlimm, dass ich nicht aufstehen konnte. Dieses schwarze Loch, diese Leere, sie hat mich gepackt ... Ich habe wirklich geglaubt, dass ich nie wieder von dort herauskommen würde.«

Mein Herz zieht sich zusammen. Ich weiß, wovon sie spricht – auch ich habe diese Leere schon verspürt. Natürlich lässt sich das nicht mit dem vergleichen, was sie jeden Tag empfindet und durchmachen muss.

Obwohl ich Angst davor habe, frage ich: »Wie viele Schichten hast du versäumt?«

»Zwei«, antwortet sie nach einer kurzen Pause. »Aber man hat mir großes Verständnis entgegengebracht. Agnes, meine Kollegin – ich glaube, ich habe sie schon einmal in einer E-Mail erwähnt –, übernimmt mit Begeisterung meine Schichten. Wenn es mir schlecht geht, kann ich sie jederzeit anrufen, und sie springt gern für mich ein.«

Erleichtert atme ich aus. Bei all ihren anderen Jobs hat sie nie viel Unterstützung bekommen. Meine Mom neigt dazu, zu allen Menschen Distanz zu halten, und das aus gutem Grund, aber vielleicht hat sie sich jetzt, wo ich nicht bei ihr bin, dazu überwunden, sich anderen zu öffnen. Schon seit sehr langer Zeit verlässt sie sich nur auf meine Gesellschaft und meine emotionale Unterstützung. Natürlich würde ich meine Mutter nie im Stich lassen, aber manchmal belastet mich das sehr. Solange ich mich erinnern kann, habe ich ihre Last mitgetragen, selbst als mein Vater noch bei uns war.

»Wenn ich mich nicht täusche, habe ich Tom vor ein paar Tagen gesehen.« Der Themenwechsel ist grausam.

Aus Gewohnheit stoße ich ein Seufzen aus, obwohl ich zugeben muss, dass ich seit meiner Begegnung mit Olivier nicht mehr so oft wie sonst an Tom gedacht habe.

»Ich hätte ihn am liebsten überfahren«, erklärt meine Mutter. »Ich werde ihm niemals verzeihen, was er dir angetan hat.«

»Ich ihm auch nicht. Aber das ist jetzt nicht mehr so wichtig.«

»Er hat dir deine Ferien ruiniert, Schätzchen.«

Ich lächle verhalten. »Das wird schon wieder, ganz sicher.«

Ein paar Minuten bleibe ich noch am Telefon, während meine Mom sich einen Schlaftee aufbrüht und sich für die Nacht fertig macht. Nachdem wir unser Gespräch beendet haben, versuche ich, die Energie aufzubringen, mich aus den Federn zu schwingen.

Dass das Bett so unglaublich bequem ist, hilft mir nicht dabei. Hier fühlt man sich wirklich wie im Paradies. Selbst meine Kopfschmerzen und das leichte Pochen in meinem Knöchel treten in den Hintergrund in diesem hellen Zimmer – es ist sauber und einfach gehalten und gleichzeitig luxuriös.

Jetzt, wo ich ganz wach bin, schweifen meine Gedanken sofort zu Olivier.

Wie auch nicht?

Ich meine … gütiger Himmel.

Vielleicht ist das Karma? Eine Entschädigung für meine ziemlich bescheidene Kindheit oder dafür, dass Tom mich hat sitzenlassen, oder sonst irgendetwas. Wie auch immer, ich sollte aufhören, das alles zu hinterfragen, und es einfach genießen. Dieser Mann ist zu unglaublich, um wahr zu sein. Zuerst das Frühstück im Bett wie in *Pretty Woman*, dann Champagner seiner eigenen Marke in einem Liegestuhl direkt am Mittelmeer. Die Unterhaltung plätscherte angenehm dahin, solange wir nicht auf mich zu sprechen kamen, und bei etlichen Gelegenheiten streckte er die Hand aus und berührte mich. Jedes Mal, wenn ich seine Haut auf meiner spürte, hatte ich das Gefühl, dass wir uns auf einer Ebene begegneten, auf der sich irgendetwas tief in mir mit irgendetwas tief in ihm verband.

Doch das ist nur albernes Geschwätz. Offensichtlich bin ich davon hingerissen, dass er so großartig aussieht, ein typischer Franzose und außerdem unglaublich reich und erfolgreich ist. Alles andere ist wahrscheinlich ein Produkt meiner lebhaften Fantasie, denn außer dass er meinen Knöchel und meinen Oberschenkel berührt und mir eine Haarsträhne aus dem Gesicht gestrichen hat, hat er keine richtigen Annäherungsversuche gemacht.

Eigentlich habe ich damit gerechnet. Vor allem da er mir hin und wieder einen heißen Blick zuwarf und sich ein wenig zu nahe zu mir herüberlehnte. Normalerweise wäre ich ausgeflippt, und obwohl ich innerlich kurz davor war, wich ich keinen Zentimeter zurück.

Also entweder will dieser Mann mich nur auf den Arm nehmen oder ich empfange die falschen Signale.

Oder er ist ein Gentleman, der eine verletzte junge Frau nicht anmachen will, fährt es mir durch den Kopf.

Das wäre möglich. Es lässt sich nicht verleugnen, dass es zwischen uns knistert – die Frage ist nur, was wir daraus machen …
Ich werde auf keinen Fall den ersten Schritt tun. Zumindest nicht, solange ich kaum laufen kann.

Als es mir endlich gelingt, mich aus dem Bett zu schälen, ist mein Körper nicht mehr so steif und wund wie gestern. Vielleicht hatte Olivier recht und der Champagner war das beste Mittel gegen meine Anspannung. Und was hat er über das Meer gesagt? Dass es gut für mein Herz sei?

Vorsichtig strecke ich mich und entdecke ein Kuvert unter dem Türschlitz. Meinen verletzten Knöchel zu belasten macht mir immer noch Angst, also humple ich vorsichtig durchs Zimmer und hebe den Umschlag auf.

Darin befindet sich eine in eleganter Handschrift verfasste Nachricht auf einem Bogen des Hotelbriefpapiers:

Mon petit lapin,
ich hoffe, du konntest dich ein wenig von den Strapazen erholen. Ich werde fast den ganzen Tag beschäftigt sein, also mach dir bitte allein eine schöne Zeit. Wenn du etwas zu trinken oder zu essen haben möchtest, bestell dir bitte alles, was dein Herz begehrt. Falls du an den Pool, ins Restaurant oder anderswohin gehen möchtest, ruf beim Empfang an, Marcel steht dir jederzeit zur Verfügung. Ich werde um sieben Uhr zum Dinner wieder bei dir sein. Vor der Tür findest du einige Kleider, falls du dich dafür umziehen möchtest.
Olivier Dumont

Oh. Mein. Gott.

Ich öffne die Tür einen Spalt weit, spähe hinaus und schnappe nach Luft. Vor mir steht ein rollbarer Kleiderständer mit etlichen Kleidersäcken.

Mit Mühe ziehe ich die Tür ganz auf und rolle den Ständer ins Zimmer. Rasch ziehe ich die Reißverschlüsse der Säcke auf und entdecke in jedem ein Kleid. Sie sind alle schwarz – wahrscheinlich ist das die sicherste und eleganteste Wahl –, alle in meiner Größe und alle mit dem Dumont-Label versehen. Bei dem Gedanken daran, dass jedes davon mindestens eintausend Dollar kostet, zieht sich mein Magen zusammen.

Mist. Er will mich am Abend zum Essen ausführen, trotz meines bandagierten Knöchels und meiner unzureichenden Umgangsformen. Selbst wenn er mich in ein schmeichelhaftes, wunderschönes Kleid steckt, lässt es sich nicht schönreden: Selbst dann bin ich nur eine Frau aus einer Wohnwagensiedlung, die ein Designermodell trägt.

Vorsichtig probiere ich jedes Kleid an und versuche, die Rolle einer Prinzessin zu spielen, wenn auch nur für einen Tag. Schließlich entscheide ich mich für ein weit schwingendes, tief ausgeschnittenes Modell mit Spitze, das meine Brüste betont und meine Knie umspielt. Es hat den Vorteil, dass ich darunter keinen BH tragen muss.

Die größte Herausforderung besteht nun darin, die nächsten zehn Stunden totzuschlagen. Glücklicherweise vergeht die Zeit dann doch recht schnell. Ich bestelle mir ein reichliches Frühstück mit großen Mengen Kaffee, sodass ich kein Mittagessen brauche. Den Nachmittag verbringe ich auf der Terrasse am Whirlpool und tanke ein wenig Sonne.

Kurz vor sieben Uhr habe ich einen leichten Sonnenbrand. Mir ist ein bisschen schwindlig, und ich bin nervös, aber das Kleid steht mir sehr gut. Es ist mir gelungen, mein Haar so zu frisieren, dass es mir in sanften Wellen über die Schultern fällt. Auf meiner Reise habe ich mich kaum geschminkt, da jegliches Make-up sofort zu verlaufen schien, doch jetzt habe ich mir Mühe gegeben, einigermaßen nett und vorzeigbar auszusehen.

Ob ich für Olivier Dumont hübsch genug bin, wird sich zeigen. Ach – egal! Heute will ich nicht verunsichert sein. Ich möchte den Abend und dieses einmalige märchenhafte Date in einem ganz anderen Leben genießen. Und ich glaube allmählich, dass ich jede einzelne Minute davon verdiene.

Olivier ist pünktlich. Um genau sieben Uhr klopft es an der Tür, und ich muss mich mit aller Kraft zusammenreißen, um nicht die Nerven zu verlieren.

Ich hinke zur Tür, an einem Fuß einen meiner Flip-Flops und an dem anderen nur den Verband, und öffne sie.

Meine Güte.

Olivier steht mit einem Blumenstrauß aus pinkfarbenen und korallenroten Rosen vor mir, aber was mir wirklich den Atem raubt, ist seine Erscheinung.

Erstens trägt er einen Smoking, also einen richtig schicken Anzug mit Fliege, und dazu glänzende Schuhe. Und zweitens hat er sein Haar mit irgendeinem Gel kunstvoll zerzaust und aus dem Gesicht gekämmt, sodass seine wunderschönen Augen noch stärker zur Geltung kommen. Und natürlich liegt auf seinem Gesicht dieses freche Lächeln, das ich den ganzen Abend lang betrachten könnte.

»Du siehst großartig aus«, sagt er und mustert mich langsam von Kopf bis Fuß, wobei sein Blick unter gesenkten Lidern kurz an meinen Brüsten hängen bleibt. »Du hast dir das richtige Kleid ausgesucht.«

Ich werde rot. Verdammt.

»Sie waren alle sehr hübsch«, erwidere ich. Plötzlich bin ich peinlich berührt – er steht vor mir, und alles ist so real. »Es ist mir schwergefallen, eines auszusuchen. Leider habe ich keine passenden Schuhe dazu.« Ich deute auf meinen verletzten Fuß.

»Keine Sorge, ich werde nicht auf deine Füße starren«, versichert er mir. »Darf ich reinkommen?«

»Natürlich, schließlich ist es dein Zimmer.«

Grinsend betritt er das Zimmer, und ich nehme den frischen Duft seines Aftershaves wahr. Minze und Zedernholz und noch etwas Würziges. »Es wäre sehr gefährlich, würde ich in meinen Hotels alles als mein Eigentum ansehen«, meint er. Er holt eine Vase aus einer Zimmerecke, füllt sie im Badezimmer mit Wasser, stellt die Rosen hinein und arrangiert sie geschickt.

»Oh, ich glaube, es gibt viele Frauen – und Männer –, die nichts dagegen hätten, wenn du bei ihnen hereinplatzen würdest.«

»Du scheinst dir sehr viele Gedanken über mich und meine Beziehungen zu anderen Menschen zu machen«, bemerkt er und stellt die Vase neben mein Bett. »Solange ich vor dir stehe, spielen andere Leute keine Rolle, und es gibt nur dich und mich.« Sein Blick ist so intensiv, dass Hitze in mir aufsteigt. »Nur dich. *Tu comprends?*«

Das macht mich ein wenig verlegen. Keine Ahnung, warum ich immer wieder davon anfange. Wahrscheinlich, weil es das Einzige ist, was ich von ihm weiß. Und, ich meine, man muss sich diesen Mann ja nur anschauen …

»Okay«, erwidere ich leise und lächle ihn schüchtern an. »Nur du und ich.« Ich räuspere mich und wechsle rasch das Thema. »Also wohin führst du mich heute Abend aus?«

Sein Blick schweift zu den Glastüren und dem Sonnenuntergang, der den Himmel in verschiedene Lavendel- und Pfirsichtöne taucht. »Ich hoffe, du wirst nicht seekrank.«

»Du bringst mich auf dein Boot?«

Er nickt. »Nur du und ich. Oh, und Marcel und Philippe. Er ist ein ausgezeichneter Koch, der schon viele Preise gewonnen hat.«

Sprachlos blinzle ich ihn an.

»Ich kann dich also doch noch überraschen«, stellt er fest. »Gut zu wissen.« Er kommt auf mich zu. »Und nun müssen wir los – das Boot wartet auf uns.« Er reicht mir den Arm. »Du kannst dich auf mich stützen, oder ich werde dich tragen.«

»In eine Schubkarre willst du mich wahrscheinlich nicht setzen – das würde zu viel Aufsehen erregen.«

»Ach, ich bin sicher, die Leute hier haben schon Merkwürdigeres gesehen.«

Da ich mich fast den ganzen Tag lang ausgeruht habe, kann ich recht gut laufen, wenn ich nur den Fußballen belaste, also kommt eine Schubkarre glücklicherweise nicht infrage. Lächelnd greife ich nach seinem Arm, und die Nähe zu ihm macht mich ein wenig nervös; meine Haut wird warm und kribbelt.

»Wollen wir?«, fragt er mit dieser kehligen und gleichzeitig seidenweichen Stimme. Ich beiße mir auf die Unterlippe und nicke.

Auf dem Weg zum Boot verspüre ich kaum Schmerzen. Der Pfad ist eben und gut gepflegt, sodass ich mich nur leicht auf Olivier stützen muss. Vogelgezwitscher und das Zirpen der Zikaden erfüllen die bonbonfarbene Luft, und ich atme tief den Duft nach Rosmarin und Zypressen ein.

»Herrlich! Es ist so schön, wieder im Freien zu sein.«

»Das verstehe ich gut«, erwidert er.

»Warum wohnst du in Paris? Ich würde hier leben, wenn ich könnte.«

Er lacht leise, und als ich den Kopf hebe, sehe ich, wie sich der glutrote Himmel in seinen Augen widerspiegelt. »Ich bin noch zu jung dafür. Hierher kommt man, wenn man sich zur Ruhe setzen will.«

»Das könntest du aber doch schon morgen tun, wenn du wolltest. Sicher bist du nicht gezwungen, auch nur einen Tag länger zu arbeiten.«

Er nickt und presst die Lippen zusammen. »Du hast recht. Ich muss nicht, aber ich will. Die Arbeit … ist mein Lebensinhalt. Und in Paris spielt sich alles ab – meine Aufgaben, mein Leben. Sollte ich einmal feststellen, dass ich mir zu viel aufgeladen habe, dann habe ich die Möglichkeit, mich hier ein paar Tage zu entspannen.«

»Ich wette, das tust du nicht. Das Geschäft ist dir immer wichtiger.«

Er lächelt mich kurz an. »Ist das nur geraten oder eine Beobachtung?«

»Wie auf einer Speisekarte – ein bisschen von beidem«, sage ich schulterzuckend.

Er runzelt die Stirn. »Wie meinst du das?«

»Nicht weiter wichtig.«

Das Boot entpuppt sich als riesige Segeljacht, die neben ein paar großen Schiffen am Dock liegt. Olivier verrät mir, dass eines davon einem sehr berühmten Paar gehört, und ich bin mir sicher, dass er damit Jay-Z und Beyoncé meint.

Bevor ich jedoch Zeit habe, ihre beeindruckende Luxusjacht zu bewundern, bringt Olivier mich auf sein Boot. Es ist aus Teakholz und in hellen Farben gehalten – im Vintage-Stil und gleichzeitig modern. Ich verstehe überhaupt nichts von Booten – ich war nur einmal auf einem Ausflug in der zehnten Klasse auf einem –, aber ich erkenne, dass es sich um ein Topmodell handelt.

Während der Koch Philippe sich in der Kombüse für unser Essen richtig ins Zeug legt, lassen Olivier und ich uns auf den bequemen Sitzen neben dem Cockpit nieder. Marcel steht am Steuerrad und lenkt das Boot aus dem Hafen auf das offene Meer hinaus.

»Gibt es irgendetwas, was Sie nicht können, Marcel?«, necke ich den Butler.

»*Absolument pas*«, erwidert Marcel augenzwinkernd.

»Aber mal im Ernst.« Ich wende mich Olivier zu, der den Arm über die Rückenlehne gestreckt hat. In seinem Smoking sieht er im Sonnenuntergang und bei den goldfarben glitzernden Wellen im Hintergrund aus wie ein französischer James Bond. »Ich habe dich nicht für einen Segler gehalten. Braucht man dafür nicht sehr viel Zeit?«

Er schenkt mir ein schiefes Grinsen. »Natürlich. Und Marcel ist ein viel kompetenterer Seemann als ich. Das Boot gehört übrigens meinem Bruder Renaud.«

»Und wo ist Renaud jetzt? Hat er nichts dagegen, wenn du sein Boot benutzt?«

»So viele Fragen.« Er streckt die Hand aus und zupft leicht an einer meiner Haarsträhnen.

Ich schlucke. »Es interessiert mich eben. Und ich möchte mehr über dich wissen. Dich so kennenlernen, wie du wirklich bist, und nicht so, wie du in den Medien dargestellt wirst.«

Sein Blick fällt auf meine Lippen, und für einen berauschenden Moment lang scheint sich die Welt um mich zu drehen. Der Augenblick ist gekommen, jetzt wird er mich endlich küssen, denke ich.

Doch der Bann ist gebrochen, als er auf den dunklen Horizont hinausschaut, wo sich Wolken, die an Tintenflecke erinnern, am Himmel türmen. Mein Herz schlägt heftig und wartet und wartet …

»Renaud lebt in Kalifornien«, erklärt er schließlich leise. »Er hat mit einigen Weinkellereien in Bordeaux begonnen und dann immer weiter expandiert. Jetzt lebt er auf seinem größten Weingut in Napa. Eine Weile hat er versucht, mich dazu zu bringen, dort ein Hotel zu eröffnen, aber …«

»Du willst Frankreich nicht verlassen.«

»Darum geht es nicht. Obwohl mir Kalifornien sehr gut gefällt, habe ich bisher meine Geschäfte noch nicht in die USA ausgeweitet. Ich habe das Gefühl, dass ich in der Nähe meiner Familie bleiben sollte. Zumindest vorläufig.«

Ich will nicht weiter in ihn dringen. Wie ich gelesen habe, ist seine Mutter vor etwa vier Jahren bei einem Autounfall ums Leben gekommen. Wahrscheinlich möchte er seinen Vater in verschiedenen Belangen unterstützen, auch wenn er sich mit dieser Seite des Geschäfts nicht befassen möchte.

»Warst du schon einmal in Kalifornien?«, erkundigt sich Olivier. Auch wenn diese Frage ganz zwanglos klingt, bin ich sicher, dass er damit nur versucht, das Thema zu wechseln. Ich erzähle ihm, dass ich mit einer Freundin die Universal-Studios besucht habe, um mir *The Wizarding World of Harry Potter* anzuschauen. Tatsächlich war ich mit Tom dort, aber ich will diesen Loser nicht mehr erwähnen. Doch so kommen wir auf Reisen zu sprechen, und darüber kann ich reden wie ein Wasserfall – und ihm damit den Druck nehmen.

Ich nehme es ihm nicht übel, dass er in Bezug auf seine Familie ein wenig ausweichend reagiert. In vielerlei Hinsicht sind wir uns noch sehr fremd, und bei mir dauert es normalerweise auch recht lange, bis ich jemandem von meinem Leben erzähle. Und damit meine ich die wahren, wesentlichen und nicht so schönen Details. Oberflächlich betrachtet mögen wir beide vollkommen verschiedene Menschen mit einem nicht zu vergleichenden Leben sein, aber wenn man ein wenig in die Tiefe geht, sind wir vielleicht gar nicht so unterschiedlich.

Doch wie immer in Oliviers Gegenwart bin ich ein wenig vorschnell. Ich weiß nicht, warum ich etwas heraufbeschwören will, was gar nicht vorhanden ist, vor allem wenn das in keiner Weise nützlich ist.

Nun sitze ich jedoch unter einem sternenklaren Himmel auf der Jacht seiner Familie und lasse mir ein von einem Sternekoch zubereitetes fantastisches Gericht aus Fisch und Meeresfrüchten servieren, wie ich es nie zuvor gegessen habe. Der Wein von Dumont steht bereit, und Olivier schenkt mir seine ungeteilte Aufmerksamkeit, als hätte er nur Augen und Ohren für mich.

Ich wünschte, er würde sich mir auch noch auf eine andere Weise so widmen.

Ich wünschte, ich hätte den Mut, ihn zu berühren, zu küssen, irgendetwas zu tun.

Ich bekomme ein wenig Angst.

Doch ich fürchte mich nicht davor, was geschehen könnte – eher davor, was möglicherweise nicht passieren wird. Als ich Olivier kennenlernte und er sich um mich kümmerte und mich hierherbrachte, war ich sicher, dass er das hauptsächlich tat, um mich zu verführen. Allerdings konnte ich mir nicht erklären, warum, denn, mal ehrlich, ich bin eigentlich nicht sein Typ. Trotzdem war ich davon überzeugt. Doch als die Zeit verging und wir uns auf eine rein platonische Weise näher kennenlernten, löste sich meine Theorie langsam in Luft auf.

Zuerst spürte ich bei dem Gedanken an eine körperliche Begegnung mit Olivier eine gewisse Nervosität und Schmetterlinge im Bauch, doch diese Schmetterlinge haben sich mittlerweile in verzweifelte, gierige Biester verwandelt.

Ich möchte diesen Mann verschlingen, und ich will, dass er das auch mit mir tut.

Ich will diesen Teil von ihm kennenlernen, bevor wir uns verabschieden müssen, dieses Märchen ein Ende nimmt und ich in mein altes Leben zurückkehren muss. Ich will Olivier, bevor es zu spät ist.

Kurz nach dem Dessert – ein Baiser mit Mandeln auf Himbeerspiegel – lässt Marcel den Anker mit einem leisen Plätschern ins Wasser.

»Wo sind wir?«, frage ich und schaue mich um. Wir sind langsam zu den Lichtern an Land zurückgefahren und haben nicht weit von der Küste entfernt angehalten. Ich sehe im Mond schimmernde gebleichte Felsen und Büsche, die sich in der leichten Brise hin und her wiegen, und ich höre, wie die Wellen sanft über das felsige Ufer rollen.

Olivier lächelt mich im warmen Schein der Cockpitlichter an und nimmt seine Fliege ab.

Währenddessen läuft Marcel die Treppe hinunter und bringt einige flauschige Handtücher nach oben.

»Was soll das?«, frage ich, obwohl mir schon etwas schwant.

»Möchtest du eine Runde schwimmen?« Olivier knöpft sich rasch sein Hemd auf.

Oh Gott.

»Ähm«, bringe ich kleinlaut hervor. »Ich habe keinen Badeanzug.«

»Dann schwimm eben in deiner Unterwäsche.«

»Ich trage keinen BH.«

»Das habe ich bemerkt«, erwidert er grinsend und zieht sein Jackett und sein Hemd aus, sodass er mit nacktem Oberkörper vor mir steht.

Selbst in dem gedämpften Licht bietet er einen unvergesslichen Anblick: ein breiter kräftiger Brustkorb, ausgeprägte Bauchmuskeln, begehrenswert schmale Hüften und goldfarben getönte Haut.

Als er den Gürtel seiner Hose öffnet, bin ich mir nicht sicher, ob ich für das bereit bin, was nun kommt.

»Ich springe ins Wasser«, verkündet er. »Du kannst gern mitkommen, wenn du möchtest. Ein Bad im Mittelmeer kann ich nur empfehlen. Es ist gut für die Seele.«

Ebenso gut für die Seele ist es meiner Meinung nach, Olivier dabei zu beobachten, wie er sich auszieht. Das Geräusch, als er den Reißverschluss öffnet, ist so laut, dass es anscheinend von den Wellen zurückgeworfen wird.

Rasch wende ich den Blick ab, obwohl ich der Versuchung, ihn anzustarren, kaum widerstehen kann. Dann dreht er sich um, und ich sehe vor mir seine perfekten Schultern, den Rücken und, ja, einen großartigen Po, alles im Schein des sanften Mondlichts.

Er bleibt am Heck des Boots kurz stehen, klettert über die Reling und wirft mir lächelnd einen Blick über die Schulter zu, bevor er nackt und beinahe geräuschlos ins Wasser eintaucht.

So schnell mein Knöchel es zulässt, stehe ich auf, humple zur Reling und schaue ihm nach.

Lächelnd streicht er sich im Wasser das nasse Haar aus der Stirn. Aber das ist nicht das Einzige, was mir den Atem raubt.

Die Wellen um ihn herum sind erleuchtet, so als wäre das Mondlicht in das Wasser eingedrungen. Das Licht strömt von seinem Körper in alle Richtungen durch die Wellen, wie weiße Pfade, die sich durch das Meer schlängeln.

»Das nennt man *une mer du lait*«, erklärt er mir. »Milchsee. Bestimmte Meerestiere erzeugen Licht durch Biolumineszenz.«

»Magisch«, erwidere ich atemlos und versuche, das alles in mir aufzunehmen. »Bei uns im Nordwesten der USA gibt es im Pazifik etwas Ähnliches, aber es schimmert eher blau und grün. Das hier sieht aus, als … als würdest du auf der Milchstraße schwimmen.«

»Bekommst du nicht Lust, ins Wasser zu springen?«

Doch, allerdings. Und es sieht so mühelos aus, wie er sich auf den Wellen treiben lässt.

»Ist es ungefährlich?«

»Aber ja.«

»Warm?«

»*Bien sûr.*«

Eine Minute lang überlege ich noch. »Und mein Knöchel?«

»Am Heck befinden sich eine Leiter und eine Plattform. Wickle den Verband ab, damit er nicht nass wird. Wir können ihn dir später wieder anlegen.«

»Aber ich habe keinen Badeanzug.«

»Ich bin nackt.«

»Ich habe nichts gesehen«, versichere ich rasch.

»Nein? Wie schade – das war eigentlich der Sinn und Zweck der Sache.«

Ich grinse, doch mir ist plötzlich ein wenig schwindlig. Gleichzeitig bin ich aufgedreht und bereit. Verdammt, ja, ich werde ins Wasser springen.

»Also gut.« Ich gehe zum Deck, wo eine Leiter ins Wasser zu einer schwimmenden Plattform aus Holz führt. Ich setze mich auf die oberste Stufe und beginne, den Verband von meinem Knöchel abzunehmen. »Du musst dich aber umdrehen, bevor ich das Kleid ausziehe.«

»Du weißt aber schon, dass die meisten Frauen in Frankreich oben ohne schwimmen und sonnenbaden, oder?«

»Und du weißt, dass ich weder Französin noch wie die meisten Frauen bin«, entgegne ich, ziehe den Verband von meinem Fuß und lege ihn zur Seite, bevor ich mich aufrichte. »Okay, jetzt dreh dich um.«

Seufzend wendet er sich im Wasser von mir ab, sodass er zur Küste hinüberschaut. Ich streife rasch meinen Slip ab, damit er nicht nass wird, öffne den Reißverschluss meiner Dumont-Kreation und ziehe sie mir über den Kopf. Während ich das Kleid auf das Deck lege, vergewissere ich mich, dass er mich nicht anschaut.

Er hat sich nicht umgedreht, das muss ich ihm zugutehalten, aber er stößt einen leisen Pfiff aus, der darauf hindeutet, dass er doch einen Blick riskiert haben könnte.

»Ich hoffe, dass du nicht heimlich geguckt hast«, sage ich streng und humple an den Bootsrand.

»Meine Fantasie reicht aus, um die Lücken zu füllen«, erwidert er, und ich höre an seiner Stimme, dass er grinst. »Allerdings werde ich mit Sicherheit feststellen, dass diese Bilder der Realität nicht gerecht werden.«

»Ach ja? Wann?« Ich stoße ein trockenes Lachen aus, aber in meinem Inneren explodieren unzählige Feuerwerke.

Es wird Zeit, im wahrsten Sinne des Wortes den Sprung zu wagen.

Nichts ist so nervenaufreibend, wie der Moment vor einem Sprung, wenn eine Idee, über die man gesprochen hat, in die Tat umgesetzt wird. Der Augenblick ist angsteinflößend. Dabei spielt es keine Rolle, ob es sich um eine erste Auslandsreise oder einen Sprung ins Mittelmeer bei Nacht handelt. Das Abstrakte wird zur Realität und passiert tatsächlich.

Also schließe ich die Augen, atmete tief durch und springe.

KAPITEL SECHS

Sadie

Die Lunge mit der warmen duftenden Nachtluft vollgepumpt, springe ich in das kalte belebende Wasser. Ich spüre jeden Zentimeter meiner Haut erschauern, als ich tief eintauche und von dem schimmernden Meer wie ein mythisches Wesen umgeben bin.

Dann schieße ich hinauf zur Oberfläche und durchbreche sie, nach Luft ringend und den Geschmack von Salz auf meinen Lippen. Ich strample mit den Beinen, um mich über Wasser zu halten.

Nachdem ich mir das nasse Haar aus dem Gesicht gestrichen und mir über die Augen gewischt habe, sehe ich Olivier lächelnd auf mich zu schwimmen.

»Du hast es geschafft«, stellt er fest, und ich weiß nicht, wie das möglich sein kann, aber in den Wellen wirkt er überlebensgroß, wie ein mythischer Wassermann.

»Ja«, bestätige ich. Mein Blick gleitet zwischen den schimmernden weißen Sternen im Wasser und seinen sexy Augen hin und her.

Plötzlich wird mir bewusst, dass ich nackt bin; meine Brustspitzen glänzen im Mondlicht, und er kommt immer näher, während wir beide mit den Beinen rudern.

Mein Herz klopft heftig in meiner Brust, und das kommt nicht nur von dem Adrenalinschub durch den Sprung. Ich spüre mich von diesem Mann angezogen wie Sterne von einem schwarzen Loch. Und ich bin mir ganz sicher: Sollte ich meinen Körper an seinem spüren, jeden einzelnen nassen harten Zentimeter, dann werde ich explodieren und Feuer über das schimmernde Wasser sprühen.

»Du bist wunderschön, Sadie«, flüstert er, das Kinn halb unter Wasser, und wirft mir unter seinen langen Wimpern einen intensiven Blick zu.

Ausnahmsweise widerstehe ich der Versuchung, das mit einem Lachen abzutun oder herunterzuspielen, wie ich es normalerweise bei Komplimenten mache. Ich tue es nicht, weil ich das Gefühl habe, dass Olivier es ernst meint und damit seine Verehrung ausdrücken möchte.

Mühsam schlucke ich, unfähig, etwas zu erwidern. Ich starre ihn wortlos an und beobachte, wie sich die glitzernden Wellen in seinen Augen widerspiegeln.

Und dann geschieht es.

Seine warme Hand auf meinem Rücken scheint Stromstöße durch meinen Körper zu jagen. Er zieht mich sanft zu sich heran, bis meine Haut seine berührt und die Wellen lebendig werden. Eine Hand legt er auf meine Wange, mit der anderen hält er uns beide über Wasser. Als er sich vorbeugt, fühlt es sich an wie ein kosmischer Flirt, über und unter uns Universen, die auf ein Sternenmeer treffen.

Ein anderes Leben wird wirklicher als das vorherige.

Er senkt seine nassen Lippen langsam und zärtlich auf meine; sie schmecken nach Salz und nach Verlangen. Ich schnappe nach Luft, als ich seine Erektion an meiner Hüfte spüre, und halte mich mit beiden Händen an seinen Schultern fest.

»Du bist zu schön, um es in Worte zu fassen«, flüstert er, den Mund dicht an meinem. »Weder in deiner Sprache noch auf Französisch ist das möglich. Es gibt keine Sprache, in der ich ausdrücken könnte, was ich vor mir sehe.«

Ich scheine zu zerfließen. Könnte ich mich nicht an seinen starken Schultern festhalten, würde ich wie ein Stein sinken.

Doch ich habe nicht nur das Gefühl zu schmelzen. Gleichzeitig flackert ein Feuer in meinem Inneren auf, das ein Verlangen in mir entfacht, wie ich es nie zuvor erlebt habe.

Ich küsse ihn leidenschaftlich und möchte so viel auf einmal von ihm – ihn weiter küssen und dabei eins mit ihm werden. Meine Hände streichen über seinen Körper, und er erwidert meine Berührungen, bis wir uns beide kaum noch über Wasser halten können.

Sollte ich jetzt versinken, würde mich sein Kuss am Leben erhalten, da bin ich mir sicher.

Ich weiß nicht, wie lange wir uns in den schimmernden Wellen liebkost und zum ersten Mal das Gefühl genossen haben, uns zu spüren, doch schließlich reißt uns ein Geräusch aus unserer fiebrigen Trance.

Marcel steht, den Blick gesenkt, an der Reling. Nachdem er Olivier etwas auf Französisch mitgeteilt hat, verschwindet er wieder unter Deck.

Olivier nickt und schenkt mir ein träges Lächeln, während er mir das nasse Haar aus dem Gesicht streicht. »Wir sollten jetzt zurückfahren«, meint er. »Komm.«

Wir schwimmen zur Rückseite des Boots, wo Olivier vor mir an Bord geht. Erneut versteckt er nichts, und die Spannerin in mir schaut sich dieses Mal alles ganz genau an.

Der Mann sieht umwerfend aus.

Und er ist sehr gut bestückt.

Auf französische Art. Sein Schwanz sieht irgendwie elegant aus, nicht nur groß und kräftig.

Als ich spüre, wie ich erröte, bin ich froh, dass es dunkel ist.

Schließlich folge ich ihm und bin mir dabei meiner nackten Brüste sehr bewusst. Glücklicherweise wirft er mir ein Handtuch zu, mit dem ich mich bedecken kann, bevor er mir an Deck hilft.

»Komm, wir ziehen uns an.« Er sammelt unsere Klamotten auf, und ich folge ihm zum Cockpit, wo Marcel und der Koch uns höflich ignorieren.

In einer der Kabinen ziehe ich mir mein Kleid wieder an und lächle dabei unaufhörlich.

Es ist passiert.

Er hat mich geküsst.

Und das Beste wird noch kommen.

Es wird nicht hier auf dem mondbeschienenen Meer enden.

Wir fangen gerade erst an.

Die Bootsfahrt zurück zum Dock verläuft langsam und gleichzeitig schnell. Langsam, weil ich es kaum erwarten kann, mit ihm in meinem Zimmer allein zu sein. Schnell, weil ich nervös und ein wenig ängstlich bin, obwohl wir soeben gemeinsam nackt im Meer geschwommen sind. Olivier ist der erste Mann seit Tom, mit dem ich schlafen werde. Tom war mir vertraut – ungefährlich und vorhersehbar.

Bei Olivier habe ich keine Ahnung, was mich erwartet. Ich weiß nicht, wie ich mich dabei fühlen werde. Ob ich mich dadurch zu verletzlich machen werde oder ob es alles zwischen uns ändern und mir die Abreise noch schwerer machen wird.

Aber wem mache ich hier eigentlich etwas vor? Es wird ohnehin schon kaum zu schaffen sein.

Wir verlassen das Boot, und Olivier stützt mich auf dem Weg zurück zu meinem Zimmer. Meine Nerven scheinen einen Stepptanz von oben nach unten über meinen Rücken zu vollführen, und ich fühle mich sehr lebendig und im Einklang mit der Luft, dem Himmel und den Sternen. Alles ist möglich, und alles kann geschehen.

»Wir sollten duschen«, meint er, sobald wir den Raum betreten haben und er die Tür hinter uns geschlossen hat.

Ich ziehe die Augenbrauen hoch. Natürlich muss ich mir das Meersalz noch von der Haut spülen, bevor ich ins Bett gehe, aber ich bin mir nicht sicher, ob das eine Aufforderung ist oder …

»Zieh dich aus und geh rein.« Er deutet mit einer Kopfbewegung auf das Badezimmer. »*S'il te plaît.*«

Heftig schlucke ich. Okay, das scheint tatsächlich eine Aufforderung zu sein.

Erst als ich im Badezimmer bin, beginne ich, mich auszuziehen.

Er folgt mir und streift seine Hose und sein Hemd ab. Und dann den Rest, bis er komplett nackt vor mir steht.

Wieder stockt mir der Atem. Ich bin sprachlos. Beim Anblick seines hinreißenden Körpers und des perfekten Schwanzes kann ich keinen klaren Gedanken mehr fassen.

»Brauchst du Hilfe?«, fragt er und beugt sich an mir vorbei nach vorn, um die Glastüren der Duschkabine zu öffnen und das Wasser anzustellen.

»Ich komme schon zurecht.« Rasch streife ich mir das Kleid ab und bin jetzt ebenfalls ganz nackt.

Olivier lässt den Blick begehrlich über mich gleiten – von meinen Augen bis hinunter zu meinen Zehen –, und mit einem Mal bin ich nicht mehr so verlegen. Ich fühle mich stark – wie eine richtige Frau. Er gibt mir das Gefühl, die begehrenswerteste Frau der Welt zu sein.

»Ich finde immer noch keine Worte«, murmelt er und küsst mich, bevor er mich an der Hand nimmt und mich unter die Dusche zieht. Das heiße Wasser prasselt auf uns nieder.

Er verteilt Duschgel auf einem Schwamm und beginnt, mich damit einzuseifen. Langsam fährt er über meine Brüste und weiter nach unten, bis er zwischen meinen Oberschenkeln angelangt ist.

Ich fühle mich wie eine tickende Zeitbombe, und der heiße Wasserdampf steigert meine Erregung noch mehr. Ich will nicht nur diese sanften neckenden Berührungen, ich will ihn.

Alles von ihm.

Kühn greife ich nach unten, umschließe seinen harten Schwanz mit den Fingern und bewege dann die Hand auf und ab.

Er schnappt nach Luft, schließt die Augen und lässt den Schwamm fallen.

Das Duschgel wirkt wie ein Gleitmittel, und meine Bewegungen werden immer schneller, bis sein Stöhnen mir zeigt, dass er kurz davor steht, die Beherrschung zu verlieren. Plötzlich öffnet er die Augen wieder, umfasst mein Gesicht und küsst mich hart, fordernd und leidenschaftlich.

Ohne die Lippen voneinander zu lösen und das Spiel unserer Zungen zu unterbrechen, stolpern wir aus der Duschkabine und dem Badezimmer und stoßen dabei gegen Schränke und Wände. Falls wir es bis zum Bett schaffen, kommt das einem Wunder gleich. Plötzlich hebt Olivier mich hoch, trägt mich durch den Raum und lässt mich auf die Matratze sinken, sodass ich auf dem Rücken liege und meine Brüste in die Luft ragen.

Meine Lippen pochen von seinen harten Küssen, und ich schaue zu ihm hoch und beobachte, wie er zum Nachttisch geht und ein Kondom herausnimmt. Ich habe keine Ahnung, ob sich dort immer ein Vorrat für Gäste befindet oder ob er es dort hinterlegt hat, aber wie auch immer, darüber will ich mich nicht beklagen. Ich nehme zwar die Pille, aber Vorsicht ist besser als Nachsicht, und da er die Initiative ergreift, erspart mir das eine Bemerkung darüber.

Im Augenblick ist mir nicht nach einem Gespräch zumute.

Alles, was ich jetzt will, ist, ihn in mir zu fühlen; ich sehne mich so sehr nach ihm.

Anscheinend spürt er das, denn sein Blick ist auf die empfindsame Stelle zwischen meinen Beinen gerichtet, während er sich das Kondom überstreift.

»Spreiz deine Beine«, fordert er mit rauer Stimme und in einem Ton, der mich erschauern lässt. »Ich möchte mir deine hübsche kleine Pussy anschauen.«

Ich schlucke heftig und tue, was er möchte.

Sein Gesichtsausdruck wird noch lustvoller, seine Lider senken sich leicht, und seine Nasenflügel weiten sich.

Er wird mich verschlingen, denke ich.

Gut.

Ich spreize meine Oberschenkel noch weiter, und bevor mir bewusst wird, was ich tue, spiele ich mit mir selbst; ich lasse die Finger neckend über meine feuchte angeschwollene Klitoris gleiten und beobachte seine Reaktion.

Er stöhnt laut, animalisch auf, umfasst meine Hüften und dringt in mich ein.

Mir bleibt für einen Moment die Luft weg, bis ich vor Schmerz, Lust und Überraschung leise aufschreie.

»Schluss mit den Spielchen«, sagt er heiser, verstärkt seinen Griff um meine Hüften und stößt hart in mich hinein.

Ich kann kaum atmen, und mein Herz klopft so heftig, dass es jeden Moment aus meiner Brust zu springen scheint.

Meine Finger bewegen sich weiter, und mein Verlangen wird immer stärker, während er sich noch tiefer in mir versenkt, und der anfängliche Schmerz und die Überraschung verfliegen.

Jetzt spüre ich nur noch ihn und seine wilde Leidenschaft.

Ohne seinen Rhythmus zu unterbrechen, hebt er meine Hüften an, sodass ich meine Beine um seinen Rücken schlingen kann.

Atemlos blicke ich zur Seite, und in den Glastüren zum Balkon sehe ich verschwommen unsere Umrisse: seine große, schlanke und muskulöse Gestalt vor dem Fußende des Betts, mein Becken nach oben geschoben, während er in mich rein- und rausgleitet, und meine Brüste, die sich bei jedem seiner schnellen Hüftbewegungen im Rhythmus bewegen.

Die Szene ist so verdammt erotisch, dass ich kaum fassen kann, dass sie Realität ist.

Es sieht so wild und …

Moment mal.

Ist noch jemand bei uns im Zimmer?

Ich bemerke ein Gesicht, das mich anstarrt.

Rasch werfe ich einen Blick auf die andere Seite des Betts, doch da ist niemand.

Dann schaue ich zurück zum Fenster.

Die Spiegelung ist immer noch da, und ich könnte schwören, dass uns ein Mann von dort draußen beobachtet …

Oliviers Bewegungen werden langsamer.

»Alles in Ordnung?«, fragt er.

Die Augen weit geöffnet, blicke ich ihn an. »Hast du gesehen, dass …?«

Noch einmal schaue ich zum Fenster hinüber, aber der Schatten ist verschwunden.

Stirnrunzelnd folgt er meinem Blick und nimmt eine Hand von meinen Hüften, um sich die Schweißperlen von der Stirn zu wischen. »Was meinst du?«, fragt er atemlos.

Ich schüttle den Kopf. Anscheinend bin ich völlig überdreht. »Nichts.«

»Wie wäre es mit etwas anderem?« Er zieht sich langsam aus mir zurück. »Dreh dich um.«

Verstohlen spähe ich noch einmal zum Fenster hinüber, und als ich nichts sehe, drehe ich mich um, sodass ich ihm auf allen vieren den Rücken zuwende. In dieser Position kann ich wenigstens nicht mehr zum Fenster starren und grundlos panisch werden.

Nicht, dass ich die Vorstellung, beim Sex beobachtet zu werden, richtig schlimm finde.

Das würde ich allerdings nie zugeben.

Er legt eine Hand auf meine Schulterblätter und schiebt mich sanft auf die Matratze. Nun liege ich flach auf dem Bett, nur mein Po ist hoch in die Luft gereckt. Er dringt wieder in mich ein, und ich halte mich an den Laken fest. Obwohl ich sehr feucht bin und mich nach seinem Schwanz sehne, bleibt mir bei seiner Größe für einen Moment die Luft weg, und ich muss mich darauf konzentrieren, regelmäßig zu atmen, während er weiter in mich hineinstößt und mein Hintern sich immer weiter nach oben reckt.

Er verändert seine Stellung ein wenig, um sich ganz in mir zu versenken, und ich spüre, wie sich alles in mir dehnt, um ihn aufzunehmen. Sein harter Schwanz berührt jeden meiner angespannten Nerven.

Unwillkürlich stöhne ich auf.

»*Ma chérie*«, raunt er. »Mit solchen Geräuschen machst du mich fertig.«

Ja, bitte, das will ich.

Doch eigentlich ist mir bewusst, dass er mich zuerst fertigmachen will.

Das Kopfteil des Betts schlägt gegen die Wand, als seine Hüftbewegungen immer schneller werden. Ich glaube, es rückt sogar ein paar Zentimeter nach rechts.

Keuchend umklammere ich das Laken fester. Meine Hände sind jedoch so feucht, dass ich mich kaum auf dem Bett halten kann, obwohl meine Wange auf die Matratze gepresst ist. Ich bin ganz und gar von ihm erfüllt, und es gelingt ihm immer wieder, den richtigen Punkt zu treffen. Jetzt zählt nichts anderes mehr, als so schnell wie möglich zu einem gigantischen Höhepunkt zu kommen.

»Gefällt dir das?«, flüstert er.

Ich bringe nur ein Nicken und ein flehendes Stöhnen zustande und kann ihn förmlich grinsen hören.

Seine Hüften kreisen rhythmisch, und die Spannung in mir baut sich immer weiter auf, bis ich befürchte, ohnmächtig zu werden. Das Geräusch unserer nackten Körper, die aufeinanderprallen, hallt durch das Zimmer und erregt mich noch mehr.

Mit einer geschickten Bewegung schiebt er mein Becken noch weiter nach oben und dringt langsam ganz tief in mich ein. In einem aufreizenden, perfekten Rhythmus stößt er immer wieder gegen meinen G-Punkt.

Oh Gott.

Gleich werden die Sterne explodieren, da bin ich mir sicher.

Ich halte es nicht mehr aus, alles in mir bebt vor Erregung. Noch ein Stoß, und ich …

Ich komme.

Ich schreie auf und fliege mit Schallgeschwindigkeit durch das All, mein Körper zuckt und zittert, und meine Gedanken lösen sich auf. Es ist beinahe so, als würde ich nicht mehr existieren. Übrig bleibt nur noch der Orgasmus – er ist alles, was in dieser Galaxie zählt.

»Olivier«, bringe ich mühsam hervor, als ich mich langsam wieder daran erinnere, wo ich bin und was hier Wunderbares geschieht.

Olivier stöhnt auf, während er das Pulsieren in meinem Körper spürt, und sein Tempo wird schneller. Er stößt so tief und hart in mich, dass ich mich frage, ob er jemals damit aufhören wird oder ob er versucht, mich für immer dahinschmelzen lassen. Ich spüre immer noch meinen Orgasmus, und jede kräftige Bewegung von ihm trägt mich weiter auf dieser Welle, so als würde ich immer weiter kommen, solange er in mir ist. Ich fliege ganz weit oben, und selbst wenn ich wollte, könnte ich nicht nach unten gelangen.

Und dann erreicht er den Höhepunkt und gibt einen heiseren Laut von sich, der mich mit Verlangen und einem merkwürdigen Stolz erfüllt. Ich spüre seine Schweißperlen auf meinen Rücken fallen und höre seine schnellen Atemzüge.

Schließlich zieht er sich aus mir zurück und lässt sich neben mich auf das Bett fallen, während ich meine Hüften senke. Der Orgasmus und die Anstrengung lassen mich immer noch zittern; mein Verstand versucht immer noch diese wunderschöne neue Welt zu begreifen, und mein Herz muss erst wieder in meiner Brust ankommen.

Kurz darauf streicht er mit den Händen über meinen feuchten Körper. »Wir sind schon wieder schmutzig«, murmelt er und drückt mir einen heißen Kuss auf die Lippen. »Ich glaube, wir müssen noch mal duschen. Möglicherweise noch öfter in dieser Nacht.«

Lächelnd sehe ich zu, wie er das Kondom abstreift. »Ich glaube, wir werden auch noch einige Kondome brauchen.«

Er grinst. »Nur gut, dass du es mit einem Mann zu tun hast, der alles in großen Mengen einkauft«, erwidert er. »Und dieser Mann hat soeben erst angefangen.«

Mein Herzschlag beschleunigt sich und mein Körper erwacht wieder zum Leben, obwohl die Wellen und die Erregung von vorhin noch nicht wirklich abgeklungen sind.

Er hat erst angefangen. Wir haben erst angefangen.

Dieser Mann.

Und ich.

KAPITEL SIEBEN

Olivier

Ich wache vor ihr auf.

Im Grunde genommen habe ich kaum geschlafen. Wir beide haben kaum Schlaf bekommen, denn wir hatten bis spät in die Nacht hinein wilden ungehemmten Sex. Als sie schließlich erschöpft und befriedigt eindöste, blieb ich neben ihr liegen, die Augen geöffnet, und meine Gedanken rasten.

Ich muss zugeben, dass ich mich sehr merkwürdig fühlte. Zum ersten Mal seit langer Zeit betrachtete ich meinen Beruf nicht mehr als Bereicherung, sondern eher als Hindernis in meinem Leben. Gäbe es meinen Job nicht, müsste ich mich nicht von ihr verabschieden.

Doch bei dieser Überlegung gehe ich davon aus, dass sie mich nicht verlassen möchte. Deshalb habe ich mir bei Sadie viel Zeit gelassen – es ist mir noch nicht gelungen, sie richtig einzuschätzen. Eben noch ist sie schüchtern und im nächsten Moment mutig und frech; manchmal ist sie wie ein offenes Buch für mich und dann wieder völlig verschlossen. Mein Reichtum und alles, was ich ihr geboten habe, scheint ihr zu gefallen, doch dann möchte sie plötzlich nichts mehr damit zu tun haben.

Ich kann ihren Charakter immer noch nicht einschätzen, aber aus irgendeinem Grund vertraue ich ihr. Jetzt im Augenblick und vielleicht auch noch länger, doch das kann ich noch nicht beurteilen. Am meisten verwirrt mich mein Wunsch, hinter alldem würde mehr stecken, als wahrscheinlich der Fall ist. Die Chancen, dass sie ähnlich empfindet wie ich und deshalb bleiben will, sind gering.

Sie stöhnt leise und stößt ein kurzes Seufzen aus, bevor sie sich umdreht.

Ganz langsam öffnet sie die Augen und sieht mich durch die langen Haarsträhnen auf ihrem Gesicht an.

Unwillkürlich lächle ich bei diesem Anblick. So unschuldig und gleichzeitig sexy, nackt und zerzaust. Ich streiche ihr das Haar aus dem Gesicht, sodass ich in ihre unglaublich blauen Augen schauen kann.

»*Bon matin, mon petit lapin!*« Ich weiß, wie kitschig sich das anhört, aber ich hoffe, dass es für sie auf Französisch gut klingt.

Sie bricht in Gelächter aus, und mir wird klar, dass sie mich durchschaut hat. »Also ehrlich, ein solcher Spruch früh am Morgen?«

Rasch lasse ich eine Hand über die glatte weiche Haut ihres Rückens gleiten und ziehe sie zu mir heran. »Es ist gar nicht so einfach, am frühen Morgen zu reimen.« Ich beuge mich über sie und drücke ihr einen Kuss in die Halsbeuge.

»Mmm«, murmelt sie und fährt mit den Fingern über meine Taille und meine Hüfte. »Vielleicht solltest du bei den Dingen bleiben, die du besser kannst.«

Aah, das gefällt mir. Es ist wunderbar, dass es am Morgen danach keine Förmlichkeiten und Verlegenheit mehr gibt und wir uns auf einer anderen Ebene begegnen können.

Doch möglicherweise gibt es noch weitere Ebenen, die wir erst noch erforschen müssen.

Und das liegt in unseren Händen.

Ich knabbere zärtlich an ihrer Haut und spüre, wie sie sich unter mir windet. Dabei gibt sie leise stöhnende Laute von sich.

»Ich werde noch jahrelang von diesen Geräuschen träumen«, erkläre ich, während ich sie mit der Zunge am Hals liebkose. »Du erweckst damit unglaublich heiße Fantasien.«

»Du schmeichelst mir«, erwidert sie keck.

»Warte nur«, warne ich sie.

Die vergangene Nacht war noch nicht genug.

Wahrscheinlich wird es nie genug sein.

Ich setze mich rittlings auf sie, sodass meine Oberschenkel sich links und rechts neben ihren Hüften befinden, und beuge mich zu ihr hinunter, um eine Spur von sanften Küssen zu hinterlassen. Sie schmeckt köstlicher als Champagner. Langsam lasse ich meine Zunge über ihre Haut gleiten und spüre, wie sie darauf reagiert.

Ich rücke ein Stück nach unten, damit ich ihren Bauch mit der Zunge verwöhnen kann. Ihre Brustspitzen werden hart, und ich wende mich ihnen sofort zu und spiele mit ihnen, bis Sadie sich mir stöhnend entgegenwölbt. Sie ist einfach vollkommen – die Art, wie sie sich anfühlt, wie ihr Körper geformt ist und wie dieser auf jede meiner Berührungen reagiert.

Warum kann ich das nicht länger als nur ein paar Tage haben?

Die Augen fest geschlossen, verdränge ich diesen Gedanken. Das darf nicht sein, nicht jetzt. Wir haben uns soeben erst gefunden; es ist viel zu früh, darüber nachzudenken, wie es enden könnte.

Sadie fährt mir durchs Haar, und ich genieße es, wie liebevoll es mir vorkommt.

Diese Zärtlichkeit.

Wann habe ich zum letzten Mal Zärtlichkeit empfangen?

Unterbewertet und doch ein so wichtiger Teil des Lebens.

Und nun bedecke ich ihre Brüste von den sanften Kurven an den Seiten bis zu ihren Brustwarzen mit Küssen mit einer Zärtlichkeit, die sich, wie ich weiß, in loderndes Verlangen verwandeln wird. Meine Zunge wandert über ihre samtweiche Haut, als würde ich versuchen, einen Rest Sahne aufzulecken.

Schon bald ändert sich ihr sanftes Verhalten, und sie wird ungestüm und ungeduldig. Sie krallt die Fingernägel in mein Haar, und sie wird unruhig. Ich spüre, dass sie sich nichts mehr wünscht, als meine Zunge oder meinen Schwanz zwischen ihren Schenkeln und in sich zu spüren und Befriedigung zu erlangen.

Doch sie muss sich noch ein wenig gedulden.

Ich widme mich weiter ihren Brüsten und gleite mit der Zunge zu ihrer Mitte. Zärtlich knabbere ich an ihr, um den sanften Schmerz sofort mit meiner Zunge wieder zu lindern, so lange, bis sie sich unter mir windet, heißblütig und wild, und mir zeigt, dass sie mehr will.

»Olivier«, bringt Sadie leise stöhnend hervor und greift noch fester in mein Haar. »Komm zu mir. *S'il te plaît.*«

Grinsend nehme ich ihren Versuch, mich auf Französisch zu betören, zur Kenntnis, aber ich habe an diesem Morgen keine Eile.

»Entspann dich, *mon petit lapin*«, erwidere ich heiser. »Du wirst sehen, es lohnt sich.«

Vor einer Mischung aus Vergnügen und Frustration seufzend lässt sie sich noch tiefer in die Kissen sinken. Ich schließe meine Lippen zuerst um die eine und dann die andere ihrer harten Spitzen, sauge sanft daran und umkreise sie mit meiner Zunge. Dabei konzentriere ich mich nur auf sie. Ich will, dass sie besinnungslos vor Lust wird, dass sie mich anfleht, sie zu erlösen.

»Olivier, bitte«, stößt sie keuchend hervor und fährt sich mit der Zunge über die Lippen.

Doch ich gebe nicht nach. Ihr Atem wird immer schneller und steigert sich zu einem heftigen Keuchen, das mein Verlangen weiter anfacht. Ich mache immer weiter, bis sie sich unter mir dreht und windet und voll ungezügelter Leidenschaft an meinem Haar zieht. Als ich ihre Brüste drücke und sanft in ihre Brustwarzen beiße, scheint sie kurz vor dem Höhepunkt zu sein.

Rasch schiebe ich eine Hand zwischen ihre Oberschenkel und lege sie auf ihre feuchte Klitoris. Diese eine Berührung reicht aus, um sie zum Orgasmus zu bringen. Ihr Körper zuckt und bebt unkontrollierbar, und aus ihrem offenen verlangenden Mund dringen erstickte Laute, die sich wild und animalisch anhören.

Aus diesem wunderschönen Mund.

Langsam lässt das Zittern nach, und sie sinkt entspannt auf die Matratze zurück.

»Oh mein Gott.« Sie starrt mit weit geöffneten Augen an die Decke und lächelt.

»*Mon Dieu*«, erkläre ich grinsend. »Falls du die französische Sprache noch besser lernen möchtest.«

»Nun, was du soeben mit mir getan hast, überwindet alle Sprachbarrieren«, bringt sie mühsam hervor. »Du hast magische Finger, weißt du das? Nein, warte, wahrscheinlich ist dir das klar.«

»Du bist diejenige, die Magie verströmt«, meine ich, während sie ihre Finger über meine Armmuskeln gleiten lässt. In ihren Augen liegt immer noch Begierde, so als wäre das erst der Anfang gewesen.

Sie hat noch nicht genug, und ich weiß, wonach sie sich sehnt, was sie braucht.

Ich küsse sie auf ihre süßen vollen Lippen und lehne mich so weit zurück, dass ich ihr in die Augen schauen kann, während ich meine Hände über ihre sanften Kurven wandern lasse. Mit den Fingern zeichne ich ihre Umrisse nach, als könnte mir das dabei helfen, mich auch nach Jahren noch daran zu erinnern.

Ihr Blick ist auf meine Augen gerichtet, und ich erkenne, dass sie ebenso empfindet, dass wir das gemeinsam durchstehen werden, was immer auch kommt.

Und ich weiß, dass das gut ist.

Sehr gut.

Sadie murmelt etwas und küsst mich dann leidenschaftlich und forschend, und ich schiebe mich auf sie. Meine Finger streichen über ihren Bauch und ihre Hüften, bis sie die Stelle zwischen ihren Schenkeln erreicht haben. Sie ist immer noch feucht und warm von ihrem vorherigen Orgasmus und fühlt sich sehr vertraut an. Wie ein Ort, den ich gesucht und soeben gefunden habe, ein Ort, den ich nie wieder verlassen möchte.

Langsam gleite ich mit dem Finger über ihre feuchte Haut tief in sie hinein und übe gleichmäßigen Druck aus.

Ich liebe die Art, wie sie sich in meine Hände begibt, so als könnte ich sie formen, wie ich möchte. Doch ich will und brauche sie so, wie sie jetzt ist.

Genau so.

Sie wölbt den Rücken und zieht die Knie an den Körper, um mir Platz zu machen, und ich ziehe meine Finger zurück und schiebe stattdessen meinen Schwanz in sie hinein.

Ganz langsam, Zentimeter für Zentimeter versenke ich mich in ihr und genieße das Gefühl, das mich dabei durchströmt. Großartig. Gewaltig. Ich schließe die Augen, und als ich ganz tief in ihr bin, fühlt es sich an, als wären wir eins. Wir bewegen uns im gleichen Rhythmus und atmen gleichzeitig ein und aus. Wahrscheinlich werden auch unsere Herzen bald im Gleichtakt schlagen. Die knisternde Spannung in der Luft strömt in Wellen zwischen uns hindurch.

»Wie fühlt sich mein Schwanz an?«, flüstere ich heiser und dringe in einer langsamen Bewegung weiter in sie hinein.

Die Lider gesenkt, lächelt sie träge. »Wie der eines Gottes.«

Gute Antwort.

»Deines Gottes?« Bei meinem nächsten Stoß stöhnt sie auf.

»Des einzigen.« Sie öffnet die Augen und sieht mich voll Verlangen an. Einen Moment lang habe ich das Gefühl, sie will noch etwas hinzufügen, doch dann senkt sie die Lider, legt den Kopf wieder aufs Kissen und gibt sich ihrer Lust hin, während ich immer tiefer und härter in sie stoße, als könnte ich ihr damit für immer meinen Stempel aufdrücken.

Selbst als meine Hüftbewegungen immer schneller werden, habe ich mich noch unter Kontrolle, denn ich bemühe mich verzweifelt, die Fragen, die anschließend auf uns warten, noch hinauszuschieben. Fragen, die jenseits des Hotels und dieser sonnigen, gemeinsam verbrachten Tage liegen.

»Olivier?«, wispert sie rau, mit ihrem Mund an meinem Ohr.

»Ich komme gleich.«

Ein Schauer läuft mir über den Rücken, und ich halte still, denn wenn ich weitermache, kann ich mich nicht mehr lange beherrschen. Unsere überhitzten Körper sind mit Schweißperlen bedeckt, unsere Hände berühren sich in dem Verlangen, noch länger durchzuhalten. Ich bin dazu fest entschlossen, doch sie ist es auch.

Und dann kann ich nicht mehr länger an mich halten.

Von einer Sekunde auf die andere ist es so weit, und ich kann nicht einmal mehr stöhnen, bevor der Orgasmus mich überrollt. Ich komme so heftig, dass das Bett bebt und ich völlig die Kontrolle verliere. Meine Welt scheint aus Millionen Galaxien zu bestehen, doch dann schrumpft sie zusammen, bis nur noch sie übrig bleibt. Ich rufe laut ihren Namen und stoße ein heiseres Stöhnen aus, denn die Lust droht mich zu zerreißen. Sie krallt ihre Fingernägel in meinen Rücken und schreit atemlos immer wieder auf. Ich spüre ihr Inneres um mich herum pulsieren, und wir beide kommen immer noch, so als wären wir unfähig oder unwillig, damit aufzuhören.

Doch schließlich sind unsere Körper erschöpft. Ich liege auf ihr und vergrabe mein Gesicht an ihrem Hals und halte sie immer noch fest, während ich versuche, wieder zu Atem zu gelangen. Ich möchte sie für immer in diesem Bett bei mir haben und halte an dem Augenblick fest, bis der nächste ihn ablöst und schon wieder ein neuer kommt.

Unser Leben besteht nur aus einer Abfolge von Momenten.

Aber ich möchte jeden dieser Momente mit ihr verbringen.

»Bist du sicher, dass ich dir nichts mitbringen kann?«, frage ich Sadie, während ich in den Anzug schlüpfe, den Marcel mir gebracht hat.

»Was denn? Ich habe doch alles«, erwidert sie leichthin und deutet mit einer Geste auf das Zimmer. Sie sitzt auf dem zerwühlten Bett und trägt einen der flauschigen Bademäntel aus ägyptischer Baumwolle von Dumont (im Wert von etwa zweitausend

Dollar), die wir allen Gästen zur Verfügung stellen. Ihr Fuß liegt vor ihr auf einem Kissen, obwohl er nicht mehr bandagiert und kaum noch geschwollen ist. Ist es falsch von mir, wenn ich den Moment fürchte, an dem sie ganz wiederhergestellt und nicht mehr auf mich angewiesen ist?

Das ist natürlich ein lächerlicher Gedanke und, offen gesagt, ganz neu für mich. Wir hatten so oft Sex und ich bin so viele Male in ihr gekommen, dass ich eigentlich genug von ihr haben sollte, doch stattdessen ist sie noch tiefer in mich eingetaucht und in Form eines seidenen Fadens unter meine Haut geschlüpft, der nun fest in mir verankert ist.

»Ich komme bald zurück«, verkünde ich. »Und ich bringe dir eine Überraschung mit.«

Lachend zieht sie eine Augenbraue hoch. »Ich kann mir überhaupt nicht vorstellen, was das sein könnte.«

Von der Suite aus gehe ich in die Lobby, um an der Rezeption bekanntzugeben, dass ich, falls mich jemand sprechen möchte, auf dem Weg nach Saint Tropez bin. Eigentlich wollte ich nur einen Tag hier verbringen, aber wie es der Zufall will, hält sich einer unserer Investoren im Augenblick in seinem Sommersitz in der Nähe auf und möchte mich dort treffen. Das erspart ihm eine Reise nach Paris.

Auf meinem Weg durch die Lobby laufen etliche Gäste an mir vorbei, ohne mir Aufmerksamkeit zu schenken – die meisten sind berühmt und haben keine Zeit, um sich um jemanden zu kümmern. Doch plötzlich spüre ich eine Veränderung in der Luft.

Das klingt ziemlich verrückt, und ich kann es mir selbst nicht erklären, doch es entspricht der Wahrheit.

Die Luft wird schärfer, saurer, so als würde sich ein Gewitter zusammenbrauen, von dem man weiß, dass es einem den schönen sonnigen Tag ruinieren wird.

Und da ist er schon.

Ohne nachzudenken, bleibe ich in der Mitte der Lobby stehen und drehe den Kopf rasch zu der Ecke bei den Aufzügen.

Er trägt einen rostroten Anzug, ein weißes oben aufgeknöpftes Hemd und keine Krawatte. Sein Haar ist zerzaust, und sein Bart müsste, vor allem auf der Oberlippe, dringend getrimmt werden.

Mein Cousin Pascal Dumont.

Seine leuchtend blauen Augen sind auf mich gerichtet, so als würde er mich schon eine Weile beobachten – vielleicht sogar schon, als ich die Suite verlassen habe. Augen, die mir sagen, dass er alles über mich weiß, selbst Dinge, die mir selbst noch nicht bekannt sind.

Augen, die nicht liebenswürdig sind.

Sie haben zwar den Anschein, denn ihre Intensität und das Lapislazuliblau machen sie fotogen. Und wenn er ungezwungen lächelt, bilden sich zarte Fältchen an den Augenwinkeln. Oft spiegeln diese Augen unzählige Emotionen wider, Gefühle, die man zu seinen eigenen machen und so auslegen kann, dass man sich selbst besser fühlt.

Doch sie sind nicht liebenswürdig.

Er ist nicht liebenswürdig.

Und natürlich ist er nicht zufällig hier.

Mir schnürt sich bei dem Gedanken, was zum Teufel er von mir wollen könnte, die Kehle zu.

Bei Pascal muss man mit allem rechnen.

Und fast mein ganzes Leben lang bin ich auch bereit gewesen, ihm alles zu geben.

Um gutzumachen, was ich getan habe.

Die schrecklichen Dinge, die ich getan habe.

Er lächelt mich mit geschlossenem Mund schief an und kommt auf eine Weise auf mich zu, mit der er mich wissen lässt, dass er schon lange auf diesen Moment gewartet hat.

Ich kann mich nicht mehr an unsere letzte Begegnung erinnern. Vielleicht zu Beginn des Sommers beim Geburtstag seiner Mutter. Aus Höflichkeit habe ich mit Seraphine kurz vorbeigeschaut. Nach einem Stück Kuchen haben wir uns wieder verabschiedet.

In diesem Vipernnest halten wir uns nie lange auf.

»Cousin«, begrüßt Pascal mich und bleibt einen halben Meter vor mir stehen. Die Art und Weise, wie er spricht, erinnert an eine Ölspur auf dem Wasser oder an eine heimtückische Schlange, die in das Gute in einem Menschen eindringt.

Allerdings sind alle von dieser Seite der Familie so.

»Was machst du hier?«, frage ich knapp und verzichte auf jegliche Förmlichkeiten.

Pascal gibt sich schockiert. »Was glaubst du denn, warum ich hier bin? Du bist nicht der Einzige, der mal Urlaub braucht.«

»Ich mache hier keinen Urlaub«, entgegne ich.

Ein verhaltenes, wissendes Lächeln umspielt seine Lippen, und er schüttelt den Kopf. »Nein. Nein, natürlich nicht. Du machst nie Urlaub. Doch ich wundere mich ein wenig, denn eigentlich hättest du schon vor ein paar Tagen nach Paris zurückkehren sollen.«

Ich kneife die Augen zusammen. »Hast du nicht Besseres zu tun, als mir nachzuspionieren?«

Er verzieht den Mund zu diesem für ihn typischen lässigen und leicht schiefen Lächeln. »Ach, wir haben andere Leute, die so etwas für mich erledigen, aber hin und wieder ziehe ich es vor, mich selbst umzuschauen. Das macht mehr Spaß. Nennen wir es ein Hobby. Aber jetzt, da du leibhaftig vor mir stehst, kann ich die anderen zurückpfeifen.«

»Was willst du?«, frage ich schroff.

»Nichts. Ich wollte nur wissen, wo du dich aufhältst.«

»Das geht dich überhaupt nichts an.«

Seine Lippen zucken leicht an den Mundwinkeln. »Hmm, doch, das tut es schon. Du machst dir seit zehn Jahren etwas vor, Olivier. Du willst nicht wahrhaben, dass deine Zeit abläuft und du eine Entscheidung treffen musst. Aber es ist so. Und schon bald ist es so weit. Und wenn du in letzter Minute einfach verschwindest, kannst du es mir oder meinem Vater nicht verdenken, wenn wir glauben, du versuchst, dich davor zu drücken.«

Ich will mich nicht einschüchtern lassen und schaue ihm ruhig in die Augen, obwohl mein Puls bei der Erwähnung des Vertrags und der Frist zu rasen beginnt. »Ich bin nicht weggelaufen. Das ist mein Hotel.«

»Natürlich. Ein großartiger Vorwand. Du bringst mich auf den Gedanken, auch einmal eine Auszeit von meinem Job zu nehmen. Doch in der nächsten Saison gibt es viel für uns zu tun. Mein Vater glaubt immer noch, dass jetzt der richtige Zeitpunkt gekommen ist, um bekanntzugeben, dass wir in den Internethandel einsteigen. Und uns dem verdammten Rest der Welt anschließen, verstehst du?«

»Wie schön«, erwidere ich. »Dann solltet ihr das bei dem nächsten Dumont-Meeting vorbringen.«

Ich versuche, an ihm vorbeizugehen, doch Pascal legt mir eine Hand auf die Schulter und hält mich zurück. »Du willst dich schon von mir verabschieden?«

Ich werfe einen Blick auf seine Hand und denke an die verschiedenen Möglichkeiten, wie ich sie ihm brechen könnte. Mein Blick schweift zum Empfang hinüber, wo die Rezeptionistin gerade ein Pärchen einbucht und gleichzeitig versucht, mich entschuldigend anzusehen. Sie weiß, dass sie mich sofort anrufen soll, wenn während meines Aufenthalts irgendjemand aus meiner Familie auftaucht.

»Sei ihr nicht böse«, sagt Pascal leise und folgt meinem Blick. »Ich habe sie gebeten, nichts zu sagen, und du weißt ja, dass ich sehr überzeugend sein kann.«

Ich möchte gar nicht wissen, was da alles abgelaufen ist. Ich weiß nur, dass die arme Frau jetzt keinen Job mehr hat. Angestellte, die mir gegenüber nicht loyal sind und lieber mit meinem Cousin flirten oder ins Bett gehen, kann ich nicht brauchen. Seit mein Onkel ihn zum Gesicht für das Herrenparfum »Red« von Dumont gemacht hat und die Werbung dafür in der ganzen Welt erschienen ist, ist Pascal noch berühmter, als er es vorher bereits war.

»Ich muss zu einer Besprechung«, erkläre ich ihm.

»Oh, dann machst du hier Geschäfte?« Er nimmt seine Hand von meiner Schulter.

»Ja.«

»Ich habe geglaubt, du bist vollauf damit beschäftigt, eine süße kleine Amerikanerin zu vögeln.«

Alles in mir krampft sich zusammen, als hätte mich ein Pfeil getroffen.

Amerikanerin?

Ich atme tief durch die Nase ein und versuche, meine Worte sorgfältig abzuwägen. Auf keinen Fall darf ich ihm weitere Munition geben. »Hast du geglaubt, ich wäre auf einen bestimmten Typ fixiert?«

Pascal starrt mich eine Weile an und lacht dann laut. »Ein bestimmter Typ? Du? Na ja, bisher habe ich gedacht, du stehst auf Französinnen, die leicht zu haben sind. Und verheiratet.«

Da ist es wieder. Ein weiterer versteckter Hinweis, dass Pascal es weiß. Dass er es wissen muss.

Dass ich vor zehn Jahren eine Affäre mit seiner Ex-Frau hatte. Marine.

Dass ich vor zehn Jahren den größten Fehler meines Lebens begangen habe.

Einen Fehler, der mich bis zu meinem Tod verfolgen wird.

Weil ich deswegen meinem Onkel ein Versprechen gegeben und es mit meinem Blut unterschrieben habe.

Weil ich ein Versprechen gegeben habe, mit dem ich leben muss. Und so tun, als würden mir die Lügen nichts ausmachen.

Ich ringe mir ein bitteres Lächeln ab. »Du weißt offensichtlich, dass ich nicht wählerisch bin.«

»Das ist gelogen, Cousin«, widerspricht er mir und schlägt mir mit der Hand auf den Rücken. »Du hast einen gewissen Ruf, ebenso wie ich. Vielleicht ist er nicht so schlecht wie meiner, denn du bist ja der ewige Junggeselle, und ich war früher einmal verheiratet. Erinnerst du dich daran? An die Zeit, in der ich verheiratet war?«

Verdammt.

Ich schlucke heftig und halte seinem Blick stand; ich will nicht klein beigeben und auch keine Spur von Scham zeigen. »Ich erinnere mich daran.«

»Gut«, erwidert er lächelnd. »Mein Vater erinnert sich auch noch daran. Bisher sind wir die Einzigen, aber ich bin mir nicht sicher, wie lange das noch so bleiben wird.«

Ein bedrohlicher Satz.

Ich starre ihn weiter an. »Ist das alles?«

Seine Augen verengen sich für einen Moment. Er hasst es, auf diese Weise abgewiesen zu werden, vor allem von mir.

»Erinnerst du dich noch an die Zeit, als wir jung waren, dumme kleine Kinder? Wir haben den Sommer am Strand von Tarragona verbracht. Unsere Väter waren geschäftlich in Paris und arbeiteten den lieben langen Tag, also sind wir mit unseren Müttern herumgereist und haben ein sorgloses Leben geführt.«

Ich habe keine Ahnung, warum er das jetzt zur Sprache bringt, und meine Erinnerung an diese Zeit ist sehr verschwommen. Jeder Sommer lief in etwa so ab, wie er es beschrieb, wenn auch an verschiedenen Orten kreuz und quer in Europa.

Als er fortfährt, flackert in seinen Augen Zorn auf, so als würde etwas in seinem Inneren zu brodeln beginnen. »Erinnerst du dich an den Tag, an dem wir Sandburgen gebaut und dabei versucht haben, uns gegenseitig zu übertrumpfen? Ein Wettbewerb. Du hast deine Burg immer höher gebaut, und ich habe es dir nachgemacht. Immer höher und höher, bis deine schließlich eingestürzt ist. Der Unterbau deiner Burg war nicht fest genug, meiner schon. Mir war klar, dass ich dich geschlagen hatte, also habe ich unsere Mütter gerufen, um ihr Urteil zu hören. Erinnerst du dich, was dann passiert ist?«

Ich schüttle den Kopf, obwohl ich es noch weiß. Allmählich kommt die Erinnerung daran zurück, doch ich verstehe immer noch nicht, warum Pascal ausgerechnet jetzt davon anfängt.

»Schon gut, ich bin mir sicher, dass du dich daran erinnerst. Die Wahrheit ist, dass meine Sandburg besser war als deine. Aber deine Mutter hat darauf bestanden, dass wir beide gewonnen haben. Sie hat dir ein paar Mitleidspunkte gegeben und erklärt, dass du kreativer gewesen seist, während ich meine Burg stabiler gebaut hätte. Und dann sollte meine Mutter ihr Urteil abgeben. Sie bezeichnete meine Burg als einfallslos und meinte, dass mein Vater davon sicher enttäuscht wäre. Ich weiß nicht, warum mich das ärgerte, denn so benahm sie sich immer. Deine Mutter versuchte, mich zu trösten, und erklärte mir, dass ich das ganz toll gemacht hätte und sehr talentiert sei, aber das machte mich noch wütender. Anscheinend wusste deine Mutter, was meiner Mutter fehlte – Mitgefühl. Zumindest nehme ich das an. Und in diesem Augenblick erkannte ich, dass du dich mir immer überlegen fühlen wirst.«

Ich starre ihn unverhohlen an. Dieses Geständnis verblüfft mich. Pascal war schon immer für eine Überraschung gut und manchmal ein wenig wirr, aber das ist eine andere Geschichte.

»Tut mir leid«, erwidere ich, obwohl das nicht der Wahrheit entspricht, und ich ärgere mich, dass ich das gesagt habe.

Sein Blick wird böse, und er versteift sich. »Kein Grund, sich zu entschuldigen, Cousin. Ich wollte damit nur sagen, dass du eine Mutter hast, die nicht nur ihre eigenen Kinder liebt und an sie glaubt, sondern auch andere so behandelt. Du stammst aus einer Linie der Familie, in der alle freundlich, selbstlos und gut sind. Und trotzdem hast du dich ganz anders entwickelt. Du tust immer nur so, als wärst du der gute Sohn, derjenige, der für größere Dinge bestimmt ist. Aber das ist alles nur gespielt. Eine Lüge. Und vielleicht wird die ganze Welt das bald wissen. Erfahren, wer du wirklich bist und was du getan hast. Und was das deine Familie kosten wird.«

Er droht mir doch nicht etwa, oder?

Grinsend schlägt er mir auf die Schulter.

»Jetzt will ich dich nicht länger von deinem Meeting abhalten. Nur dass du es weißt, ich werde vielleicht noch hier sein, wenn du zurückkommst. Ich habe das Zimmer neben deiner Suite.«

Die Art, wie er »Suite« ausspricht, sagt mir alles, was ich wissen muss.

Die Suite, in der Sadie sich jetzt befindet.

Obwohl ich kaum Luft bekomme, muss ich mich so verhalten, als sei alles ganz normal. Wenn ich jetzt irgendeine Bemerkung mache und mich so beschützend verhalte, wie ich möchte, würde ich Pascal alles verraten, was er wissen will.

Damit würde ich Pascal wissen lassen, wohin er gehen muss, während ich nicht hier bin.

Selbst wenn ich Marcel vor ihrer Tür Wache stehen lasse, könnte trotzdem etwas passieren.

Anscheinend geht meine Fantasie mit mir durch.

Es spielt doch keine Rolle, wenn mein Cousin weiß, dass ich Sex mit Sadie habe. Oder doch?

Es würde ihn überhaupt nicht interessieren, wäre sie eines der Nullachtfünfzehn-Models, mit denen ich üblicherweise eine Nacht verbringe.

Doch würde er mehr dahinter wittern, wäre sein Interesse geweckt.

Das ist die eine Sache, an die ich nicht gedacht habe.

Wenn ich mich jetzt nicht richtig verhalte, werde ich alles verlieren.

Und bis zu diesem Moment war mir nicht bewusst, wie viel das ist.

»Also gut«, erwidere ich. »Dann sehen wir uns vielleicht nachher wieder.«

Dann drehe ich mich um und gehe.

Durch die Lobby nach draußen und die Stufen hinunter.

Zu meinem Wagen, der bereits vorgefahren wurde.

Die ganze Zeit über schlägt mir das Herz bis zum Hals, aber ich lasse mir nichts anmerken, bis ich die Hotelauffahrt hinter mir gelassen habe und mich auf dem Weg zur Autobahn befinde.

Rasch wähle ich die Nummer meiner Suite und halte bei den ersten Klingeltönen den Atem an, obwohl Sadie eigentlich nicht weggegangen sein kann.

»*Bon … jour*«, meldet sie sich, und ich muss unwillkürlich lachen.

»Sehr gut, du wirst immer besser«, stelle ich fest.

»Ja, das stimmt. Ähm, du bist doch soeben erst gegangen und rufst mich schon an?«

Ich räuspere mich und versuche, die richtigen Worte zu finden. »Auch wenn du mich jetzt für paranoid hältst – ich wollte mich nur vergewissern, dass es dir gut geht. Vor allem weil die Polizei den Mann, der dich überfallen hat, noch nicht geschnappt hat.«

»Na großartig«, erwidert sie nach einer kurzen Pause. »Danke, dass du mich daran erinnerst. Warum bist du eigentlich weggegangen?«

»Die Pflicht ruft«, erkläre ich. »Das sagt man in Amerika doch so, oder?«

»Hmm, in Amerika gibt es eine bessere Redensart. Sie lautet: ›Lass niemals ein bedürftiges, nacktes Mädchen allein in deinem Bett.‹«

»Das gefällt mir«, sage ich lachend. »Schade, dass du mir das nicht vorhin beigebracht hast.«

»Oh, das ist nicht meine Schuld.«

»Wie auch immer, ich möchte, dass du alle Türen abschließt, die Eingangstür und auch die Terrassentüren. Und wirf immer zuerst einen Blick durch den Türspion, bevor du jemandem öffnest. Selbst wenn du den Zimmerservice erwartest.«

Eine Weile ist es still in der Leitung. »Alles in Ordnung bei dir?«

»Mir geht's gut. Ich kümmere mich eben um meine Gäste und im Moment um einen ganz besonderen Gast.«

»Wird hier öfter eingebrochen?«

»Sei einfach nur vorsichtig. In ein paar Stunden bin ich wieder bei dir.«

»Okay, schon gut«, erwidert sie, und ich höre, wie sie leise ächzt. Wahrscheinlich steigt sie aus dem Bett. »Nach dem, was mir zugestoßen ist, musst du mir das nicht zweimal sagen. Ich glaube, der Sex hat mich von all den hässlichen und grausamen Dingen auf dieser Welt abgelenkt.«

Das trifft offensichtlich auch bei mir zu.

Nach meiner Begegnung mit Pascal bin ich jedoch extrem sensibilisiert. Das Meeting verläuft gut, doch sobald es vorüber ist, rase ich zurück zum Hotel und hoffe, dass Sadie meine Anweisungen befolgt hat. Und dass ich mir unnötig Sorgen mache.

Ich gehe auf direktem Weg zur Rezeption und spreche die Rezeptionistin von vorhin an. »Wo ist er? Ist er weg? Pascal Dumont.«

Ich weiß, dass du weißt, wo er ist.

Sie schaut mich bittend an. »Ja, er ist kurz nach Ihnen in einer Limousine weggefahren. Monsieur Dumont, es tut mir so leid, ich habe ja nicht gewusst ...«

Ich hebe eine Hand und bedeute ihr, nicht weiterzusprechen. Glücklicherweise muss ich mich nicht selbst um ihre Kündigung kümmern. Vor solchen unangenehmen Aufgaben drücke ich mich gern. »Schon gut. Hauptsache, er ist nicht mehr hier.«

»Er ist weg«, bestätigt sie rasch. »Alles in Ordnung.«

Doch da bin ich mir nicht sicher.

Bei Pascal kann man nie vorsichtig genug sein.

Allmählich glaube ich, dass man bei niemandem vorsichtig genug sein kann.

KAPITEL ACHT

Sadie

»Hast du etwas dagegen, wenn ich zu dir komme?«

Ich wirble in der Dusche herum und sehe Olivier vor der mit Dampf beschlagenen Glastür stehen. Obwohl ich ihn nur schemenhaft sehen kann, erkenne ich, dass er nackt ist. Und atemberaubend aussieht.

Er öffnet die Tür und lässt den Blick grinsend über meinen Körper gleiten.

Unwillkürlich lächle ich, obwohl ich automatisch meine Brüste mit den Händen bedecke. »Warum tauchst du immer hier auf, wenn ich dusche?«

»Wahrscheinlich möchte ich dir dabei helfen, wieder sauber zu werden, nachdem ich dich so schmutzig gemacht habe.«

Schmutzig – das stimmt allerdings. An diesem Morgen hatten wir Sex in fast allen Stellungen, die man sich vorstellen kann, und das an allen möglichen Orten. Ich hätte nie gedacht, einmal eine dieser sexuell experimentierfreudigen Frauen zu werden, doch Olivier hat etwas an sich, was mich dazu bringt, ihm volles Vertrauen zu schenken. Wahrscheinlich liegt es daran, dass ich Sterne sehe, wenn er mich zum Orgasmus bringt. Und ich weiß, dass alles, wozu er mich auffordert, die Sache wert ist.

»Dreh dich um.« Er tritt in die Duschkabine und greift nach einem Luffaschwamm und dem Duschgel.

»Findest du, dass ich noch nicht sauber genug bin?«

»Tatsächlich mag ich es recht gern, wenn du ein wenig schmutzig bist«, erwidert er und seift mir mit dem Schwamm den Rücken ein. Eigentlich war ich schon fertig, aber jetzt denke ich natürlich nicht daran, die Duschkabine zu verlassen.

»Ich weiß nicht, was ich zu Hause ohne dich machen werde«, erkläre ich, obwohl ich bei dem Begriff »zu Hause« einen unangenehmen Geschmack im Mund verspüre. »Dort wird mich niemand so gründlich einseifen. Du hast mich verwöhnt.«

Seine Hand mit dem Schwamm hält in der Mitte meines Rückens inne, und in der dampfigen Luft liegt plötzlich spürbare Spannung.

»Dann geh nicht«, bittet er leise.

»Das wäre schön.« Ich werfe ihm einen Blick über die Schulter zu. Er sieht mich intensiv an.

»Ich meine es ernst«, erklärt er. »Geh nicht.«

Langsam drehe ich mich zu ihm um. »Ich muss gehen.«

Stirnrunzelnd betrachtet er mich; sein Haar klebt feucht an seinen Kopf. »Warum?«

»Das weißt du doch. Ich muss wieder aufs College und mich um meine Mutter kümmern. Und mein Bankkonto ist fast abgeräumt.«

»Ich würde für dich sorgen.«

»Olivier, wir kennen uns doch kaum.«

Obwohl das der Wahrheit entspricht, zuckt er leicht zusammen, als hätte ich ihm eine Ohrfeige verpasst.

Er schluckt, fährt sich mit der Zunge über die Lippen und starrt an die geflieste Wand. »Das mag stimmen, aber es fühlt sich anders an. Ich weiß, dass du ebenso empfindest wie ich.«

Er hat recht, aber das ändert die Realität nicht.

Sein Blick ist gespannt, hoffnungsvoll und zeigt alle anderen Gefühlsregungen, die ich mir von ihm wünsche. »Komm mit mir nach Paris«, fährt er fort.

Bei seinen Worten habe ich das Gefühl, als wäre ein Netz voller Schmetterlinge in meinem Bauch befreit worden.

»Was?«, flüstere ich und spüre, wie die Aussicht darauf meinen ganzen Körper belebt.

Er greift nach einer meiner Hände, führt sie an die Lippen und küsst meine Finger. »Ich möchte, dass du mit mir nach Paris zurückkehrst. Bleib bei mir. Wenn du in drei Wochen immer noch das Bedürfnis hast, nach Hause zurückzufliegen, dann werde ich dich nicht aufhalten. Doch bis dahin möchte ich nicht von dir getrennt sein. Ich will nicht jetzt schon Abschied nehmen müssen.«

Ich schenke ihm ein mattes Lächeln. Seine romantischen Worte und Gesten tun mir unglaublich gut, und ich bin überwältigt davon, dass seine Zuneigung groß genug ist, um mich nach Paris einzuladen, doch gleichzeitig bin ich auch sehr traurig. Denn ich weiß, dass ich jetzt meinen Verstand walten lassen muss. Die Bedürfnisse meines Herzens und meines Körpers müssen in den Hintergrund treten, wenn ich die richtige Entscheidung treffen will.

Langsam schüttle ich den Kopf, und das Netz scheint zurückzukommen und alle Schmetterlinge wieder einzufangen. »Es tut mir so leid, ich wünschte, es wäre möglich, doch ich kann nicht einfach vor meiner Verantwortung und meinen Problemen davonlaufen. Die vergangenen Tage waren die besten meines ganzen Lebens, aber ich kann nicht weiter so tun, als wäre ich jemand anderes.«

»Das musst du nicht tun. Du bist einfach Sadie, und ich bin Olivier. Und wir bleiben zusammen.«

»Bis ich dann doch abreisen muss.«

Er schließt die Augen, und seine Nasenflügel weiten sich, während er tief durchatmet. Dann öffnet er die Augen wieder und nickt. »Zumindest habe ich es versucht. Ich hätte es mir nie verziehen, wenn ich nicht gefragt hätte. Natürlich respektiere ich deine Wünsche, Sadie – ich werde dich immer respektieren.«

Dass ich mir tatsächlich wünsche, mein Verstand und meine logischen Überlegungen würden mich in Ruhe lassen, kann er ja nicht wissen.

Er beugt sich vor und küsst mich zärtlich, bevor er die Arme um mich schlingt und mir mit dem immer noch seifigen Schwamm über den Rücken fährt, sodass ich schaudere. Ich ignoriere den plötzlichen Schmerz in meinem Magen, und ich vermute, ihm ergeht es ebenso. Wir fallen in den spielerischen, berauschenden Rhythmus, den unsere Körper bereits so gut kennen.

Bedauern und Enttäuschung fließen mit dem Wasser über meinen Körper nach unten und wirbeln durch den Abfluss, bis alles verschwunden ist.

Für den Moment.

Es liegt nun schon zwei Tage zurück, dass Olivier mich gebeten hat, ihn nach Paris zu begleiten.

Zwei Tage, seit ich sein Angebot abgelehnt habe.

Zwei Tage, in denen wir uns fast ständig in den Armen lagen oder zumindest in Reichweite des anderen waren. Nach seiner Rückkehr von dem Meeting in Saint Tropez sind wir einander nicht mehr von der Seite gewichen.

Wir scheinen auf eine Weise miteinander verbunden zu sein, die ich mir nie hätte vorstellen können.

Auf dieser molekularen Ebene, von der ich bereits gesprochen habe?

Nun, das war, bevor wir miteinander geschlafen haben. Seit wir ständig Sex miteinander haben, ist etwas anderes daraus geworden. Eine Symbiose? Wer zum Teufel weiß das schon? Ich weiß nur, dass ich Olivier heute verlassen muss, und jede Faser meines Körpers, mein Herz und meine Seele schreien mich an.

Dass ich die falsche Entscheidung getroffen habe, schreien sie, und dass ich mich dafür hätte entscheiden sollen, bei ihm zu bleiben.

Dass ich mir selbst Schaden zufüge, wenn ich gehe.

Dass ich zu ihm gehöre, dass wir wie zwei Magnete sind, die unabhängig von allen Umständen, so unüberwindbar sie auch erscheinen mögen, sich anziehen und zusammengehören.

Es ist verrückt.

Ich weiß.

Diese Erkenntnis tut mir in der Seele weh. Und sie widerspricht jeglicher Logik.

Sadie Reynolds empfindet normalerweise nicht so.

Und üblicherweise benimmt sie sich auch nicht so, wenn sie bei klarem Verstand ist.

Ich habe mit meinem besten Freund geschlafen, um endlich keine Jungfrau mehr zu sein.

Ich bin mit Tom zusammen gewesen, weil er der langweiligste Typ auf der ganzen Welt war, und ich glaubte, dass er mir deshalb nie das Herz brechen oder mich unangenehm überraschen würde.

Und ich habe meinen hart erkämpften Zynismus über Bord geworfen und eine Affäre mit dem heißen reichen Franzosen angefangen, der mir das Leben gerettet hat.

Doch daraus ist mehr geworden als nur ein One-Night-Stand, und es könnte sich noch viel mehr entwickeln. Natürlich mache ich mir nichts vor: Über eine Ferienromanze kann es nicht hinausgehen, selbst wenn ich ihn nach Paris begleiten würde. Sein Geschäft und sein Leben spielen sich hier ab, und ich muss zurück nach Seattle zu meinem College, meiner Mutter und meinem schrumpfenden Bankkonto.

Allerdings … Ich hätte die Chance, die Beziehung noch eine Weile aufrechtzuerhalten, die Möglichkeit, mich an diesem Mann und an allem, was er mir bietet, zu erfreuen. Noch müsste ich nicht von ihm Abschied nehmen.

Doch irgendwann wird es dann doch so weit sein, also kann ich es ebenso gut jetzt hinter mich bringen.

»Hier bist du also«, sagt Olivier hinter mir.

Ich stehe an der Brüstung der Terrasse und schaue aufs Meer; die salzige Brise zerzaust mir das Haar und belebt meine Sinne und bringt mich dazu, alles in Zweifel zu ziehen.

Langsam drehe ich mich zu ihm um. »Du beherrschst es wirklich, dich an jemanden heranzuschleichen.«

Er kommt durch die Tür auf mich zu, und seine Haut sieht vor den sich hinter ihm blähenden weißen Vorhängen sehr dunkel aus. Die verspiegelte Fliegersonnenbrille – zweifellos ein Modell von Dumont – lässt ihn aussehen wie einen Filmstar.

»Hast du alles gepackt?«

Nickend gehe ich auf ihn zu. Ich hinke noch, aber zumindest kann ich den Fuß wieder belasten. »Es dauert nur zwei Minuten, meine Sachen im Rucksack zu verstauen. Und jetzt ist zumindest alles frisch gewaschen.«

Er zuckt zusammen, als er mich laufen sieht, und tritt rasch neben mich, um mich zu stützen. »Bist du sicher, dass du die Krücken nicht mitnehmen willst?«

»Hast du schon einmal versucht, mit Krücken in einen Zug zu steigen? Ich nicht, aber ich stelle es mir sehr schwierig vor. Ich schaffe das schon.«

Er streicht mir mit der Hand über die Wange. »Ich werde mir große Sorgen um dich machen und pausenlos an dich denken müssen.«

Ich bringe ein schwaches Lächeln zustande und versuche, den dicken Kloß, der sich vor Traurigkeit in meiner Kehle gebildet hat, zu ignorieren. Olivier fährt mit einem Finger über mein Kinn und umfasst es dann mit seiner warmen Hand. Ich schließe die Augen. »Ich werde auch ständig an dich denken«, erwidere ich.

»Es müsste nicht so sein«, erklärt er schroff und drückt mir dann einen sanften Kuss auf die Lippen.

Gegen ihn bin ich beinahe machtlos – seine Hand auf meiner Haut, seine Lippen und seine Zunge, die zärtlich mit meiner spielt. Er weiß genau, was er mit mir macht, er muss nicht bitten oder fragen. Sein Körper und die Art und Weise, wie dieser sich mit meinem verbindet – innig, offen und leidenschaftlich –, sind überzeugend genug.

Atemlos weiche ich zurück. Mein Gesicht wird heiß, und meine Knie sind weich, und das hat nichts mit meiner Knöchelverletzung zu tun. »Ich wünschte, alles wäre anders.«

Seufzend fährt er sich mit der Hand übers Gesicht und den Nacken. »Ich auch. Wir waren jetzt eine Woche hier zusammen, also warum willst du die nächsten zwei Wochen in Spanien verbringen? Was wartet dort auf dich? Warum läufst du vor mir davon?«

»Ich laufe nicht vor dir davon.« Meine Stimme klingt abwehrender als beabsichtigt. Ich drehe mich um und setze mich auf den von der Sonne warmen Liegestuhl. »Ich versuche nur, das Richtige zu tun.«

»Ich würde dich gern nach Spanien begleiten, aber ich werde in Paris gebraucht. Es geht nicht nur um die Hotels – dafür könnte ich für eine gewisse Zeit eine Vertretung finden –, sondern auch um die Herbstsaison. Meine Familie braucht mich. Und ich brauche dich.«

Verdammt. Olivier drückt sich oft sehr romantisch aus, also sollte mich diese Bitte nicht so sehr bewegen, aber sie tut es. Ich spüre die Leidenschaft darin, die Angst, die darin steckt und die ich zu verheimlichen versuche, die gleichen Gefühle, die ich in den letzten Tagen unterdrückt habe.

Du bist dickköpfig, denke ich. Stur und dumm.

Und wahrscheinlich stimmt das auch.

Ich schaue zu ihm hoch und blinzle in die grelle Sonne. In den Gläsern seiner Sonnenbrille spiegelt sich mein Bild wider. Ich sehe winzig klein aus. Wie eine Lügnerin. Wie jemand, der gleich davonlaufen wird. »Je schneller ich in diesem Zug bin, umso eher bin ich wieder ich selbst – eine Rucksacktouristin. Eine arme Studentin. Ich werde wieder in Schlafsälen übernachten, meine Unterwäsche in einem Waschbecken waschen und mich von Sonderangeboten und Tapas ernähren. Ich werde mich nur mühsam durchschlagen, aber so war es in meinem Leben schon immer. Und ich werde mir tatsächlich Spanien anschauen können. Danach fliege ich nach Hause und kehre zu meinem Leben zurück. Das muss ich tun.«

Er nickt langsam und kaut auf seiner Unterlippe. Ich wünschte, ich könnte seine hinter den Brillengläsern verborgenen Augen sehen. »Das verstehe ich, Sadie. Wirklich. Wie ich vorhin schon gesagt habe, respektiere ich deine Wünsche, auch wenn sie nicht meinen entsprechen.«

Eigentlich habe ich erwartet, dass er noch etwas hinzufügt, etwas sagt, um mich umzustimmen, doch das tut er nicht.

Anscheinend hat er aufgegeben.

Ich muss zugeben, das mich das ärgert.

Denn es bedeutet das Ende.

Vielleicht habe ich die ganze Zeit auf etwas gewartet, was mich überzeugen würde, obwohl das streng genommen gar nicht nötig ist.

Olivier setzt sich neben mich und stützt die Ellbogen auf die Oberschenkel. »Wann genau fährt dein Zug ab?«

Er weiß es. Wir haben bereits mehrere Male darüber gesprochen, aber es stört mich nicht, dass er noch einmal nachfragt.

»In eineinhalb Stunden.«

Nickend schiebt er seine Sonnenbrille auf den Kopf und blinzelt mich an.

»Genügend Zeit, um dich noch einmal kommen zu lassen«, sagt er sanft. »Sogar mehr als einmal.«

Ich schüttle langsam den Kopf. Wir haben am Vormittag schon zweimal Sex gehabt – einmal im Bett und einmal unter der Dusche –, also habe ich mit einem solchen Vorschlag nicht gerechnet. Doch er überrascht mich nicht. Und ich bin auf keinen Fall enttäuscht.

»Du versprichst mir immer das Blaue vom Himmel«, meine ich und spüre, wie mir bei seinen Worten heiß geworden ist.

»Nein, das nicht, *mon petit lapin*«, erwidert er. »Ich verspreche dir nur einen gewaltigen Orgasmus, nach dem du dich vorläufig nicht mehr an deinen Namen wirst erinnern können.«

»Deinen Namen werde ich jedoch nicht vergessen.«

Er grinst mich frech an. »Niemals«, erklärt er und nickt mir zu. »Du solltest dich beeilen und dich ausziehen.«

»Ich?« Ich starre ihn an.

»Dann ist es leichter, dich zum Orgasmus zu bringen. Ich habe aber auch nichts gegen eine Herausforderung einzuwenden.«

»Du bist unersättlich«, necke ich ihn. Und ich würde ihn auf keinen Fall anders haben wollen.

Er saugt kurz an seiner Unterlippe, bevor er mich küsst und mit seinen Händen durch mein Haar fährt. Dann schiebt er mich zurück, sodass ich auf der Sonnenliege lande.

Aber noch bin ich nicht dort, wo er mich haben will. Schon haben wir den Platz getauscht, und jetzt befindet er sich auf dem Rücken. Rasch öffnet er seinen Gürtel und den Reißverschluss seiner Hose.

»Setz dich auf mich«, flüstert er begehrlich.

Ich blinzle kurz und überlege, dass ich davor offensichtlich meine Jeans ausziehen soll und dass ich rechtzeitig meinen Zug erreichen muss, doch als ich sehe, wie er seinen großen Schwanz herausholt, sind alle Bedenken verflogen.

Nicht sehr anmutig schäle ich mich so schnell wie möglich aus meiner Jeans und streife mir den Slip ab, bis ich von der Taille abwärts nackt bin. Er starrt mich voller Verlangen an.

Zu sehen, wie sehr ich begehrt werde, bringt mich in die richtige Stimmung.

Olivier hält seinen Schwanz hoch – er ist hart, steif und groß, ein beeindruckender Anblick. Aber ich weiß, dass ich ihn in mir aufnehmen kann. Ich weiß, wie gut er mir tun wird.

Vorsichtig schwinge ich mich rittlings auf Olivier und warte geduldig, bis er sich ein Kondom übergerollt hat. Dann halte ich mich an den Stuhllehnen fest und lasse mich ganz langsam auf seinen Schwanz sinken.

»Sadie«, bringt er stöhnend hervor und stößt heiser einige Worte auf Französisch aus, während er die Augen schließt und den Kopf nach hinten neigt.

Ich kann kaum atmen, geschweige denn sprechen. Bei jeder Bewegung nach unten, mit der ich seine heiße Erektion ein paar Zentimeter weiter in mich aufnehme, scheint die Luft aus meinen Lungen zu weichen. Es tut fast ein bisschen weh, aber es ist ein süßer Schmerz, ein Schmerz von der Art, die süchtig machen könnte.

Schließlich ist er ganz in mir, und ich atme tief aus. Mich durchströmt das Gefühl, dass ich ohne ihn hohl und leer wäre. Vielleicht ein dummer Gedanke, wenn man gerade Sex hat, aber ich kann diese Empfindung nicht unterdrücken. Das ist mehr als nur Sex, es geht weit darüber hinaus. Ich kann es nicht beschreiben, doch im Moment sind wir vollkommen eins.

»Reite mich«, sagt er keuchend, umfasst meine Hüften und bewegt mich auf und ab. »*S'il te plaît.*«

»Sag etwas Schmutziges auf Französisch zu mir«, fordere ich ihn auf, während er seinen Rhythmus steigert.

Sofort stößt er rau einige Kraftausdrücke aus, die spielerisch, aber gleichzeitig sehr erotisch klingen. Ich habe natürlich keine Ahnung, was diese Worte bedeuten, doch was er damit bezweckt, ist eindeutig. Und die weitere Kommunikation überlässt er seinem Schwanz.

Mit jeder Bewegung meiner Hüfte bestimme ich, wie tief er in mich eindringt, wobei er das Tempo steuert, mit dem er sich in mir bewegt. Es fühlt sich so gut an, zu gut, vor allem als er mit seinem Daumen meine Klitoris streichelt. Ich biege meinen Rücken durch und blicke hinauf zu dem wunderschönen Himmel und der blendenden Sonne.

Alles um uns herum ist hell und schön.

»Ich komme gleich«, flüstert er und schaut mich dabei so intensiv und leidenschaftlich an, wie ich es noch nie bei ihm gesehen habe. Es ist ein Blick, der mich gefangen hält und mir verspricht, mich nie wieder loszulassen.

Ich will nicht, dass er loslässt.

Und ich will selbst nicht loslassen.

Nicht jetzt, niemals.

Doch dann kann er sich nicht mehr zurückhalten, und wie immer vergewissert er sich, dass ich mit ihm den Höhepunkt erreiche. Mir bleibt dabei keine Wahl. Gekonnt streichelt er mich und dringt mit jedem Stoß tiefer in mich ein, bis ich mich immer mehr öffne und dann im freien Fall nach unten schwebe, weiter und weiter.

Der Orgasmus überwältigt uns gleichzeitig. Er erfüllt meinen ganzen Körper, durchfährt mich wie ein Stromstoß und explodiert dann in einem gewaltigen Feuerwerk. Ich rufe seinen Namen und kreise weiter mit den Hüften, obwohl ich nicht weiß, in welche Richtung sich mein Körper dreht.

Das gilt auch für meinen Verstand.

Und für mein Herz.

Dieser Mann scheint mich in Stücke zu reißen, und ich kann mir nicht einmal sicher sein, ob es ihm gelingen wird, mich wieder zusammenzusetzen, denn er wird nicht mehr bei mir sein.

»Sadie, Sadie«, presst er stöhnend hervor. Seine Bewegungen werden langsamer, und seine Hände gleiten über meine Hüften nach unten. »Meine wunderschöne Frau.«

Doch ich nehme seine Stimme kaum wahr. Ich treibe immer noch irgendwo im Universum, wirble durch fremde Galaxien und wünsche mir, das Gefühl, ihn in mir zu spüren, würde niemals aufhören.

Natürlich ist es dann doch irgendwann so weit.

Ich sinke auf ihm zusammen und rolle mich zur Seite. Er zieht sich aus mir zurück und macht mir auf der Sonnenliege Platz. Eine Weile hält er mich in den Armen, und ich spüre seinen Herzschlag so stark, als würde er sich mit meinem vereinen.

Sowie ich wieder auf den Planeten Erde zurückkehre und sich der blaue Himmel über mir nicht mehr dreht, überkommen mich so heftige Emotionen, dass ich rasch meine Augen zusammenkneife.

Verdammt.

Das war's.

Das war das letzte Mal, dass er in mir war und mir mit seiner Geschicklichkeit, Entschlossenheit und Leidenschaft so große Lust bereitet hat, dass ich mir nicht vorstellen kann, wie ich so lange ohne ihn auskommen konnte. Wie habe ich bisher mein Leben meistern können, ohne zu wissen, wie es ist, mit jemandem zusammen zu sein, der in Einklang mit jeder Zelle meines Körpers ist, mit jedem Tropfen Blut, der durch meine Adern fließt? Anscheinend habe ich bisher geglaubt, Essen, Trinken und ein Dach über dem Kopf wären alles, was man braucht. Doch seit ich ihm begegnet bin, weiß ich, dass das nicht stimmt – Sex ist ebenso wichtig. Sex mit diesem großartigen, unglaublichen Mann ist für meinen Körper und meine Bedürfnisse sogar lebenswichtig.

Ich befürchte, ohne ihn werde ich zugrunde gehen.

»Wir sollten uns auf den Weg machen«, sagt er leise, bevor er aufsteht, das Kondom abstreift und den Reißverschluss seiner Hose hochzieht.

Ich nicke, setze mich langsam auf und wende mich von ihm ab, damit er die Tränen in meinen Augen nicht sieht. Rasch schiebe ich mein T-Shirt nach unten und zupfe meinen BH zurecht; meine Brustwarzen sind noch hart.

»Hey.« Er streckt mir eine Hand entgegen. »Komm.«

Ich lege meine Hand in seine, und er hilft mir hoch, schlingt die Arme um mich und drückt mich an sich. Seine Umarmung ist warm und tröstlich und macht alles wieder gut. Bei ihm fühle ich mich sicher. Wenn ich mich aus seinen Armen löse, bin ich wieder der grausamen und gefährlichen Welt ausgeliefert. Hier bei ihm zu sein ist ein wahrer Segen.

»Ich werde dich sehr vermissen«, flüstert er, den Mund an meinen Hals gedrückt.

»Du wirst nur den Sex vermissen«, erwidere ich und weiß sofort, dass ich einen Fehler gemacht habe.

Er weicht zurück und starrt mich eindringlich an. Zwischen seinen Augenbrauen bildet sich eine tiefe Falte. »Warum sagst du das?«

»Das war nur ein Scherz.« Rasch wende ich den Blick ab.

Er schüttelt mich leicht. »Nein, es geht nicht nur um Sex. Ich habe schon mit sehr vielen Frauen geschlafen, und ich weiß genau, wann es sich nur um Sex handelt. Bei uns war das nicht so. Ich habe dich gern, Sadie, mehr als ich es jemals für möglich gehalten hätte. Ja, wir kennen uns erst seit einer Woche, aber in dieser Zeit ...« Er schaut zur Seite und fährt sich mit der Zunge über die Lippen, während er nach den richtigen Worten sucht. »Diese Woche war eine der besten Wochen, die ich jemals hatte. In meinem ganzen verdammten Leben.«

Die Augen weit aufgerissen, starre ich ihn an.

Moment.

Wie kann das sein? Ich meine, er führt doch ein fantastisches Leben hier.

»Das ist mein Ernst«, fügt er hinzu und schaut mir wieder in die Augen. »Die Zeit mit dir ... Ich konnte endlich ich selbst sein. Oder endlich jemand anderer sein. Oder vielleicht ist das auch das Gleiche. Ich weiß nur, dass ich mich begehrt gefühlt habe und glücklich und frei. Und ich kann mich nicht daran erinnern, wann ich zum letzten Mal so empfunden habe.«

Ich beiße mir auf die Unterlippe und mustere sein attraktives Gesicht. Es fällt mir sehr schwer zu glauben, dass ihm in seinem Leben nicht alles zur Verfügung steht, dass er nicht immer alles bekommen hat, was er haben wollte.

»Du hast alles«, sage ich leise. »Wie kann es also sein, dass ... Wie kann dir das so viel bedeuten?«

»Das weiß ich nicht, doch es ist so. Hat es dir nicht auch etwas bedeutet?«

»Natürlich. Sehr viel sogar. Ich versuche immer noch zu begreifen, was hier geschehen ist. Mit dir und mir. Und allem. Es ist wie ein Traum, aus dem ich nicht aufwachen möchte. Aber schon bald wird mir nichts anderes übrig bleiben, und es wird scheißverdammt wehtun.«

Er lächelt. »Manchmal vergesse ich, wie wortgewandt du bist«, stellt er fest. »Vielleicht werde ich das am meisten vermissen. Dein schmutziges Mundwerk.«

»Warte mal.« Ich lege die Hände an seine muskulöse Brust und schiebe ihn von mir. »Wahrscheinlich ist es gut, dass wir uns jetzt trennen müssen, denn sonst würde ich dich von einem charmanten Franzosen in einen fluchenden Seemann verwandeln.«

»Du weißt, dass ich manchmal auch schmutzige Wörter in den Mund nehme.« Er beugt sich zu mir vor, nimmt mein Ohrläppchen zwischen die Zähne und zieht daran.

Unwillkürlich stöhne ich leise auf. Obwohl wir erst vor fünf Minuten Sex hatten, bin ich schon wieder bereit.

»Tut mir leid«, sagt er schelmisch lächelnd. »Ich weiß, dass du sehr empfindlich bist, wenn es um deine Ohren geht.«

»Auf emotionaler Ebene?«, frage ich scherzhaft, obwohl mich mein früherer auf meine Ohren bezogener Spitzname nicht mehr stört.

»Eher auf sexueller Ebene. Zu schade, dass ich nicht genug Zeit hatte, alle deine erogenen Zonen zu erforschen. Ich wette, wenn ich deine Kniekehlen lecke, hat das die gleiche Wirkung. Die Stelle ist ein wenig schwer zu erreichen, aber das würden wir schon schaffen.«

Bei dieser Andeutung läuft mir ein Schauer über den Rücken. »Wir sollten aufbrechen, bevor die Dinge wieder außer Kontrolle geraten.«

»Immer diese Stimme der Vernunft.« Er führt mich in das Zimmer zurück und greift nach meinem Rucksack, während ich mir den Riemen meiner Tasche über die Schulter schlinge. Ich bin schon an der Tür, als ich plötzlich innehalte und mich noch einmal gründlich umschaue. Diese Suite … Hier hat mein anderes Leben begonnen. Hier ist Sadie Reynolds ein anderer Mensch geworden.

Oder vielleicht ist es auch so, wie Olivier gesagt hat: Ich bin eine andere geworden und habe gleichzeitig zu mir selbst gefunden. Möglicherweise passiert genau das, wenn man alles loslässt, was einen bisher zurückgehalten hat.

Meine Nase beginnt zu jucken, und ich weiß, dass ich schnell gehen muss, bevor ich zu weinen anfange.

Glücklicherweise gelingt es mir, beim Abschied von diesem wunderschönen Hotel und auf der Fahrt zum Bahnhof in Cannes die Tränen zurückzuhalten. Ich starre aus dem Fenster auf die zerklüfteten Berge und das tiefblaue Meer, das für eine Woche lang zu einem Freund und ständigen Begleiter geworden ist, und versuche, alles in mir aufzunehmen.

Doch dann gleitet mein Blick hinüber zu Olivier.

Natürlich bin ich mir sicher, dass ich ihn nie vergessen werde. Ich kann mir jederzeit sein Bild im Internet anschauen und in Erinnerungen schwelgen.

Doch das lässt sich selbstverständlich nicht damit vergleichen, ihn, so wie jetzt, neben mir zu haben. Als echten Menschen aus Fleisch und Blut. Kein Foto, keine Erinnerung, sondern ein Moment, den ich tatsächlich erlebe. Ein Moment, den ich unendlich lange hinauszuziehen versuche. Ein Moment, der, wie ich weiß, bald vorbei sein wird.

Also konzentriere ich mich auf die Details: das Schimmern der Armbanduhr an seinem Handgelenk, die feinen dunklen Härchen, seine großen Hände auf dem Lenkrad, seine gepflegten, zu Halbmonden gefeilten Fingernägel. Offensichtlich nimmt er regelmäßig eine Maniküre in Anspruch; niemand hat von Natur aus so schöne Nägel.

Dann wandert mein Blick zu seinem Hals und der Kuhle an seinem Schlüsselbein, und ich bewundere, wie sich seine glänzende Haut von seinem weißen T-Shirt abhebt.

Und dann diese markanten Gesichtszüge, dieser Mund, der mich in wenigen Sekunden zum Orgasmus bringen kann, wenn er meine Klitoris verwöhnt oder mir tausend schmutzige Wörter ins

Ohr flüstert. Seine hohen kräftigen Wangenknochen und die sexy geschwungenen dunklen Augenbrauen.

Allerdings wird es mir schwerfallen, mich an seine Augen zu erinnern.

Die Bilder von ihm werden ihnen nicht gerecht.

Sie können die Art und Weise, wie er mich ansieht, nicht einfangen. Sie zeigen nicht die Leidenschaft, die Begierde, das Verlangen und die Bewunderung. Den Ausdruck, der mir das Gefühl gibt, das kostbarste Juwel auf dieser Welt zu sein, entdeckt an einem Ort, wo man nie danach gesucht hätte.

Selbst gute Fotos können das nicht vermitteln.

Bevor ich es mich versehe, sind wir am Bahnhof angekommen.

Ich hatte nicht genug Zeit, schreit eine Stimme in mir. Es war zu schnell vorbei, die Zeit war zu knapp.

Wie eine Verrückte starre ich ihn ein letztes Mal an, um mir sein Aussehen ins Gedächtnis einzubrennen, so als könnte ich ihn damit für immer bei mir behalten.

Doch es ist zu spät.

»Alles in Ordnung?«, erkundigt er sich und mustert mich stirnrunzelnd.

Ich schüttle den Kopf. »Nein. Nein, ich meine, ja, es geht mir gut, aber …«

Er schluckt gequält. »Ich weiß, ich weiß.«

Und obwohl er den Satz nicht ausspricht, kann ich ihn immer noch hören. Vielleicht ist es nicht seine Stimme, sondern meine eigene.

Es müsste nicht so sein.

Es kostet mich große Mühe, aus dem Wagen zu steigen. Mein tränenschweres Herz scheint mich nach unten zu ziehen, und meine Arme und Beine fühlen sich an, als wären sie mit Blei gefüllt. Das ändert sich auch nicht auf dem Weg ins Bahnhofsgebäude. An meinem Knöchel liegt es nicht – ich schaffe es einfach kaum, ein Bein vor das andere zu setzen und mich vorwärtszubewegen.

Schließlich bleiben wir neben dem Zug stehen. Hier geht es chaotisch zu, da viele Passagiere sich bereits vor den Türen drängen, um einzusteigen.

Ich drehe mich zu ihm um. »Ich schätze, das war's dann.«

Er deutet mit einer Kopfbewegung auf mein Abteil. »Ich helfe dir mit dem Gepäck.«

»Das schaffe ich schon«, versichere ich ihm und greife nach meinem Rucksack.

Seufzend hebt er ihn hoch, und ich drehe mich um, sodass er mir die Träger über die Arme streifen kann.

Er fühlt sich schwerer an als zuvor. Es klingt merkwürdig, aber für eine Rucksacktouristin – vor allem wenn sie eine Weile allein unterwegs ist – wird der Rucksack zu einem Teil von ihr. Er ist ein Freund, dient als Kissen, und man kann ihn nachts umarmen, wenn man sich einsam fühlt.

Doch jetzt fühlt er sich anders an. So als hätte er einer anderen Person gehört. Vielleicht ist das tatsächlich der Fall.

Einer der Zugschaffner bläst in seine Pfeife, und die Passagiere steigen rasch ein.

Es ist so weit.

Zeit zu gehen.

»Sag mir, dass wir uns wiedersehen werden.« Olivier legt seine Hände auf meine Schultern, beugt sich zu mir vor und drückt seine Stirn an meine. »Versprich es mir.«

Ich möchte ihm nichts versprechen, denn ich weiß, wie gering die Chancen sind. »Ich werde tun, was ich kann«, erwidere ich.

Er schluckt, nickt kurz und küsst mich rasch. »Auf Wiedersehen, *mon petit lapin*.«

»Auf Wiedersehen, Olivier«, flüstere ich.

Der zweite Pfiff des Schaffners und sein lautes Kommando auf Französisch dröhnen in meinen Ohren.

Selbst Olivier zuckt erschrocken zusammen.

Wir lösen uns voneinander, und ich steige in den Zug.

Werfe einen Blick zu ihm zurück.

Winke kurz.

Er winkt zurück.

Dann gehe ich los, um meinen Platz zu suchen.

Der Zug setzt sich in Bewegung, und ich versuche, einen letzten Blick auf Olivier zu werfen, doch ich kann ihn in der Menschenmenge nicht entdecken.

Er ist verschwunden.

Und ich reise ab.

Tief seufzend spüre ich, wie mich Traurigkeit überfällt, und presse den Kopf gegen die Fensterscheibe. Ich bemerke kaum, wie sie klappert, während der Zug über die Schienen rumpelt.

Nächste Haltestelle: Barcelona.

Nächste Haltestelle: die gleiche alte Sadie.

Das laute Piepsen meines Smartphones reißt mich aus meinen trüben Gedanken und löst die Blockade in meinem Brustkorb. Vielleicht ist er es – wir haben vor ein paar Tagen Telefonnummern ausgetauscht – und schickt mir eine Nachricht, die mir alles leichter macht.

Aber die E-Mail ist nicht von ihm.

Sie kommt von meiner Mutter.

Sofort mache ich mir Sorgen, dass etwas passiert sein könnte, denn bei mir zu Hause ist es jetzt mitten in der Nacht.

Rasch öffne ich die Mail mit mehreren Absätzen.

Mein liebes Mädchen,

soeben habe ich von dir geträumt. Du warst ein kleines Vögelchen, und ich war deine Mutter. Vielleicht eine Seemöwe, aber da bin ich mir nicht ganz sicher. Ich habe dir aus weiter Ferne zugesehen, wie du Fliegen gelernt hast. Du wolltest zuerst das Nest nicht verlassen und hast dich ständig zu mir umgeschaut. Doch ich habe dir immer wieder gesagt, dass du es versuchen musst. Dass du sonst sterben würdest. Schließlich hast du dann doch deine Flügel ausgebreitet und bist aus dem Nest gesprungen.

Du bist gefallen! Zuerst hast du deine Flügel nicht ausgebreitet, und ich hatte große Angst, dass du immer weiter fallen würdest. Doch dann bist du geflogen. Mit dem Wind weit nach oben, und plötzlich warst du verschwunden. Obwohl ich traurig war, weil ich nun allein war, empfand ich ein großes Glücksgefühl, denn du hattest es geschafft. Endlich warst du frei und konntest du selbst sein.

Ich bin mir nicht sicher, warum ich dir das erzähle, aber ich finde, du solltest das vielleicht wissen.

Ich weiß, dass du in zwei Wochen nach Hause kommen wirst, und ich weiß, dass du es wegen deines Studiums und wegen mir tust. Doch wenn du noch fliegen willst, dann flieg weiter! Du verdienst es. Du verdienst alles, mein kleines Mädchen.

Geh und sei frei!

In Liebe
Deine verrückte Mom

Ich bin verblüfft. Nicht, weil meine Mutter mir das geschrieben hat – sie schreibt mir oft von ihren Träumen und spontanen Gedanken. Meist wahllos und impulsiv.

Doch diese Worte sind genau das, worauf ich gewartet habe. Eine Aufforderung, nicht nach Hause zurückzukehren. Es ist lächerlich – ich habe kein Geld und kann in Europa auch keinen Job annehmen. Außer unter der Hand. Ich muss zu ihr zurück, und ich muss wieder aufs College, ungeachtet dessen, was sie mir geschrieben hat. Das sind zwei unumstößliche Fakten.

Doch ich könnte auch weiter fliegen.

Ich sollte weiter fliegen.

Mein Herz beginnt zu rasen, bevor ich diese Gedanken weiterführen kann.

Ich werfe einen Blick auf die elektronische Anzeige über der Tür des Abteils.

Die nächste Haltestelle ist Cannes La Bocca.

Als der Zug langsamer wird, stehe ich auf, schnappe mir meinen Rucksack und stürme, wahrscheinlich zum Erstaunen der anderen Passagiere, hinaus in den Gang.

Auf dem Bahnsteig schaue ich dem anfahrenden Zug nach und verfluche mich dafür, wahrscheinlich die dümmste Entscheidung meines Lebens getroffen zu haben. Falls das jetzt nicht klappt, weiß ich nicht, wie ich nach Spanien kommen soll.

Doch wenn ich diesen Sprung nicht gewagt hätte, würde ich nie erfahren, wie es weitergeht.

Ich hole mein Smartphone aus der Tasche und schreibe Olivier eine Nachricht.

Willst du mich am Bahnhof in Cannes La Bocca abholen?

Lächelnd drücke ich auf die Sendetaste. Ich bin schrecklich nervös und aufgeregt.

Er antwortet sofort.

Meinst du das ernst?

Mein Lächeln wird immer breiter, bis ich befürchte, es könnte mein Gesicht in zwei Hälften zerreißen.

Natürlich. Ich bin noch nicht fertig mit dir.

KAPITEL NEUN

Olivier

Paris, Frankreich

Entgegen einer weitverbreiteten Ansicht liegt der Hauptsitz von Dumont nicht mitten in Paris. Die meisten Touristen (und sogar einige Pariser) verorten Dumont an einem der berühmten Prachtboulevards wie den Champs-Élysées, doch die richtige Adresse lautet Neuilly-sur-Seine, zwischen dem Wahrzeichen Arc de Triomphe und der hässlichen Grande Arche de la Défense. Mein Vater hat lange darum gekämpft, unsere frühere Hauptniederlassung in Montparnasse zu behalten. Sie lag zwar nicht am rechten Ufer der Seine, aber zumindest befand sie sich mitten in der Stadt.

Doch dann zog Chanel um, und Gautier war der Ansicht, das könnte uns auch guttun. Mit dem Ergebnis, dass sich unsere Konzernzentrale nun direkt gegenüber der von Chanel befindet.

Insgeheim glaube ich, dass mein Onkel nur ins Büro geht, um von dort aus die Designer von Chanel auf der anderen Straßenseite auszuspionieren.

Ich versuche, unserem Büro, so gut es geht, fernzubleiben. Erstens ist das eigentlich nicht mein Arbeitsplatz. Ich schaue nur hin und wieder dort vorbei, um entweder Seraphine oder meinen Vater zu besuchen, doch sobald ich einen Fuß hineingesetzt habe, werde ich in irgendetwas hineingezogen. Das ist der Preis für meinen Nachnamen Dumont. Viele Leute sind der Meinung, ich sollte anstelle von Seraphine unsere Modelinie leiten, obwohl sie hart um diesen Posten gekämpft hat und ihn mehr als jeder andere verdient.

Zweitens herrscht zwischen meinem Apartment im Quartier du Marais und dem Büro immer dichter Verkehr, und mit der Metro will ich nicht fahren.

Und drittens ... Sadie.

Mon petit lapin.

Vor Kurzem habe ich eine riesige Überraschung erlebt.

Nachdem ich Sadie zum Zug gebracht und mich von ihr verabschiedet hatte, habe ich versucht, mich damit abzufinden, dass ich sie wahrscheinlich nie wiedersehen würde. Mit diesem Gefühl hatte ich schon seit einer Woche gekämpft, und dann tauchte auch noch Pascal im Hotel auf und äußerte vage Drohungen. Glücklicherweise verschwand er wieder, ohne mich weiter zu behelligen.

Zehn Minuten später habe ich eine Nachricht von ihr erhalten, und das war's.

Wie ein Verrückter bin ich an der Küste entlanggerast, und als ich vor dem Bahnhof anhielt, sah ich sie dort stehen, den Rucksack vor ihren Füßen und ein strahlendes Lächeln auf dem Gesicht.

In mir begann etwas zu sprudeln wie Champagner, der vor dem Entkorken der Flasche geschüttelt worden war.

Ich habe sie in den Arm genommen, geküsst und ihr gesagt, dass sie mich noch ins Grab bringen wird.

Und ich frage mich, ob sich das nicht tatsächlich bewahrheiten könnte.

Wie auch immer, nun ist sie in meinem Apartment, liegt in meinem Bett und wartet auf mich. Ich habe mich wie ein verdammter Krieger durch den Verkehr gekämpft und dabei selbstsüchtig gehofft, dass das Meeting mit meiner Schwester und meinem Vater nicht lange dauern wird, damit ich schnell wieder bei ihr sein kann.

Da ich sie nur zwei Wochen länger bei mir haben werde, zählt jede Sekunde, die wir gemeinsam verbringen können.

Natürlich kann ich ihnen das nicht sagen. Ich halte mich bekanntermaßen immer sehr bedeckt, was die Frauen angeht, mit denen ich mich treffe. Sogar meinen Familienmitgliedern gegenüber. Als Seraphine sich vor Kurzem scheiden ließ, habe ich ihr in jedem schmerzlichen Moment beigestanden, aber umgekehrt läuft es anders.

Ich parke den Wagen um die Ecke. Im Süden des Landes fahre ich einen Mercedes, aber hier in Paris bevorzuge ich einen kleinen Audi. Ich habe eine Schwäche für deutsche Autos, vor allem wenn sie schnell und unauffällig sind.

Auf meinem Weg um das Gebäude herum entdecke ich den Wagen meines Cousins Blaise auf Gautiers Parkplatz. Er fährt einen roten Ferrari, das genaue Gegenteil von meinem Auto. Während meine Seite der Familie Wert auf Diskretion legt und nichts von zur Schau gestelltem Reichtum hält – zumindest bis zu einem gewissen Grad –, protzt die andere Seite gern so unverhohlen und ordinär wie nur möglich damit.

Doch ich sollte froh sein, dass heute nur Blaise im Büro ist. Ich mag ihn zwar nicht, aber er ist nicht so schlimm wie Pascal und sein Vater, was heißt, dass ich ihn zumindest ignorieren kann. Bei den anderen beiden geht das nicht, vor allem dann nicht, wenn sie es so auf mich abgesehen haben wie im Moment.

Die Concierge am Empfang nickt mir zu, als ich das Gebäude betrete. Rasch steige ich die Treppe zum dritten Stock hinauf.

»Monsieur Dumont«, begrüßt mich Nadia, die Rezeptionistin, und steht auf. »Ich wusste nicht, dass Sie kommen.«

»Das überrascht mich nicht«, erwidere ich und schaue mich im Büro um. Trotz der stillen Eleganz der Einrichtung – Glas, weiße

Wände und schwarze Elemente – herrscht hier absolutes Chaos, da überall gestresst wirkende Mitarbeiter aufgeregt hin und her laufen. Derzeit wird die Herbstkollektion in die Läden geliefert, die *Paris Fashion Week* steht vor der Tür, und in der kommenden Woche findet der jährliche Dumont-Maskenball statt, also drehen alle durch.

Ah, die Modewelt. Dagegen scheint der Aufgabenbereich eines Hoteliers ein Kinderspiel zu sein.

»Soll ich Sie anmelden?«, fragt Nadia.

Ich hebe die Hand. »Schon gut. Sie wissen, dass ich komme. Wahrscheinlich haben sie nur vergessen, es Ihnen zu sagen. Sind sie im Büro meines Vaters?«

Sie nickt. »Sie laufen pausenlos hin und her. Blaise ist auch da.«

Oh verdammt. Ich habe gehofft, er würde sich in seinem großen Eckbüro auf der anderen Seite des Gebäudes aufhalten.

Ich gehe den Gang hinunter und atme tief durch, bevor ich an die Tür mit dem Schild *Ludovic Dumont, Geschäftsführer* klopfe.

Jemand ruft hektisch »Herein«, und ich öffne die Tür.

Im Büro meines Vaters herrscht Chaos. Normalerweise ist er recht ordentlich und gut organisiert, doch eigentlich hat ihn meine Mutter immer dazu angehalten. Seit ihrem Tod … Nun ja, einiges läuft in seinem Leben nicht mehr ganz so reibungslos ab, was sich vor allem bemerkbar macht, wenn er vor dem Verkaufsstart einer neuen Kollektion unter Zeitdruck steht.

Im Augenblick lehnt er sich gegen seinen Schreibtisch, starrt auf einen Stoß Papiere und schiebt seine Brille hin und her, als könnte sie sein Problem lösen. In den Ecken des Büros stapeln sich überall weitere Unterlagen, und einige werden durch den Luftzug eines Ventilators neben dem offenen Fenster durcheinandergewirbelt. Die gerahmten Urkunden und Auszeichnungen hängen schief an der Wand, und die Regale sind vollgestopft mit unzähligen Büchern, zwischen denen ein paar Handtaschen klemmen.

Blaise schaltet die Espressomaschine an und wirft mir einen gleichgültigen Blick zu, während Seraphine sich neben dem

Schreibtisch aufbaut, die Arme vor der Brust verschränkt, und offensichtlich gerade meinem Vater über irgendetwas einen Vortrag hält.

»Wir haben im letzten Jahr einen Umsatz von neun Komma sechs Milliarden Dollar gemacht«, erkläre ich und schließe die Tür hinter mir. »Vater, ich glaube, du kannst dir eine Klimaanlage für dein Büro leisten.«

»Unsinn«, entgegnet er, wirft mir einen kurzen Blick zu und deutet auf den Ventilator. »Das Ding funktioniert einwandfrei.«

»Im Büro in Montparnasse gab es eine Klimaanlage«, wirft Seraphine ein und schaut zu Blaise hinüber.

Er zuckt nur die Schultern und nippt an seinem Espresso. »Dort war nicht mehr genug Platz, vor allem da wir uns weiter vergrößern werden, sobald der Onlineverkauf begonnen hat.«

Oh Gott, darüber streiten sie? Immer noch? Schon wieder?

Seraphine verengt die Augen zu schmalen Schlitzen. »Bist du dumm oder nur naiv?«, fragt sie spöttisch.

»Nun, ich freue mich, dass ihr mich zu dem heutigen Meeting eingeladen habt«, sage ich schnell, bevor die Situation außer Kontrolle gerät. Seraphine lässt sich nichts gefallen, kommt aber trotzdem mit jedem gut aus. Selbst Pascal und Gautier duldet sie. Aus irgendeinem Grund ist Blaise jedoch ein rotes Tuch für sie, und auch er spart ihr gegenüber nicht mit scharfen Bemerkungen. Ich habe die Fehde zwischen den beiden nie verstanden, aber ich begreife einiges nicht bei diesen Leuten, die zu meiner Familie gehören.

»Ich habe dich nicht eingeladen«, erklärt Blaise, trinkt seinen Kaffee aus und schlendert an mir vorbei. »Und ich habe deinem Vater und deiner Schwester gesagt, dass deine Anwesenheit üblicherweise alles nur komplizierter macht. Du hast dich für das Hotelgeschäft entschieden, also gibt es keine Veranlassung für dich, hier dabei zu sein.«

»Blaise«, tadelt ihn mein Vater. »Jetzt hörst du dich an wie Gautier.«

»Der Apfel fällt nicht weit vom Stamm«, wirft Seraphine höhnisch ein.

Blaise zuckt mit den Schulter, die Hand bereits an der Türklinke. »Ich bin nur ehrlich. Einer hier muss es schließlich sein.«

Er verlässt das Büro und schließt die Tür hinter sich.

Ich deute mit dem Daumen zur Tür. »Was wollte er hier? Deinen Kaffee trinken?«

»Seine Kaffeemaschine ist kaputt«, erwidert mein Vater müde und blättert einige Papiere durch. »Und wir arbeiten zusammen, auch wenn dir das nicht gefällt.«

»Wie geht's dir, Bruder?«, fragt mich Seraphine. Der feindselige Ausdruck verschwindet von ihrem Gesicht, als sie auf mich zukommt und mich auf die Wange küsst. »Du siehst aus, als hättest du viel Zeit in der Sonne verbracht.«

»So viel zum Thema Arbeit«, murmelt mein Vater leise.

»Ich habe tatsächlich gearbeitet«, entgegne ich, und das ist nicht einmal wirklich gelogen. »Glaub mir, es gibt auch eine Welt außerhalb des Büros.«

»Mmhm. Also – wer ist sie?« Seraphine grinst mich frech an.

»Sie?«

»Du nimmst dir nie frei, Olivier, also nehme ich an, dass da noch jemand im Spiel ist. Jemand, der dich vielleicht dazu überredet hat, dich am Meer eine Woche lang zu erholen und Sonne zu tanken.«

»Nein, so jemanden gibt es nicht«, erkläre ich, und sie wirkt enttäuscht. Seraphine liegt mir ständig damit in den Ohren, mir endlich eine Frau zu suchen und sesshaft zu werden. Tja, wenn sie wüsste … Von Sadie werde ich ihr jedoch auf keinen Fall etwas erzählen.

Dabei fällt mir etwas ein.

»Ach übrigens, hast du Pascal in letzter Zeit mal gesehen?«, frage ich sie.

Sie runzelt die Stirn. »Er war gestern auf einen Sprung hier. Du kennst ihn ja – er kommt plötzlich vorbei und verschwindet dann wieder.«

»Ich habe ihn im Cap-Eden-Roc gesehen«, erzähle ich. »Ganz zufällig. Ich hatte das Gefühl, dass er mich ausspionieren wollte.«

»Du bist immer so misstrauisch«, meint mein Vater. Stöhnend legt er sich die Hände an den Rücken und richtet sich auf.

»Ein bisschen Misstrauen kann niemandem schaden«, erkläre ich. »Alles in Ordnung mit deinem Rücken?«

»Oh, ja, ja.« Er winkt ab und geht zum Ventilator hinüber, um ihn zurechtzurücken. »Du hättest auch Schmerzen, wenn du dich mit all diesen Sachen abplagen müsstest.«

»Und wenn du auch ständig über den Schreibtisch gebeugt dastehen würdest wie ein rasender Reporter«, fügt Seraphine hinzu, geht zu ihm hinüber und drückt sanft seinen Arm. »Wir wissen, dass du hier für alles verantwortlich bist, aber wenn deine Tochter bei dir im Büro ist, solltest du ihr ein wenig Respekt zollen und auf sie hören. Also setz dich.«

Sie zupft ihn am Ärmel, bis er sich widerwillig von ihr zu seinem Stuhl führen lässt und darauf Platz nimmt.

»Und du hast recht, Olivier«, sagt sie zu mir, während sie am Fenster rüttelt, um es einen Spaltbreit weiter zu öffnen. »Wir sollten tatsächlich misstrauischer sein.«

»So haben deine Mutter und ich euch aber nicht erzogen«, entgegnet mein Vater mürrisch und mustert Seraphine und mich eine Weile gründlich.

»Nein, ihr habt uns zu zwei vollkommenen Engeln erzogen«, erwidert sie, drückt leicht seine Schultern und gibt ihm einen Kuss auf den lichten Scheitel. »Doch leider hat sich dein Bruder eine Horde von Teufeln herangezogen, und wir müssen nun mit ihnen arbeiten. In einem Gewerbe, in dem man tötet oder getötet wird.«

»Ihr gehört alle zur selben Familie.«

»Und dafür bin ich auch sehr dankbar«, erklärt sie. Meine Eltern haben Seraphine adoptiert, als sie neun Jahre alt war. Davor war sie bereits in mehreren Pflegefamilien gewesen, und wie sie sagt, war unsere Familie die erste, in der sie sich zu Hause gefühlt hat.

»Pascal hatte allerdings keinen Grund, in Oliviers Hotel aufzutauchen«, fährt sie fort.

»Woher hat er überhaupt gewusst, dass ich mich dort aufhalte?«, frage ich.

Sie kaut einen Moment lang auf ihrer Unterlippe, erstaunlicherweise, ohne dabei ihren perfekt aufgetragenen roten Lippenstift zu verschmieren. Er stammt sicher aus der Kosmetiklinie der Longlasting-Produkte, die auf ihr Beharren hin ihren Namen trägt. »Er hat mich gefragt, wo du seist, und ich habe es ihm gesagt«, antwortet sie. »Tut mir leid, ich habe nicht gewusst, dass er dann gleich in das nächste Flugzeug steigt.«

»Dann wollte sich dein Cousin eben mal in diesem Hotel umschauen, daran ist nichts auszusetzen«, erklärt mein Vater. »Können wir uns jetzt wieder um die wichtigen Dinge kümmern?«

»Was genau meinst du damit?«, fragt Seraphine trocken.

»Ja«, werfe ich rasch ein, als mir die Zeit bewusst wird. »Was genau wolltest du denn von mir?«

Mein Vater weicht zurück. »Du drückst dich ziemlich schroff aus, mein Sohn.«

»Tut mir leid«, sage ich seufzend und stecke die Hände in die Hosentaschen. Eigentlich bin ich nie unhöflich zu meinen Eltern gewesen, ein weiterer Charakterzug, den sie mir vererbt haben, nur ein- oder zweimal ist mein Temperament mit mir durchgegangen.

»Also noch einmal: Wer ist sie?«, fragt Seraphine.

Ich ignoriere sie.

Auch mein Vater übergeht diese Bemerkung. »Nun, wie du weißt, stehen der Ball und die Show bevor, und wir haben zu wenig Personal.«

»Dann stell noch ein paar Leute ein. Wir können es uns doch leisten, richtig?«

Er nickt und kneift sich in den Nasenrücken. »Schon, aber ich brauche jemanden, der mir hilft, sie zu beaufsichtigen.«

»Ich nehme an, damit meinst du unsere Familienmitglieder, auf die du soeben ein Loblied gesungen hast.«

»Es ist ein Unterschied, ob man ein Loblied auf jemanden singt oder jemandem nicht ständig nur Misstrauen und Verachtung entgegenbringt. Das Beste ist ein Mittelweg, und du solltest lernen, ihn zu gehen, Olivier.« Seufzend lehnt er sich auf seinem Stuhl zurück. »Das gilt auch für dich, Seraphine. Gautier, Pascal und Blaise haben darauf gedrängt, unseren ersten Onlineshop gleichzeitig mit dem Erscheinen der Herbstkollektion zu eröffnen, aber das wird nicht geschehen. Nicht jetzt und auch nicht später. Niemals. Das letzte Wort hier habe ich, auch wenn ich damit meinem Bruder widersprechen muss, und so wird es auch bleiben. Natürlich nur, bis du meinen Posten übernimmst.«

Das schon wieder. Ich versteife mich sofort, meine Hände werden klamm, und mein Puls beschleunigt sich. Schon bald wird mein Vater herausfinden, dass ich alle meine Anteile an Gautier übertragen muss, und er wird es nicht verstehen. Er ist jetzt schon tief enttäuscht, dass ich mich von der Firma distanziert habe, glaubt aber offensichtlich, dass ich mich eines Besseren besinnen werde – vielleicht, sobald ich das Interesse am Hotelgeschäft verloren habe. Es wird ihn umbringen, wenn ich alles übergeben muss.

Seraphine räuspert sich laut und wirft meinem Vater einen erbosten Blick zu.

»Was? Oh, du weißt doch, dass Olivier von Anfang an auf diese Aufgabe vorbereitet wurde. So steht es auch in den Verträgen; das war schon immer so. Selbst Gautier hat das abgesegnet. Wenn ich einmal weg vom Fenster bin, tritt Olivier in meine Fußstapfen.«

»Obwohl er keinen blassen Schimmer davon hat, wie man eine Firma führt«, sagt meine Schwester verächtlich.

»Hey!« Ich deute mit dem Finger auf sie. »Ich leite mein eigenes Unternehmen. Diese Firma brauche ich nicht.«

»Gut.« Sie verdreht die Augen. »Doch das hier ist die Marke Dumont, und wir haben, solange ich mich erinnern kann, immer alles auf unsere eigene Art und Weise gemacht. Du hast keine Ahnung davon, wie man einen solchen Betrieb leitet.«

»Darüber werden wir uns nicht schon wieder streiten«, mischt sich unser Vater ein. »Diesen Weg möchte ich nicht einschlagen. Außerdem wissen wir alle, dass ich noch lange nicht abtreten werde. Ich habe soeben meine jährliche Untersuchung machen lassen. Mein Körper ist topfit und mein Verstand noch messerscharf.«

»Prima«, erwidere ich, »denn ich habe nicht vor, deinen Job zu übernehmen, vor allem nicht, weil meine Schwester mich dann notfalls erschießen würde.«

»Du dramatisierst mal wieder alles«, entgegnet sie.

»Zurück zum Thema … Macht diese Hitze alle verrückt? Es hat schon seinen Grund, warum im August so viele Leute diese Stadt verlassen. Nur wir stecken hier fest und schuften uns für die Modebranche ab«, fährt mein Vater missmutig fort.

»Du rackerst dich wegen des Geldes ab, vergiss das nicht«, erinnere ich ihn. »Ein weiterer Grund, warum ich mit meinem Hotelbetrieb sehr zufrieden bin. Ich muss mir keine Gedanken über Fashion Weeks oder Markteinführungen machen.«

Mein Vater wirft einen Blick über die Schulter auf den Ventilator am Fenster. »Vielleicht sollte ich mir einen zweiten Ventilator kaufen, um für Durchzug zu sorgen.«

»Vater, bleib bei der Sache«, ermahnt Seraphine ihn. »Olivier hat offensichtlich noch andere Dinge zu erledigen.«

»Ja, natürlich. Und soeben habe ich noch davon gesprochen, wie scharf mein Verstand ist. Wie auch immer, im Moment gibt es einige hausinterne Streitereien, mein Junge, und es wäre schön, einen weiteren Mann an Bord zu haben. Wenn du alle zwei Tage vorbeikommen und Seraphine unterstützen könntest, wäre das großartig.«

Seraphine atmet tief aus. »Genau. Erst einmal könnte ich Hilfe beim Maskenball brauchen. Meine Assistentin geht gerade die Gästeliste durch, aber ich weiß, dass du mit der High Society besser vertraut bist als ich. Vielleicht könntest du dir die Liste anschauen und prüfen, ob es damit zu Problemen kommen könnte.

Schauspielerinnen, die sich nicht leiden können, Models, die sich rächen wollen. Solche Dinge.« Sie hält kurz inne. »Du bringst sicher auch einen Gast mit.«

Ich schüttle den Kopf. »Nein.«

»Das ist sehr ungewöhnlich für dich.« Sie runzelt die Stirn. »Geht es dir wirklich gut?«

»Und du warst dir so sicher, dass da jemand im Spiel ist.«

»Kein Date, Olivier?«, fragt mein Vater nachdenklich, während er sich wieder über seine Papiere beugt und etwas in einen ledergebundenen Terminkalender kritzelt. »Hast du etwa vor, so zu werden wie Blaise?«

Blaise wird ständig wegen seines nicht vorhandenen Liebeslebens gehänselt. In den Boulevardblättern wird darüber spekuliert, ob er schwul sei und Angst davor habe, sich zu outen. Das glaube ich jedoch nicht. Ich habe beobachtet, wie er Frauen ansieht. Außerdem ist hier mindestens die Hälfte der Belegschaft homosexuell, und das stört niemanden.

Auch wenn ich kein offizielles Date habe, heißt das nicht, dass ich allein auf den Maskenball gehen werde.

Wenn ich nun mit der Gästeliste beauftragt bin, kann ich problemlos Sadies Namen hinzufügen.

Und da alle Gäste maskiert sein werden, wird das niemand herausfinden.

Beflügelt von dieser Erkenntnis verabschiede ich mich und versichere meinem Vater und meiner Schwester, dass ich jederzeit für sie da sein werde, wenn sie mich brauchen, selbst wenn ich alle paar Tage im Büro erscheinen muss. Natürlich will ich so wenig Zeit wie möglich von Sadie getrennt sein, und schließlich muss ich mich auch noch um meine eigene Arbeit kümmern, aber ich habe keine andere Wahl.

Doch ich werde sie dafür entschädigen.

Auf der Rückfahrt zum Apartment halte ich an einem Feinkostladen und bei einer Weinhandlung an und kaufe Brot, Wein, Käse, Pastete und andere Delikatessen und einen Picknickkorb.

Seit unserer Ankunft in Paris vor zwei Tagen hat mich niemand mit Sadie in der Öffentlichkeit gesehen. Es ist zu riskant. Während ich unterwegs bin, erforscht sie Paris auf eigene Faust. Bevor ich an diesem Morgen gegangen bin, hat sie sich ein Picknick mit mir vor dem Eiffelturm gewünscht, so wie es alle Touristen machen.

Ich musste ihr sagen, dass ich mich nicht in der Öffentlichkeit mit ihr sehen lassen darf. Es war schrecklich, aber ich erklärte ihr, dass mich in Paris die Paparazzi belauerten wie Raubtiere und dass ich sie davor beschützen wolle, aber das ist nur die halbe Wahrheit. Die Paparazzi sind tatsächlich hinter mir her, aber üblicherweise nur, wenn ich Veranstaltungen besuche – und das tue ich sehr oft. Doch sie verfolgen mich nicht, wenn ich die Straße entlanggehe oder mit einem Date ein Restaurant besuche. Die Medien hier zeigen viel mehr Respekt als die in England oder in den Vereinigten Staaten.

Also habe ich mich für ein Picknick im Apartment entschieden und hoffe, dass ihr das ein wenig Spaß machen wird.

Nachdem ich den Wagen geparkt habe, betrete ich das Gebäude, grüße die Concierge und fahre mit dem Aufzug in den vierten Stock, den ich allein bewohne.

Das Haus ist etwa einhundert Jahre alt, und mir gefällt der Gedanke, dass es zur gleichen Zeit gebaut wurde, in der mein Großvater Alex Dumont unsere erste Handtasche entworfen hat. Ich weiß den geschichtlichen Hintergrund zu schätzen, die unaufdringliche Eleganz, die nahtlose Verschmelzung von Altertümlichem mit der Gegenwart.

Sadie war natürlich sehr beeindruckt. Nicht nur von der Größe des Apartments, sondern auch von der Art, wie ich es in eine Art Galerie verwandelt habe. In den Anfängen meiner Zeit als Hotelier habe ich mich eine Weile viel mit Kunst beschäftigt. Ich bin viel gereist, habe dabei viel gelernt und mich für den Gedanken erwärmt, in meinen Hotels Kunstwerke auszustellen. Das hat sich leider bisher noch nicht etabliert, aber in den meisten meiner Hotels findet sich ein gewisser künstlerischer Touch.

In meinem Apartment sammle ich alles, was ich bewundere.

Für manche Leute sieht es vielleicht überladen aus. Mein Bruder Renaud bezeichnet meine Sammlung als Augenweide, allerdings meint er das ironisch, und Seraphine findet, das Sammeln von teuren Kunstwerken habe bei mir bereits zwanghafte Züge angenommen. Mein Vater jedoch hat Verständnis dafür. Wahrscheinlich kreiert er ebenso gern schöne Dinge, wie ich sie sammle.

Rasch schließe ich die Tür auf, betrete mit meinen Einkäufen das Apartment und halte Ausschau nach dem schönsten Exemplar hier.

Sie sitzt auf der Samtcouch und nippt an einer Teetasse.

»Schätzchen, ich bin zu Hause«, gebe ich eine Ricky-Ricardo-Imitation aus der 50er-Jahre-Sitcom *I Love Lucy* zum Besten.

Sie lächelt mich an. »Und du hast etwas mitgebracht!«

»Ja, frisch von den Straßen von Paris«, erwidere ich, während sie ihre Teetasse abstellt, zu mir herüberkommt, mich umarmt und küsst.

Meine Güte, sie riecht verdammt gut! Erst jetzt stelle ich fest, wie sehr ich sie den ganzen Tag über vermisst habe.

»Du hast mir gefehlt«, flüstert sie mit den Lippen nah an meinem Mund, und ich muss mich konzentrieren, um die Taschen mit den Einkäufen nicht fallen zu lassen.

»Ich habe dich auch vermisst.« Ich drücke ihr einen Kuss auf den Mundwinkel. »Erinnere mich daran, dass ich dich nie wieder allein lassen darf.«

»Das wäre schön.«

Ich löse mich von ihr und stelle die Tüten auf die Arbeitsplatte in der Küche, bevor sie mir aus der Hand rutschen. »Was hast du den ganzen Tag gemacht?«

»Nicht viel.« Sie zuckt mit den Schultern und dreht eine kleine Pirouette auf dem gefliesten Boden. »Ich habe versucht, mir das Klavierspielen beizubringen.« Sie deutet auf den weißen Flügel in der Mitte des Wohnzimmers. Er hat früher einmal Liberace gehört, dem weltberühmten Entertainer. »Liberaces Geist hat mir jedoch nicht geholfen, also habe ich versucht, so viel wie möglich über die Kunstwerke in deinem Apartment zu lesen.«

Ihr Blick fällt auf den Stapel Kunstbücher auf dem Couchtisch. »Als ich bei Monet angelangt war, bin ich leider eingeschlafen. Ich weiß nicht, warum, aber er langweilt mich zu Tode.«

»Offensichtlich«, bemerke ich, doch insgeheim freue ich mich über ihr Interesse.

»Also, was sind das für Sachen?«, fragt sie und betrachtet die Einkaufstüten.

»Ich habe mir gedacht, dass du sicher Hunger hast.« Ich wühle in den Taschen. »Und ich weiß, wie sehr du dir ein Picknick vor dem Eiffelturm gewünscht hast, also habe ich ihn dir mitgebracht.«

Ich ziehe eine dreißig Zentimeter hohe Nachbildung des Wahrzeichens hervor und stelle sie im Wohnzimmer neben das Fenster. Dann hole ich aus dem Schrank eine dicke rote Decke und breite sie auf dem Boden aus. »*Voilà*. Nimm Platz«, fordere ich sie auf.

Sie schaut mich ungläubig an. »Ein Picknick in der Wohnung?«

»Tu nicht so, als wärst du nicht beeindruckt, *mon petit lapin*. Jetzt setz dich, und ich kümmere mich um den Rest.«

Vorsichtig lässt sie sich auf dem Boden nieder, schlägt die Beine übereinander und beobachtet neugierig, wie ich meine Einkäufe vor ihr ausbreite. Ich weiß ja, dass ich damit ihr Herz gewinnen kann. Zuerst öffne ich eine Flasche Rotwein von Dumont und arrangiere, nachdem ich ihr ein Glas eingeschenkt habe, all die Köstlichkeiten aus dem Feinkostladen und natürlich Baguette.

»Das wäre doch nicht nötig gewesen!«, sagt sie und lässt den Blick begeistert über die Decke schweifen.

»Das ist das Mindeste, was ich tun kann«, versichere ich ihr und setze mich neben sie. »Ich fühle mich schrecklich, weil ich dich so lange allein gelassen habe.«

»Olivier, bitte.« Sie nippt an ihrem Wein. »Ich habe gewusst, was mich in Paris erwartet. Mir war klar, dass du arbeiten musst. Na gut, vielleicht habe ich nicht damit gerechnet, dass du mich verstecken musst, aber ich bin durchaus anpassungsfähig.«

»Ich verstecke dich nicht«, entgegne ich und wünschte, ich könnte ihr die Wahrheit sagen. Doch was würde sie dann von mir halten? *Sadie, ich möchte nicht, dass mein Cousin oder mein Onkel erfahren, dass es dich in meinem Leben gibt, denn sie würden sofort alles tun, um unsere Beziehung zu zerstören. Pascal und mein Onkel haben es auf mich abgesehen, weil ich einmal etwas Schlimmes getan habe und weil meine und ihre Seite der Familie schon immer miteinander in Konflikt stehen.*

»Schon gut«, erwidert sie. »Ich freue mich, dass du jetzt hier bist. Ich meine, hast du keine Freunde, mit denen du dich jetzt treffen müsstest?«

»Natürlich habe ich Freunde.« Ich zucke mit den Schultern. »Einige von der Universität, andere aus dem Hotelbereich. Doch sie sind alle ebenso beschäftigt wie ich.«

Offen gesagt habe ich mich in den letzten Jahren sehr zurückgezogen. Es ist schwer, offen zu sein, alles von sich preiszugeben und echte Freunde zu gewinnen, wenn man ständig etwas vor ihnen und vor der ganzen Welt verbergen muss. Manchmal habe ich das Gefühl, bei mir gibt es nur alles oder nichts.

So geht es mir auch mit Sadie. Ich möchte ihr alles von mir geben, doch ich weiß nicht, wie ich das tun kann und ob es eine Zukunft für uns gibt, selbst wenn ich ihr die Wahrheit gestehe.

»Du hast bisher auch noch nichts von deinen Freunden zu Hause erzählt«, füge ich hinzu.

Ihr schmales Lächeln lässt mich vermuten, damit einen wunden Punkt berührt zu haben. Sie bricht ein paar Stücke von einem Baguette ab und lässt sich Zeit. »Ich habe Freunde, aber nicht sehr viele. Ehrlich gesagt war ich immer eher eine Einzelgängerin. Nachdem mein Vater uns verlassen hatte und ich mit meiner Mutter zumindest für eine Weile ganz allein war, habe ich mich bemüht, so gut wie möglich für sie da zu sein. Du verstehst das vielleicht nicht … Sie war ein nervliches Wrack, in einem viel schlimmeren Zustand als jetzt. Sie wäre zusammengebrochen, wenn ich sie nicht unterstützt hätte. Außerdem habe ich gelernt wie verrückt, um ein Stipendium am College zu bekommen, und nebenher gearbeitet, wann immer es mir möglich war. Da ist nicht mehr viel Zeit für etwas anderes geblieben. In der Schule habe ich mich im Rhetorikkurs mit Chantal angefreundet, aber sie ist eigentlich die Einzige, die mir nahesteht.«

»Und dein Ex«, rufe ich ihr ins Gedächtnis.

»Ja, Tom. Allerdings war er kein sehr guter Freund, wie sich herausgestellt hat.«

»Ihr seid ziemlich lange zusammen gewesen«, bemerke ich. Mir ist klar, dass es nicht richtig von mir ist, ihren Ex zu erwähnen, aber ich kann es mir einfach nicht verkneifen. »Also habt ihr sicher ein enges Verhältnis gehabt.«

»Ja, schon«, antwortet sie langsam und schiebt sich ein Stück Brot in den Mund. »Doch wir standen uns nicht so nahe, wie du vielleicht glaubst. Damals hielt ich ihn für meinen besten Freund, verstehst du? Allerdings habe ich ihn nicht so sehr an mich herangelassen, wie ich glaubte, und er hat sich mir auch nicht ganz geöffnet. Je mehr ich darüber nachdenke, umso mehr bin ich davon überzeugt, dass wir bereits seit einiger Zeit auf das Ende unserer Beziehung zusteuerten.«

»Trotzdem hat er sich wie ein Arsch benommen, als er dich mitten während eurer Reise hat sitzenlassen.«

Sie lacht trocken. »Genau genommen habe ich mit ihm Schluss gemacht, nachdem ich erfahren hatte, dass er mich mehrmals betrogen hat. Und ja, er ist ein Arsch. Hätte ich ihn besser gekannt, hätte ich das kommen sehen, aber ich war total verblüfft. Allmählich glaube ich, dass vor allem mein Stolz verletzt war.«

Das sollte mich nicht erleichtern, tut es aber. Ihre Beziehung mit Tom war offensichtlich nicht wirklich bedeutend und vor allem nicht tiefgehend gewesen, und das bedeutet, dass sie nicht mehr in ihn verliebt ist oder sich zumindest nicht mehr nach ihm sehnt.

»Eigentlich denke ich nicht mehr oft daran. Und in gewisser Weise bin ich froh, dass er sich so verhalten hat. Sonst hätte ich das Abenteuer des Alleinreisens und die damit gewonnene Unabhängigkeit nicht erlebt. Und ich hätte dich nicht kennengelernt.«

Die Art, wie sie mir in die Augen schaut – verletzlich und beinahe ein wenig schüchtern –, lässt mein Herz schneller schlagen, und nach wenigen Sekunden habe ich eine Erektion.

»Oh, oh.« Sie legt das Stück Brot aus der Hand.

»Was?«

»Diesen Blick kenne ich«, erwidert sie.

Ich gehe auf die Knie, schiebe die Lebensmittel beiseite und krieche zu ihr hinüber. »Welchen Blick meinst du?«, murmle ich, mein Gesicht nur wenige Zentimeter von ihrem entfernt.

»Den Blick, der mir verrät, dass du dich gleich auf mich anstatt auf das Essen stürzen wirst.«

»Du kennst mich sehr gut«, stelle ich grinsend fest, beuge mich vor und küsse sie zärtlich. »Wir essen das alles später als Nachspeise«, flüstere ich ganz dicht an ihren Lippen. Leise lachend lässt sie sich zurücksinken, sodass wir den Hauptgang genießen können.

KAPITEL ZEHN

Sadie

»*Bonjour, madame*«, begrüßt mich der Kellner. Ich schaue von der Speisekarte auf, die ich zu entziffern versuche, und schenke ihm ein Lächeln.

»*Bonjour.*«

»Soll ich Ihnen die mehrsprachige Speisekarte bringen?«, fragt er mich, nachdem er meinen Akzent gehört hat.

»*Oui, merci*«, antwortete ich, immer noch beharrlich auf Französisch, und das, obwohl mein letzter Versuch, etwas in dieser Sprache zu bestellen, ziemlich schiefgelaufen ist.

»Etwas zu trinken? Kaffee? Wasser? Mit oder ohne Kohlensäure?«

»Mit Kohlensäure, bitte, und einen doppelten Espresso. Nein, lieber einen dreifachen.«

Er mustert mich kurz, als wollte er prüfen, wie dringend ich Koffein brauche, und eilt dann davon.

Seufzend starre ich aus dem Fenster über die Seine auf die Île de la Cité und die Rückseite von Notre-Dame und versuche, Begeisterung über meinen Aufenthalt in Paris zu empfinden.

Das soll nicht heißen, dass ich mich nicht freue, hier zu sein. Paris gefällt mir sehr gut, wahrscheinlich dieses Mal viel besser als vor einiger Zeit mit Tom als Begleiter. Ich habe das Gefühl, nach einem Abschied wieder mit dieser Stadt zusammengekommen zu sein – so wie mit Olivier nach meinem Ausstieg aus dem Zug.

Allerdings war ich mit Tom zuerst hier, also verbinde ich die meisten meiner ersten Eindrücke mit ihm. Und viele davon sind mir deshalb verdorben. Wie ich Olivier vor Kurzem gesagt habe, denke ich eigentlich nicht mehr oft an Tom, und die Trennung tut mir auch nicht mehr weh, aber es fällt mir schwer, die ersten nicht mit den jetzigen Erlebnissen zu vergleichen. Man könnte glauben, dass die früheren Erinnerungen rasch verblasst sind, da ich jetzt mit meinem Pariser Geliebten hier bin.

Doch … so ist es nicht.

In den fünf Tagen, seit ich hier bin, habe ich Olivier kaum zu Gesicht bekommen.

Er arbeitet pausenlos.

Und ich weiß, das sollte mich nicht überraschen. Ich darf mich nicht beklagen, denn das war mir von vornherein klar. Das war einer der Gründe, warum ich nach Spanien weiterreisen wollte – ich wusste, dass er zu seinem Leben zurückkehren musste.

Trotzdem ist es schwer für mich.

Uns bleibt nur noch sehr wenig gemeinsame Zeit.

In einer guten Woche muss ich nach Hause zurückfliegen.

Die restlichen Tage werden sehr schnell vergehen, und ich würde mir wünschen, Olivier öfter zu sehen.

Also schlendere ich jetzt allein durch die Straßen von Paris, versuche, mich am Charme dieser verführerischen Stadt zu erfreuen und das romantische Gefühl in meinem Herzen am Leben zu erhalten.

Denn es ist tatsächlich da.

Stärker, als es sein sollte.

Obwohl Olivier kaum bei mir ist, begehre ich ihn mehr als alles andere. Mein Körper sehnt sich nach seinen Berührungen, mein

Herz wartet auf jedes seiner Worte. In Südfrankreich war ich hingerissen von seiner romantischen Art und süchtig danach, wie er meinen Körper und meine Seele beim Sex entflammte.

Nun ist zwischen uns alles anders. Wir haben das nächste Level erreicht, obwohl mich eine innere Stimme gewarnt hat, es nicht so weit kommen zu lassen. Jetzt bin ich süchtig nach seiner gesamten Person. Nach den Gefühlen, die er in mir erweckt, und danach, wie mein Herzschlag sich jedes Mal beschleunigt, wenn er das Apartment betritt.

Und jedes Mal, wenn er wieder geht, bin ich traurig.

Mich hat's richtig erwischt.

Anders kann man es nicht sagen.

Trotz meines Zynismus, meines Liebeskummers und des Verlangens, bei allem, was mit Romantik und Liebesgeturtel zu tun hat, sofort die Augen zu verdrehen, hat sich etwas in mir verändert. Ein Schalter hat sich umgelegt. Vielleicht ist das alles nur ein Trick; möglicherweise lebe ich, wie ich glaube, tatsächlich noch ein anderes Leben – ein Leben mit einem Ablaufdatum.

Doch was ich für ihn empfinde und wie ich mich in seiner Gegenwart fühle …

Es ist beinahe so, als würde sich jeder kitschige Song, den ich jemals im Radio gehört habe, plötzlich bewahrheiten. Und er hat den Platz in meinem Herzen, den ich nie wieder vergeben wollte, bis in den letzten Winkel eingenommen. Wenn ich durch die Straßen von Paris gehe, scheine ich zu schweben, obwohl ich immer nur daran denken kann, wie sehr er mir fehlt.

Der Kellner kommt zurück und serviert mir den Espresso und das Mineralwasser. Ich weiß nicht, ob es an meinen Versuchen, Französisch zu sprechen, liegt, oder ob ich einfach offener bin, aber die Pariser sind dieses Mal viel netter. Vielleicht sehe ich sie auch nur in einem anderen Licht.

Es gefällt mir, dass Olivier ein Mann der alten Schule ist. Er hat mir einiges über die Firma und über die Geschäftsstrategien der Familie Dumont erzählt, und ich bewundere ihn dafür, dass er seiner Sache treu bleibt. Es zeigt, wie sehr er seine Familie und ihre Traditionen schätzt. Es kostet Mut, zu etwas zu stehen, wenn alle anderen eine Änderung wollen.

Klar, er ist ein kluger, reicher Dreißigjähriger, dem die ganze Welt zu Füßen liegt, doch ich finde es besonders sexy, wenn jemand starke Überzeugungen hat.

Ich wünschte nur …

Wenn er ausnahmsweise mal nicht im Büro seines Vaters ist oder sich um seine Hotelgeschäfte kümmert, würde ich gern mit ihm durch die Straßen von Paris bummeln. In einem hübschen Restaurant zu Abend essen. Oder meinetwegen auch in einer düsteren Kneipe etwas trinken. Mit ihm die Sehenswürdigkeiten besichtigen. Hand in Hand gehen oder zumindest nebeneinander. Doch er besteht darauf, dass wir nicht zusammen gesehen werden dürfen.

Er hat mir erklärt, dass die Medien davon keinen Wind bekommen sollen, aber ich bin nicht sicher, ob das wirklich der Grund ist. Seit ich Olivier Dumont kennengelernt habe, habe ich einiges über ihn im Internet recherchiert, und obwohl er von der Presse oft fotografiert wird, stammen die Aufnahmen üblicherweise von öffentlichen Veranstaltungen wie einer Modenschau oder der Eröffnung eines Hotels oder Restaurants. Und dort taucht er immer wieder mit wechselnden Begleiterinnen auf, doch das scheint die Presseleute nicht weiter zu interessieren. Offensichtlich wird das bei ihm als ganz normal empfunden.

Befürchtet er etwa, dass wir als Paar gelten könnten, wenn man uns öfter als einmal zusammen sieht? Möglicherweise gefällt es ihm nicht, dass wir eigentlich kein Paar sein können, da ich in acht Tagen nach Hause fliegen werde?

Oder vielleicht ist es noch schlimmer.

Schämt er sich etwa für mich?

Will er einfach nicht mit mir gesehen werden? Will er niemanden wissen lassen, dass er sich mit einer amerikanischen Studentin eingelassen hat? Verglichen mit den Schönheiten, mit denen er sich sonst umgibt – darunter sogar einige berühmte Schauspielerinnen –, bin ich schließlich … ein Niemand. Diesen Frauen kann ich nicht das Wasser reichen.

In mir mischen sich Zweifel und Traurigkeit, und ich schlucke heftig. Deshalb hasse ich es, so oft allein gelassen zu werden; dadurch habe ich zu viel Zeit, um über alles nachzudenken und mich in etwas hineinzusteigern. Nach einem Schluck von meinem Espresso spüre ich förmlich, wie mir die Haare zu Berge stehen. Eigentlich hatte ich gehofft, das Koffein würde meine Laune heben, aber anscheinend führt es eher zu einer Panikattacke.

Nachdem ich ausgetrunken und meine Rechnung bezahlt habe – mein Kontostand ist trotz Oliviers beharrlicher Unterstützung ein Trauerspiel –, gehe ich wieder hinaus auf die Straßen der Stadt.

Obwohl es noch nicht einmal Mittag ist, herrscht lebhaftes chaotisches Treiben. Ich bin heute erst spät aufgebrochen, und nun steht die Sonne bereits hoch am Himmel und brennt auf die vielen Touristen nieder, die sich auf den engen Straßen des Viertels Marais tummeln.

»Nun, du bist in Paris«, sage ich laut zu mir selbst. »Also geh irgendwohin, unternimm irgendetwas.«

Bisher habe ich nur einen Bruchteil von den Sehenswürdigkeiten und den Museen der Stadt gesehen, und es kostet mich Überwindung, mich nicht von den Menschenmassen zurück zum Apartment treiben zu lassen. Oliviers Wohnung ist fantastisch, aber ich weiß, dass ich, sobald ich dort angelangt bin, nichts anderes tun werde, als Trübsal zu blasen und auf ihn zu warten.

Ich beschließe, ins Musée Picasso zu gehen. Oliviers Sammlung hat mein Interesse an Kunst wieder geweckt, und ich weiß, dass es ihm große Freude bereitet, sich mit mir darüber unterhalten zu können. Vielleicht kann ich ihm nach meinem Museumsbesuch ein paar neue Dinge über den launischen Picasso erzählen.

Während ich an der Ampel warte, um die Straße zu überqueren, läuft mir plötzlich ein eiskalter Schauer über den Rücken – bei dieser Hitze höchst merkwürdig.

Langsam drehe ich den Kopf, obwohl ich nicht weiß, wonach ich Ausschau halten soll, doch ich sehe nur lächelnde Touristen hinter mir.

Dann huscht ein Mann vorbei und verschwindet rasch in einem Handyladen. Ich sehe ihn nur ein paar Sekunden von der Seite, aber irgendetwas an ihm kommt mir bekannt vor. Obwohl ich nur einen kurzen Blick auf ihn werfen konnte und mir daher kein Urteil erlauben kann, habe ich den Eindruck, dass er gut aussieht.

Mein Herzschlag setzt kurz aus – wahrscheinlich, weil ich für einen kurzen Moment glaube, dass es sich um Olivier handelt. Irgendetwas an diesem Mann erinnert mich an ihn, möglicherweise sein Kinn und sein geschmeidiger Gang.

Aber es gibt keinen guten Grund, warum Olivier mich auf der Straße heimlich verfolgen sollte. Er würde doch wollen, dass ich ihn entdecke, oder?

Die Ampel schaltet um, und ich lasse mich von der Menge über die Kreuzung schieben.

Ich hole mein Handy aus der Tasche und versuche mithilfe der Straßen-App herauszufinden, wo genau ich mich befinde und wohin ich jetzt gehen muss. Dabei stoße ich mit einigen Passanten zusammen und trete beinahe in einen Hundehaufen. Also beschließe ich, das Handy wieder einzustecken und mich auf meinen Orientierungssinn zu verlassen.

Plötzlich ist dieses Gefühl wieder da.

Die Härchen auf meinen Armen richten sich auf, und mein ganzer Körper vibriert, als ich stehen bleibe und mich umdrehe.

Einige Meter von mir entfernt lehnt ein Mann mit dem Rücken zu mir an einer Mauer. Er trägt eine Ballonmütze, unter der seine dichten dunklen Locken am Nacken hervorquellen. Seine Schultern sind so breit wie die eines Schwimmers, und ich schätze ihn auf über eins achtzig.

Unwillkürlich starre ich ihn an und versuche damit, ihn dazu zu bewegen, sich zu mir umzudrehen. Als ob er das spüren würde, hält er kurz inne und dreht dann den Kopf um wenige Zentimeter, gerade so viel, dass ich den Rand seiner Sonnenbrille sehen kann. Und er mich aus dem Augenwinkel im Blick hat.

Die Schultern unter seinem silbergrauen Hemd wirken angespannt.

Wartend.

Das löst ein Gefühl der Bedrohung in mir aus, so als hätte er einen in mir verankerten Alarmknopf gedrückt.

Ich muss ins Museum gehen.

Ich muss von hier weg.

Ich gehe los, schneller als vorher, und hoffe, dass ich mich nicht verlaufe. Einen Block weiter muss ich wieder an einer Ampel stehen bleiben.

Ich werfe einen Blick über die Schulter.

Der Mann kommt auf mich zu, die Hände in den Taschen seiner Anzughose vergraben, den Kopf gesenkt und die Mütze so weit nach unten gezogen, dass ich nur sein Kinn sehen kann.

Das Kinn ist sehr markant.

Deshalb kommt es mir so bekannt vor.

Als hätte ich es schon einmal gesehen.

Aus irgendeinem Grund taucht plötzlich ein Bild vor meinem geistigen Auge auf, eine Erinnerung.

Daran, wie ich zum ersten Mal Sex mit Olivier hatte.

Und mir eingebildet habe, dass ein Mann auf dem Balkon uns beobachtet.

Dieses Kinn.

Doch das kann nicht sein.

Da ist niemand gewesen.

Er kommt nun sehr schnell auf mich zu, und ich möchte es nicht riskieren, noch länger zu warten, um ihn vielleicht tatsächlich erkennen zu können.

Ohne auf das Lichtzeichen der Ampel zu warten, biege ich rasch um die nächste Ecke in eine andere Straße ein. Ich beschleunige meinen Schritt, bis ich praktisch jogge und sich mein geplagter Fußknöchel bei dieser Belastung schmerzhaft meldet.

Nach drei Häuserblocks biege ich zweimal links ab, um so wieder zu meinem Ausgangspunkt zurückzugelangen.

Ich schaue mich nicht um, denn sollte er immer noch da sein, dann ist er tatsächlich hinter mir her.

Doch schließlich halte ich es nicht mehr aus.

Ich bleibe neben einer Eiche vor einem kleinen Café mit einigen Tischen auf der Straße stehen. Dort sitzen etliche Gäste dicht gedrängt, rauchen und lassen den Tag ausklingen. Zumindest fühle ich mich hier sicher.

Als ich mich umdrehe, glaube ich einen Moment lang, ihn zu entdecken. Hinter einer Gruppe von japanischen Touristen taucht eine Ballonmütze auf.

PIEP.

Das Aufleuchten meines Handys erschreckt mich fast zu Tode; ein kurzer Blick zeigt mir, dass Olivier mir eine Nachricht geschickt hat. Erleichtert seufzend schaue ich wieder auf und erwarte, den Mann noch näher vor mir zu sehen.

Doch da ist niemand, nur eine Taube, die gurrend hin und her trippelt und dann den Touristen folgt.

»Du verhältst dich paranoid«, schimpfe ich mich laut und wünsche mir, ich hätte meinen jetzt wieder pochenden Knöchel nicht so stark belastet. Vielleicht ist aber auch die Erinnerung an den Überfall in Nizza schuld an meinem Verhalten.

Ich versuche, mich zu beruhigen, und schaue mir Oliviers Nachricht genauer an.

Komm heute Abend ins Hôtel Rouge Royal. Um sieben Uhr. Zimmer 508. Zieh dir etwas Hübsches an … oder gar nichts.

Obwohl ich lächeln muss, betrübt es mich, dass wir uns offensichtlich erst am Abend sehen werden. Rasch google ich das Hotel – es ist todschick und gehört natürlich Olivier.

Nun, zumindest habe ich jetzt etwas zu tun.

Das Picasso-Museum kann mir gestohlen bleiben. Ich werde mir jetzt Unterwäsche kaufen.

Fünfzehn Minuten vor sieben betrete ich die opulente Lobby des Hôtel Rouge Royal und gebe vor, mich hier auszukennen. Ein paar Gäste drehen sich nach mir um, aber glücklicherweise liegt es nicht daran, dass ich so aussehe, als hätte ich hier nichts zu suchen.

Dafür hat Olivier gesorgt.

Nachdem ich seine Nachricht erhalten hatte, machte ich mich auf den Weg, um mir für diesen Abend etwas zu kaufen.

Natürlich blieb mir bei meinen finanziellen Verhältnissen nur ein Einkauf bei H&M übrig. Etwas anderes konnte ich mir nicht leisten.

Und selbst dort reichte es gerade für einen schwarzen Spitzen-BH.

In seinem Apartment wartete jedoch eine große Überraschung auf mich.

Er hatte für mich eingekauft.

Auf seinem riesigen Bett lagen ausgebreitet ein burgunderroter Balconette-BH mit aufwendig gearbeiteter Spitze, ein dazu passender String und Strümpfe mit Strumpfhalter. Natürlich alles in meiner Größe, ebenso wie das Paar Louboutins aus schwarzem Lackleder mit Kitten-Heels daneben.

Am unteren Ende des Betts entdeckte ich einen ordentlich gefalteten schwarzen Trenchcoat von Dumont mit einem Zettel darauf: *Pour ce soir.*

Für heute Abend.

Er möchte also, dass ich den Trenchcoat und darunter nur Unterwäsche trage.

Zumindest hoffe ich, dass er das gemeint hat, denn genau das trage ich, als ich so selbstbewusst wie möglich auf die Fahrstühle zugehe. Ich habe das Gefühl, jeder weiß, dass ich unter dem Mantel fast nackt bin und gleich ein heißes Rendezvous mit jemandem habe.

Falls das wirklich jemand erkennt, scheint es ihn nicht weiter zu interessieren. Das ist typisch – Franzosen kümmern sich lieber um ihren eigenen Kram, vor allem wenn es um Sex geht, und ich zweifele nicht daran, dass in diesem Hotel mit den roten Satinvorhängen, Samtsofas und den schwarzen Marmorböden einiges abgeht.

Der Gedanke daran jagt mir einen Schauer der Erregung über den Rücken, während ich den winzigen Aufzug betrete und in den fünften Stock hinauffahre. Für die alte Sadie war ein Blowjob bereits der Gipfel von schmutzigem Sex. Die neue Sadie findet jedoch nichts dabei, sich nur mit Unterwäsche und einem Trenchcoat bekleidet heimlich mit ihrem französischen Lover zu einem heißen Rendezvous zu treffen.

Es stimmt, ich finde nichts dabei.

Doch ich bin nervös.

Auch wenn wir in den letzten Nächten sehr intim miteinander waren, ist das doch alles neu für mich, und Olivier ist immer für eine Überraschung gut. Dass ich bereit bin, bei allem mitzumachen, was er sich ausgedacht hat, spricht Bände darüber, wie sehr ich mich verändert habe.

Im fünften Stock angekommen, gehe ich langsam den mit Samt ausgeschlagenen Gang entlang und denke darüber nach, wie glücklich ich mich schätzen kann, hier zu sein und eine Verabredung zu heißem Sex mit dem Mann zu haben, dem das Hotel gehört. Mit dem Mann, der meine Dessous ausgesucht hat.

Mit dem Mann, der mich in diese schrecklichen Schuhe gesteckt hat.

Aua. Zumindest hat er an meinen Knöchel gedacht und ist vernünftig genug gewesen, mir keine High Heels zuzumuten, aber trotz der niedrigen Absätze und obwohl die Louboutins so toll aussehen, verursachen sie mir gerade schreckliche Schmerzen.

Wer schön sein will, muss leiden, murmle ich, während ich vor der Tür seines Hotelzimmers stehen bleibe und tief durchatme, bevor ich klopfe.

Einige Sekunden verstreichen, bevor die Tür aufgeht.

Ich schnappe nach Luft.

Zum Ersten ist das Zimmer riesig und hat große Fenster, und überall brennen Kerzen.

Zum Zweiten hält Olivier in einer Hand eine Flasche Champagner und in der anderen eine Rose.

Zum Dritten trägt er einen Anzug.

Und eine Maske.

Eine dieser Theatermasken, wie man sie aus Venedig kennt.

»Wow«, stoße ich hervor. Selbst mit der Maske, die seine Augen fast ganz verbirgt, sieht er unglaublich gut aus. »Willst du für eine Rolle in *Phantom der Oper* vorsprechen?«

Er grinst mich an. »Ja. Glaubst du, ich habe Chancen?«

»Ich glaube, du bekommst jede Rolle, die du haben willst«, erwidere ich, betrete das Zimmer und schaue mich um. »Besitzt du auch schäbige Hotels, oder sind sie alle für Königinnen und Könige gebaut?«

Lachend reicht er mir die Rose. »Für dich.«

»Danke.« Ich halte die Rose an meine Nase. Aus irgendeinem Grund erwarte ich nicht, dass sie duftet, doch das tut sie tatsächlich. »Ich habe noch nie eine Rose mit einem so süßen Duft in der Hand gehabt.«

»Die meisten Rosen werden so gezüchtet, dass sie lange Transportwege in andere Länder auf der ganzen Welt überstehen, und dadurch leidet der Duft. Diese hier kommt jedoch aus dem Garten meiner Mutter.«

»Deiner Mutter?«, frage ich nach, während er die Champagnerflasche entkorkt.

»Meine Mutter hat Rosen gezüchtet. Sie liebte ihren Garten und vor allem ihre Rosen.« Er hält kurz inne. »Ein Gärtner kümmert sich jetzt darum. Würde meine Mutter noch leben, würde sie sich sicher über die unzureichende Pflege ihrer Rosen beschweren, aber ich finde, dass sie immer noch genauso gut aussehen und duften wie früher.«

Er schenkt mir ein kurzes Lächeln, während er Champagner in zwei Gläser gießt, und ich sehe trotz der Maske einen Anflug von Traurigkeit in seinen Augen. »Es ist sicher tröstlich, dass etwas aus ihrem Vermächtnis noch wächst und blüht, auch wenn sie nicht mehr da ist.«

Er nickt und beißt sich auf die Unterlippe, bevor er mir eines der Gläser reicht. »Erinnerungen lassen sich nicht so leicht auslöschen, auch wenn manche Leute das behaupten. Hier.« Er hebt sein Glas. »Auf neue Erinnerungen.«

Ich stoße mit ihm an und schaue ihm in die Augen, während ich einen Schluck trinke. Schließlich will ich nicht riskieren, die nächsten sieben Jahre schlechten Sex zu haben oder was auch immer der Aberglaube besagt. Dafür steht im Augenblick zu viel auf dem Spiel.

»Und nun zu dieser Maske«, beginne ich. »Ich will mir ja kein Urteil erlauben – ich meine, schließlich trage ich unter dem Mantel so gut wie nichts, also weißt du, dass ich zu allem bereit bin.«

Er nimmt die Maske ab, und ich kann wieder sein schönes Gesicht betrachten. »Ich habe sie gerade anprobiert, bevor ich dir die Tür geöffnet habe. Für dich habe ich auch eine. Und nein, sie ist nicht für heute Abend gedacht, außer du willst sie aufsetzen.«

Er verschwindet um die Ecke ins Schlafzimmer und kommt mit einer Maske in Gold und Weiß mit pastellfarbenen Federn über den Augen zurück.

»Die ist für dich.«

Ich nehme sie in die Hand und streiche bewundernd über die Federn. »Sie ist wunderschön.«

»Ich hoffe, du wirst sie am Wochenende auf dem Ball tragen.«

»Wie bitte?«

Ein Ball? Anscheinend hält er sich wirklich für das Phantom der Oper.

»Ich habe dir doch davon erzählt. Jedes Jahr um diese Zeit findet der Dumont-Maskenball statt.«

»Nun, ich habe so viel über Dumont gehört – Dumont dies und Dumont das –, dass es mir schwerfällt, den Überblick nicht zu verlieren. Und selbst falls du eine Party erwähnt haben solltest, wäre ich davon ausgegangen, dass ich nicht eingeladen bin – bei all dem ›Ich schäme mich, mit dir gesehen zu werden‹.«

Eigentlich erwarte ich, dass er die Augen verdreht, doch stattdessen nimmt er mein Gesicht in seine Hände und sieht mich forschend an. »Ich schäme mich nicht, mit dir gesehen zu werden, aber … Das ist eine sehr komplizierte Sache. Bitte glaub mir, ich wünschte, ich könnte dich der ganzen Welt vorstellen. Ich wünschte, alle könnten sehen, wie glücklich du mich machst.«

In meinem Hals bildet sich ein Kloß. »Ich mache dich glücklich?«

»Oh, *mon petit lapin*«, flüstert er und küsst mich zärtlich. »Du bist das einzig Gute, Reine und Echte in meinem Leben.«

Verdammt. Er meint das ernst. Ich kann seine Absichten spüren und fühlen, wie aufrichtig und offen er zu mir ist.

»Du bedeutest mir alles.« Seine Lippen wandern von meinem Mund über mein Kinn hinunter zu meinem Hals und bedecken meine Haut mit kleinen Küssen, während seine Hand nach dem Gürtel meines Trenchcoats tastet und ihn öffnet.

Er tritt einen Schritt zurück und öffnet den Mantel, um mich für einen Moment zu betrachten. Ich wünschte, ich würde High Heels anstatt dieser Schuhe mit den Miniabsätzen tragen, aber der begehrliche Ausdruck in seinen Augen zeigt mir, dass er das nicht einmal bemerkt.

Den Blick auf mich gerichtet, holt er so tief Luft wie ein Ertrinkender.

»Du bist zu schön für diese Welt«, flüstert er.

Verdammt.

Das berührt mich tief in meinem Inneren und löst in mir ein explosionsartiges Feuerwerk aus.

Doch diese Explosion wird rasch von einer noch viel stärkeren abgelöst, als er mich in die Arme nimmt und leidenschaftlich küsst. Schon nach wenigen Sekunden ringe ich nach Luft, mein Körper scheint in Flammen zu stehen, und ein beinahe verzweifeltes Verlangen steigt in mir auf. Ich lasse meine Hände über seinen Anzug gleiten und wünsche mir, er würde verschwinden. Olivier liebkost meinen Mund, meine Ohren und meinen Hals, bevor er seine Lippen weiter nach unten wandern lässt.

Er schiebt die Spitze meines BHs zur Seite und saugt heftig an einer Brustwarze, die sich ihm begierig entgegenreckt. Heiße Blitze durchzucken meinen Körper, und ich sehne mich schwer atmend nach mehr.

Der Trenchcoat fällt auf den Boden, und er fasst mich mit festem Griff am Po und hebt mich hoch, als würde ich nichts wiegen. Instinktiv schlinge ich meine Beine um seine Taille, sodass sich die kleinen Absätze in seinen Rücken bohren.

»Zieh dich aus«, fordere ich ihn auf und versuche, sein Hemd aufzuknöpfen, ohne ihn dabei loszulassen. Er sieht mich nur begehrlich lächelnd an und dreht sich herum, sodass ich mit dem Rücken gegen die große Fensterscheibe gedrückt werde.

Ich wende den Kopf und werfe einen Blick nach unten. Wir sind nur im fünften Stock, aber trotzdem finde ich es ein wenig beängstigend, gegen das Fenster gepresst zu werden und theoretisch jeden Moment mit ihm in den Tod stürzen zu können.

Ganz zu schweigen von der Tatsache, dass man uns hier sehen kann.

»Ähm, ich weiß, dass Franzosen eine sehr lockere Einstellung zu Sex und Nacktheit haben, aber bist du sicher, dass das in Ordnung ist?«, frage ich ihn, während er mich weiter mit den Lippen liebkost und gleichzeitig den Reißverschluss seiner Hose öffnet.

»Die Nachbarn sind an einen solchen Anblick sicher gewöhnt«, murmelt er und fährt mit seiner Zunge über meinen Hals, bis meine Haut prickelt, als stünde sie unter Strom. »Außerdem können sie dein Gesicht nicht sehen. Und meines auch nicht.« Er greift nach der Maske und setzt sie wieder auf.

Er hat recht. Schließlich wohnt er nicht hier; das ist nur ein Hotel, auch wenn es ihm gehört. Wir sind völlig anonym.

Außerdem ist die Idee, dass uns jemand beim Sex beobachten könnte, in gewisser Weise erregend. In meinem früheren Leben wäre das vielleicht nicht so gewesen, aber hier und jetzt, meinen nur knapp mit Dessous bedeckten Po an die Fensterscheibe gepresst, macht mich der Gedanke heiß.

Und ich muss mich nicht schämen, das zuzugeben – wenn auch nur vor mir selbst.

Er befreit seinen Schwanz aus der Hose und drückt mich noch fester gegen die Scheibe, um das Gleichgewicht nicht zu verlieren. Mit einer Hand holt er ein Kondom aus seiner Hosentasche.

»Wenn ich noch länger hierbliebe, würde ich vorschlagen, dass wir uns beide testen lassen«, murmle ich. »Ich nehme die Pille.«

Als er mich durch seine Maske anschaut, habe ich das Gefühl, mich dafür entschuldigen zu müssen, in einem solchen Moment das Thema Safer Sex angeschnitten zu haben. Nicht besonders sexy … Doch er erwidert nur: »Ich wünschte, du würdest länger bleiben.«

Ich schlucke heftig; darüber möchte ich im Augenblick nicht nachdenken.

»Wenn das nur möglich wäre.«

Er streift sich das Kondom über, und ich presse meine Fersen in seinen Rücken und klammere mich an ihm fest, während er langsam immer tiefer in mich eindringt.

Mir verschlägt es für einen Moment den Atem, und ich ringe keuchend nach Luft; jetzt spüre ich nur noch ihn. Ich umklammere seinen Nacken, während er stöhnend seine Zunge über meinen Hals bis zu meinem Ohr gleiten lässt. Mit beiden Händen umfasst er meine Brüste, drückt die Spitzen mit den Fingern zusammen und stößt dabei immer wieder in mich hinein.

»Du bist so heiß, so eng«, flüstert er heiser. »Absolut perfekt für mich. Warum ist das so?« Er zieht sich ein Stück zurück, um sich dann wieder ganz in mir zu versenken und mich dabei noch härter gegen die Fensterscheibe zu drücken. Jede Zelle meines Körpers vibriert vor Erregung und Lust, und mein Herz schlägt so schnell, dass ich befürchte, es könnte mir aus der Brust springen und nie wieder zurückkommen.

Wieder schiebt er seine Hüften nach vorn und stößt in mich hinein; sein großer harter Schwanz füllt mich komplett aus. Ich spüre, wie sich seine Muskeln unter meinen Beinen anspannen, während seine Bewegungen immer heftiger, schneller und intensiver werden. Seine Lippen berühren meinen Hals, feucht und hungrig, und ich fühle mich plötzlich auf merkwürdige Weise mächtig, so als würde er alles nur für mich tun, als wäre er mein Lustsklave.

Unser Rhythmus beschleunigt sich, und obwohl ich mir immer noch wegen des Fensters Gedanken mache, kümmert es mich nicht mehr, dass uns möglicherweise jemand beobachtet. Es geht nur noch um ihn, um diesen Mann mit der Maske, der mich wild und voll Lust und Verlangen nimmt.

Stöhnend taucht er noch einmal ganz tief in mich ein, und ich rufe laut seinen Namen.

»Mein Name hat sich noch nie so gut angehört«, flüstert er heiser, ohne seine Bewegungen zu verlangsamen. Schweißperlen tropfen von seiner Stirn auf meine Brüste. »Hör nicht auf damit.«

»*Du* darfst nicht aufhören«, fordere ich, und kurz darauf spüre ich seinen Daumen an meiner Klitoris. Bei jedem Stoß reibt er daran. »Oh Gott, vor allem nicht jetzt.«

Ich bin kurz vor dem Höhepunkt, aber wenn ich jetzt komme, ist alles schnell vorbei.

Ich vergrabe meine Fingernägel in seinem Rücken, und durch die Schlitze in seiner Maske sehe ich eine Veränderung, die mich in gewisser Weise beunruhigt und gleichzeitig entzückt. Irgendetwas in ihm scheint sich gewendet zu haben. Er wirkt wie an einem anderen Ort, an dem er ein Raubtier ist und ich seine Beute bin. Seine Hüften bewegen sich vor und zurück, immer wieder vor und zurück, so rhythmisch, als würden wir uns einem sexy Tanz hingeben, bis ich befürchte, er könnte uns beide durch die Scheibe katapultieren.

Was für ein süßer Tod das wäre.

Und dann überwältigt mich mein Orgasmus; er schleicht sich langsam an und überfällt mich. Er explodiert in meinem Inneren, breitet sich in einer lustbringenden Welle aus, bis er mich vollkommen überrollt. Ich bringe einige unverständliche Wörter hervor und klammere mich so fest an ihn, dass ich ihm vielleicht wehtue, doch das kümmert mich nicht. Ich will ihn nur in mir spüren, während mein Körper zu zucken beginnt und meine Muskeln um ihn herum pulsieren.

Er kommt mit einem heiseren Aufschrei, während ich seine letzten harten Stöße atemlos in mir aufnehme, und obwohl das Fenster immer noch heil ist, habe ich das Gefühl, als würden wir fallen.

Immer weiter und weiter.

Ineinander.

Erschöpft lasse ich mich in seine Arme sinken, unfähig, den Kopf aufrecht zu halten.

Er umschlingt meine Taille, zieht mich von der Fensterscheibe weg und dreht mich um. Nachdem er mich auf das makellos gemachte Bett gelegt hat, streckt er sich neben mir aus.

Vorsichtig öffne ich die Lider und schaue ihm ins Gesicht, während er die Maske abnimmt.

»Siehst du, die ganze Zeit über war ich es«, scherzt er.

Doch in seinen Worten liegt eine gewisse Wahrheit.

Er war es die ganze Zeit über.

All die Zeit, all diese Jahre habe ich nach jemandem gesucht, der meine Welt in Flammen setzt und mir ein neues Leben schenkt.

Er war es die ganze Zeit über.

KAPITEL ELF

Olivier

»Du hast dich also für den *Phantom der Oper*-Look entschieden.«

Ich werfe Blaise einen kurzen Blick zu, als ich in der Eingangshalle an ihm vorbeigehe. Er nimmt die Einladungskarten der Gäste entgegen, und ich bin überrascht, dass er nicht darauf besteht, meine zu sehen.

»Das Phantom besitzt kein Monopol auf weiße Masken«, erkläre ich und deute auf Blaise' Gesicht, das mit einer roten Maske aus Samt mit goldenen Pailletten an den Seiten bedeckt ist. »Du scheinst deine Maske einem Revuegirl aus dem Moulin Rouge abgenommen zu haben.«

»Sehr witzig«, erwidert er. »Das Phantom wusste genau, wie er aus sich eine Marke machte. Vielleicht solltest du dich davon inspirieren lassen.«

»Und was genau soll das heißen?«

»Es bedeutet, dass es keine Marke namens Olivier Dumont gibt«, erwidert er, lässig mit den Schultern zuckend, und mustert mich verächtlich. »Immer das Gleiche – der typische Hotelier, Milliardär und Playboy.«

»Besser als ein Typ, der einen beschissenen roten Ferrari fährt und eine dazu passende Showgirl-Maske trägt.«

»Zumindest bin ich für etwas bekannt«, erwidert er, bevor er seine Aufmerksamkeit auf ein maskiertes Paar richtet, das mit Einladungskarten in der Hand über die Zugbrücke auf uns zukommt.

Der Ball hat bisher fast immer in unseren eigenen Weinbergen stattgefunden. Ein- oder zweimal haben wir ihn in einem meiner Hotels veranstaltet – tatsächlich im Hôtel Rouge Royal, wo ich mich vor Kurzem mit Sadie getroffen habe –, aber mein Vater hat darauf bestanden, dass ein Ort außerhalb der Stadt der Veranstaltung etwas Besonderes verleihe.

Deswegen findet der Ball dieses Mal weit außerhalb der Stadt statt, auf dem Weingut Château La Tour-Carnet, das mein Bruder Renaud aus der Ferne leitet. Es liegt in der Nähe von Bordeaux und verfügt über ein echtes Schloss. Es ist zwar klein, besitzt aber einen Schlossgraben, eine Zugbrücke und gepflegte Anlagen mit Pfauen und Schwänen. Die Pfauen sind wunderschön und werden gut betreut – es befindet sich sogar ein seltenes weißes Exemplar darunter. Die Schwäne sind bösartige Tiere, die jeden Gast, der sich von der hinteren Terrasse auf den Rasen wagt, in Angst und Schrecken versetzen.

Im unteren Geschoss des Schlosses befinden sich ein mittelalterlicher Saal mit alten Ritterrüstungen, Waffen, seltenen Büchern und Wandteppichen sowie ein paar weitere kleine Räume, die für den Ball in Garderoben oder Champagnerstationen umgewandelt wurden. Im oberen Stockwerk sind aus dem großen Speisesaal und dem Musikzimmer der Tanzsaal und weitere Partyräume entstanden, während das Arbeitszimmer und die Schlafzimmer nicht betreten werden dürfen. Hier liegt auch die Küche, in der zahlreiche Köche und Kellner Appetithäppchen und Getränke herrichten. Eine lange Wendeltreppe führt ganz nach oben, wo die Gäste sich gern aus den Fenstern lehnen und der Band auf der Terrasse lauschen.

Alles wirkt sehr extravagant, da das gesamte Schloss für die bevorstehende Modewoche und die Herbstkollektion entsprechend umgestaltet wurde, und in der Modewelt ist natürlich alles farbenprächtig und luxuriös. Die Einladungen für diesen berühmten und exklusiven Ball waren sehr begehrt, und die Gäste sind von überallher gekommen – aus New York, London und Dubai.

Nur ein Gast musste sich nicht um eine Einladung bemühen.

Sadie Reynolds.

Sie ist noch nicht hier, aber ich halte gespannt Ausschau nach ihr – das ist einer der Gründe, warum ich neben Blaise herumlungere. Dass ich keine Begleitung mitgebracht habe, scheint ihn nicht misstrauisch zu machen, aber offensichtlich hat er mich nicht gern in seiner Nähe.

»Olivier, kann ich kurz mit dir sprechen?« Mein Vater taucht neben mir auf.

In seinem schwarzen Anzug und mit der schwarzen Maske sieht er sehr gut aus. Einfach und traditionell.

»Natürlich«, erwidere ich.

Er wendet sich mit mir zum Gehen, wirft aber dann Blaise über die Schulter noch mal einen Blick zu. »Sei heute Abend besonders aufmerksam, Blaise. Es geht das Gerücht, dass einige Einladungen auf dem Schwarzmarkt verkauft werden.«

»Stimmt das?«, frage ich meinen Vater, während wir durch den Waffensaal zu den Hintertüren und auf die Terrasse hinausgehen. Die Band spielt, und einige Gäste tanzen bereits. Die Sonne scheint noch, obwohl es bereits sieben Uhr ist, und es ist heiß – hier draußen allerdings ein wenig kühler als im Schloss. Eine Klimaanlage für diesen Anlass im Schloss einzubauen kam für meinen Vater nicht infrage, das hätte er als Frevel empfunden.

»Was meinst du?«, fragt er.

»Dass Einladungen auf dem Schwarzmarkt verkauft werden.« Bei dem Gedanken daran krampft sich mein Magen zusammen. Ich habe Sadies Namen selbst auf die Liste geschrieben und die Einladung an das Zimmer im Hôtel Rouge Royal schicken lassen, also hat das sicher Seraphines Assistentin erledigt. Trotzdem möchte ich nicht, dass Sadie von Blaise ausgefragt wird. Niemand soll ihr Fragen stellen.

»Oh nein, das habe ich erfunden«, erwidert er. »Das gibt Blaise etwas zu tun, wobei er sich wichtig fühlen kann.«

Eigentlich sollte mich das erleichtern, aber das tut es nicht. Wahrscheinlich bringt mich die Idee, Sadie hier einzuschleusen, mehr durcheinander, als ich gedacht hätte. Ich möchte einfach nur, dass sie hier bei mir ist, meine Familie sieht – wenn auch nur aus der Ferne – und diesen Teil meines Lebens kennenlernt. Auch wenn es sich um einen Teil handelt, den ich nicht immer mag.

Das war früher einmal anders, doch seit ich sie kenne, hat dieses Leben auf der Überholspur mit Glanz und Glamour nicht mehr das gleiche Gewicht und den gleichen Wert. Seit sie in mein Leben getreten ist, stellt sie das wirklich Wichtige für mich dar.

Und in einer Woche wird sie dich verlassen, rufe ich mir ins Gedächtnis. Sie wird in ihr Leben zurückkehren und ich in meines.

Ich habe versucht, nicht allzu oft darüber nachzudenken, und dabei hat mir sicher geholfen, dass ich ständig mit meiner Arbeit und mit dem Ball beschäftigt war. Doch jetzt, wo die Party läuft, wird mir die Wahrheit allmählich bewusst.

Die Uhr tickt.

»Alles in Ordnung?«, fragt mein Vater und bleibt außer Hörweite der Partygäste unter einer Weide stehen. Wir sind über den Rasen hinter dem Schloss spaziert, der vor dem Fest gründlich von Vogelkot befreit wurde. Ich achte trotzdem genau darauf, wohin ich trete.

»Ja, es geht mir gut«, antworte ich.

Er kneift die Augen zusammen und wirft mir unter seiner Maske einen Blick zu. »Da bin ich mir nicht so sicher«, meint er. »Ich kenne dich, mein Sohn, und ich weiß, wenn dich etwas beschäftigt. In der vergangenen Woche warst du in Gedanken immer woanders, und ich bin mir nicht sicher, ob das gut ist.«

Ich versuche zu lächeln. »Bei mir ist alles in Ordnung. Wirklich.«

»Ich mag es nicht, wenn du Geheimnisse vor mir hast.«

Unschuld vortäuschend hebe ich die Hände. »Ich habe keine Geheimnisse.«

»Frauen verleiten einen zu furchtbaren Geheimnissen«, sagt er leise, und einen schrecklichen Moment lang befürchte ich, dass er es weiß. Dass er damit Marine gemeint hat. Und meinen Verrat und mein Versagen vor all diesen Jahren.

Doch dann halte ich es eher für möglich, dass er über Sadie sprechen könnte, was allerdings auch nicht viel besser wäre.

»Weißt du, Olivier«, fährt er fort, nachdem ich mich beinahe selbst angeklagt hätte. »Ich wollte immer nur, dass du glücklich wirst. Nein, das stimmt nicht ganz. Ich wollte, dass du in meine Fußstapfen trittst. Doch vielleicht wärst du in meiner Position gar nicht glücklich.«

Ich schlucke und wünschte, ich könnte ihm alles gestehen. Ihm die Wahrheit über seinen Bruder erzählen und ihn vor ihm warnen.

Doch mein Vater hat schon immer nur das Beste in allen gesehen, auch in seiner Familie – und damit in den falschen Leuten. Auch in mir sieht er nur das Gute, allerdings weiß er auch nicht, was ich getan habe. Und dass ich das nicht verdiene. Und selbst sein Bruder, mein Onkel, ist für ihn ein guter Mensch, obwohl er nichts Gutes an sich hat.

Leider kann ich ihm das nicht sagen. Ich kann seinen Glauben an mich nicht so erschüttern, vor allem nicht nach so langer Zeit. Möglicherweise ahnt mein Vater sogar, wie gemein sein Bruder sein kann, aber er liebt ihn trotzdem.

Er ist wirklich ein guter Mensch. Ein viel besserer, als ich jemals sein werde.

»Ich glaube, Seraphine wird deinen Job viel besser machen«, erkläre ich und wiederhole damit das, was ich schon so oft gesagt habe.

»Das sagst du ständig«, hält er mir entgegen. »Und Seraphine tut das auch. Aber – und jetzt spricht wahrscheinlich der alte Traditionalist in mir – du bist mein Sohn, Olivier. Und schon von jungen Jahren an warst du immer daran interessiert, die Firma einmal zu übernehmen und unseren Namen weiterzuführen. Du hast immer von mir gelernt; manchmal warst du tagelang bei mir im Büro. Weißt du das noch? Du wolltest unbedingt so sein wie ich. Es war wirklich rührend. Und es war richtig. Du warst schon immer für diesen Job vorgesehen, und das hast du gewusst. Und dann, eines Tages … bist du einfach verschwunden. Du warst monatelang überall auf der Welt unterwegs, und du hast dich verändert.«

»Reisen verändert alle Menschen«, erwidere ich leise und betrachte die Zweige der Weide, durch die sanft der Wind fährt.

»Nein.« Er schüttelt den Kopf, legt die Hände auf den Rücken und marschiert um mich herum. »Nein, bei dir war das anders. Du bist auf Reisen gegangen, weil du vor etwas geflüchtet bist. Das weiß ich genau. Nach deiner Rückkehr war die Sache, vor der du davongelaufen bist, allerdings immer noch da. Und sie ist es auch jetzt noch, Olivier.« Er tippt mir mit dem Zeigefinger auf die Brust. »Das kann ich in deinen Augen sehen. Es ist immer da, dieser Geist, diese Schuld, diese Angst. Du lebst in Furcht und lässt außer deiner Familie niemanden an dich heran. Was ist los?«

Mühsam schlucke ich und würde am liebsten den Blick abwenden. Durch die schmalen Schlitze seiner Maske sehe ich den ehrlichen und liebevollen Ausdruck in seinen Augen. Oh Gott, ich will ihm ein guter Sohn sein. Ich weiß, wie sehr er sich wünscht, dass ich sein Nachfolger werde, und er wird nie erfahren, warum das nicht möglich ist.

Ich muss mit der Tatsache leben, dass ich ihn enttäusche.

Das habe ich ständig vor Augen, ebenso wie mein Schuldgefühl und meine Angst.

Wegen der Fehler, die ich begangen habe, werde ich nie der Mann sein können, den er braucht.

Ich bin ein Versager.

»Hey.« Er legt mir eine Hand auf die Schulter und drückt sie kräftig. »Ich bin dein Vater, und ich liebe dich. Ich werde dich immer akzeptieren und dir alles verzeihen, ganz gleich, was du getan hast oder tust. Schon als du ein Kind warst, fand deine Mutter, dass in dir das größte Potenzial schlummere, nicht nur, was deine mögliche Karriere betrifft, sondern auch im Hinblick auf deine Herzensgröße. Du hast ein gutes Herz, und ich wünschte, du würdest eines Tages aufhören, das zu verleugnen. Ich wünschte, du würdest es dir eingestehen und dich darüber freuen. Tu Gutes, sei gut und sei stolz darauf, wer du bist. Ich bin es – ich bin stolz auf dich.«

Verdammt. Der Kloß in meinem Hals ist so groß, dass ich kaum ein Wort hervorbringe. »Danke«, murmle ich kaum hörbar und hoffe, dass er weiß, wie viel mir das bedeutet. Er setzt Vertrauen in jemanden, der es nicht verdient hat, aber er tut es trotzdem. Und daran werde ich mich klammern, so fest und so lange es mir möglich ist, selbst wenn ich nicht daran glauben kann.

Er beugt sich zu mir vor, umarmt mich und klopft mir auf den Rücken.

»Wer auch immer sie sein mag, sie kann sich glücklich schätzen«, bemerkt er.

Lachend weiche ich zurück. »Sie? Ich habe doch gesagt, da gibt es niemanden.«

Er lächelt mich an. »Oh, Olivier.« Dann dreht er sich um und geht zurück zur Party, und ich folge ihm.

Natürlich steigt meine große Angst, dass heute Abend irgendetwas schiefgehen konnte, nun noch mehr. Wenn mein Vater annimmt, dass ich mich in eine Frau verliebt habe, was denken dann die anderen? Ich weiß, mein Vater und Seraphine würden daraus keine große Sache machen – sie würden sich einfach nur für mich freuen –, aber ich mache mir Gedanken wegen der anderen. Und mir ist bewusst, dass eine Drohung meines Onkels ein Leben lang gilt. Sie wird niemals vergessen oder getilgt.

Zurück im Schloss bemerke ich, dass nach und nach immer mehr Gäste eintreffen. Dieses Mal scheinen die Kostüme noch aufwendiger zu sein. Für den Ball vorgeschrieben ist eigentlich nur das Tragen einer Maske, aber da das Fest in einem Schloss stattfindet, haben sich etliche Gäste für ein komplettes Kostüm aus der Renaissance, dem Mittelalter oder einem anderen Zeitalter entschieden. Einige der Damen könnten durchaus für Marie Antoinette gehalten werden.

Nach einer weiteren Stunde mache ich mir allmählich Sorgen, doch dann sehe ich Sadie über die Zugbrücke kommen. Ich schaue aus dem Fenster im oberen Stockwerk, und im Sonnenuntergang sieht sie aus wie ein Engel.

Ich habe ihr nicht gesagt, was sie anziehen soll, sondern ihr nur die Maske gegeben. Sie hat den Federschmuck mit einem einfachen weißen Sommerkleid und flachen Sandalen betont, und ihr Haar fällt ihr in schimmernden Locken über die Schultern.

Als sie zu Blaise geht und ihm ihre Einladungskarte reicht, halte ich den Atem an. Er sieht sich die Karte genau an, wie er es bei allen anderen Gästen auch getan hat, und hält sie sogar gegen das Licht, bevor er Sadie mustert. Doch dann lässt er sie ohne einen weiteren Blick eintreten.

Zumindest das ist glatt gelaufen. Sadie ist mit dem Zug aus Paris gekommen, der glücklicherweise nur zwei Stunden benötigt, und hat dann den Weg von Bordeaux bis hierher in einem gemieteten Wagen zurückgelegt. Da hätte schon einiges schiefgehen können. Ich habe ihr ein oder zwei Nachrichten geschickt, bin mir aber nicht sicher, ob sie sie bekommen hat. Ihr Handy, ein uraltes Modell, hat keinen besonders guten Empfang.

Einen Moment lang denke ich darüber nach, ihr ein brandneues zu kaufen, doch dann wird mir bewusst, wie dumm das ist. Schließlich bleibt sie nicht mehr lange hier.

Ich versuche, mir meinen Kummer nicht anmerken zu lassen, und mische mich unter die Partygäste. Nachdem ich mir ein Glas Champagner von einem Tablett genommen habe, schlendere ich die Treppe hinunter, in der Hoffnung, sie abfangen zu können, ohne dass es jemand bemerkt.

Ich entdecke sie in einer Ecke des Waffensaals, wo sie in das vergitterte Visier einer Ritterrüstung späht. Rasch schaue ich mich um, ob mich jemand beobachtet. Blaise ist immer noch draußen, wird aber sicher bald hereinkommen, da die meisten Gästen inzwischen eingetroffen sind. Pascal habe ich noch nicht gesehen – er ist mir die ganze Woche noch nicht über den Weg gelaufen –, was aber nicht heißt, dass er nicht auftauchen wird. Zuletzt habe ich meinen Vater mit Seraphine oben im Gespräch gesehen und einen kurzen Blick auf Gautier erhascht. Wir haben jedoch beide so getan, als hätten wir uns nicht gesehen.

Ich riskiere es.

Mit dem Champagnerglas in der erhobenen Hand gehe ich auf sie zu. »*Madame*«, begrüße ich sie und sehe, wie sich ihre Augen unter der Maske weiten. »Erlauben Sie mir, Sie zum Maskenball willkommen zu heißen. Champagner?«

»Ist das ein Dumont?«, fragt sie steif. »Etwas anderes trinke ich nämlich nicht. Ich trage auch nichts anderes.«

»Oh, tatsächlich?« Unser Rollenspiel macht mir Spaß. Ich beuge mich vor, greife an ihren Rücken und ziehe ihr Kleid ein Stück zurück, sodass ich einen Blick auf das Etikett werfen kann. »Und warum ist dieses Kleid dann von H&M?«

»Hmm.« Sie tritt einen Schritt zurück und schaut sich rasch um – wahrscheinlich spürt sie meinen Verfolgungswahn. »Ich halte nichts davon, mein Vermögen zur Schau zu stellen.«

Schon wenn ich sie nur ansehe, bekomme ich eine Erektion. »Du spielst deine Rolle wirklich sehr gut«, murmle ich und gehe auf sie zu, bis sie mit dem Rücken an der Wand steht.

»Vorsicht«, warnt sie und platziert das Champagnerglas zwischen uns. »Wie kennen uns nicht. Wir haben uns noch nie gesehen.«

»Du hast recht. Hattest du eine gute Reise?«

Sie räuspert sich. »Ja, aber ich habe den ersten Zug verpasst«, erklärt sie verlegen.

»Ein vornehmes Zuspätkommen. Nur gut, dass die meisten der Gäste das auch so halten.«

Sie lächelt mich an, bevor ihr Blick über meine Schulter zur Eingangstür gleitet, wo Pascal soeben hereinkommt. Mein Herzschlag klingt in meinen Ohren wie ein Trommelwirbel. Da wir im Schatten stehen, sind wir kaum zu sehen, und er schaut nicht einmal in unsere Richtung. Seine Aufmerksamkeit ist auf die hinteren Türen gerichtet, wo zwei kichernde junge Frauen in einer Wolke aus Tüll und Spitze mit den Händen an ihren Petticoats hereinkommen.

Ich halte den Atem an und beobachte ihn aufmerksam. Pascal verliert rasch das Interesse an ihnen, obwohl sie mit Sicherheit wissen, wer er ist. Seine Maske mag seine Augen verbergen – und sogar seine Nase, da es sich um ein kunstvolles venezianisches Exemplar handelt –, doch sie erkennen ihn am Kinn. Er schenkt ihnen nur ein selbstgefälliges Lächeln und läuft die Treppe hinauf. Die beiden folgen ihm wie Enten auf der Suche nach Brotkrumen.

Ich atme langsam aus und wende mich wieder Sadie zu. Sie hat Pascal ebenfalls beobachtet und wirkt beunruhigt.

»Was ist los?«, frage ich.

»Wer war das?«

Warum will nur jeder Pascal kennenlernen? Ich seufze. »Das war mein Cousin Pascal Dumont.«

»Oh«, sagt sie, und ich spüre, dass sie unter ihrer Maske die Stirn runzelt. »Er kommt mir irgendwie bekannt vor.«

»Na ja, du hast schließlich meine Familie im Internet recherchiert. Er gehört eindeutig zu den sogenannten ›bad boys‹, die gern von der Presse fotografiert werden.«

Sie wirft mir einen scharfen Blick zu. »Sogenannt? Ist er nicht derjenige, gegen den dein Vater und deine Schwester ständig ankämpfen müssen?«

»Ja«, gebe ich zögernd zu. »Er und mein Onkel. Und der Mann, der deine Eintrittskarte überprüft hat, ist mein Cousin Blaise.«

»Die böse Seite der Familie«, sagt sie nachdenklich.

Normalerweise würde ich ihr jetzt widersprechen, aber ich habe ihr schon zu viel Mist über sie erzählt. Und außerdem ist es ein wenig riskant, da sie nicht die ganze Wahrheit kennt.

Ich würde es ihr so gern erzählen.

Ich weiß nur nicht, ob ich das hier und jetzt tun soll.

Ich habe mich schon zu lange mit ihr unterhalten.

»Kannst du mir für heute Abend etwas versprechen?«, frage ich sie, während ich ihr in die Augen schaue.

Nickend erwidert sie meinen Blick auf eine Weise, die mir deutlich zu verstehen gibt, dass sie sich an jedes Versprechen, das sie mir gibt, halten wird.

»Würdest du dich bitte von ihnen fernhalten? Das sind keine guten Menschen, und ich traue ihnen nicht über den Weg, wenn sie in deiner Nähe sind.«

»Sie wissen aber nicht, wer ich bin, oder?« Ihre Stimme klingt verunsichert und ein bisschen ängstlich.

»Nein«, versichere ich ihr. »Und so soll es auch bleiben. Ich habe mich schon viel zu lange mit dir unterhalten und muss zurück zu meinem Vater und den Gästen. Versprich mir, dass du Abstand zu ihnen hältst, und falls sie dich aus irgendeinem Grund ansprechen, dann verrate ihnen nichts. Und wenn es nicht anders geht, dann lass dir eine Lüge einfallen. Okay? Lüg sie an.«

»Was geht hier vor, Olivier?« Ihre leise Stimme zittert leicht.

»Ich erkläre es dir später. Das ist mein Versprechen an dich. *D'accord?*«

»*D'accord*«, flüstert sie nickend.

Es kostet mich viel Kraft, sie nicht auf die Wange zu küssen. »Viel Spaß auf dem Fest, *mon petit lapin*. Wir sehen uns bald wieder.«

Dann drehe ich mich um.

Und lasse sie zurück.

Den Engel im Waffensaal.

Ich wünschte, ich könnte sie in alles mit einbeziehen.

KAPITEL ZWÖLF

Sadie

Ich war nie zuvor auf einem Maskenball.

Oder überhaupt auf irgendeinem richtigen Ball.

Der Homecoming-Ball und der Abschlussball meiner Highschool zählen eigentlich nicht.

Solche Bälle wie diesen kennt man normalerweise aus historischen Romanen oder aufregenden Filmen. Da sieht immer alles so prächtig aus, so cool und nach viel Vergnügen.

Nun, die ersten beiden Dinge treffen zu.

Ich meine, der Ball findet in einem echten Schloss statt.

Und all diese Gäste mit ihren Kostümen und Masken und die Kellner, die auf Silbertabletts Getränke und leckere, wenn auch eigenartige kleine Häppchen servieren – das ist schon cool.

Aber Vergnügen? Eher weniger.

Wahrscheinlich liegt es daran, dass ich außer Olivier hier niemanden kenne, und er muss so tun, als hätte er mich noch nie gesehen. Als ich die Einladung und die Chance, diesen Ball zu besuchen, angenommen habe, war mir diese Bedingung bewusst. Ich wusste, dass ich anonym bleiben und so tun musste, als wäre er ein Fremder für mich. Und ich habe geglaubt, das würde mir nichts ausmachen.

Das war ein Irrtum. Ich finde es schrecklich. Ohne es zu wollen, verfolge ich jede seiner Bewegungen; ich fühle mich von ihm so angezogen wie eine Motte vom Licht. Ich beobachte, wie er sich mit den Gästen unterhält, immer charmant, immer lächelnd und manchmal laut lachend, als hätte sein Gesprächspartner etwas wahnsinnig Komisches gesagt, was ich jedoch bezweifle.

Er gehört mir – das ist mein einziger Gedanke. Mir und sonst niemandem. Trotzdem muss ich im Schatten bleiben, eine Frau mit einer Maske, die sie sich am liebsten vom Gesicht reißen würde. Und seine noch dazu. Ich wünschte, wir könnten einfach zusammen sein. Ohne Geheimnisse, ohne Scham.

Doch er hat Geheimnisse, wenn nicht sogar Schuldgefühle.

Und das hat etwas mit seinen Cousins und seinem Onkel zu tun.

Das weiß ich genau.

Das ist der Grund dafür, dass er nicht mit mir gesehen werden will.

Seinen Vater habe ich bereits kennengelernt. Er ist zu mir gekommen und hat mich begrüßt, kurz, aber sehr freundlich. Und seine Schwester habe ich auch gesehen. Sie ist wirklich die absolut umwerfendste Frau, die mir jemals begegnet ist! Diese beiden gehören auf jeden Fall zur guten Seite der Familie, und das strahlen sie auch aus.

Und natürlich sind auch Blaise, Pascal und Gautier hier.

Pascal ist wohl der Schlimmste von ihnen.

Er ist jünger als sein Bruder, sieht aber irgendwie älter aus. Glücklicherweise konnte ich bis jetzt Augenkontakt mit ihm vermeiden, obwohl ich gespürt habe, wie er mich eine Weile lang angestarrt hat. Ich habe ihn jedoch verstohlen beobachtet, wie er sich im Saal umgeschaut oder mit einigen Leuten gesprochen hat. Seine Augen funkeln bösartig, und das ist nicht übertrieben. Er strahlt eine gewisse Kaltblütigkeit aus, ein Selbstvertrauen, das nicht daher kommt, dass er weiß, wer er ist, sondern eher darauf hinweist, dass er alles tun würde, um an der Spitze zu bleiben. Er ist eine Schlange, und selbst wenn Olivier mich nicht gebeten hätte, mich von ihm fernzuhalten, hätte ich das instinktiv getan.

Oh, und es gibt noch einen Grund, warum Maskenbälle nicht wirklich toll sind.

Sie können ziemlich unheimlich sein.

Da es im Schloss immer noch furchtbar heiß ist, gehe ich die Treppe hinunter und auf die hintere Terrasse, um ein wenig frische Luft zu schnappen. Plötzlich stoße ich mit einem Mann zusammen, auf dessen Maske drei Augen abgebildet sind.

Er gibt ein irres Kichern von sich, zwickt mich in den Po und rennt dann die Treppe hinauf. Mir bleibt nicht einmal genügend Zeit, um ihm hinterherzurufen oder irgendwie zu reagieren. Er könnte sich jetzt rasch eine andere Maske aufsetzen, und ich würde nie erfahren, wer er ist.

Wenn man angestarrt wird, ohne es zu bemerken, ist das eine Sache, unverhohlene sexuelle Belästigung jedoch eine ganz andere.

»Pfui«, sage ich laut zu mir und streiche das Rückenteil meines Kleids glatt. Ich fühle mich schmutzig. Wenn ich eine Chance sehe, mit Olivier zu sprechen, werde ich es ihm erzählen. So einen Mist kann ich nicht tolerieren, und es ist mir egal, falls es dann Probleme geben sollte. Wahrscheinlich liegt das an der Atmosphäre, die ich auf dieser Party wahrnehme. Wie eine Marie-Antoinette-Version der *The Purge*-Filme – jeder kann flirten, kichern, grapschen und sich hemmungslos betrinken und dabei vermeintlich anonym bleiben.

Draußen ist es nur ein wenig kühler. Die Band spielt, und die Gäste tanzen auf der Terrasse und auf dem Rasen. Plötzlich sehe ich einen Schwan, der offensichtlich an mir interessiert ist und nichts Gutes im Sinn zu haben scheint. Vielleicht hält er mich wegen der Federmaske und des weißen Kleids für einen Artgenossen.

Ich mache mich auf den Rückweg zum Schloss. Kurz bevor ich

die Flügeltüren erreiche, sehe ich Ludovic, Gautier und Pascal aus einem Zimmer kommen, das Ludovic hinter sich abschließt. Zögernd bleibe ich stehen und warte, bis Gautier und Ludovic an den Ritterrüstungen vorbeigegangen sind. Pascal jedoch wendet sich den Türen zu.

Und geht nach draußen.

In meine Richtung.

Ich schnappe nach Luft und drehe mich rasch um, sodass er mich nicht sehen kann.

Leider befinde ich mich nun direkt vor dem Schwan.

Er öffnet den Schnabel und faucht.

Ich öffne meinen Mund und fauche zurück.

Einen Moment lang wirkt der Schwan verblüfft, und ich glaube, meine Taktik könnte funktioniert haben. Falls der Schwan mich für einen Artgenossen hält, habe ich in seinen Ohren wahrscheinlich so etwas wie »Du kannst mich mal« in der Sprache der Schwäne gesagt.

Doch dann watschelt er leise schnarrend auf mich zu.

»Keine Sorge – seine Geräusche sind schlimmer als sein Biss«, sagt jemand mit sanfter Stimme hinter mir. Plötzlich steht Pascal mit dem Rücken zu mir vor dem Schwan. Er murmelt etwas auf Französisch und scheucht dann den Schwan mit einer unvermittelten Bewegung davon. Der Vogel dreht sich um, schlägt mit den Flügeln und sucht das Weite.

Pascals Rücken kommt mir bekannt vor.

Kennen wir uns? würde ich ihn gern fragen. Woher?

Aber ich sage lieber nichts.

Pascal dreht sich grinsend zu mir um. »Allerdings kann es ziemlich schmerzhaft sein, wenn man von einem Schwan gebissen wird.«

Blinzelnd versuche ich, mich darauf zu konzentrieren, was ich sagen darf und wie ich mich verhalten soll. Jetzt liegt es an mir.

»Französisch ist nicht deine Muttersprache, richtig?«, fragt er.

Ich nicke langsam. »Ja. Woher weißt du das?«

»Ich habe dich mit einigen Gästen sprechen hören. Dein Akzent sticht heraus wie ein Sirenengesang in einem Meer von Haien.«

Ein merkwürdiger Vergleich. Und doch erinnert er mich sehr an Olivier.

»Du musst Pascal Dumont sein.« Ich straffe die Schultern, hebe den Kopf und zwinge mich dazu, jemand anderes zu sein.

Den Kopf leicht geneigt, streicht er sich mit der Hand langsam übers Kinn.

Dieses Kinn.

Eigentlich könnte ich schwören, dass Pascal der Mann war, der mich vor Kurzem auf der Straße verfolgt hat. Doch ich will darüber nicht nachdenken, denn sonst könnte ich leicht in Panik geraten.

»Du weißt, wer ich bin«, sagt er nachdenklich, und trotz seiner Maske spüre ich die kalte Intensität in seinen Augen. Ich habe den Eindruck, dass ich ihm wichtiger bin, als er es sich anmerken lässt – allerdings auf eine Art, wie eine Maus für eine Katze wichtig ist.

»Natürlich. Würde ich das nicht wissen, wäre ich nicht hier.«

Unter der Maske verengen sich seine Augen ein wenig. Ich sehe nicht, welche Augenfarbe er hat – es ist zu dunkel –, und das irritiert mich ein wenig. »Du weißt also, wer ich bin, aber ich kenne deinen Namen leider nicht.«

»Sadie Reynolds«, erwidere ich und deute gespielt einen Knicks an. Es wäre dumm, ihm einen falschen Namen zu nennen – auf meiner Einladung steht schließlich mein Vorname. Und falls er oder sonst jemand versucht, im Internet etwas über mich zu erfahren, wird er nicht viel finden.

»Und was bringt dich hierher auf meine Party, Sadie Reynolds aus Seattle?«

Ich erstarre. Was hat er da soeben gesagt?

Rasch setze ich ein Lächeln auf und versuche, mich fröhlich und unbekümmert zu geben. »Woher weißt du, dass ich aus Seattle komme?«

»Das kann ich hören. Akzente zu erkennen liegt mir. Das bringt mein Beruf mit sich. Wir haben eine Geschäftsverbindung mit Nordstrom. Das waren die ersten amerikanischen Läden, in denen Handtaschen von Dumont verkauft wurden.«

»Das habe ich nicht gewusst.«

So, und nun möchte ich diese Unterhaltung beenden. Also schaue ich mich rasch nach einem Kellner mit einem Drink für mich um oder nach irgendjemandem, der mir bekannt vorkommt. Selbst der Kerl mit den drei Augen auf der Maske wäre mir jetzt willkommen.

»Suchst du eine Fluchtmöglichkeit?«, fragt Pascal merkwürdig sanft und kommt einen Schritt auf mich zu. Er zieht einen Mundwinkel nach oben und lächelt schief. »Mache ich dich nervös?«

Ich lache auf. Nervös. »Nervös? Nein. Ich halte Ausschau nach etwas zu trinken. Es ist wirklich heiß hier.«

»Das stimmt«, erwidert er seufzend und wippt leicht auf den Fersen vor und zurück. »Allerdings habe ich oft eine solche Wirkung auf Frauen.«

»Sie werden nervös in deiner Gegenwart?« Ich streife ihn mit einem kurzen Blick, bevor ich mich rasch wieder umschaue. Nach irgendjemandem, irgendetwas.

»Ihnen wird heiß.«

Stirnrunzelnd wende ich mich ihm wieder zu. »Nur ein kleiner Geist bildet sich ein, das Wetter sei sein Verdienst.«

Mir ist klar, dass ich mit dem Feuer spiele, und nach allem, was Olivier mir gesagt hat und was ich ihm versprechen musste, sollte ich mich jetzt schnell verabschieden und hineingehen. Auf keinen Fall sollte ich Pascal weiter Beleidigungen an den Kopf werfen.

Doch Pascal scheint das zu gefallen. Er lacht, und es klingt sogar echt.

»Du gefällst mir, Sadie«, erklärt er. »Wirklich. Ich habe befürchtet, du könntest eine dumme amerikanische Touristin sein, die sich uneingeladen auf diese Party gedrängt hat, aber das ist vielleicht doch nicht so.«

Seine Worte jagen mir Angst ein, und ich schlucke. »Ich bin nicht dumm. Und ich habe mich auch nicht hier eingeschlichen – ich wurde eingeladen.«

»Von wem?«

Damit habe ich gerechnet. »Von Seraphine. Deiner Cousine.«

»Hmm, und woher kennst du Seraphine?«

»Von einem Tanzkurs.« Diese Lüge ist riskant. Nicht, weil er bei Seraphine nachfragen könnte. Sie hat anscheinend ein schlechtes Gedächtnis und kommt mit sehr vielen Leuten zusammen, also würde sie wahrscheinlich bestätigen, dass sie mich kennt. Doch ich kann nicht tanzen. Als ich noch klein war, habe ich zwar davon geträumt, und vor dem Tod meines Vaters habe ich sogar ein paar Tanzstunden genommen, aber wenn Pascal mich jetzt zu irgendeinem Tanz auffordern würde, würde ich kläglich versagen und wahrscheinlich aus dem Haus geworfen werden.

Er mustert mich von oben bis unten und hält dabei jeweils kurz an meinen Beinen, meinem Schritt, meinen Brüsten und schließlich meinen Lippen inne. »Ich hätte dich eher für eine Turnerin gehalten. Ich bin sicher, dass du sehr, sehr … gelenkig bist.«

Verdammter Mist. Das war zwar bestimmt nur eine Anspielung, aber irgendwie klang die Bemerkung so, als würde er das *wissen*.

Ich starre auf seinen Mund und beobachte, wie er sich mit der Zunge über die Lippen fährt. Dieser schmale Oberlippenbart und der Kinnbart. Das Kinn, das mir so vertraut vorkommt.

Wie in einem roten Schleier taucht wieder eine Erinnerung in mir auf.

Sex mit Olivier.

Ein Gesicht am Fenster. Augen im Schatten.

Dasselbe Gesicht, auf das ich jetzt blicke.

Es gelingt mir nicht, meine Furcht zu verbergen, und das kann er zweifellos sehen.

Doch ich darf es mir nicht anmerken lassen. Um Oliviers willen muss ich mich verstellen.

Und ich muss weg von hier.

Ich muss Pascal von meiner Lüge überzeugen, was es auch kosten mag.

»Ein bisschen zu beweglich für jemanden wie dich.« Ich strecke eine Hand aus und klopfe ihm auf die Brust. »Tut mir leid, mein Lieber, ich weiß, dass du seit deiner kleinen Parfumwerbung viele Frauen haben kannst, aber ich bin nicht interessiert.«

Das wirkt. Er verzieht mürrisch den Mund. »Ich mache dich nicht an«, erklärt er.

Schulterzuckend winke ich ab. »Wie du meinst.«

Dann stolziere ich davon.

Dabei schwinge ich tänzelnd die Hüften, so als wäre ich stolz darauf, dass ich ihn habe abblitzen lassen. Ich hoffe, er kauft mir diese Vorstellung ab und vergisst sein Ziel. Und ich hoffe auch, dass sein verletzter Stolz und sein angeschlagenes Ego – beides hat er sicher noch nie einem Angriff preisgegeben – ihn so sehr ablenken, dass er alles vergisst, was er über mich zu wissen glaubt.

Ich gehe zurück in den Waffensaal und von dort zur Treppe.

Während ich die Stufen hinaufsteige, spüre ich, wie sich die Härchen an meinen Armen aufrichten.

Ein Blick über die Schulter zeigt mir, dass Pascal mir folgt, die Lippen grimmig zusammengepresst. Er wirkt plötzlich nicht mehr so lässig wie vorher. Die Katze will sich die Maus nicht entkommen lassen.

Ich laufe ganz nach oben, schaue mich unauffällig um und versuche, nicht den Eindruck zu erwecken, als würde ich Olivier suchen.

Doch natürlich tue ich das.

Und schließlich entdecke ich ihn. Er steht neben den Türen zum Musiksaal und unterhält sich mit seinem Vater und einem Mann, bei dem es sich mit ziemlicher Sicherheit um Tom Ford handelt. Ich kenne nicht viele Modedesigner, aber dieser Mann hat einen Wiedererkennungswert wie der Papst und sieht außerdem verdammt gut aus.

Obwohl die drei Männer in ein Gespräch vertieft sind, versammelt sich in einigem Abstand eine Gruppe um sie und starrt sie bewundernd an. Warum auch nicht? Das ist die Modewelt, und diese Männer sind einige ihrer Götter. Kein Wunder, dass alle an ihren Lippen hängen, auf jedes Wort lauschen und eifrig nicken, als würden sie auch an dem Gespräch teilnehmen.

Ich bleibe stehen, beobachte sie und hoffe, dass ich genauso unbemerkt bleibe wie die anderen.

Doch dann spüre ich Pascal hinter mir.

Er sagt kein Wort, aber er ist da. Meine Haut scheint plötzlich unter Strom zu stehen und unkontrollierbar zu vibrieren.

Ich sollte weggehen, irgendwohin, aber meine Angst lähmt mich so sehr, dass ich einfach abwarte, was er tut.

Doch er wartet auch. Wahrscheinlich auf eine Bewegung von mir.

Und dann geschieht etwas.

Auf der anderen Seite des Raums.

Jemand schreit lauf auf, und einen Moment lang glaube ich, dass sich vielleicht jemand erschrocken oder etwas fallen gelassen hat.

Doch als ich mich umdrehe, sehe ich, wie Ludovic sich an die Brust greift und sich die Maske herunterreißt. Sein Gesicht ist gerötet und verzerrt. Ein anderer Mann beugt sich besorgt über ihn, dann geben Ludovics Beine unter ihm nach, und Olivier versucht, ihn von hinten zu stützen.

Olivier ruft etwas auf Französisch, und einige der Gäste holen rasch ihre Handys hervor. Meine Güte, ich glaube, sein Vater hat einen Herzinfarkt.

Die Leute drängen sich näher heran, und ich kann nichts mehr sehen, aber ich höre, wie Olivier den Namen seines Vaters ruft.

Ich muss für ihn da sein.

Rasch laufe ich zu Olivier hinüber und werfe dabei noch einmal einen Blick zurück auf Pascal. Sicher wird er mir folgen, um seinem Onkel zu helfen.

Doch Pascal bleibt stehen.

Er rührt sich nicht von der Stelle.

Seine Miene ist undurchdringlich.

Seine Augen schimmern dunkel.

Und sein Blick verfolgt mich bei jeder meiner Bewegungen.

An der Menge angelangt, versuche ich, mich zu Olivier durchzudrängen, aber es haben sich bereits zu viele Leute versammelt, und alle sind in Panik. Blaise steht direkt vor ihnen, hält sie zurück und brüllt etwas auf Französisch. Ich wünschte, ich könnte verstehen, was da vor sich geht, aber mir ist klar, dass es sich um nichts Gutes handelt.

Ganz und gar nicht.

Mir stockt der Atem.

Das kann nicht wahr sein. Seinem Vater ging es doch soeben noch gut – zumindest sah er so aus.

Jetzt taucht Gautier auf, brüllt die Umstehenden an und fuchtelt herum. Seraphine schiebt sich weinend durch die Menschenmenge. Es herrscht Chaos, und ich weiche zurück, um den Leuten Platz zu machen, die helfen wollen. Anscheinend befindet sich ein Arzt unter den Gästen, der jetzt versucht, Ludovic wiederzubeleben. Es sieht nicht gut aus und hört sich auch nicht gut an.

Plötzlich werden Sirenen laut, und ein Feuerwehrwagen fährt vor, gefolgt von einem Rettungsfahrzeug. Sanitäter betten Ludovic auf eine Trage und eilen mit ihm davon. Einige Polizisten erscheinen und bitten alle Gäste, sich aus dem Schloss zu entfernen.

Auch ich muss gehen. Wie alle anderen. Ich möchte bei Olivier bleiben, aber er schaut sich nicht nach mir um. Das muss er auch nicht. Sein Vater ist im Moment alles, woran er denken kann. Ich sehe, wie er sich die Maske vom Gesicht reißt und auf den Boden wirft. Seine Augen sind rot und tränenfeucht, und mir wird klar, dass sein Vater wahrscheinlich tot ist.

Das bricht mir das Herz. Ich möchte für ihn da sein. Ich möchte seinen Schmerz mit ihm teilen, für ihn die Schulter sein, an der er sich ausweinen kann.

Doch seine Schwester klammert sich bereits an ihn und sieht

schluchzend immer noch wunderschön aus. Schließlich folgen sie den Sanitätern nach draußen, und die Gäste gehen hinter ihnen her. Hinaus vor das Schloss in eine heiße Sommernacht. Die Luft ist erfüllt vom Zirpen der Zikaden und vom süßen Duft der Weinberge.

Ich weiß nicht, wohin ich jetzt gehen soll. Die Leute hier scheinen sich alle zu kennen und in den umliegenden Hotels, Weingütern und Ferienwohnungen abgestiegen zu sein. Und ich sollte eigentlich mit Olivier nach dem Fest in einem der zahlreichen Schlafzimmer im Schloss übernachten.

Doch daraus wird wohl nichts werden.

Zum ersten Mal seit einiger Zeit fühle ich mich völlig verloren und entwurzelt. Obwohl mir bewusst ist, dass meine Gefühle im Augenblick nicht wichtig sind.

Trotzdem tut es weh, dass sie so wenig Bedeutung haben.

Dass ich so wenig zähle.

Ich bin ganz allein, anonym, eine Frau, die sich verstecken muss und nun irgendwo auf dem Land auf sich gestellt ist. Ich spreche die Landessprache nicht, habe kaum Geld und bin seit einiger Zeit von Olivier abhängig. Und wurde im Dunkeln gelassen.

Und nun ist sein Vater gestorben.

Seine Welt wurde auf den Kopf gestellt.

Ich habe keine Ahnung, welchen Platz ich nun darin einnehmen werde.

Seufzend versuche ich mich zu beruhigen. In meiner Clutch befinden sich Zugtickets und eine Kreditkarte. Außerdem habe ich noch mein Handy. Ich werde Olivier nicht belästigen und irgendeine Lösung finden.

Der Wagen, der mich vom Bahnhof in Bordeaux hierher gebracht hat, steht sicher nicht mehr zu meiner Verfügung, also schaue ich bei Google nach, wo sich die örtlichen Taxistände befinden. Plötzlich spüre ich jemanden neben mir.

Als ich aufschaue, sehe ich Pascal, ohne Maske, eine Zigarette rauchend.

Ich starre ihn unverhohlen an, doch das ist mir sofort unangenehm – es kommt mir beinahe so vor, als würde ich etwas sehen, was nicht für meine Augen bestimmt ist.

Doch wie schon vorher mit der Maske ist seine Miene undurchdringlich.

»Es tut mir leid wegen deines Onkels«, sage ich leise und versuche, die richtigen Worte zu finden. Pascal mag ein widerlicher Kerl sein, aber ich bin nicht herzlos. »Er war ... Das war schrecklich.«

Pascal nickt langsam und nimmt einen tiefen Zug von seiner Zigarette. »Allerdings.«

»Wird er sich wieder erholen?«

Pascal dreht den Kopf, sodass das Mondlicht auf seine dunklen Augen fällt, und zuckt mit den Schultern. *»Je ne sais pas.«* Er wendet sich mir wieder zu. »Wohin gehst du jetzt?«

Die Wahrheit kann ich ihm nicht sagen. »Ich hatte vor, in die Stadt zurückzufahren. Nach Bordeaux. Und dort in einem Hotel zu übernachten.«

»Du hast kein Auto«, stellt er fest.

Ich hebe mein Handy hoch. »Der Fahrer, der mich hierhergebracht hat, ist nicht zu erreichen.«

Er runzelt die Stirn. »Du kannst mit mir fahren.«

»Nein«, erwiderte ich rasch. »Das ist schon in Ordnung.«

Lieber würde ich zu Fuß gehen.

Er lächelt verhalten. »Ich meinte damit, dass ich dir eine Fahrgelegenheit besorgen kann – ich lasse einen meiner Fahrer kommen. Ich bleibe heute Nacht hier.« Er hält kurz inne. »Es sei denn, du möchtest auch hier übernachten. Keine Sorge, ich will dich nicht anmachen. Wenn ich das vorhätte, würdest du es bemerken.«

Meine Güte, es ist unheimlich, wie sehr er sich manchmal anhört wie Olivier. Und trotzdem könnten die beiden nicht unterschiedlicher sein.

Der Gedanke an seinen Onkel hält mich davon ab, eine flapsige

Bemerkung zu machen. »Ich wäre dir sehr dankbar, wenn du mir einen Fahrer organisieren würdest.«

Er nickt und dreht den Kopf zur Seite, um mir den Rauch nicht ins Gesicht zu blasen. Als er sich mir wieder zuwendet, fällt Licht aus dem Schloss auf seine Augen. Sie sind leuchtend blau. Er schreibt eine Nachricht und steckt sein Handy zurück in die Tasche. »Der Fahrer steht am Ende der Auffahrt und wird in einer Minute hier sein. Schwarzer Mercedes.«

Pascal dreht sich um und geht langsam zum Schloss zurück. Sein Anblick von hinten und die Art, wie er sich bewegt, überzeugen mich davon, dass er es war, den ich vor ein paar Tagen auf der Straße gesehen habe.

Er hat mich verfolgt.

Warum?

Wie hat er von mir erfahren? Woher wusste er, wer ich bin?

Warum interessiert er sich dafür, mit wem Olivier zusammen ist?

Ich darf ihn nicht wissen lassen, dass ich ihn erkannt habe, aber ich kann mich auch nicht einfach damit abfinden.

»Warte«, rufe ich ihm hinterher. »Woher soll ich wissen, dass dieser Fahrer mich nicht umbringt und meine Leiche irgendwo an den Straßenrand wirft?«

Im gleichen Moment, in dem ich den Satz beendet habe, wird mir klar, dass man so etwas besser nicht zu jemandem sagen sollte, mit dem man gerade Zeuge eines Todesfalls geworden ist.

Er schenkt mir keinen weiteren Blick, sondern fährt mit der Hand durch die Luft, wobei seine Zigarette eine Lichtspur hinterlässt. »Dort drüben stehen eine Menge Leute, die nach Bordeaux wollen. Ich bin sicher, einige hätten nichts dagegen, sich dir anzuschließen.«

Er geht weiter über die Zugbrücke und verschwindet im Schloss.

Zum ersten Mal an diesem Abend vertreibt eine kühle Brise die heiße Luft.

Und mir wird bewusst, dass ich immer noch meine Maske trage.

Sie hat mir gute Dienste geleistet, indem sie mir ein wenig Anonymität verschafft hat. Bevor ich auf die Gruppe der fassungslosen und verunsicherten Gästen zugehe, nehme ich sie jedoch ab. Ich hoffe, dort jemanden zu finden, der mit mir zurück nach Bordeaux fährt.

KAPITEL DREIZEHN

Olivier

Trauer.

Trauer ist mir nicht fremd.

Als meine Mutter bei einem Autounfall starb, senkte sich Trauer über mein Leben und wurde zu meinem ständigen Begleiter. Sie war wie ein Freund – ein Freund, der es gut mit einem meinte, obwohl er alles um einen herum dem Erdboden gleichmachte. Trauer konnte man nicht entfliehen – sie war etwas Natürliches und musste durchlebt werden. Meine Mutter war eine liebenswürdige, wundervolle, warmherzige Frau gewesen und verdiente die Trauer, die wir alle für sie empfanden. Ihr Verlust war sehr schmerzlich für uns.

Die Trauer verschwand nie ganz, sie ließ sich nur allmählich leichter ertragen. Meine Schwester, mein Bruder, mein Vater – wir alle waren aufeinander angewiesen, um diese Zeit zu überstehen. Wir waren einander die Stützen, die wir brauchten, um weiterzumachen. Ohne den Halt der Familie hätte keiner von uns auch nur einen Schritt vorwärts geschafft.

Und nun … nun ist mein Vater tot.

Er hat uns verlassen.

Jetzt gibt es nur noch Seraphine und mich und natürlich Renaud, den ich in einigen Stunden anrufen muss, um ihm die schreckliche Nachricht mitzuteilen. Wie sollen wir nur ohne unseren Vater weiterleben? Wir sind jetzt Waisen – allein, im Stich gelassen, hilflos und innerlich zerbrochen.

Ich kann nicht einmal mehr denken und wünschte mir, meine Gefühle wären ebenfalls ausgeschaltet, doch das sind sie ganz und gar nicht.

Verwirrung.

Zorn.

Soeben ging es meinem Vater noch gut.

Und eine Minute später ist er auf dem Boden zusammengebrochen.

Bei der Einlieferung ins Krankenhaus konnte man nur noch seinen Tod feststellen, und selbst jetzt, als Seraphine und ich mit den Ärzten sprechen, kann ich nicht begreifen, dass es wahr ist.

Ein Herzinfarkt, sagen sie.

Das kommt vor, sagen sie.

Doch es passiert nicht jemandem wie meinem Vater, der gesundheitlich in guter Verfassung war. Es geschieht nicht, wenn jemand soeben einen Gesundheitscheck mit hervorragenden Ergebnissen hinter sich gebracht hat. Es passiert *uns* nicht ... So etwas kann einfach nicht noch einmal geschehen.

»Es ist schon spät«, sagt Seraphine ausdruckslos und legt mir eine Hand auf die Schulter. »Du solltest zum Schloss zurückfahren. Versuch, ein wenig zu schlafen.«

Erst als ich in ihre rot geränderten Augen schaue, wird mir bewusst, wie erschöpft ich bin. »Ich fahre nach Bordeaux«, erkläre ich. Denn dort ist Sadie. Ich war in Kontakt mit ihr und habe sie nicht vergessen. Jetzt brauche ich sie mehr als je zuvor. Sie erscheint mir so schwerelos und durchscheinend zu sein, als hätte sie nie existiert und wäre nur ein Traum gewesen. Vielleicht habe ich sie auch verloren, wie alles andere.

Seraphine nickt, ohne mir Fragen zu stellen. Möglicherweise glaubt sie, ich möchte allein sein. Vielleicht kann sie auch verstehen, dass ich nicht ins Schloss zurückkehren will.

»Kommst du klar?«, frage ich sie.

Wieder nickt sie, aber in ihren Augen lese ich etwas anderes. Es geht ihr ebenso schlecht wie mir. Mein Vater war mein Idol, und ich glaube, er war Seraphines bester Freund. Dieser Verlust wird schwerer auf uns lasten, als wir beide uns jemals hätten vorstellen können.

Zögernd stehe ich auf; ich möchte sie nicht allein lassen. »Komm mit mir nach Bordeaux. Ich besorge dir ein Zimmer.«

Sie schüttelt den Kopf und wischt sich eine Träne ab, die ihr schon vor einiger Zeit über die Wange gerollt ist. »Nein, ich möchte hierbleiben.«

Ich schaue mich um. Hier ist niemand mehr. Gautier ist kurz aufgetaucht, als mein Vater mit dem Krankenwagen weggebracht wurde. Weder Pascal noch Blaise haben sich blicken lassen. Einige Freunde meines Vaters wollten noch länger bleiben, wurden aber schließlich gebeten zu gehen.

Bei dem Gedanken daran, dass wir das Ende dieser Linie sind, dass wir alles sind, was von dieser Seite des Vermächtnisses noch übrig ist, wird mir kalt.

»Hier gibt es für uns nichts mehr zu tun«, erkläre ich. »Er ist von uns gegangen.«

Sie schüttelt den Kopf. Anscheinend steht sie unter Schock und kann es nicht begreifen, was geschehen ist. Sie will nicht akzeptieren, dass er nie wieder aufstehen und zu uns zurückkommen wird.

»Veranlasst du eine Autopsie?«, fragt sie.

»Nein. Ich habe mit dem Arzt darüber gesprochen, aber er meinte, dafür gebe es keinen Grund. Es war ein Herzinfarkt.«

Seraphine wirft mir einen scharfen Blick zu. »Das glaubst du doch nicht wirklich.«

Seufzend fahre ich mir mit der Hand übers Gesicht und wünschte, ich könnte für immer im Erdboden versinken. »Mir bleibt nichts anderes übrig. Ich weiß, dass es keinen Sinn ergibt, aber in diesem Fall muss ich den Ärzten vertrauen. Es hilft uns nicht weiter, wenn wir das Unvermeidliche noch länger hinauszögern. Wir müssen um ihn trauern können, und mit einer Autopsie schieben wir das nur hinaus. Und außerdem: Was hoffst du davon zu erfahren?«

»Ich hoffe nicht darauf, irgendetwas zu erfahren«, sagt sie leise.

»Soll ich Cyril anrufen?«, frage ich sie.

Bei der Erwähnung ihres Ex-Mannes versteift sie sich. »Untersteh dich! Du weißt doch, dass er nur irgendetwas heucheln würde.«

Ich nicke. Cyril war ein Charmeur (daher war es ihm auch gelungen, eine so feurige Frau wie Seraphine um den Finger zu wickeln), doch das half ihm nichts mehr, als Seraphine klar wurde, dass er sie wegen ihres Geldes geheiratet hatte.

»Fahr nach Bordeaux.« Sie winkt müde ab. »Ich komme schon zurecht.«

»Soll ich Renaud anrufen?«

Sie schüttelt den Kopf. »Nein, das erledige ich. Ich muss ohnehin mit ihm sprechen.«

Dafür bin ich ihr dankbar. Ich hätte ihn natürlich angerufen, aber Renaud ist kein sehr emotionaler Mensch. Er ist in vielerlei Hinsicht sehr verschlossen, und ich glaube, dass unsere Schwester ihm diese Nachricht besser beibringen kann als ich.

Ich umarme Seraphine zum Abschied und gehe hinaus zu meinem Fahrer, der die ganze Nacht auf mich gewartet hat.

Die Fahrt nach Bordeaux kommt mir sehr lang vor, und die Dunkelheit ist ein extremer Kontrast zu der grellen Beleuchtung im Krankenhaus. Mein Fahrer hat mit ein paar Worten sein Beileid ausgedrückt, schweigt nun und überlässt mich meinen Gedanken. Je länger ich in dem Wagen sitze, umso anonymer und weiter entfernt fühle ich mich. So, als wäre alles, was auf dem Ball und im Krankenhaus geschehen ist, jemand anderem zugestoßen.

Ich sollte mich über diese Benommenheit freuen. Ich sollte sie wie einen Umhang um mich legen und eine andere Maske aufsetzen – eine Maske, die besagt, dass die Show weitergehen muss. Doch das will ich nicht. Es käme mir vor wie ein Affront gegen meinen Vater.

Immer wieder sehe ich vor mir, wie er auf den Boden stürzt, das Bild überflutet mich. Ich will es nicht vergessen, will nicht so tun, als wäre es nicht geschehen.

In seinen Augen stand blanker Horror. Er griff sich an die Brust und starrte mich an. Angstvoll, ungläubig und schmerzerfüllt. Und noch etwas anderes spiegelte sich in seinen Augen wider. Etwas, was ich nicht beschreiben kann, vielleicht ein Gefühl, das man nur kurz vor dem Tod empfindet. Was auch immer es war, es wird mich verfolgen. Er schien sich verraten gefühlt zu haben, und in gewisser Weise war das tatsächlich so – sein Körper hatte ihn im Stich gelassen.

Als der Wagen vor dem Hotel gegenüber der Oper in Bordeaux anhält, fühle ich mich wie gelähmt. Ich funktioniere, mehr nicht. Immer wieder sehe ich den Tod meines Vaters vor mir.

Ich zwinge mich dazu, meine Gedanken auf Sadie zu konzentrieren.

Sadie, die ich auf dem Ball allein zurückgelassen habe, weil ich in dem Moment nur an meinen Vater denken konnte.

Sadie, die selbstständig und furchtlos genug ist, um allein hierher zurückzufinden.

Ich habe sie gebeten, in diesem Hotel einzuchecken, damit wir uns später sehen können.

Auf der Fahrt war der Akku meines Handys plötzlich leer, also hole ich mir an der Rezeption den zweiten Schlüssel und gehe zu unserem Zimmer. Die schönsten Suiten waren so kurzfristig nicht verfügbar, aber das spielt keine Rolle. Keiner muss mehr versuchen, den anderen zu beeindrucken.

Ich klopfe an, und als ich keine Antwort bekomme, sperre ich mit meinem Schlüssel auf, betrete das Hotelzimmer und schließe die Tür hinter mir. Aus irgendeinem Grund befürchte ich das

Schlimmste, dass auch sie tot sein könnte, doch dann sehe ich sie in ihrem weißen Kleid auf dem Bett liegen. Langsam öffnet sie die Augen und schaut mich an.

»Olivier«, flüstert sie und stützt sich auf ihre Ellbogen.

Ihr Haar fällt ihr ins Gesicht, und in dem Kleid sieht sie aus wie ein Engel.

Ich habe geglaubt, ich könnte es durch das Zimmer schaffen, doch es gelingt mir nicht.

Bei ihrem Anblick geben meine Knie nach.

Der Verlust und die Trauer steigen in mir hoch wie ein Ballon, der schließlich platzt und mich nach unten sinken lässt. Ich habe das Gefühl zu ertrinken.

»Olivier«, ruft sie leise. Und dann ist sie an meiner Seite und legt die Arme um mich, während mir Tränen über die Wangen rollen. Der Schock hat nachgelassen oder ist vielleicht noch stärker geworden, aber ich kann mich nicht mehr zusammenreißen. Ich kann nicht einmal mehr stehen.

Ich weine in ihren Armen. Ich sage ihr, wie leid es mir tut, dass ich sie auf der Party allein lassen musste, wie sehr ich es bedaure, dass sie alles mitansehen musste, und wie sehr ich es bereue, sie versteckt zu haben, obwohl ich sie doch so sehr brauche.

Sie bedeutet mir alles, und ohne sie werde ich nicht mehr auf die Beine kommen.

Sie hält mich fest, sagt mir, dass sie für mich da ist, dass sie mich nicht verlässt, dass ich ihr gehöre. Sie versucht nicht, mich aufzumuntern, versucht nicht, meine Tränen zu trocknen oder mir auf die Beine zu helfen.

In ihren Armen kann ich all meinen Gefühlen freien Lauf lassen, und sie hält mich dabei auf eine Weise fest, die mir bewusst macht, dass ich, auch wenn ich zusammenbreche, niemals ganz verloren bin.

Wie ich die vergangenen Tage überlebt habe, kann ich nicht sagen. Ich weiß nur, dass ich es ohne Sadie an meiner Seite nicht geschafft hätte. Sie unterstützt mich auf jede nur erdenkliche Weise und ist immer für mich da. Allein ein Blick auf ihr Gesicht gibt mir jedes Mal neue Kraft.

Leider kann sie mich nicht auf Schritt und Tritt begleiten. Es gibt viel Papierkram zu erledigen, Telefonate zu führen und etliche Dinge zu regeln, die mich auf Trab halten. Ich bin nicht der älteste Sohn, das ist Renaud. Doch obwohl er inzwischen in Paris eingetroffen ist, hat er von allem wenig Ahnung. Er lebt seit acht Jahren in Kalifornien, kümmert sich dort um seine Weingüter und war in dieser Zeit nur wenige Male in Europa. Er hat keinen blassen Schimmer davon, was jetzt getan werden muss, doch uns geht es auch nicht viel besser.

Es ist der Morgen, an dem das Begräbnis stattfindet. Sadie und ich sind getrennt dorthin gefahren. Ich weiß, dass sie irgendwo in der Menge der Trauernden steht, die sich schon früh versammelt hat, und wie üblich muss ich so tun, als würde ich sie nicht kennen. Vor allem an einem Tag wie diesem. Ich will die Aufmerksamkeit nicht von meinem Vater ablenken.

Ich warte im Bestattungsinstitut auf Seraphine und Renaud. Auch der Priester wird demnächst eintreffen. Ich hasse den Geruch hier drin. Ich hasse die schwere Luft. Ich hasse die Anwesenheit von Kummer und Trauer an diesem Ort, die so stark in der Luft hängt wie der Rauch einer Zigarette, die schon längst nicht mehr brennt.

Ich sitze in einem der elegantesten Anzüge von Dumont auf einem Stuhl und starre unwillkürlich auf die Manschettenknöpfe aus schwarzem Obsidian. Mein Herz zieht sich schmerzhaft zusammen, als ich daran denke, wie mein Vater einmal über genau diese Manschettenknöpfe gesprochen hat. Darüber, dass er etwas Dezentes und Stilvolles gewollt habe und dass die grauen Einschlüsse in dem Obsidian jedem Träger ein Gefühl der Eleganz vermitteln würden, wann immer er seinen Blick darauf richtete.

Doch ich spüre kein Gefühl von Eleganz, ich empfinde nur Verlust. Den Verlust eines gedankenvollen klugen Mannes. Er war ein guter Mensch, einer der wenigen guten, die es noch gibt.

»Olivier.« Als ich Gautiers Stimme hinter mir höre, kommt es mir vor, als fiele ein Schatten über die Sonne, und die Trauer in mir verwandelt sich in etwas Heimtückisches.

Ich drehe mich langsam um. Da stehen sie in der Tür und warten, Gautier, seine Frau Camille, Pascal und Blaise – die ganze Familie, ein einziger Alptraum.

»Ich war mir nicht sicher, ob du noch ein wenig Zeit für dich brauchst«, sagt Gautier vorsichtig. Seine Stimme klingt besorgt, aber ich bin mir sicher, dass leiser Spott darin mitschwingt. Vielleicht höre ich aber auch nur das, was ich hören will. Das könnte man mir in dieser Situation kaum übelnehmen.

»Schon gut«, erwidere ich schroff, beuge mich auf meinem Stuhl wieder nach vorn und stütze die Ellbogen auf die Knie. Und mache keine Anstalten aufzustehen.

»Es tut uns sehr leid, Olivier!« Camille kommt zu mir herüber. Sie geht neben mir in die Hocke, legt mir eine Hand auf den Arm und schaut zu mir herauf. Ich bemühe mich, nicht zu schaudern. Camille ist eine wunderschöne Frau, gute zwanzig Jahre jünger als Gautier, und sie spielt ihre Rolle absolut perfekt. Im Augenblick gibt sie die mitfühlende Tante, doch ich weiß, dass sich in ihrem geschmeidigen Körper kein Fünkchen Mitgefühl befindet.

Mir fehlt jedoch die Kraft, mich zu wehren, also spiele ich mit.

Außerdem weiß ich genau, warum sie alle hier sind. Es geht nicht um meinen Vater und darum, rechtzeitig zur Beerdigung hier zu sein.

Es geht ums Geschäft.

Ich hebe den Kopf und mustere sie alle. Meinen Onkel mit den hochgezogenen Augenbrauen und dem säuerlichen Lächeln. Pascal, dessen Miene ausdruckslos ist, bis auf den merkwürdigen Glanz in seinen Augen. Blaise beweist zumindest Respekt und gibt sich gedrückt. Und Camille zeigt natürlich lediglich ihr schauspielerisches Talent.

Beim Anblick meiner Blutsverwandten, meiner Familie, die sich gegen mich stellt, steigt eine andere Art von Trauer in mir auf. Was ist bei uns schiefgelaufen? Welche Familiengeheimnisse haben unsere Eltern entzweit? Es kann nicht nur an der üblichen Geschwisterrivalität oder den unterschiedlichen Egos und Charakteren liegen. Da muss noch etwas anderes dahinterstecken, was den Bruch zwischen ihnen verursacht und damit uns alle voneinander entfernt hat.

Heute werde ich jedoch darauf keine Antworten bekommen.

»Würdet ihr mich mit Olivier einen Moment allein lassen?«, bittet Gautier die anderen, die sofort bereitwillig zur Tür hinausgehen.

Eigentlich müsste ich jetzt nervös sein. Ich kann mich nicht mehr an das letzte Mal erinnern, an dem ich mit meinem Onkel allein war. Ich habe ein Treffen mit allen nur möglichen Mitteln vermieden, aus Furcht, er könnte zu unserer Vereinbarung noch etwas hinzufügen wollen. Doch jetzt habe ich keine Angst mehr davor. Ich habe nichts mehr zu verlieren.

Gautier zieht sich einen Stuhl zu mir heran und lässt sich elegant darauf nieder. Das erinnert mich an den verhängnisvollen Tag vor zehn Jahren.

»Wir müssen uns unterhalten, Olivier«, beginnt er sanft und deutet mit einem Schulterzucken etwas an, was wohl Schamgefühl sein soll. »Ich weiß, das ist nicht der richtige Zeitpunkt, aber den gibt es eigentlich nie, oder? Und du bist immer sehr schwer zu erreichen.«

»Ich bin sehr beschäftigt«, murmle ich, den Blick gesenkt. Ich will nicht, dass er etwas in meinen Augen lesen kann, irgendeine Information bekommen könnte, die er zu seinem Vorteil verwenden würde.

»Ich verstehe«, erwidert er und faltet die Hände. »Doch wir haben eine Vereinbarung getroffen. Du hast einen Vertrag unterschrieben. In einer Woche musst du dich entscheiden.«

»Ich muss mich *entscheiden*?« Ich horche auf.

»Ja. Nun, mein Bruder ist tot, und du erbst seine Anteile. Zusammen mit deinen eigenen besitzt du jetzt die komplette Kontrolle über die Firma, richtig?«

Das ist mir bewusst. Ich habe mich bereits mit unseren Anwälten getroffen, und mir ist klar, dass ich mit der Anteilsmehrheit alle Karten in der Hand habe. Allerdings nur theoretisch.

Denn der eigentliche Besitzer ist mein Onkel.

Die eine mit meinem Blut unterzeichnete Karte genügt ihm, um alles an sich zu reißen.

»Ich weiß, dass du die Firma nicht leiten willst«, fährt Gautier fort. »Du möchtest dich viel lieber ganz auf deine Hotels konzentrieren. Das ist dein eigener Geschäftsbereich, den du dir in nur zehn Jahren von Grund auf aufgebaut hast. Du solltest stolz auf dich sein, Olivier. Ich weiß, dein Vater hat dich nie so behandelt, weil er unbedingt wollte, dass du in seine Fußstapfen trittst, aber ich bin stolz auf dich, Olivier.«

Ich werfe ihm einen harten, kalten Blick zu. »Mein Vater *war* stolz auf mich.«

Gautier zuckt lächelnd mit den Schultern. »Natürlich war er das. Natürlich. Doch er wusste auch, dass du die Marke Dumont nicht übernehmen willst. Und er hat nie verstanden, warum das so ist. Wir alle hoffen nun, dass das nach seinem Tod so bleibt.«

»Was willst du damit sagen?«

»Das soll heißen, dass der Vertrag geändert wurde. Ich möchte, dass du deine Anteile sofort übergibst – und auch die deines Vaters. Nicht nächste Woche. Sofort.«

»Und wenn ich das nicht tue?«

»Du weißt, was dann passiert.«

»Mein Vater ist tot«, stoße ich mühsam hervor. Meine Kinnmuskeln sind so stark angespannt, dass meine Zähne zu splittern drohen.

Er nickt. »Ja, und ich bin nicht sicher, ob ich mich jemals an diesen Gedanken gewöhnen werde. Wir standen uns näher, als du vielleicht glaubst. Und ich habe ihn sehr geliebt. Einen besseren Menschen hat es nie gegeben, das steht fest. Wir alle wissen das.«

Er hält inne, atmet tief durch die Nase ein und kneift die Augen zusammen. In diesem Moment spüre ich, wie aufgewühlt er ist. Vielleicht meint er es tatsächlich ernst.

Als er seine Augen wieder öffnet, sind sie feucht und spiegeln Schmerz wider. »Er ist tot. Nicht mehr bei uns. Aber uns bleibt sein Vermächtnis. Dein Erbe. Willst du das alles wegwerfen? Willst du die Erinnerung an ihn beflecken?«

»Es war mein Fehler, nicht seiner«, erwidere ich schroff.

»Du irrst dich. Die Fehler des Vaters werden an den Sohn weitergegeben, und die Fehler des Sohns fallen auf den Vater zurück. Sollte herauskommen, dass du mit der Frau deines Cousins eine Affäre hattest, würde das den Namen Dumont ruinieren. Es würde nicht nur deinen Vater, sondern uns alle betreffen. Du würdest uns alle ins Verderben stürzen, auch deinen Bruder und deine Schwester. Und auch mich.«

»Dann posaune es eben nicht in die Welt hinaus.«

Seufzend streicht er sich mit der Hand übers Haar. »Manchmal glaube ich, du hast keine Ahnung von der Geschäftswelt, lieber Neffe.« Er steht auf und starrt auf mich herunter.

Ich weiche seinem Blick aus und versuche nachzudenken, aber die Trauer hat mich derart durcheinandergebracht, dass ich Schwierigkeiten habe, die Dinge klar zu sehen. Ich hatte immer große Angst davor, meinen Vater zu verärgern, und habe deshalb vieles vor ihm geheim gehalten. Doch es geht um mehr als das. Um meinen Stolz. Und um den Stolz meiner Familie. Wenn ich die Sache Seraphine und Renaud beichten könnte und sie unter uns bleiben würde, wäre das kein Problem für mich. Ich würde alles eingestehen, und ich bin sicher, dass die beiden mich deshalb nicht fallenlassen würden.

Doch so läuft das mit meinem Onkel nicht. Sollte die Wahrheit ans Licht kommen, wird sie gewaltiger und schlimmer erscheinen, als ich es mir vorstellen kann. Dafür würde er sorgen.

Das ist sein Plan.

»Komm schon.« Er streckt mir die Hand entgegen, um mir aufzuhelfen, und es kostet mich große Überwindung, ihm nicht stattdessen den Arm zu brechen. Ich würde es tun, wenn ich nicht wüsste, dass er danach jemandem den Auftrag geben würde, das Gleiche mit mir zu machen. »Lass uns gehen und deiner Familie Bescheid geben. Sagen wir ihnen, dass du deine Anteile und die deines Vaters auf mich überträgst.«

»Was ist mit Seraphine?«

»Sie behält ihren Job. Mach dir deswegen keine Sorgen. Du kannst auch eine Aufgabe bei uns übernehmen, falls es dir jemals langweilig werden sollte.«

Ich ignoriere seine Hand und stehe auf.

Das Gefühl, meine Familie schon wieder zu verraten, steigt in mir auf.

»Du tust das Richtige, Olivier«, erklärt mein Onkel mit samtweicher Stimme. »Auf lange Sicht gesehen wirst du damit glücklicher werden, glaub mir. Mach dich frei von uns, das war doch ohnehin schon immer dein Wunsch. Konzentriere dich auf dein eigenes Vermächtnis. Gründe eine Familie. Verlieb dich.« Bei dem letzten Satz werfe ich ihm einen scharfen Blick zu. Er lächelt. Es ist ein kaltes Lächeln. »Wenn du das nicht tust, wirst du niemals wieder Liebe finden, das verspreche ich dir.«

Sein Blick gleicht dem eines Hundes, der eine Spur wittert, und mir wird klar, dass er über Sadie Bescheid weiß. Dass alles, was ich getan habe, um sie zu verstecken und zu schützen, reine Zeitverschwendung war. Er weiß von ihr und wird sie notfalls als Druckmittel einsetzen.

Noch ein Grund, warum ich das tun muss.

Ich werde dem Teufel alle Macht geben, wenn ich Sadie damit retten kann.

KAPITEL VIERZEHN

Sadie

Man könnte glauben, zur Beerdigung eines Unbekannten zu gehen, sei keine große Sache, doch in gewisser Weise ist es schwierig. Man weiß nicht so recht, wie man sich verhalten und was man sagen soll. Der Verstorbene, die Trauernden um einen herum und die ganze Situation – mit alldem hat man so wenig zu tun, dass man sich dafür entschuldigen möchte.

Zumindest ging es mir bei Ludovics Beerdigung so.

Natürlich war das keine kleine Veranstaltung, und niemand starrte mich an und fragte sich, was ich hier machte, oder beobachtete, ob ich weinte oder zutiefst traurig war.

Alle konzentrierten sich auf Ludovic und sein Vermächtnis.

Viele Prominente waren erschienen – Models, Schauspieler, Starköche, Modedesigner, Angehörige der feinen Gesellschaft und Milliardäre. Man konnte sich kaum umdrehen, ohne gegen einen wohlhabenden oder einflussreichen Menschen zu stoßen.

Der Blumenschmuck und die Trauerprozession waren wundervoll und überwältigend.

Es wurden unzählige Trauerreden gehalten, tief empfunden und herzzerreißend. Vor allem Oliviers.

Bei seinen Worten schossen mir Tränen in die Augen und rollten mir unaufhaltsam über die Wangen. Es sah aus, als würde ich um Ludovic trauern, doch mir ging es um Olivier.

Ich trauerte, weil er und seine Geschwister Seraphine und Renaud nun Waisen waren. Weil er einen Menschen verloren hatte, der ihm so viel bedeutet hatte, und das so kurze Zeit nach dem Verlust seiner Mutter. Familie bedeutete Olivier alles, das war mir bewusst. Er hatte sehr oft ehrfürchtig über seinen Vater gesprochen und war sehr stolz darauf gewesen, sein Sohn zu sein.

Das wurde auch in seiner Grabrede deutlich. Er musste vor Schmerz ein paarmal innehalten, um sich wieder zu sammeln.

Doch trotz allem habe ich immer noch das Gefühl, dass ich eigentlich nicht hier sein dürfte. Ich meine, ich bin nicht einmal hier mit ihm zusammen. Er hat zwar nicht mehr davon gesprochen, mich »verstecken« zu müssen, aber er wollte nicht, dass sich die Boulevardpresse auf die mysteriöse Frau stürzte, die bei der Beerdigung an seiner Seite war. Deshalb hielt er es für das Beste, wenn ich mich bei der Masse der anderen Trauergäste aufhielt.

Also schaue ich zu, wie der Sarg in das Grab hinuntergelassen wird, und habe das Gefühl, im Gegensatz zu allen anderen nicht betroffen wirken zu müssen.

Ich beobachte Olivier, wie viel Mühe es ihm bereitet, Abschied zu nehmen, und wie sich seine Schwester auf der einen Seite und sein älterer Bruder Renaud auf der anderen Seite an ihn lehnen.

Es wird sich nun einiges ändern. Die Firma und das Vermächtnis. Ich kann mir gut vorstellen, dass es mit seinem Onkel und den anderen zu unschönen Szenen kommen wird. Sie sind sich schon vorher gegenseitig an die Kehle gegangen, und jetzt …

Das ist die perfekte Entschuldigung, um jetzt abzureisen.

Und wäre ich ein anderer Mensch, würde ich genau das tun.

Wäre ich tatsächlich *die* Sadie Reynolds, die ich die ganze Zeit über zu sein vorgegeben habe, die Sadie, die alle Bedenken in den

Wind geschlagen hat, sich mit einem Fremden an der Riviera eingelassen hat und mit ihm nach Paris gegangen ist, um mit ihm heißen Sex zu erleben, dann würde ich *au revoir* sagen.

Schließlich wird Olivier jetzt noch beschäftigter sein als zuvor. Er wird keine Zeit mehr für mich haben.

Er muss sich jetzt um all diese Veränderungen kümmern, um seine Trauer, seinen Verlust und den ganzen Stress, und ich bin die Letzte, um die er sich Sorgen machen kann.

Ich muss gehen.

Ich muss nach Madrid und übermorgen mit dem Flugzeug nach Hause zurückkehren.

Sicher kommt er ohne mich besser mit allem zurecht.

Doch das passt nicht zu mir.

Ich bin kein Mensch, der einfach davonläuft. Zumindest möchte ich das nicht sein.

Ich möchte bleiben.

Ich möchte mich vergewissern, dass es Olivier gut geht.

Ich möchte ihm eine Schulter zum Anlehnen geben, genauso wie er es für mich getan hat.

Ich will mich nicht abwenden, weil er sich in einer schwierigen Situation befindet.

Im umgekehrten Fall würde er das ebenso wenig tun.

Er würde sich um mich kümmern und alles unternehmen, um mir zu helfen.

Natürlich könnte er mich bitten zu gehen.

Doch selbst dann würde ich bleiben.

Es macht mir ein wenig Angst, diese Entscheidung hier und jetzt zu treffen, aber ich tue es.

Mein Studium muss ich eben um ein Jahr verschieben, aber ich kann es nach meiner Rückkehr wieder aufnehmen. (Was den Vorteil mit sich bringt, dass ich dann nicht mehr dieselben Kurse wie Tom besuche. Aber wer interessiert sich schon für Tom?)

Und ich kann nicht bei meiner Mutter sein.

Das ist das Schlimmste daran. Eigentlich verbindet mich nur

meine Mutter mit Seattle. Ich will sie nicht allein lassen. Doch je öfter ich in letzter Zeit mit ihr telefoniert habe, umso stärker ist mir bewusst geworden, dass sie mit ihrem Traum vom Ausbreiten der Flügel und vom Lernen zu fliegen nicht mich, sondern sich selbst gemeint hat. Bisher hat sie sich auf mich gestützt, und dadurch habe ich mich auch auf sie verlassen. Jetzt geht es ihr besser. Langsam, aber sicher kommt sie voran und wird immer selbstständiger.

Trotzdem muss ich sie anrufen und ihr die Wahrheit sagen. Ich kann nur hoffen, dass sie es verstehen wird. Falls ich ein Zittern in ihrer Stimme höre, das mir sagt, ihr Leben könnte ohne mich zusammenbrechen, nehme ich den nächsten Flug nach Hause.

Wenn das jedoch nicht passiert und wenn sie davon überzeugt ist, dass sie allein zurechtkommt, und sich keine allzu großen Sorgen um mich macht, dann werde ich bleiben.

Meine Entscheidung macht mir wirklich Angst.

Es geht nicht nur um das, was zwischen uns ist – ja, ich fürchte mich davor zu erfahren, ob Olivier mich tatsächlich bei sich haben will. Denn das war schließlich nicht der Deal. Und es geht auch nicht nur darum, was es bedeutet, das, was zwischen uns ist, auf die nächste Ebene zu bringen und aus einem Urlaubsflirt eine richtige Beziehung zu machen.

Angst habe ich vor allem, weil …

Seine Familie ist furchterregend.

Und Ludovic war der freundliche, kluge und sanftmütige Mensch, der alle zusammengehalten hat.

Jetzt ist er nicht mehr da, und allmählich lösen sich die Fäden aus dem Knäuel.

Und ob es mir gefällt oder nicht: Ich bin in gewisser Weise auch darin verstrickt.

Das könnte einen unschönen Verlauf nehmen.

Langsam entferne ich mich mit der Menge von der Grabstelle und bleibe neben einer Baumgruppe auf dem Friedhof stehen, als ich plötzlich einen kalten Lufthauch auf meinen Armen spüre.

»Da bist du ja wieder«, ertönt eine Stimme hinter mir, und ich bin nicht einmal überrascht.

Ein wenig erschrocken, aber nicht überrascht.

Ich drehe mich um und stehe Pascal gegenüber.

Seine Miene ist ausdruckslos, kein charmantes, schiefes Lächeln, weder Kälte noch Wärme in seinen Augen. Ich kann seinen Gesichtsausdruck nicht deuten und habe keine Ahnung, was als Nächstes kommt.

»Wie hast du mich ohne Maske erkannt?«, frage ich, erleichtert, dass meine Stimme nicht zittert. Rasch nehme ich eine kraftvolle Körperhaltung ein – Kinn nach oben, Schultern straff nach hinten und in den Augen einen leichten Anflug von Verachtung.

Seine Lippen zucken. »Wer sagt denn, dass du jetzt keine Maske trägst?«

Wortlos starre ich ihn an und warte darauf, dass er seine Karten auf den Tisch legt. Ich möchte den Grund für diese Unterhaltung und für sein Interesse an mir wissen.

»Ich nehme an, mein Fahrer hat dich sicher nach Bordeaux gebracht«, fährt Pascal fort. »Offensichtlich bist du wohlbehalten dort angekommen und nicht in einem Leichensack am Straßenrand gelandet.«

Ich spitze kurz die Lippen. »Ja, danke noch mal dafür. Ich weiß nicht, was ich sonst getan hätte.«

»Du hättest die Nacht im Schloss verbringen können. War das nicht von Anfang an so geplant?«

Das Herz klopft mir bis zum Hals. »Geplant? Mir war nicht klar, dass es sich um eine Pyjamaparty handelte.«

»Pyjamaparty. Oh, ihr Amerikaner habt wirklich witzige Ausdrücke. Also, was tust du hier auf der Beerdigung?«

»Ludovic war ein großartiger Mann.«

»Du hast ihn doch gar nicht gekannt.«

»Hat ihn denn irgendjemand von den Trauergästen richtig gekannt?«

»Ja, ich. Er war mein Onkel.«

Ein Onkel, mit dem du nie einer Meinung warst, ein Onkel, der dich völlig kalt gelassen hat.

»Ich wollte ihm die letzte Ehre erweisen«, erwidere ich. »Und jetzt sollte ich gehen.«

Als ich mich umdrehe, umfasst er mein Handgelenk und hält mich mit eisernem Griff fest.

»Nein, geh nicht. Ich glaube, wir haben einiges zu besprechen.«

»Was?« Ich versuche, mich von ihm loszureißen, doch der Druck seiner Finger verstärkt sich, und ich will keine Szene machen.

»Zum Beispiel, dass du weißt, wer ich bin.«

»Natürlich weiß ich das.«

»Nein«, entgegnet er leise und drückt meine Hand. »So meine ich das nicht. Du kennst mich besser als das. Du hast mich schon öfter gesehen. Streite es nicht ab!«

»Ich streite es nicht ab«, erwidere ich überheblich. »Wie ich dir bereits gesagt habe, kenne ich dein Gesicht aus der Werbung. Das beeindruckt mich wenig, und das Parfum stinkt erbärmlich.«

Wieder zucken seine Lippen. »Du versuchst, witzig zu sein. Beim ersten Mal hat das bei mir funktioniert, aber beim zweiten Mal klappt das nicht mehr. Sadie Reynolds, die Amerikanerin. Eine Studentin der Kommunikationswissenschaften an der Universität von Washington, die eine Rucksacktour durch Europa macht.«

Verdammter Mist.

Scheiße.

Ich atme tief durch die Nase ein und versuche, die Furcht, die sich wahrscheinlich deutlich in meinen Augen widerspiegelt, zu verbergen. »Du scheinst ja regelrecht besessen von mir zu sein.«

»Das bin ich«, erwidert er schlicht. »Du bist eine sehr schöne Frau, und ich liebe schöne Dinge. Ich sammle und besitze sie gern. Und ich mag es nicht, wenn ich sie mit jemandem teilen muss. Da bin ich genau wie mein Cousin. Wie Olivier.«

Er weiß es. Natürlich weiß er es. Das war der Grund, warum er mich verfolgt hat.

»Das klingt, als hättest du ein paar Probleme mit deinem Cousin«, erkläre ich, bevor es mir endlich gelingt, meine Hand loszureißen. »Das hat aber nichts mit mir zu tun.«

Rasch drehe ich mich um, gehe los und versuche, mich wieder unter die Menge der Trauergäste zu mischen, doch Pascal ruft mir etwas hinterher, so leise, dass seine Stimme beinahe vom Wind davongetragen wird. »Du verstehst das nicht. Jetzt bist *du* mein Problem. In dem Moment, in dem du dich entschieden hast, mit ihm zusammen zu sein, hast du den größten Fehler deines Lebens begangen.«

Ich bleibe stehen, erstarre und kann mich nicht mehr bewegen.

Ist das eine Art Drohung?

Die Augen geschlossen, atme ich tief durch, doch die Luft strömt zittrig ein und aus. Ich muss mich zusammenreißen. Und herausfinden, was das alles zu bedeuten hat.

Als sich eine Hand auf meine Schulter legt, zucke ich keuchend zusammen und erwarte, Pascal zu sehen.

Neben mir steht jedoch eine ältere, schwarz gekleidete Frau, flüstert mir mitfühlend etwas auf Französisch zu und geht weiter.

Ich wirble herum, in dem Glauben, Pascal gegenüberzustehen.

Doch er ist nicht mehr da.

Ich kann ihn nirgendwo mehr sehen.

Okay, es ist vorbei, du bist in Sicherheit, rede ich mir ein. Denk daran, was Olivier gesagt hat, und geh zu ihm.

Noch einmal atme ich tief durch, um mir Mut zu machen, und steuere auf die große Eiche an der Ecke neben den Friedhofstoren zu. Weiter die Straße hinunter hat sich eine Menschenmenge versammelt; einige steigen in Limousinen ein, und etliche Fotografen und Kameraleute versuchen, jeden Augenblick der Beerdigung einzufangen.

Mit zitternden Händen überprüfe ich mein Handy und entdecke eine Nachricht von Olivier.

»Bin gleich da« lautet sie.

Das Atmen fällt mir jetzt ein wenig leichter. Es dauert nicht lange, bis die Familienangehörigen und hinter ihnen die wichtigeren Trauergäste den Friedhof verlassen. Olivier stiehlt sich davon und kommt zu mir herüber.

Instinktiv ducke ich mich hinter den Baum.

»Es spielt keine Rolle«, sagt er. Seine Stimme klingt rau und brüchig. »Wen interessiert es schon, welche Aufnahmen sie machen?«

Mir liegen ein paar Worte auf der Zunge, die ich nur mit Mühe zurückhalten kann.

Ich verstecke mich vor Pascal.

Doch ein Blick auf Olivier zeigt mir, dass Pascal im Moment sein geringstes Problem ist. Vor mir steht ein gebrochener Mann. Seine Augen sind rot geweint, sein Haar zerzaust, seine Lippen wundgebissen.

Ich lege die Arme um ihn und ziehe ihn an mich. Zuerst zögert er, und ich weiß, dass es nicht an mir liegt. Er will stark bleiben, vor allem hier.

Schließlich gibt er nach und lässt sich gegen mich fallen, und einen Moment lang befürchte ich, dass er zusammenbrechen wird, doch dann taucht eine Limousine neben uns auf und hupt kurz.

Olivier tritt zurück und hilft mir auf den Rücksitz des Wagens. Er setzt sich neben mich, lehnt sich zurück, lockert seine Krawatte und vergräbt das Gesicht in beiden Händen.

»Deine Rede war wunderbar«, sage ich leise, obwohl ich weiß, dass meine Worte in diesem Moment schwach und unbedeutend klingen.

Er schüttelt den Kopf. »Ich hätte mehr sagen sollen.« Er atmet heftig ein und aus, sein Brustkorb hebt und senkt sich rasch. Schließlich lässt er die Hände sinken und sieht mich gequält an. »Ich hätte mehr tun können.«

»Du hast getan, was du konntest. Er wäre sehr stolz auf dich gewesen – er ist es sicher immer noch.«

Er starrt aus dem Fenster. »Ich kann das noch nicht verarbeiten. Es geht einfach nicht. Und ich weiß nicht, was ich tun soll.« Das folgende Gemurmel auf Französisch verstehe ich zwar nicht, aber ich kann fühlen, was es bedeutet.

»Ich weiß«, erwidere ich und streiche mit der Hand über seinen Oberschenkel, um ihn zu trösten. »Es ist okay. Alles, was du empfindest, ist in Ordnung.«

»Nein, es ist nicht okay. Ich will das nicht empfinden – ich will diese Gefühle nicht! Am liebsten würde ich sie abstellen wie einen Wasserhahn. Ich wünschte, ich wäre innerlich taub. Ich will nichts mehr spüren.«

»Das willst du nicht, glaub mir«, widerspreche ich ihm. »Denn dann folgt eine Leere. Zuerst scheint es leicht zu sein, und man ist froh, wenn man nichts mehr fühlen muss. Keine Traurigkeit. Keinen Schmerz. Kein Leid. Manchmal noch ein wenig Zorn, aber nur ganz schwach. Und dann spürst du auch kein Glück mehr. Keine Freude oder Kreativität. Nichts.«

»Dagegen hätte ich nichts einzuwenden. Ich brauche das.«

»Es würde dir schon bald nicht mehr gefallen. In der Leere spürst du nichts, und weil du nichts empfindest, hörst du auf, Dinge zu verarbeiten. Und du hörst auf … zu sein. Verstehst du? Wir alle brauchen Gefühle, auch die schlechten. Das macht uns zu Menschen. Wenn man zu lange in der Leere bleibt, beginnt man, sein Menschsein anzuzweifeln. Man fragt sich, ob man tatsächlich eine Person ist. Oder real und wirklich da ist. Und wenn man mit solchen Fragen einmal begonnen hat, dann steckt man schnell zu tief drin.«

Er starrt mich an und beißt sich auf die Unterlippe, bevor er sagt: »Das klingt, als wärst du schon in dieser Situation gewesen.«

»Das war ich tatsächlich und ich bin wieder herausgekommen. Ich kann dir mit Sicherheit sagen, dass du nicht an diesem Ort sein möchtest. Und ich werde alles tun, um dir zu helfen. Ich werde für dich da sein. Du musst das nicht allein bewältigen.«

Seufzend verzieht er das Gesicht. »Es wird mir wohl nichts anderes übrig bleiben. Du wirst nicht mehr hier sein. Du reist morgen ab.«

Ich schüttle vorsichtig lächelnd den Kopf. »Nein, ich werde nirgendwohin gehen.«

»Was soll das heißen?«

»Ich bleibe, Olivier. Ich bleibe in Paris. Bei dir. Wenn dir das zu viel und zu früh ist, kann ich eine Weile in einem Hostel unterkommen. Vielleicht suche ich mir einen Job. Ich meine – das werde ich wohl müssen.«

»Nein«, erwidert er und zuckt zusammen, als hätte ich ihn geohrfeigt.

Nicht gerade die Reaktion, die ich mir erhofft hatte.

Ich schlucke meinen verletzten Stolz hinunter und versuche, es ihm zu erklären. »Ich will dich nicht verlassen. Nicht jetzt. Eigentlich niemals. Mein Studium kann ich aufs nächste Jahr verschieben, das ist kein Problem.«

Er schließt die Augen, und ich bin so peinlich berührt, dass meine Wangen brennen.

»Ich weiß, du machst im Moment einiges durch, und ich möchte auf keinen Fall deine Probleme noch verschlimmern«, füge ich rasch hinzu. »Ich möchte einfach nur bei dir bleiben.«

Er lehnt sich auf dem Sitz zurück und richtet den Blick an die Decke. Der Ausdruck in seinen Augen wirkt hart und kalt, aber ich kann unendlich viele Emotionen darin sehen.

»Du kannst nicht hierbleiben«, presst er schließlich heiser hervor.

»Wegen des Schengen-Visums? Das lässt sich sicher irgendwie regeln.« Doch ich weiß, dass er nicht über den Ablauf meines Visums spricht.

»Bitte vertrau mir einfach.«

Ich öffne bereits den Mund, um nachzugeben, schließlich ist er in Trauer, doch andererseits ... Nein! Ich habe es satt, versteckt und geheim gehalten zu werden. Er hat mir nie gesagt, welche

Vereinbarung er für den Ball getroffen hat. Ständig werden mir Geheimnisse vorenthalten – von ihm, von Pascal.

»In dieser Sache kann ich dir nicht vertrauen«, erwidere ich. »Ich will nicht mehr angelogen werden; ich möchte die Wahrheit wissen. Warum kann ich nicht bleiben? Warum hast du mich bisher versteckt? Was wollen deine Cousins von mir?«

Er atmet scharf durch die Nase ein und wirft einen Blick auf den Fahrer, der uns jedoch keine Aufmerksamkeit schenkt. Dann beugt er sich zu mir vor, und ich sehe in seinen Augen Hoffnung, Schmerz und Furcht aufblitzen und bin wie gebannt.

»Sadie«, beginnt er mit dieser leisen, sehr tiefen Stimme, die bei mir sofort Gänsehaut erzeugt. »Ich möchte, dass du hier bei mir bleibst.« Er nimmt eine meiner Hände in seine beiden und drückt sie. »Ich brauche dich. Mehr, als du dir vorstellen kannst. Doch darum geht es nicht. Das Problem ist … Es geht um etwas, was ich nie jemandem erzählt habe. Etwas, wofür ich mich zutiefst schäme.«

Das kommt überraschend. Ich erwidere den Druck seiner Hand. »Du kannst mir alles sagen.«

Seine Miene spannt sich an. »Du wirst keine gute Meinung mehr von mir haben.«

»Das kann ich mir nicht vorstellen. Bitte, Olivier, ich möchte dir vertrauen, und ich möchte auch, dass du mir vertraust, aber das funktioniert nicht, wenn wir beide nicht ehrlich zueinander sind. Ich bin offen zu dir – ich will bei dir bleiben, weil … Ich habe mich in dich verliebt. Sehr sogar. Und ich kann mir einfach nicht vorstellen, dich jetzt zu verlassen und uns die Chance zu nehmen, aus unserer Beziehung etwas zu machen.«

Er bringt ein kleines trauriges Lächeln zustande und schluckt. »Ich möchte uns diese Chance auch geben.«

»Dann sag mir bitte die Wahrheit.«

Den Blick auf unsere nun miteinander verschlungenen Hände gerichtet, nickt er. »Als ich zwanzig Jahre alt war, habe ich einen dummen Fehler begangen.«

»Wir alle machen Fehler, wenn wir jung sind. Und ich glaube, auch im Alter passiert uns das noch.«

»Ja, das stimmt. Doch das war ... eine schlimme Sache. Ich habe mich verliebt.« Das kommt unerwartet, und ich versteife mich. »In eine Frau, die mir nicht gehörte. Wir hatten eine Affäre. Ich ... ich habe unüberlegt gehandelt. Sie war fünf Jahre älter als ich und hat mich angemacht. Ihr Interesse hat mir das Gefühl vermittelt, etwas Besonderes zu sein. Und natürlich war sie sehr schön.«

Eigentlich sollte ich jetzt eifersüchtig sein, doch seine Worte klingen nicht liebevoll, nur bitter, so als hätte er einen schlechten Geschmack im Mund, den er nicht loswerden konnte.

»Aber sie war nicht mehr frei. Sie war Pascals Ehefrau.«

Oh. Mein. Gott.

Das erklärt alles.

Angespannt wirft er mir einen kurzen Blick zu und wendet sich rasch wieder ab. »Vielleicht habe ich Pascal damals schon gehasst und wollte mich rächen. Unsere Familien lagen schon im Clinch, als wir aufgewachsen sind. Möglicherweise war ich aber auch so angetan von Marine und der Art, wie sie sich um mich bemühte, dass es mir gleichgültig war, dass sie seine Frau war. Sie waren erst seit Kurzem zusammen, und sie wirkte so einsam, dass ich glaubte, ihr ... einen Gefallen zu tun. Ich war ein verdammter Narr.«

»Und Pascal weiß es«, merkte ich an.

»Wie kommst du darauf?« Er runzelt die Stirn.

Wegen allem, was geschehen ist.

»Na ja, das muss er wohl.« Ich zucke mit den Schultern. Im Augenblick will ich nicht weiter darauf eingehen.

Nachdem er mich einen Moment lang gemustert hat, seufzt er tief. »Ja, wahrscheinlich. Wir haben nie darüber gesprochen. Sein Vater hat uns erwischt. Er hat mir versprochen, es Pascal nie zu erzählen – das war Teil der Vereinbarung –, aber wer weiß das schon. Inzwischen ist sehr viel Zeit vergangen.«

»Welche Vereinbarung? Du hast eine Vereinbarung mit deinem Onkel getroffen?«

Er schließt die Augen. »Ja«, flüstert er. »Ich habe einen Vertrag unterzeichnet. Mit meinem Blut.«

»Was besagt der Vertrag? Wozu hast du dich verpflichtet? Ist das nicht Erpressung?«

»Ja, das ist es. Er erpresst mich seit zehn Jahren und wird es weiter tun bis ans Ende meines Lebens. Oh, verdammt, wer kann das schon sagen. Ich habe mich damit einverstanden erklärt, damit mein Vater es nie erfährt, und soweit ich weiß, hat er sich an diesen Teil der Vereinbarung gehalten. Und jetzt ... ist mein Vater tot. Ich schätze, das spielt keine Rolle.«

»Wie lautet die Vereinbarung, Olivier? Welches Zugeständnis hast du gemacht?«

»Ich habe mich einverstanden erklärt, von allen Firmenbelangen zurückzutreten. In dem Vertrag, den ich unterschrieben habe, erkläre ich mich damit einverstanden, nach zehn Jahren meine sämtlichen Anteile an dem Unternehmen an Gautier abzutreten.«

»Und das war vor zehn Jahren?«

Er nickt. »Die Frist ist beinahe abgelaufen. Und jetzt ...«

»Wolltest du deshalb nichts mit der Marke Dumont zu tun haben?«

»Vor zehn Jahren musste ich die Entscheidung treffen, eine andere Richtung einzuschlagen. Ich hatte nie vor, Hotelier zu werden. Der Plan war, dass ich erst Seraphines heutigen Job übernehme und dann in die Fußstapfen meines Vaters trete. Das war mein Wunsch, und es war das, was mein Vater für mich vorgesehen hatte. Er erwartete es von mir, und er brauchte mich, doch dann musste ich von allem zurücktreten. Inzwischen ist es so lange her, dass ich mich damit abgefunden habe, und es gefällt mir, Hotelier zu sein. Ich mag meine Arbeit, und ich mache sie gut. Doch ich habe weder meinem Vater noch sonst jemandem erzählen können, dass ich nicht auf alles andere verzichtet habe, weil ich es so wollte. Ich habe es getan, weil ich es tun musste.«

Das kann ich kaum fassen. »Du hast die ganze Zeit mit dieser Lüge gelebt?«

»Die ganze Zeit.«

»Wie konnte dein Onkel es wagen? Wie konnte er seinen zwanzigjährigen Neffen nur auf diese Weise erpressen?« Plötzlich empfinde ich so großen Zorn, dass ich befürchte, mir könnte gleich Dampf aus den Ohren schießen. Dieser grässliche Mann mit den schrecklichen Augen! »Er hätte dir Vorhaltungen machen können, aber er hätte dich auf keinen Fall bedrohen und nötigen dürfen!«

»Ich habe mich gefügt. Ich hätte alles getan, damit er meinem Vater und Pascal nichts davon erzählt. Ich habe mich so sehr geschämt. Mir war klar, dass das nur noch mehr Zwietracht in die Familie bringen würde. Und Gautier ... er lässt einem keine Wahl. Er ist nicht so wie wir.«

»Das hast du schon so oft gesagt. Jetzt wird mir klar, was du damit meinst.«

»Nein«, erwidert er rasch und fährt sich mit der Zunge über die Lippen, bevor er sich zu mir herüberbeugt und meine Hand noch fester drückt. »Er ist ein gefährlicher Mann, Sadie, verstehst du das? Das war er damals schon, und heute ist er noch viel gefährlicher. Er hat Freunde in hohen Positionen und in der Unterwelt. Die Mafia. Kartelle. Russland. Wer weiß? Wer sich auf einem so hohen Erfolgsniveau befindet, war nicht immer nur nett.«

»Dein Vater aber schon.«

»Er hat sich seinen Erfolg durch harte Arbeit und Fleiß verdient. Gautier hat nichts dafür getan. Das, was er heute hat, wurde ihm bereits in die Wiege gelegt. Mein Vater war der Älteste und wurde auf seine Aufgabe vorbereitet. Gautier hat lediglich Zinsen kassiert und ist zweiter Vorstandsvorsitzender geworden, weil mein Vater zu nett war. Zu loyal. Zu vertrauensvoll. Und nun ...«

»Nun?«

»Nun wird Gautier die Firma übernehmen.«

»Was ist mit Seraphine?«, frage ich.

Langsam schüttelt er den Kopf. »Die Verabredung lautet, dass ich mich zurückziehen muss. Ich war das letzte Hindernis und wurde beseitigt. Es gibt ein Testament und Dokumente, die besagen, dass ich der neue Boss bin und die Rolle meines Vaters übernehmen soll, aber ich werde in der Öffentlichkeit verkünden müssen, dass ich Gautier die Leitung übergebe. Mit Sicherheit wird dann Pascal Gautiers Bereich übernehmen, und Blaise wird in Pascals Fußstapfen treten. Seraphine wird bleiben, wo sie ist … wenn sie Glück hat.«

»Das ist verrückt, Olivier! Das kannst du doch nicht zulassen! Du darfst sie nicht gewinnen lassen.«

»Wir wissen, was geschieht, wenn ich mich weigere.«

»Wen kümmert das schon? Glaubst du wirklich, Pascal weiß nicht, dass du mit seiner Frau geschlafen hast? Er weiß es mit Sicherheit. Und was Seraphine und Renaud betrifft: Sie gehören zur Familie. Zu deiner richtigen Familie. Zur guten Seite. Es wird ihnen nichts ausmachen.«

»So einfach ist das nicht.«

»Natürlich ist es das.«

»Du versteht das nicht. Es geht nicht nur darum, die Sache geheim zu halten, um mir die Schande zu ersparen, sondern um Macht. Ich habe ihnen Macht in die Hand gegeben, und nun ist es zu spät. Wenn ich nicht tue, was sie verlangen, wird das Konsequenzen haben. Gefährliche Konsequenzen. Ich habe dir von den Kontakten meines Onkels erzählt. Er würde sich sofort rächen. Und er weiß über dich Bescheid und würde mit Sicherheit keine Mühen scheuen, um uns auseinanderzubringen.« Er hält kurz inne. »Oder noch Schlimmeres tun.«

Ich öffne verblüfft den Mund. »Was meinst du?«

»Das wollte ich dir eigentlich nicht erzählen, aber … Du trägst eine Zielscheibe auf dem Rücken, und sie haben die Pfeile im Köcher.«

»Das ist doch nicht dein Ernst!«, erwidere ich, verstumme dann aber rasch, denn es ergibt Sinn. Pascal ist nicht nur auf Rache aus, er will das haben, was Olivier ihm vermeintlich weggenommen hat. Und da Olivier mit Pascals Frau geschlafen hat, glaubt sein

Onkel wahrscheinlich, das Recht zu besitzen, unsere Beziehung zu ruinieren, so wie Olivier die Beziehung seines Sohnes zerstört hat.

»Ich wünschte, es wäre anders, doch mein Onkel hat sich entsprechend geäußert, und ich habe keinen Grund, ihm nicht zu glauben. Was glaubst du, warum ich mich bisher noch nicht gebunden habe?«

»Ähm, weil du jung, heiß und stinkreich bist? Warum solltest du nicht jeden Tag mit einem anderen Model ausgehen?«

»Das ist nur ein Klischee, das ich bediene. Niemand stellt es infrage, die Leute erwarten das von mir. Aber das bin ich nicht, Sadie. Ganz und gar nicht.«

»Er kann sich in deine Affären einmischen, soviel er will, aber wenn es sich um eine stabile Beziehung handelt, wird er ihr nichts anhaben können. Was könnte er mir weismachen wollen? Dass du mich betrügst? Wird er jemanden anheuern, um dich zu verführen? Oder mich? Wird er der Presse gestellte Fotos zukommen lassen? Ich gehöre zu dir, Olivier. Das können sie mir nicht nehmen.«

»Und ich gehöre zu dir, Sadie. Mehr, als du glaubst.« Er küsst mich sanft auf den Mund, und plötzlich sehne ich mich mehr denn je nach ihm, diesem gebrochenen, verletzten Mann, der nicht nur seinen Vater verloren, sondern auch zehn Jahre seines Lebens mit einer Lüge verbracht hat, die er nicht abschütteln kann. »Aber sie werden versuchen, uns zu trennen, und wenn ihnen das nicht gelingt … Mich schaudert bei dem Gedanken daran, was sie dann vielleicht tun werden.«

Ich weigere mich, darüber nachzudenken. »Du sprichst immer von ›ihnen‹, also glaubst du doch, dass Pascal Bescheid weiß.«

»Sicher bin ich mir nicht, aber … Also gut, es tut mir leid, dass ich dir das noch nicht erzählt habe. Pascal ist mir im Hotel in Antibes über den Weg gelaufen.«

Ich blinzle, und mein Herzschlag beschleunigt sich. »Er war dort?«

»Ich bin ihm in der Lobby begegnet. Er wollte mir den Grund seines Besuchs nicht verraten und sagte mir auch nicht, wie lange er sich schon im Hotel aufhielt. Natürlich wollte er mich nur ärgern. Ich habe mich gewundert, ihn zu sehen, denn wir laufen uns nicht sehr oft über den Weg. Dafür sorge ich schon. Doch er war da, und … ich hatte das Gefühl, dass es etwas mit dir zu tun haben könnte.«

»Ich habe ihn dort nicht gesehen«, erkläre ich.

Doch eigentlich stimmt das nicht, oder?

Der Mann am Fenster.

Das war keine Einbildung gewesen. *Er* war da gewesen.

Sag es ihm! schießt es mir durch den Kopf. Erzähl ihm von Pascal! Auf dem Ball, bei der Beerdigung. Sag es ihm!

Doch ich bringe es nicht über mich. Ich werde es ihm erzählen, aber nicht jetzt. Er muss sich im Moment um so viele Dinge kümmern. Es genügt, dass ich die Wahrheit weiß. Jetzt ist mir klar, womit ich rechnen muss.

Das macht mir keine Angst, solange ich bei ihm sein kann.

KAPITEL FÜNFZEHN

Sadie

Schuldgefühle sind eine verzwickte Sache. Selbst wenn gar kein Grund vorhanden ist, sie zu empfinden, und wenn sie keinen Zweck in deinem Leben erfüllen, finden sie einen Weg, sich in dein Herz zu bohren wie ein sehr entschlossener Wurm. Sie wollen sich bemerkbar machen, und sobald sie sich einmal festgesetzt haben, ist es fast unmöglich, sie wieder loszuwerden.

Ein typisches Beispiel: Ich versuche seit einer Weile, mich auf den Anruf bei meiner Mutter vorzubereiten, in dem ich ihr erzählen will, dass ich heute nicht wie geplant von Madrid aus nach Hause fliegen werde. Die ganze Zeit über habe ich mögliche Schuldgefühle, weil ich mit meinem Studium aussetze und nicht nach Hause komme, erfolgreich verdrängt. Es gab wichtigere und dringendere Dinge, auf die ich mich konzentrieren musste – hauptsächlich betrafen sie Olivier. Ich war zufrieden mit meiner Entscheidung und fühlte mich gefestigt.

Doch jetzt, wo ich ihre Nummer gewählt habe und das Telefon klingelt, boxen mich Schuldgefühle bei jedem Rufton in den Magen.

Du lässt sie im Stich.

Sie braucht dich.

Du bist selbstsüchtig.

Sie ist deine Mutter.

Gerade will ich in Panik wieder auflegen, als sich meine Mutter endlich meldet.

»Hallo?«

»Hey, ich bin's.«

»Sadie? Was ist los? Du rufst mich nie an.«

»Alles in Ordnung«, erwidere ich rasch, damit ihr nicht sofort alle möglichen Gedanken durch den Kopf schießen. »Mir geht es gut. Wirklich. Störe ich dich gerade?« Bei ihrem flexiblen Dienstplan im Diner und dem Zeitunterschied ist es nicht leicht, sie zu erreichen. Hier ist es früher Abend, also Vormittag bei ihr. Olivier ist in eines seiner Hotels gefahren, und ich hielt es für einen guten Zeitpunkt, meine Mutter anzurufen.

»Nein, ich bin schon seit ein paar Stunden wach und bei Sonnenaufgang aufgestanden. Diese Stunden an der Pazifikküste im Nordwesten sind kostbar, bevor es wieder dunkel wird. Ich bin davon überzeugt, dass Sonnenschein Medizin für die Seele ist.«

Nun, zumindest klingt sie viel positiver gestimmt, als ich erwartet habe.

»Warum rufst du an, Schätzchen? Was ist wirklich los?«

Ich atme tief durch die Nase ein und versuche, mich zu beruhigen. Warum sind Mütter manchmal so unheimlich prophetisch?

»Es gibt eine Neuigkeit.«

»Du hast beschlossen zu bleiben.«

»Woher weißt du das?«

Sie seufzt. »Oh, eine Mutter weiß so etwas. Sie kann es spüren. Es gibt da eine gewisse Verbindung, und eine Mutter träumt von solchen Dingen. Außerdem müsstest du schon seit ein paar Stunden im Flieger sitzen, also …«

»Das stimmt. Na gut, das ist die Neuigkeit – ich habe beschlossen, in Frankreich zu bleiben.«

»Du bist nicht in Spanien?«

»Bis Spanien habe ich es nicht geschafft«, gestehe ich leise.

»Also gut. Wer ist er?«

»Wow, du bist heute wirklich in Fahrt.«

»Ich habe dir doch erzählt, dass die Sonne meinen Verstand schärft. Also erzähl mir etwas von ihm. Ich weiß, dass du dein Studium nicht vernachlässigst, nur um noch ein wenig länger zu faulenzen. Das passt nicht zu dir – das ist nicht meine Tochter. Du würdest nicht einmal daran denken, noch länger zu bleiben, wenn da nicht eine andere Person im Spiel wäre. Und ich nehme an, es handelt sich um einen Mann – falls nicht, erlaube ich mir darüber kein Urteil.«

Lachend lasse ich den Blick durch Oliviers Apartment schweifen und bin glücklich, dass ich ihr endlich die Wahrheit darüber erzählen kann, wo und bei wem ich bin.

Und wer mein Herz erobert hat.

»Es ist eindeutig ein Mann. Sein Name ist Olivier. Er ist Franzose.«

»Ist er nett?«

»Sehr nett. Ein Gentleman alter Schule. Du würdest ihn ganz sicher mögen.«

»Und wo bist du jetzt?«

»In Paris. In seinem Apartment.«

»Ich verstehe. Und was ist Olivier von Beruf?«

»Er ist Hotelbesitzer.«

Es folgt eine lange Pause am anderen Ende der Leitung. Anscheinend ist meine Mutter schockiert. »Wie bitte?«

»Ihm gehören einige Hotels.«

»Und er lügt dich nicht an?«

Ich lache leise. »Nein, das ist keine Lüge. Ich war schon dort, und es ist alles wahr.«

»Olivier wie? Wie lautet sein Nachname?«

Einen Moment lang zögere ich, weil in letzter Zeit so viel über ihn geschrieben worden ist, und sie wird ihn zweifellos sofort googeln. »Er heißt Dumont.«

»Dumont … Dumont«, sagt sie nachdenklich. »Warte mal, den Namen kenne ich. Das ist so etwas wie Chanel, aber in Frankreich.«

»Mom, Chanel ist eine französische Marke.«

»Ja, aber ich meine, dass es Chanel überall gibt, und Dumont existiert nur in Frankreich.«

»Nun, Dumont gibt es auch überall«, erwidere ich. Zumindest wird das der Fall sein, sobald Gautier das Sagen hat. »Doch hauptsächlich kennt man Dumont in Europa, im Nahen Osten, in Singapur, Japan, China …«

»Du hörst dich an, als würdest du jetzt für das Unternehmen arbeiten … Besorgt er dir einen Job?«

»Ähm …« Darüber habe ich bereits nachgedacht, doch dann würde ich für seinen bösen Onkel arbeiten, den Mann, dem ich eigentlich aus dem Weg gehen soll. Aber ich möchte meiner Mom auch nicht den Eindruck vermitteln, Olivier sei mein Sugardaddy. »Vielleicht. Möglicherweise bekomme ich einen Job in einem Buchladen oder so. Olivier kann sicher etwas für mich arrangieren.«

»Buchladen? Schätzchen, er ist Hotelier. Arbeite doch in einem seiner Hotels.«

»Irgendetwas wird sich bestimmt ergeben«, versichere ich ihr. »Du bist nicht böse, weil ich noch bleibe?«

»Böse? Ganz und gar nicht.«

»Aber ich versäume ein Jahr meines Studiums wegen eines Mannes, den ich erst seit drei Wochen kenne. Und ich lasse dich im Stich.«

»Hör zu«, erwidert sie ziemlich bestimmt. »Wir wissen beide, wie es ist, verlassen zu werden, und darum geht es hier nicht. Du bist eine dreiundzwanzigjährige Studentin. Manche absolvieren ihr Studium in einem Durchgang, andere brechen es irgendwann ab. Und wieder andere nehmen es nach einer Pause wieder auf. Was erwartest du denn? Du bist jung, entdeckst soeben, wer du bist, und hast dich verliebt.«

»Ich habe nicht gesagt, dass ich ihn liebe«, widerspreche ich leise.

»Oh, komm schon! Natürlich bist du verliebt, das weiß ich. Wenn du es nicht wärst, würdest du das alles nicht tun.«

»Ich kenne ihn kaum.«

»Du kennst ihn besser, als du glaubst. Sadie, Liebes, nimm es einfach an. Mach dir keine Sorgen wegen des Studiums und schon gar nicht wegen mir. Ich schaffe das. Tatsächlich geht es mir seit einiger Zeit sehr gut. Ich gehe jetzt wieder zu diesen kostenlosen Beratungsgesprächen, und ich habe mich mit einigen Kolleginnen angefreundet. Wahrscheinlich war deine Reise nach Europa der Schubs, den ich gebraucht habe, und für dich war sie genauso wichtig.«

Mir steigen Tränen in die Augen, und ich versuche, sie wegzublinzeln. »Du fehlst mir.«

»Du fehlst mir auch, und das wird immer so bleiben, aber du musst das jetzt tun. Du bist ein liebes Mädchen, Sadie, und du bist klug. Du musst dir selbst vertrauen, so wie ich dir vertraue.«

Ich bin kurz davor, mich in Tränen aufzulösen, als es plötzlich an der Tür klopft.

»Einen Moment, Mom, da ist jemand an der Tür«, erkläre ich. Mein Herz beginnt zu rasen, und die Härchen an meinen Armen richten sich auf.

»Dann sollte ich besser auflegen ...«

»Nein«, erwidere ich schnell. »Nein, nein, das ist schon in Ordnung. Es könnte Olivier sein. Vielleicht hat er seinen Schlüssel vergessen.«

Bitte lass es Olivier sein, bitte lass es Olivier sein.

Ich gehe zur Tür, spähe durch den Spion und erwarte, Pascal vor mir zu sehen. Und wenn ich meiner Fantasie freien Lauf lasse, hält er eine Waffe in der Hand.

Doch es ist nicht Pascal.

Es ist auch nicht Olivier.

Es ist Seraphine.

Oh Mist!

»Ähm, Mom, ich muss jetzt aufhören«, erkläre ich. »Ich liebe dich – ich rufe dich morgen wieder an.«

»Ich liebe dich auch.«

Ich lege auf und versuche, mir rasch eine Geschichte auszudenken, bevor ich die Tür öffne.

Doch als Seraphine mich von oben bis unten mustert, ist alles verflogen.

Es war ernst gemeint, als ich sagte, dass Seraphine großartig aussieht.

Sie ist groß, etwas über eins achtzig, hat lange Arme und Beine, dichtes, kräftiges Haar und sehr große betörende Augen. Wüsste ich nicht bereits, dass sie als kleines Mädchen von den Dumonts adoptiert wurde, wäre es mir jetzt klar geworden, denn alle Familienmitglieder sind weiß und sehen sehr französisch aus, während sie aus Indien oder Pakistan stammt.

»Wer bist du?«, fragt sie und streicht sich den dichten Pony aus den Augen.

Schon wieder jemand, der mich in meiner Muttersprache anspricht.

»Woher weißt du, dass ich keine Französin bin?«, hake ich nach.

Noch einmal mustert Seraphine mich gründlich. »Nun, du siehst ganz sicher nicht aus wie eine Französin. Ist Olivier hier?«

Ich schüttle den Kopf. »Er ist bei der Arbeit.«

»Ich war gerade in seinem Büro«, erwidert sie seufzend.

»Nein, nicht im Büro. In einem Hotel.« Erst jetzt bemerke ich, dass sie trotz der dichten Wimpern und des knallroten Lippenstifts blass und erschöpft aussieht. Die arme Frau. »Es tut mir sehr leid wegen deines Vaters.«

Ihre Unterlippe zittert, und sie nickt. »Danke.« Sie neigt den Kopf. »Du warst auf der Beerdigung. Ich habe dich gesehen.«

»Ich wollte ihm die letzte Ehre erweisen.« Ich trete einen Schritt zurück und deute mit einer Handbewegung auf das Apartment. »Olivier ist vielleicht bald wieder hier. Möchtest du hereinkommen? Inzwischen weiß ich, wie die Espressomaschine funktioniert. Gegen ein wenig Praxis hätte ich nichts einzuwenden.«

Einen Moment lang starrt sie mich an und wirkt ein wenig verloren, doch dann bringt sie ein Lächeln zustande. »Also gut. *Merci*.«

Sie kommt herein und schließt die Tür hinter sich, während ich zur Espressomaschine hinübergehe und versuche, dieses Biest zu zähmen. Seraphines Gegenwart ist mir ein wenig unangenehm und macht mich nervös, vor allem weil ich nicht so recht weiß, was ich über mich sagen soll. Doch sie hat zumindest eine sehr sanfte und beruhigende Art an sich.

»Wie heißt du?«, fragt sie, geht langsam durch den Raum und berührt Oliviers Sammlerstücke.

»Sadie«, antworte ich.

»Sadie wie?«

»Sadie Nicht-weiter-wichtig.« Seraphine bleibt stehen und starrt mich an, und ich fummle an der Kaffeemaschine herum. »Sadie Reynolds.«

»Ich habe deinen Namen auf der Einladungsliste für den Ball gelesen.«

»Ja.«

Sie geht zu dem Regal hinüber, an dem die weiße Maske mit dem Federschmuck hängt. »Und du warst dort. Mit dieser Maske.«

»Das stimmt«, erwidere ich freundlich.

»Verstehe.« Sie schlendert zur Kücheninsel und lehnt sich dagegen, sodass ihre schimmernden goldenen Armbänder klingelnd gegen die Marmorplatte stoßen. »*Du* bist also die Frau.«

»Die Frau?«

»Ja, die Frau, über die ich Olivier ausgefragt habe. Sein Geheimnis, die Frau, die er verleugnet hat. Das bist du.«

»Nun, ich hoffe, du hast recht, sonst müsste ich ein ernstes Wort mit ihm reden.«

Sie lacht leise. »Ja, ich muss sagen, ich bin erleichtert, dass ich mich nicht geirrt habe. Ich verstehe nur nicht, warum er dich versteckt hat.«

Ich erstarre, und sie fährt rasch fort. »Damit möchte ich nicht sagen, dass er etwas hätte verheimlichen müssen. Ich bin nur nicht daran gewöhnt, dass er so etwas leugnet, deshalb war ich auch sofort misstrauisch. Normalerweise sagt er mir die Wahrheit, wenn ich ihn nach einer Frau frage. Er bleibt ohnehin nicht lange mit ihnen zusammen. Meine Güte, ich mache alles nur noch schlimmer, oder?«

»Nein, schon gut«, erwidere ich und stelle die Kaffeemaschine an, die mit einem lauten Klappern anspringt. »Olivier hatte seine Gründe.«

»Was?«, ruft sie laut, um den Lärm zu übertönen.

Ich bedeute ihr, einen Moment zu warten, bis ich den Espresso in Tassen füllen kann. Er ist perfekt, mit einer goldbraunen Crema, so wie Olivier es mir beigebracht hat.

»Bitte sehr.« Ich stelle ihr eine Tasse hin.

Sie hebt sie anmutig hoch. »Beeindruckend. Und was hast du mit Oliviers Gründen gemeint?«

»Nur, dass Olivier eben seine Gründe hatte.« Ich frage mich, wie viel ich ihr erzählen soll, und dann wird mir klar, dass es nicht meine Aufgabe ist, darüber mit ihr zu sprechen. Sie hat offensichtlich keine Ahnung, sonst hätte sie gewusst, wie alles begonnen hat. »Wahrscheinlich wollte er sich nur sicher sein, dass wir eine feste Beziehung haben, bevor die Paparazzi von uns Wind bekommen.«

»Und nun seid ihr euch sicher?«

Ich zucke mit den Schultern. »Ich bleibe hier. Tatsächlich habe ich vor ein paar Stunden meinen Heimflug verpasst.«

»Das klingt ernst«, stellt sie fest und trinkt einen Schluck. »Das gefällt mir. Ich habe das Gefühl, dass du im Nu eine echte Pariserin werden wirst.«

Ich lache. »Zuerst muss ich Französisch lernen. Übrigens sind wir uns noch nicht richtig vorgestellt worden.«

Sie seufzt. »Ich weiß, meine Manieren sind schrecklich – ich gehe immer davon aus, dass mich jeder kennt. Ich bin Seraphine.«

»Es freut mich, dass wir uns endlich kennenlernen. Olivier hat mir schon so viel Gutes von dir erzählt.«

»Olivier erzählt über alle Menschen nur Gutes. Das würde ich nicht überbewerten.«

»Er gleicht eurem Vater sehr.«

Ihr steigen Tränen in die Augen, und sie schluckt hörbar. »Ja, das stimmt. Ich … ich verstehe nur nicht, warum er das tut.«

»Was meinst du?«, frage ich vorsichtig.

»Es steht in allen Zeitungen«, erwidert sie leise und wirkt verwirrt und gleichzeitig empört. »Er ist zurückgetreten. Auch wenn er in all den Jahren so wenig wie möglich mit der Firma zu tun haben wollte, haben wir doch gehofft, dass er … Wir haben angenommen, dass Olivier sie übernehmen wird, wenn es einmal so weit ist. Wenn Vater einmal … stirbt. Aus Liebe zu unserem Vater und aus Pflichtbewusstsein. Aber nun … gibt er einfach alles auf. Und legt alles direkt in ihre verdammten Hände. Das wird alles ruinieren.«

»Es ist nicht seine Schuld«, erkläre ich ihr. Ganz automatisch habe ich ihn verteidigt, und es dauert einen Moment, bis ich mich korrigiere. »Mit Sicherheit glaubt er, dass sein Onkel diese Aufgabe besser bewältigen wird.«

Ihre Nasenflügel weiten sich. »Mein Onkel! Oh, Olivier weiß genau, dass das nicht der Fall ist. Wir alle wissen das. Doch mein Onkel wollte das von Anfang an so haben. Und nun, wo er alles übernimmt … Ich weiß nicht einmal, ob ich noch einen Job habe. Aber darum geht es eigentlich nicht. Die ganze Sache war geplant.«

»Geplant?«

Sie trinkt ihren Espresso aus und schiebt sich den Pony aus dem Gesicht. »Ich weiß auch nicht. Ich bin so durcheinander, dass ich nicht mehr richtig denken kann. Das ist mir bewusst. Und ich bin so wütend, dass ich jemandem die Schuld geben will. Ich möchte Olivier Vorwürfe machen, denn es wäre so einfach für ihn gewesen, uns alle zu retten. Dass er sich jetzt weigert, passt überhaupt nicht zu ihm.« Sie hält inne und schaut mich stirnrunzelnd an. »Hat er dir etwas darüber gesagt?«

Ich versuche, mir nichts anmerken zu lassen. »Worüber?«

»Über … Oh, das hört sich jetzt sicher lächerlich an, doch im Augenblick erscheint alles irgendwie lächerlich zu sein.« Sie klopft mit ihren rot lackierten Fingernägeln auf den Tisch. »Mein Vater war vollkommen gesund. Er hatte keinerlei gesundheitliche Probleme, schon gar nicht mit dem Herzen. Erst vor Kurzem hat er seine jährliche Untersuchung machen lassen. Und trotzdem hatte er einen Herzinfarkt, einfach so, vor allen Leuten, und dann ist er … Ich habe ihn gesehen, er war tot. Es ist so schnell gegangen, er war plötzlich … nicht mehr bei uns. Das kommt mir nicht richtig vor.«

»Der Tod fühlt sich niemals richtig an«, erwidere ich kläglich.

»Darum geht es nicht«, erwidert sie kopfschüttelnd. »Ich weiß es nicht – vielleicht doch. Sie haben sofort einen Herzinfarkt angenommen. Niemand hat das infrage gestellt. Ich tue das jedoch, und ich frage mich, ob es Olivier ebenso geht wie mir.«

»Aber …«, beginne ich langsam. Ich möchte nicht in ein Wespennest stechen. »Wenn es kein Herzinfarkt war, was war es dann? Ein Aneurysma?«

»Nein. Wenn es kein Herzinfarkt war, dann hat ihn vielleicht jemand ermordet.«

Entgeistert starre ich sie an. »M-mord?«, stottere ich.

In dem Moment, in dem ich das Wort mühsam hervorgebracht habe, spüre ich eine gewisse Wahrheit darin.

Natürlich, Mord.

Und es ist verdammt offensichtlich, wer ihn begangen haben könnte und warum.

»Ich weiß, es klingt … dumm.« Sie lacht nervös. »Oh, es hört sich schon beim Aussprechen dumm an. Und jetzt sage ich es zu dir, obwohl ich dich gar nicht kenne. Aber … tief in mir habe ich das Gefühl, dass diese ganze Sache geplant war, um meinen Vater loszuwerden, Gautier zum Firmenchef zu machen und ihm die gesamte Kontrolle in die Hand zu geben. Und um dann unsere Traditionen und alles, wofür wir so hart gekämpft haben, zugrunde richten zu können.«

»Du glaubst also, dass dein Onkel seinen eigenen Bruder umgebracht hat?«

Sie zuckt mit den Schultern. »Ich weiß es nicht. Gautier ist ein schrecklicher Mensch, aber ich kann mir eigentlich nicht vorstellen, dass er seinen Bruder umbringen könnte. Das wäre zu grauenhaft.«

»Was ist mit deiner Tante? Seiner Frau?«

»Camille? Oh, sie ist eine Hexe. Aber, so gemein sie auch sein mag – sie ist nicht ehrgeizig und intrigant genug. Um ehrlich zu sein, ihr fehlt dafür auch der Verstand.«

»Es kann sich also nur um jemanden handeln, der davon profitieren würde … Deine Cousins.«

Sie presst die Lippen fest aufeinander und scheint nach den richtigen Worten zu suchen. »Das ist für mich die einzige Möglichkeit, obwohl ich mir das nicht vorstellen mag.«

»Pascal oder eher Blaise?«

»Du scheinst viel über sie zu wissen.«

»Inzwischen weiß ich tatsächlich einiges.«

Sie seufzt. »Ich sollte überhaupt nicht darüber sprechen. Ich meine, es ist makaber. Total verrückt. Ich beschuldige praktisch ein Familienmitglied des Mordes, und so etwas darf man nicht auf die leichte Schulter nehmen. Vergiss einfach, was ich gesagt habe.« Sie steht auf.

»Du willst gehen?«, frage ich. »Das ist doch nicht dein Ernst! Du kannst doch nicht einfach hierherkommen, etwas von Mord andeuten und dann wieder verschwinden!«

Sie lächelt verhalten. »Ich habe zu viel gesagt und dich mit Problemen belastet, mit denen du nichts zu tun hast.«

»Aber es sind deine Probleme und damit ebenso Oliviers. Also sind es auch meine.«

Sie zieht eine Augenbraue hoch, bevor sie zur Tür geht. »Du bist richtig süß, weißt du das? Vielleicht ein bisschen zu süß für diese Familie.«

»Aber du gehörst zur guten Seite«, stelle ich fest, während sie die Tür öffnet.

Sie tritt auf den Gang hinaus und wirft mir noch einen Blick zu. »Gute Seite, schlechte Seite. Früher oder später werden wir alle aufeinander abfärben. Und wer weiß schon, welche Seite dann noch übrig bleibt.« Sie winkt mir kurz zu. »Sag Olivier bitte, dass ich hier war. Er soll mich anrufen. Ich brauche ihn jetzt mehr, als ihm bewusst ist.«

Ich nicke. »Versprochen.«

Und dann ist sie weg, und ich bin wieder allein in Oliviers Apartment und halte eine noch größere Bombe in den Händen. Ich habe das Gefühl, dass sie sofort die ganze Wohnung in die Luft sprengen wird, wenn ich sie nur für einen Moment loslasse.

Mord.

Ist tatsächlich ein Mord geschehen?

Bevor Pascal mich am Abend des Balls angesprochen hat, habe ich Pascal, Gautier und Ludovic aus dem Arbeitszimmer kommen sehen. Hat einer der beiden Ludovic dort drin etwas verabreicht? Sind es beide gewesen?

War ich Zeugin eines Mordes?

Oder versuchen alle, einen Schuldigen zu finden, und stürzen sich auf den erstbesten Sündenbock?

Mir läuft ein Schauer über den Rücken, und ich gehe rasch zur Tür, hänge die Kette ein und schiebe den Riegel vor.

Als Olivier nach Hause kommt, liege ich bereits im Bett. Es ist noch nicht spät, aber nach Seraphines Besuch hielt ich das Bett für den sichersten und tröstlichsten Ort.

Und ich muss zugeben, dass ich erschöpft bin.

Auch wenn ich das Gespräch über Mord, das mich sehr nervös gemacht hat, verdränge, fange ich in Gedanken allmählich an, die reale Situation zu verarbeiten.

Ich habe meinen Flug verpasst.

Ich habe beschlossen hierzubleiben.

Das sind die Fakten.

Ich habe mich für länger festgelegt.

Ich werde also in einem fremden Land bleiben, in dem ich die Sprache nicht verstehe, während mein Bankkonto ziemlich schnell ins Minus abrutscht.

Komplett abhängig von Olivier, der sich eigentlich auf mich verlassen können sollte. Er braucht jemanden, der ihm hilft, seine Bürde zu tragen, also unterstütze ich ihn, während ich noch mit meinem eigenen Mist zu kämpfen habe.

Kein Wunder, dass ich so mitgenommen war, dass ich mich nur noch ins Bett kuscheln und schlafen wollte.

Olivier sieht ebenso entkräftet aus, wie ich mich fühle, vielleicht sogar noch mehr.

Er bleibt am Fußende des Betts stehen; das Licht vom Gang fällt von hinten auf ihn, während er beginnt, sich auszuziehen. »*Désolé*«, flüstert er heiser. »Ich wollte dich nicht wecken – ich habe gedacht, du wärst noch auf.«

»Ich bin müde.«

»Nicht nur du«, erwidert er, schlägt die Decke zurück und schlüpft neben mir ins Bett. Wie üblich nackt.

Ich interpretiere da nichts hinein. Seit vor dem Ball haben wir keinen Sex mehr gehabt. Ich habe nicht einmal daran gedacht, und ihm ist es mit Sicherheit ebenso ergangen.

Seufzend lässt er sich auf das Kissen sinken und schließt die Augen.

»Wie war die Arbeit?«, frage ich leise.

Er schüttelt leicht den Kopf. »Ich weiß es nicht.«

»Du weißt es nicht? Bist du nicht losgegangen, um einiges herauszufinden?«

»Ja, ich war dort, und es fanden einige Gespräche statt, aber ich kann mich an nichts mehr erinnern. Wahrscheinlich hätte ich lieber hier bei dir bleiben sollen.«

»Dann hättest du deine Schwester getroffen.«

Er hebt die Lider und richtet den Blick auf mich. Sein Haar ist zerzaust, und er runzelt die Stirn. »Was heißt das? War meine Schwester etwa hier?«

»Du scheinst genauso überrascht zu sein, wie ich es war. Sie wollte zu dir – anscheinend möchte sie dringend mit dir sprechen.«

»Worüber?«

Wie bitte?

»Worüber?«, wiederhole ich. »Wie wäre es mit einem Gespräch über alles? Sie ist deine Schwester, und du hast sie soeben den Wölfen zum Fraß vorgeworfen.«

»Den Wölfen zum Fraß vorgeworfen?« Seine Augen blitzen auf.

»Das ist eine Redewendung ...«

»Ja, ich weiß, was das bedeutet«, sagt er gereizt. »Ich habe nicht ... Du weißt, warum ich tun musste, was ich getan habe.«

»Ich schon, aber sie weiß es nicht. Sie versteht es nicht und ist der Meinung, das passt nicht zu dir.«

»Ich tue nur, was ich tun muss; ich habe keine andere Wahl«, bringt er mühsam hervor. »Du solltest mich dabei unterstützen, denn du bist die Einzige, die die Wahrheit kennt.«

»Natürlich unterstütze ich dich, aber ich möchte, dass du weißt, wie der Rest der Familie darüber denkt. Sie hat Angst, ihren Job zu verlieren.«

»Das wird sie nicht«, erklärt er. »Gautier hasst sie nicht so sehr wie mich. Sie nützt ihm mehr als seine Söhne. Er wird sie behalten. Ist das alles, worüber ihr gesprochen habt? Hat sie sich nicht gefragt, wer du bist?«

»Sie meinte, ich sei *die* Frau.«

Er stöhnt leise.

»Und sie hat eine Theorie«, fahre ich fort. »Deshalb solltest du mit ihr reden, denn selbst mir fällt es schwer, darüber mit dir zu sprechen.«

»Was meinst du damit? Welche Theorie? Worum geht es dabei?«

Er wirkt bereits so gequält, dass ich ihm damit nicht noch mehr Schmerzen zufügen möchte.

»Das solltest du sie besser selbst fragen. Sie möchte mit dir persönlich sprechen, nicht über den Umweg über mich.«

Seufzend lässt er sich wieder zurücksinken. »Also gut, ich werde mich morgen mit ihr treffen.«

»Versprich es mir.« Ich strecke ihm meinen kleinen Finger entgegen.

Er starrt darauf. »Was machst du da?«

»Sag bloß, in Frankreich gibt es keinen Schwur mit den kleinen Fingern.«

»Bei Kindern vielleicht …«

»Berühr einfach meinen kleinen Finger mit deinem.«

Schließlich breitet sich ein Lächeln auf seinem Gesicht aus, und einen Augenblick lang sehe ich den mir bekannten Olivier vor mir. »Eine Berührung der kleinen Finger. Ich weiß nicht, ob ich dafür bereit bin.«

Lachend strecke ich die Hand aus und umschlinge seinen kleinen Finger mit meinem. »Ich meine es ernst. Jetzt gilt es. Du versprichst mir, dass du mit deiner Schwester redest.«

»Erwähne nicht meine Schwester, wenn ich an die schmutzigen Dinge denke, die ich gern mit dir tun würde.«

Ich werde rot. »Schmutzige Dinge? Von einer Berührung mit dem kleinen Finger?«

Er zuckt lässig mit den Schultern. »Du musst zugeben, dass das ziemlich sexy ist.«

»Ich gebe gar nichts zu«, erwidere ich kopfschüttelnd und kann dabei ein leises Lachen nicht unterdrücken.

Er nimmt meinen kleinen Finger in den Mund und saugt sanft daran; die warme feuchte Berührung seiner Zunge sorgt sofort dafür, dass mir ein wohliger Schauer über den Rücken läuft. Mühsam schlucke ich. Ab jetzt werde ich nie wieder einen Schwur mit meinem kleinen Finger ablegen können, ohne daran zu denken.

Olivier zieht langsam meinen Finger aus dem Mund, und plötzlich sind alle meine Gedanken wie weggefegt. Zärtlich berührt er meine Lippen und mein Kinn mit seinen Fingerspitzen.

»Ich habe dir noch nicht gesagt, wie dankbar ich dir dafür bin, dass du bei mir bleibst«, flüstert er eindringlich. »Es bedeutet mir so viel, dass du hier bist. Tatsächlich hier bei mir.«

»Ja, ich bin hier«, wispere ich und küsse ihn zärtlich auf die Nasenspitze. »Ich bin hier.«

»Als ich zurückgekommen bin, hatte ich Angst. Einen Moment lang glaubte ich, dass du gegangen seist. Und ich stellte mir vor, wie es wäre, wenn ich sehen würde, dass dein Rucksack verschwunden und das Bett leer ist. Ich habe befürchtet, du könntest doch noch versucht haben, dein Flugzeug zu erreichen. Und diese Angst lähmte mich so sehr, dass ich nicht mehr atmen und mich nicht mehr bewegen konnte. Es war, als hätte mein Herz aufgehört zu schlagen, und da wurde mir bewusst, dass mein Herz nicht mehr mir gehört. Es ist jetzt deins.«

Oh verdammt. In meiner Brust flattert plötzlich ein Schwarm Schmetterlinge herum. Beinahe habe ich Angst davor, was er als Nächstes sagen könnte, denn etwas zu sagen bedeutet, es auch zu fühlen, und was, wenn dieses Gefühl zu groß für meine Seele ist?

»Sadie, *mon petit lapin, je t'aime,* ich liebe dich«, sagt er leise. »Ich liebe dich so sehr! Ich weiß nicht, ob ich dir das mit meinen Worten vermitteln kann, denn eigentlich gibt es keine Worte, die mein Gefühl ausdrücken können.«

Er liebt mich.

Ich liebe ihn.

»Ich liebe dich«, wispere ich. »Du musst nichts erklären. Ich weiß, was du meinst. Ebenso gut, wie ich deinen Herzschlag kenne. Und deinen Atem und deine Weise, die Welt zu sehen. Von Anfang an habe ich geglaubt, verrückt zu sein, weil ich so für dich empfinde.«

»Und was genau empfindest du für mich, *ma chérie?*«, flüstert er und vergräbt seine Hände in meinem Haar.

»Es ist … als gäbe es etwas in meinem Inneren, das in deinem Inneren etwas Vertrautes entdeckt hat. So als hätte mein Sein deines erkannt und als wären deine und meine Zellen fast identisch.«

Ich wende den Blick ab und bin froh, dass mir mein Haar ins Gesicht fällt. »Es klingt so dumm, wenn ich es laut ausspreche, aber gerade hat es für mich noch Sinn ergeben.«

»Das tut es«, erwidert er heiser und hebt mein Kinn an, um mich anschauen zu können. Der Ausdruck in seinen Augen ist so tief, stark und glühend, dass ich nicht wegsehen kann. »Alles, was du sagst, ergibt für mich Sinn.«

Er küsst mich mit einer Leidenschaft, die ich nie zuvor erlebt habe, einer Leidenschaft, die mir den Atem raubt, mein Herz zum Glühen bringt und meinen Körper und meine Seele in Flammen setzt.

Er küsst mich immer wieder, und ich fühle seine Lippen, seine Zunge und sein Herz. Ich spüre seine Liebe.

Und ich spüre, wie verdammt hart er ist.

Lächelnd beobachte ich, wie er auf dem Bett nach unten gleitet, den Kopf senkt und mit seiner Zunge über die Mitte meines Bauchs leckt, bis er zwischen meinen Oberschenkeln angelangt ist. Dort verbringt er gern einige Zeit, und normalerweise beschwere ich mich nicht darüber, doch jetzt, wo mein Herz vor Liebe für ihn überquillt, vor Gefühlen, die wir füreinander empfinden, möchte ich ihn in mir spüren.

Er bedeckt meine Hüften mit Küssen und erforscht dann mit seiner Zunge das Dreieck zwischen meinen Beinen. Die Haut dort ist so empfindlich, dass ich beinahe aufschreie, als er sie zärtlich mit der Zunge liebkost, sich immer weiter meiner Klitoris nähert und sich wieder zurückzieht.

»Bitte«, bringe ich stöhnend hervor. »Komm zu mir, Olivier.«

Er ignoriert mich. Seine Zunge streichelt meine Klitoris, und ich atme scharf ein und versuche, die Kontrolle nicht zu verlieren. Ich bin nur noch wenige Sekunden vom Höhepunkt entfernt, und er weiß das. Er möchte, dass ich komme, egal auf welche Weise, und da wir so lange nicht mehr zusammen waren, bin ich beinahe bereit, alles zu akzeptieren, was er mir anbietet.

Die Bewegungen seiner Zunge werden immer schneller, und

mir wird immer heißer, während sich ein enormer Druck in meinem Inneren aufbaut.

Plötzlich zieht er sich zurück, und ich keuche auf.

Ich fühle mich beraubt.

Verzweifelt.

»Ich mache dir die Hölle heiß, wenn du mich nicht sofort mit deinem Schwanz nimmst oder mit deiner Zunge weitermachst«, stoße ich hervor.

Er grinst mich unglaublich frech an – er weiß genau, wie sehr ich mich nach ihm sehne.

»Habe ich dir schon gesagt, wie sehr es mir gefällt, wenn du mich um etwas bittest?«

»Ja, das hast du«, hauche ich voller Ungeduld.

Er schiebt seine muskulösen Oberschenkel über meine, und ich spüre, wie er seine harte Schwanzspitze an die richtige Stelle bringt. Langsam dringt er in mich ein, während ich mich bereitwillig für ihn öffne – ich brauche ihn und sehne mich nach ihm. In wenigen Sekunden ist er tief in mir, ein Teil von mir, und ich habe mich noch nie auf so wunderbare Weise erfüllt gefühlt.

»Sadie«, sagt er stöhnend, während er sich kurz zurückzieht, um dann wieder so tief in mich einzudringen, dass er mich an allen entscheidenden Punkten berührt. »Du fühlst dich so gut an. So wundervoll. Du rettest mich, weißt du das? Immer wieder. Du lässt mich alles, was um mich herum geschieht, leichter ertragen.«

Bei diesem Eingeständnis setzt mein Herz drei Schläge aus.

Das ist alles, was ich will.

Ich will ihn nur glücklich machen.

Und geliebt werden.

Ich schnappe nach Luft, da er immer fester zustößt, sich kurz aus mir zurückzieht, um dann noch tiefer in mich hineinzugleiten. Ich umfasse seinen knackigen Po und schiebe ihn noch tiefer in mich hinein.

Das Stöhnen aus seinem Mund ist der erotischste Laut, den ich jemals gehört habe.

Schweißperlen fallen auf meine Haut, und ich bin erstaunt, bei dieser Hitze zwischen uns kein Zischen zu hören. Er umfasst mit einer Hand den Schaft seines Schwanzes, während er sich in mir auf und ab bewegt, und beschreibt mir leise und atemlos, wie gut ich mich anfühle und wie sehr er sich wünschte, das würde nie vorbei sein.

Und er sagt mir, wie sehr er mich liebt.

Seine Worte lassen mein Herz anschwellen und fachen mein glühendes Verlangen nach seinem Körper noch mehr an.

Die Berührungen seiner Finger an meiner Klitoris passen sich dem Rhythmus seiner kräftigen Stöße an.

Und dann …

Laut stöhnend komme ich und rufe seinen Namen, während Sterne vor meinen Augen explodieren und mein Körper kribbelt, als würde er mit heißem sprudelndem Champagner übergossen. Ich winde mich, bäume mich auf und schwebe aus dem Bett in den Sternenhimmel und in die pure Glückseligkeit.

Auch er ruft heiser meinen Namen, als er so heftig in mir den Höhepunkt erreicht, dass das Bett erbebt. Ich bin froh, dass wir uns haben testen lassen, denn ihn so in mir zu fühlen und seinen heißen Erguss zu spüren ist noch intimer als alles, was wir bisher geteilt haben.

Schließlich gelangen wir beide wieder zu Atem, und das Zimmer dreht sich nicht mehr um mich.

Doch mein Herz dreht sich immer noch um ihn.

Es gehört jetzt ihm.

KAPITEL SECHZEHN

Olivier

Es hat zehn Jahre gedauert, bis ich herausgefunden habe, wie es ist, wenn man sich verliebt.

Vielleicht ist das normal.

Vielleicht aber auch nicht.

Ich weiß nur, dass ich lediglich in die Heimlichkeiten, das Verbotene, das Anhimmeln und natürlich den Sex verliebt war, als ich glaubte, Marine zu lieben.

Als ich Sadie kennenlernte, erwartete ich, dass es mehr oder weniger ebenso ablaufen würde.

Ich war bereit dafür.

Ja, Sadie war anders, und darüber hinaus sorgte sie dafür, dass ich mich ganz anders fühlte. Allerdings war mir nicht klar, was das bedeutete – was es tatsächlich bedeuten konnte. Auch wenn der Sex sehr leidenschaftlich war, hatte ich im Hinterkopf immer den Gedanken, dass es sich um eine reine Bettgeschichte handelte. Und wenn sie abreisen würde, wäre ich darauf vorbereitet. Sie würde nach Hause fliegen, und ich würde mit der Erinnerung an eine

Amerikanerin, die ich irgendwann kennengelernt hatte, zurück-
bleiben.

Doch so war es ganz und gar nicht. Als ich sie nach Paris einlud,
war mir klar, dass es mich gründlich erwischt hatte. Dass ich tiefe
Gefühle für sie empfand, vor denen ich nicht davonlaufen konnte,
und falls ich das versuchte, müsste ich es auf allen vieren tun.

Genau da befinde ich mich jetzt.

Auf allen vieren.

Mein Herz gehört ihr.

Und ich würde es nicht anders haben wollen.

Mein Verständnis von Liebe war absolut falsch. Ich bin ihr immer rasch aus dem Weg gegangen und habe sie mühelos ignoriert.

Doch das war nicht mein wahres Ich.

Erst bei Sadie habe ich endlich gespürt, wie meine Maske gefallen ist und sich meine Fußfesseln gelöst haben und dass ich nicht
mehr länger die Person sein muss, die alle in mir sehen wollen.

Nur noch der Mensch, der ich selbst sein möchte.

Der Mensch, den sie braucht.

Ich liebe sie, und das hat meine ganze Welt geändert. In einer Zeit,
in der ich einen großen persönlichen Umbruch erfahren musste.

Mir ist klar, dass ich alles nur Erdenkliche tun werde, um uns zu
schützen und für ihre Sicherheit zu sorgen.

Ich will heute nicht ins Büro fahren. Ich will nicht hinaus in die
Hitze und in den Verkehr und auch nicht auf die Reporter treffen,
die mich zurzeit wegen des Todes meines Vaters und der neuesten
Bekanntmachungen in der Firma verfolgen. Das alles zählt im Augenblick nicht.

Ich will mich einfach nicht von ihr trennen.

Doch sie hat mir das Versprechen abgenommen, mich mit Seraphine zu treffen, und ich liebe meine Schwester. Ich habe große
Schuldgefühle, weil ich sie in diese Lage gebracht habe – ich lüge
sie an, und ich weiß, dass sie das nicht versteht. Sie glaubt, ich hätte
mich gegen sie gestellt und wäre nun einer von *ihnen*.

Nur knapp entgehe ich einem Platzregen, und als ich das Gebäude betrete, bin ich überrascht, dass alles so aussieht wie immer. Ich habe angenommen, dass Gautier sofort die Räumlichkeiten, die Logos und das Personal austauschen würde, sobald er seine verdammten Finger danach ausstrecken kann.

Doch als ich ins Büro hineingehe, sehe ich nur vertraute Gesichter. Die Rezeptionistin Nadia und eine Gruppe von Angestellten, die im Marketing- und Sales-Bereich und in weiteren Abteilungen arbeiten. Einige scheinen neu zu sein, aber in einem Unternehmen wie diesem ist das nicht ungewöhnlich.

Allerdings hat sich die Atmosphäre geändert.

Die Mischung aus Weiß, Schwarz und Glas ist zwar noch da, aber die ruhige Eleganz ist verschwunden. Alles scheint irgendwie beschmutzt zu sein, so als würde ich bei näherem Hinsehen Dreck in allen Ritzen entdecken.

»Ich möchte zu meiner Schwester«, erkläre ich Nadia und mustere sie aufmerksam. Obwohl sie meist kaum beachtet werden, stellen Rezeptionistinnen oft das Rückgrat einer Firma dar, das Gerüst, auf das sich alles andere stützt.

In Nadias Augen blitzt Erleichterung auf, als sie mich sieht.

Das ist kein gutes Zeichen.

Ich sollte niemals Erleichterung bei jemandem auslösen.

»Ich freue mich sehr, Sie zu sehen«, sagt sie leise und lächelt ein wenig zittrig. »Als ich die Neuigkeiten gehört habe …«

»Sie meinen die guten Neuigkeiten?«

Die Stimme meines Onkels dröhnt durch das Büro, klebrig wie ein Fass voll Teer.

Einen Moment lang treffen sich unsere Blicke, und ich sehe nackte Angst in Nadias Augen. Angst davor, dass sie grundlos ihren Job verlieren könnte, Angst vor noch Schlimmerem.

Ich versuche, ihr zu vermitteln, dass alles gut werden wird.

Doch ich kann nichts mehr versprechen.

Ich habe diesem Mann die Zügel in die Hand gegeben.

Als ich mich zu meinem Onkel umdrehe, setze ich das falscheste Lächeln auf, das ich zustande bringe.

»Onkel«, begrüße ich ihn.

Mein Onkel ist kein hässlicher Mann. In mancher Hinsicht gleicht er meinem Vater; er ist zwar nicht so groß, hat aber eine athletische Figur. Sein Kinn ist stärker ausgeprägt – ich glaube, das stört ihn ein wenig –, aber sein Haar ist dicht und schwarz wie die Nacht, bis auf einige winzige Spuren von Grau an den Schläfen, und er hat es sicher noch nie gefärbt.

Sein spitz zulaufender Haaransatz verleiht ihm etwas Gebieterisches, ebenso wie seine Augenbrauen, zwei perfekte Bögen, die aussehen, als wären sie mit einem Permanentmarker mit dicken Strichen aufgemalt worden. Sein Gesicht ist lang und ein wenig eigenartig, aber gleichzeitig eindrucksvoll und charmant.

Das heißt – wenn man ihn nicht kennt.

Ich kenne ihn jedoch, und ich durchschaue diesen Charme und sehe die kalte unergründliche Tiefe in seinen Augen. Ich weiß, dass dieser Mann durch und durch verdorben ist, und es widert mich an, dass das Blut, das in seinen Adern wie schwarzer Schlamm zu seinem Herzen fließt, das gleiche ist wie meines.

Ich hasse es, dass ich ihn jetzt anschauen muss.

Mein Vater sollte an seiner Stelle vor mir stehen.

Es kostet mich all meine Kraft, um nicht an Ort und Stelle zusammenzubrechen.

»Olivier, mit dir habe ich nicht gerechnet«, sagt er scharfzüngig, und seine Worte klingen so fein geschliffen wie Rasierklingen. Wahrscheinlich glaubt er, ich bin hier, um Ärger zu machen.

»Ich hole nur Seraphine ab«, erkläre ich ihm. Mehr muss ich ihm nicht sagen. Das schulde ich ihm nicht.

»Verstehe«, erwidert er. »Sie ist eine wunderbare Frau, nicht wahr?«

»Deine Nichte? Ja, und sie muss im Moment einiges durchmachen.«

»Geht uns das nicht allen so?«, fragt er sanft und deutet ein Lächeln an, das sich jedoch nicht in seinen Augen zeigt.

»Mir auf jeden Fall.« Ich trete einen Schritt vor, um an ihm vorbeizugehen. »Wenn du mich jetzt entschuldigen würdest.«

Doch er stellt sich mir in den Weg. Die Hände zu Fäusten geballt, versuche ich, meinen Atem unter Kontrolle zu halten, und starre ihn an.

»Bist du sicher, dass du das Recht hast, hier zu sein?« Seine Stimme ist jetzt so leise, dass ihn wahrscheinlich nicht einmal Nadia hören kann. »Vielleicht muss ich dich an deinen Platz erinnern ... den Platz, den du verlassen hast.«

Meine Kinnmuskeln spannen sich an, und ich beiße meine Zähne so fest aufeinander, dass sie schmerzen. »Ich bin mir meines Platzes bewusst. Doch wir gehören immer noch zur selben Familie, oder?«

Er wendet den Blick nicht ab. »Das stimmt.«

»Also möchte ich jetzt meine Schwester sehen.«

Ich habe keine Ahnung, warum er wegen Seraphine so misstrauisch ist. Er sollte doch wissen, dass ich nicht von unserer Verabredung zurücktreten werde. Das sollte ihm klar sein.

Und vielleicht fährt ihm dieser Gedanke soeben durch den Kopf, denn er gibt mir nickend den Weg frei.

»Natürlich.« Mit einer Geste bedeutet er mir, dass ich weitergehen soll.

So selbstbewusst und so schnell wie möglich marschiere ich den Gang entlang zu Seraphines Büro. Mein Herz zieht sich zusammen, als ich an dem noch leeren Büro meines Vaters vorbeigehe, und ich klopfe bei Seraphine nicht an, sondern stürme direkt hinein.

Sie ist nicht allein.

Blaise sitzt an ihrem Schreibtisch. Sie steht auf und sieht so aus, als würde sie ihm am liebsten ein Glas Wasser ins Gesicht schleudern.

»Komme ich ungelegen?«, frage ich und bleibe an der Türschwelle stehen. »Oder genau zur rechten Zeit?«

Beide starren mich an.

»Mach die Tür zu«, befiehlt Seraphine.

Ich ziehe die Augenbrauen hoch, folge aber ihrer Anweisung. Eigentlich sollte es mich nicht überraschen, dass die beiden aufeinander losgehen. Ohne meinen Vater als Vermittler kennen sie keine Grenzen mehr. Und Gautier ist das vollkommen egal – wahrscheinlich hat er sogar seinen Sohn zu Seraphine geschickt, damit er sie auf die Palme bringt. Er will, dass die beiden sich zerfleischen.

»Was ist los?«, frage ich und verschränke die Arme vor der Brust.

»Deine Schwester ist komplett verrückt«, stößt Blaise hervor. Seine sonst so gefasste Haltung ist verschwunden, und sein wilder Blick schießt zwischen ihr und mir hin und her.

»Das will ich nicht bestreiten«, erwidere ich. »Seraphine.«

»Er weiß es.« Sie deutet mit dem Finger auf ihn. »Er weiß, was geschehen ist.«

»Was meinst du?«, frage ich vorsichtig. Ich fühle mich, als wäre ich in einer Stierkampfarena gelandet und wüsste nicht, wer hier der Überlegene ist und wie der Kampf ausgehen wird.

»Ich will das nicht einmal wiederholen«, murmelt Blaise kopfschüttelnd. Was auch immer sie gesagt hat, scheint ihn aufzuwühlen, auch wenn er es von sich weist. Seine Handflächen sind schweißbedeckt, und sein Haar ist zerzaust, weil er es ständig mit den Fingern durchkämmt, wie immer, wenn er nervös ist. Normalerweise ist er immer kühl und gelassen, nur manchmal verliert er die Beherrschung, dreht vollkommen durch und wirft jedem in seiner Nähe bösartige Beleidigungen an den Kopf.

»Wir sollten einen Kaffee trinken gehen«, schlage ich Seraphine vor, um sie aus dem Büro herauszubekommen. »Oder auf einen Drink. Ein paar Drinks.«

»Ohne ihn gehen wir nirgendwohin«, erwidert sie.

»Sind wir etwa seine Babysitter?«

»Unser Gespräch ist noch nicht beendet«, erklärt sie betont abgehackt und beugt sich zu Blaise vor.

Verständnislos fahre ich mir mit der Hand übers Gesicht und bin mir sicher, dass es noch eine Weile dauern wird, bis ich begreife, was hier vor sich geht.

»Dieses Büro ist wahrscheinlich verwanzt«, sagt sie zu mir, als wäre das offensichtlich. Sie tritt gegen ein Bein des Stuhls, auf dem Blaise sitzt. »Stimmt doch, oder?«

Blaise verschränkt die Arme und wendet wortlos den Blick ab.

»Also gut, ich werde mich jetzt umdrehen und gehen«, verkünde ich. »Glaub mir, dieses Büro ist der letzte Ort auf der Welt, an dem ich sein möchte. Wenn du mit mir auf einen Drink kommen und mit mir reden möchtest, würde ich mich freuen, aber ich bleibe nicht hier stehen und lasse mich in irgendein Spiel hineinziehen, das ihr hier spielt.«

»Vater wurde ermordet«, sagt Seraphine leise.

Beinahe hätte ich gelacht, aber ihre Stimme klingt so eiskalt und ernst, dass sich mein Magen zusammenkrampft. Als ich ihr in die Augen schaue, sehe ich dort dieselbe Ernsthaftigkeit. Das ist kein Scherz.

Das macht alles noch schwieriger.

»Was?«, bringe ich mühsam hervor. »Was willst du … Fang nicht mit so etwas an.«

»Das habe ich auch gesagt«, wirft Blaise rasch ein.

»Halt deinen verdammten Mund.« Sie grinst ihn höhnisch an. »Du steckst doch hinter allem.«

Er wirft den Kopf in den Nacken und starrt sie feindselig an. »Glaubst du das wirklich? Glaubst du, dass ich deinen Vater umgebracht habe? Meinen Onkel? Dass ich dir das antun würde?«

Dass ich dir das antun würde? Eine interessante Formulierung, die beinahe so klingt, als bedeuteten die beiden einander etwas.

Ich schüttle den Kopf. Diese ganze Sache … Ich mag diesen Gedanken nicht einmal in Betracht ziehen.

»Seraphine«, sage ich langsam und gehe mit ausgestreckten Händen auf sie zu, als wollte ich einen verletzten Hund einfangen. »Worüber sprichst du da?«

»Warum sollte ich dir das sagen? Du benimmst dich, als wäre ich verrückt.«

»Weil du tatsächlich total durchgeknallt bist«, wirft Blaise ein.

»Du kannst mich mal!«, brüllt Seraphine und geht mit der Faust auf ihn los. Er reagiert schnell, fängt ihren Arm ab und hält ihn fest.

»Hey, hey, hey!«, rufe ich, gehe um den Schreibtisch herum und stelle mich zwischen die beiden. »Verdammt, was zum Teufel ist hier los?«

Es klopft an der Tür, und wir erstarren.

Die Tür öffnet sich langsam, und wir halten alle drei den Atem an. Nur eine Person platzt hier herein, ohne sich anzumelden. Nun ja, eine Person außer mir.

Es ist Gautier; er mustert uns vorsichtig. »Alles in Ordnung bei euch?«

Ich räuspere mich. »Nur eine kleine Auseinandersetzung unter Geschwistern«, erkläre ich, während Seraphine zur gleichen Zeit sagt: »Arbeitskram.«

»Weißt du, wo Pascal ist?«, fragt Blaise müde. »Er sollte eigentlich heute im Büro sein.«

Gautier zuckt kaum merklich mit den Schultern. »Keine Ahnung. Hier ist er nicht.«

»Na großartig«, erwidert Blaise sarkastisch und winkt ab. »Bei uns ist alles in Ordnung. Danke, dass du nachgeschaut hast.«

Gautier starrt uns alle einen Moment lang an und schließt dann langsam die Tür.

»Was zum Teufel ist hier los?«, wiederhole ich nach einer Weile. »Sagt mir, warum ihr euch beinahe geprügelt hättet, dann verschwinde ich wieder.«

»Das habe ich dir doch schon gesagt«, erwidert sie gereizt. »Und ich will hier nicht länger darüber reden.« Sie greift nach ihrer Handtasche, die über der Rückenlehne ihres Stuhls hängt. »Komm schon. Blaise, du begleitest uns. Ich bin noch nicht fertig mit dir.«

»Willst du mich etwa an einem anderen Ort foltern?«

Zu meiner Überraschung steht Blaise tatsächlich auf und folgt Seraphine zur Tür hinaus, und ich schließe mich ihnen an.

Von Gautier ist keine Spur zu sehen, was ich als gutes Zeichen werte. Wahrscheinlich glaubt er, Blaise habe sich mit dem Feind verbündet, oder möglicherweise hat er ihn uns als Spion geschickt.

Und dann dieses Gerede über … Mord?

Er wurde nicht ermordet.

Er hatte einen verdammten Herzinfarkt.

Direkt vor meinen Augen. Ich habe es doch genau gesehen.

Seraphine kam erst dazu, als er bereits tot war.

Das Bild hat sich in mein Gedächtnis eingebrannt und überwältigt mich so sehr, dass ich kaum wahrnehme, wie Seraphine mich fragt, ob mit mir alles in Ordnung sei.

Ich nicke und versuche, mich wieder auf das Hier und Jetzt zu konzentrieren, selbst wenn das auch nicht viel besser ist.

Der starke Regen ist in ein leichtes Nieseln übergegangen, als Seraphine uns zu ihrem Auto – einem kleinen burgunderroten Fiat – führt und die Türen entriegelt.

Wie üblich, wenn ich bei Seraphine mitfahre, will ich auf dem Beifahrersitz Platz nehmen, doch Seraphine hält mich zurück. »Du sitzt hinten, Olivier.«

Blaise geht mit gesenktem Blick an mir vorbei und öffnet die Tür.

Vielleicht hatte er recht, als er von Folter sprach.

Seufzend schiebe ich mich auf den Rücksitz und schnalle mich an. Ich bin komplett verwirrt und wünschte, ich hätte Sadie nicht versprochen, mich heute mit Seraphine zu treffen. Eigentlich hatte ich nie wieder einen Fuß in diese Büroräume setzen wollen. Ohne meinen Vater und mit Gautier an der Macht mache ich alles nur noch schlimmer.

»In Zukunft treffen wir uns in einem Café«, erkläre ich Seraphine, während sie auf die Avenue Charles de Gaulle einbiegt und Richtung La Defense fährt. »Wohin bringst du uns?«

Ohne mir eine Antwort zu geben, verstärkt sie den Griff um das Lenkrad.

»Seraphine, ich glaube, du solltest im Augenblick nicht fahren«, meine ich.

»Schon gut«, erwidert sie, und ich sehe, dass Blaise mir im Rückspiegel einen Blick zuwirft. Er wirkt immer noch ein wenig aufgewühlt, und ich frage mich, worüber sie vor meiner Ankunft gesprochen haben.

»Könnte mir bitte jemand erklären, was das Gerede über Mord soll?«, frage ich und verziehe das Gesicht. Ich begreife das nicht, und es kommt mir vor, als würden wir mit diesem Wort meinen Vater verraten.

»Warum fragst du nicht Blaise?«, erwidert Seraphine. »Er ist derjenige, der darüber Bescheid weiß.«

»Oh verdammt, halt den Mund«, wirft Blaise ein. »Weißt du eigentlich nicht, wie beleidigend das ist?«

»Warum sollte Blaise unseren Vater umbringen?«

»Ich habe niemanden umgebracht.«

»Das glaube ich dir«, erkläre ich. »Und du, Seraphine, musst aufhören, dieses Wort zu verwenden. Ich weiß, dass du aufgewühlt bist und einen Schuldigen suchst, aber das ist nicht der richtige Weg. Vater hatte einen Herzinfarkt. Ich habe gesehen, wie es passiert ist.«

»Du hast ihn sterben sehen. Er wurde vergiftet. Herzinfarkte laufen nicht so ab.«

»Doch, ich glaube schon.«

»Er war absolut gesund. Eine Woche zuvor hat er sich gründlich untersuchen lassen. Er hat nie an Bluthochdruck gelitten, hatte keine Herzerkrankung und auch keinen zu hohen Cholesterinspiegel oder so etwas. Warum um alles in der Welt würde er plötzlich … Nein, das ergibt keinen Sinn. Jemand hat ihn an diesem Abend vergiftet.«

»Und du glaubst, es war Blaise?« Das wird immer lächerlicher.

»Nein«, antwortet sie. »Vielleicht. Ja. Ich glaube, dass Blaise zumindest Bescheid weiß.«

»Ich werde nicht mit dir darüber sprechen«, erklärt er, verschränkt die Arme und starrt aus dem Fenster.

»Gut, dann rede ich mit Olivier darüber«, sagt sie und wirft mir einen Blick zu. »Mir ist klar, dass sich das für dich verrückt anhört, aber ich fühle es und spüre es tief in meinem Herzen. Hast du nicht auch das Gefühl, dass irgendetwas an diesem Ball nicht stimmte? Und an der Art, wie der Betrieb danach weiterlief? Alles funktionierte reibungslos, kaum dass Vater nicht mehr bei uns war. Und alle haben davon profitiert.«

»Außer Olivier«, sagte Blaise leise.

»Richtig.« Seraphine starrt mich an. »Außer dir. Und mir. Und Renaud. Aber schau dir Blaise, Pascal und Gautier an. Sie alle sind aufgestiegen und haben komplett die Kontrolle an sich gerissen. Wäre ich nicht da, hätten sie alles in der Hand.«

»Du wirst bei uns bleiben, solange du deinen Job gut machst«, erklärt Blaise, doch er scheint sich dabei ein wenig unbehaglich zu fühlen.

Seraphine biegt in dem Moment links ab, als die Ampel auf Rot schaltet, und der Fiat gerät auf der nassen Straße leicht ins Schleudern. Sie rast an der Seine entlang, sodass Parks und Tennisplätze an uns vorbeifliegen.

»Was soll das?«, frage ich sie. »Du hast soeben eine rote Ampel überfahren.«

»Ich hatte das Gefühl, verfolgt zu werden«, erwidert sie.

»Verfolgt?«

Oh, jetzt ist meine Schwester vollkommen durchgedreht. Blaise wirft mir über die Schulter einen Blick zu und zieht die Augenbrauen nach oben, als wollte er sagen: »Wir sind geliefert.«

»Ja«, bestätigt sie knapp und beobachtet unablässig den Verkehr hinter uns. »Es war ein schwarzer Land Rover mit polnischem Kennzeichen. Er ist uns den ganzen Weg vom Büro bis jetzt gefolgt.«

»Was allerdings nicht sehr weit war.«

»Es sah so aus, als hätte der Wagen auf uns gewartet. Ich habe den Fahrer gesehen. Glatze, Brille. Er hat mich beobachtet.«

»Mal ehrlich, Seraphine.« Ich beuge mich zu ihr vor und lege ihr eine Hand auf die Schulter. »Als dein Bruder fühle ich mich verantwortlich für dich. Du solltest nach Hause fahren. Blaise und ich finden schon eine Möglichkeit, wieder zurückzukommen. Zuerst dieses Gerede darüber, dass unser Vater ermordet wurde, und jetzt fühlst du dich verfolgt. Es tut mir leid, wenn ich …«

»Vorsicht!«, ruft Blaise, und als ich mich umdrehe, sehe ich einen schwarzen SUV neben einem Polofeld aus einer Seitenstraße herausschießen und quer über die Gegenfahrbahn direkt auf uns zurasen.

Seraphine besitzt die Reflexe einer Katze. Sie reißt das Steuer herum, lenkt den Wagen auf die äußerste Spur und gibt gleichzeitig Gas. Die Reifen geraten auf der nassen Straße kurz ins Schwimmen, gewinnen jedoch schnell wieder Haftung.

Ich falle auf den Sitz zurück und schaffe es gerade noch rechtzeitig, mich umzudrehen und den Land Rover hinter uns zu sehen. Er kommt näher.

»Was zum Teufel!«, brülle ich.

»Das ist er!«, schreit Seraphine.

»Verdammt«, stößt Blaise hervor. »Wer zur Hölle ist das? Was will er von uns?«

Plötzlich gibt der Land Rover Vollgas und prallt auf das Heck unseres Fiats. Wir werden alle nach vorn geschleudert, das Auto schlingert, und mir schießen Schmerzen wie von einem Messerstich durch den Nacken.

Seraphine schreit, bringt den Wagen aber wieder unter Kontrolle.

»Verdammt, fahr, fahr, fahr!«, brüllt Blaise.

Seraphine stößt einen erstickten Schrei aus und tritt das Gaspedal durch. Einen Moment lang gerät sie auf die Gegenfahrbahn und schlittert beinahe frontal in ein entgegenkommendes Auto, doch dann gelingt ihr ein Schlenker zurück. Mit einer Hand an meinem Nacken beobachte ich, wie der Land Rover jede unserer Bewegungen nachmacht und immer näher an uns herankommt.

Der Kerl folgt uns nicht nur.

Er will auch verhindern, dass wir anhalten.

Er will uns umbringen.

»Wo zum Teufel bleibt die Polizei?«, schreit Blaise panisch, während wir am Verkehr vorbeirasen und versuchen, niemanden zu behindern. »Warum tut denn niemand etwas?« Er holt sein Handy hervor, und in dem Moment, in dem er wählen will, beginnt es zu klingen.

Vater ist auf dem Display zu lesen.

Blaise starrt einen Moment darauf, als wäre er sich nicht sicher, ob er den Anruf annehmen oder lieber die Mailbox anspringen lassen soll. Beinahe so, als würden wir nicht soeben von einem Verrückten durch die Straßen von Paris gejagt.

»Blaise!«, fahre ich ihn an, aber er scheint sich im Schock zu befinden.

»Ich nehme diese Auffahrt«, verkündet Seraphine und rast die Rampe zu der Brücke hinauf, die über die Seine nach Hauts-de-Seine führt. Die Brücke ist viel befahren, aber das hält Seraphine nicht auf. Sie schlängelt sich zwischen den Autos hindurch und fährt an der Ausfahrt so nahe an der Mauer entlang, dass der Spiegel auf der Beifahrerseite abbricht.

Doch auch der Fahrer des Land Rover lässt sich von den anderen Autos nicht ausbremsen. Er bleibt uns dicht auf den Fersen, pflügt durch den Verkehr und rast hinter uns über die Brücke auf die andere Seite.

»Rufst du jetzt endlich die Polizei an?«, brülle ich Blaise an und versuche, mein eigenes Handy hervorzuholen. In diesem Moment gibt der Land Rover noch mehr Gas, schießt links von uns auf die Gegenspur und rammt uns von der Seite.

Seraphine schreit auf, und ich ducke mich, als bei dem seitlichen Aufprall die Fenster zerbersten und Glasscherben auf mich herabregnen.

Der Wagen gerät ins Schleudern, und bevor ich den Kopf wieder heben kann, spüre ich, dass wir in die entgegengesetzte Richtung fahren.

Als ich mich aufsetze, sehe ich, dass Seraphine, die so schnell fährt, wie sie nur kann, an den Armen und Wangen mit Splittern übersät ist und leicht blutet. Der Land Rover macht eine scharfe Kehrtwendung und jagt wieder hinter uns her.

Unbarmherzig.

»Alles in Ordnung?«, frage ich Seraphine, während Blaise' Telefon wieder klingelt.

Sie nickt, aber ihre Unterlippe zittert, und mir ist klar, dass nur Adrenalin und ihr Instinkt sie durchhalten lassen, ebenso wie es sich auch bei mir verhält.

Ich werfe einen Blick zu Blaise hinüber und sehe, dass er den Anruf entgegennimmt.

»Vater«, meldet er sich, und seine Stimme klingt langsam und methodisch. »Du musst die Polizei anrufen. Ein Mann auf der Straße versucht, uns umzubringen. Er fährt einen …« Er hält kurz inne. »Ja, ich bin mit Seraphine und Olivier unterwegs. Ich weiß es nicht, ich bin mitgefahren, weil …« Er nimmt das Handy vom Ohr und starrt eine Weile darauf. »Er hat aufgelegt. Wahrscheinlich, damit er die Polizei verständigen kann.«

»Ich glaube nicht, dass sie rechtzeitig eintrifft«, meint Seraphine grimmig, als der Land Rover wieder näher kommt. Er ist ebenso verbeult wie unser Wagen, und trotzdem kommt er immer schneller auf uns zu. Vielleicht haben entweder der Fiat oder Seraphine nicht mehr genügend Kraft.

Ich starre nach hinten und versuche, den Fahrer zu erkennen. Dabei sehe ich, wie er einen Anruf entgegennimmt. Mitten bei einer rasenden Verfolgungsjagd mit dem Ziel, uns zu töten, telefoniert er?

Und dann legt er plötzlich auf.

Er tritt auf die Bremse, wendet den SUV und braust in die andere Richtung davon.

Lässt uns in Ruhe.

So, als wäre er nie da gewesen.

»Was zum Teufel …? Er ist weg!«, rufe ich.

»Was?« Seraphine wirft hektisch einen Blick über die Schulter.

Blaise dreht sich stirnrunzelnd auf seinem Sitz um und beobachtet gemeinsam mit mir, wie der Land Rover über die Anhöhe der Brücke verschwindet.

»Bitte sag mir, dass du dir das Kennzeichen gemerkt hat«, wendet Seraphine sich an mich.

»Das habe ich, aber ich wette, dass es nicht existiert.«

»Und ich wette, dass der Wagen in fünf Minuten nur noch Schrott ist«, meint Blaise. »Wenn nicht sogar schon früher.«

»Wir müssen zum nächsten Polizeirevier«, erkläre ich. »Und dann ins Krankenhaus. Verdammt, es überrascht mich, dass keine Pressefahrzeuge oder Hubschrauber diese Verfolgungsjagd begleitet haben. Was war das eigentlich?«

»Es hat so schnell aufgehört, wie es begonnen hat«, stellt Blaise mit merkwürdig klingender Stimme fest und starrt ausdruckslos aus dem Fenster.

Ich mustere ihn aufmerksam. Er ist stärker mitgenommen, als ich erwartet habe. »Hey, alles in Ordnung? Bist du verletzt?«

Er schüttelt den Kopf, blinzelt dann, als hätte ich ihn aus einer Trance gerissen, und schaut zu Seraphine hinüber. »Du blutest«, stellt er entsetzt fest.

»Schon gut«, erwidert sie. »Das sind nur ein paar Glasscherben.«

»Halt an, gleich hier«, bitte ich sie. Sie biegt in eine schmale Straße ab, die sich durch einen bewaldeten Park schlängelt, und parkt auf dem Kiesstreifen am Rand.

Doch das bringt mir keine Erleichterung.

Das Auto löst Klaustrophobie in mir aus.

Ich steige auf der unbeschädigten Seite aus und gehe ein paar Schritte, doch dann muss ich die Hände auf die Oberschenkel stützen und nach Luft schnappen.

Das ergibt alles keinen Sinn.

Wer war dieser Mann?

Warum hat er versucht, uns umzubringen?

Warum?

Am helllichten Tag, ganz unverhohlen, als könnte er auf keinen Fall erwischt werden.

Und warum hat er dann plötzlich von uns abgelassen?

Beinahe so, als wäre ihm am Telefon befohlen worden, die Sache abzubrechen.

Ich atme tief durch und versuche, mir das alles irgendwie zusammenzureimen und zu planen, wie wir nun vorgehen sollen.

Wir müssen das der Polizei melden.

Wir müssen ins Krankenhaus fahren.

Wir müssen herausbekommen, was das war, bevor es in Vergessenheit gerät.

Ich gehe zurück zum Wagen und öffne Blaise' Tür.

Er schaut mich gequält an, aber ich kann nicht beurteilen, ob er tatsächlich Schmerzen empfindet, Angst hat oder etwas anderes fühlt.

»Was wollte dein Vater? Warum hat er dich angerufen?«

»Ich weiß es nicht«, erwidert er leise. »Ich habe ihm gesagt ... Ich habe ihm gesagt, dass ich mit euch unterwegs bin, und er klang schockiert. Und dann legte er auf ...«

Es fällt mir schwer, meine nächsten Worte auszusprechen. »Und direkt danach hat der Fahrer hinter uns einen Anruf bekommen. Du hast es gesehen. Und du hast auch gesehen, dass er dann die Jagd abgebrochen hat. Einfach so.«

Er schluckt unangenehm berührt. »Was willst du damit sagen?«

»Er will damit sagen, dass du offensichtlich nicht bei uns im Wagen sitzen solltest«, erklärt Seraphine leise, steigt aus dem Auto und geht ein paar Schritte, bevor sie sich an die Motorhaube lehnt. »Das hat er damit gemeint.«

»Willst du damit andeuten, dass mein Vater das alles eingefädelt hat? Dass er soeben versucht hat, uns alle zu töten?«

Ich schüttle den Kopf. »Ich weiß nicht, ob er uns umbringen wollte. Vielleicht wollte er uns nur Angst einjagen.«

»Er wollte mich loswerden«, behauptet Seraphine. »Gift war ihm dafür vielleicht zu unspektakulär. Möglicherweise hat er bereits Erfahrung damit. Ich hatte nicht vor, deinen Vater zu beschuldigen, Blaise. Ich war immer der Meinung, es wäre eher Pascals Art, jemanden umbringen zu lassen, um ihn loszuwerden – wenn man bedenkt, wen er kennt und mit wem er sich abgibt. Doch jetzt … Vielleicht ist dein Vater tatsächlich so verdammt krank, wie ich befürchtet habe. So irre, dass er seinen eigenen Bruder umgebracht hat und sich dann als Nächstes seine Nichte vornimmt.«

»Das ergibt doch keinen Sinn«, entgegnet Blaise, aber irgendetwas in seinen Augen verrät mir, dass es für ihn durchaus denkbar ist. Er will es sich nur nicht eingestehen.

»Es kann natürlich Zufall gewesen sein«, erkläre ich. »Wenn du das glauben willst. Doch ich sehe dir an, dass du die Wahrheit kennst. Wir haben allen Grund, das anzunehmen, Blaise.«

»Nein«, erwidert er. »Nein, so weit würden sie niemals gehen. Ich meine, sie haben schon einige irre Sachen gemacht. Und sie haben dir einiges angetan, Olivier. Aber Seraphine und Ludovic – nein. Das passt nicht zu ihnen. Sie sind böse, aber nicht so böse.«

»Was meinst du, wenn du sagst, dass sie mir einiges angetan haben?«, frage ich.

Er schaut zu Seraphine hinüber, aber sie runzelt nur die Stirn. Dann wendet er sich wieder mir zu. »Du weißt schon.«

Allerdings.

Also weiß Blaise auch über die Erpressung Bescheid.

»Warst du von Anfang an eingeweiht?«, bringe ich mühsam hervor, während Wut in mir hochsteigt. »Hast du es die ganze Zeit gewusst? All die Jahre?«

In seinen Augen blitzt Furcht auf, gefolgt von Scham.

Er lässt den Kopf sinken. »Erst seit Kurzem. Ich bin immer der Letzte, der etwas erfährt.«

»Was meinst du damit?«, will Seraphine wissen.

»Warum sagst du es ihr nicht?«, fragt Blaise mich. »Warum sagst du deiner Schwester nicht, was du getan hast? Und was es alle gekostet hat.« Er hält inne, und auf seiner Miene breitet sich ein Ausdruck der Selbstgefälligkeit aus. »Du gibst gern vor, so gut, großmütig und loyal zu sein, doch stattdessen bist du nur ein Betrüger. Nicht besser als der Rest von uns. Nur ein dreckiger Lügner, der nicht einmal den Mut aufbringt, um zuzugeben, dass er …«

Ich denke nicht einmal nach.

Mein Arm schwingt zurück, und meine Faust schießt nach vorn und trifft Blaise direkt auf die Nase.

Sein Kopf schnellt zurück und kracht mit einem metallischen dumpfen Geräusch gegen den Türrahmen des Wagens. Er stößt einen Schmerzensschrei aus und fährt sich mit der Hand an die Nase, aus der Blut tropft.

»Olivier!«, schreit Seraphine mich an.

Doch das schert mich nicht. Das hat er schon seit Jahren verdient, und es kostet mich große Überwindung, ihm nicht noch einen Faustschlag zu verpassen. Glühender Zorn breitet sich in einer erschreckenden Geschwindigkeit in mir aus.

»Du bist ein Arsch«, stößt er knurrend hervor.

»Und du bist Komplize bei einer verdammten Erpressung.« Ich grinse ihn spöttisch an. »Weißt du, dass du mein Leben zerstört hast? Ist dir bewusst, welche Schmerzen du verursacht hast?«

»Olivier, bitte, wovon redet ihr? Blaise, um welche Erpressung geht es?«

Er zuckt mit den Schultern. »Olivier hat mit Marine geschlafen«, erklärt er matt. Seraphine holt hörbar Luft, und ich kann es kaum fassen, dass jetzt alles herauskommt. »Vor zehn Jahren. Mein Vater ist dahintergekommen und hat eine Abmachung mit Olivier getroffen. Eigentlich sind es mehrere Vereinbarungen«, fügt er hinzu und schaut mich mit schmerzverzerrtem Gesicht an. »Bei einer geht es darum, dass du irgendwann die gleiche Qual empfinden solltest, wie du sie Pascal zugefügt hast. Wenn du wirklich glaubst, dass dieser Fahrer hinter dir her war, was denkst du dann, wo er als Nächstes hinfahren wird?«

Schwer atmend blinzle ich. »Das verstehe ich nicht.«

»Sadie«, stößt Seraphine hervor. »Deine Freundin. Wo ist sie jetzt?«

Oh, verdammt. Nein.

Ich steige in den Wagen und suche auf dem Rücksitz hektisch nach meinem Handy.

»Nein, nein, nein«, murmle ich immer wieder. Ich weigere mich, darüber nachzudenken – es muss ihr einfach gut gehen. Endlich finde ich mein Handy unter dem Sitz; das Display ist zerbrochen, aber ich kann ihre Nummer wählen.

»Ich habe nicht gesagt, dass das passieren wird«, erklärt Blaise. »Ich weiß überhaupt nicht mehr, was vor sich geht. Doch wenn es stimmt, was du glaubst, dann ... Es gibt noch andere Wege, dich zu kriegen, wenn der erste Versuch fehlgeschlagen ist.«

Ich höre ihn kaum, weil ich das Handy an mein Ohr presse. Es klingelt und klingelt.

Keine Antwort.

Keine Antwort.

KAPITEL SIEBZEHN

Sadie

»*Un billet, s'il vous plaît*«, sage ich zu der Frau am Schalter. Entweder spricht sie nur Französisch oder ich kann mich endlich besser verständlich machen, denn sie antwortet mir in ihrer Muttersprache – sehr fröhlich für jemanden, der an den Katakomben arbeitet.

Als Olivier zu seinem Gespräch mit Seraphine aufbrach, wurde mir klar, dass es mir nicht guttun würde, noch einen Nachmittag Trübsal blasend in seinem Apartment zu verbringen. Da Regen vorhergesagt war, kam nur ein Museum infrage, wo es allerdings möglicherweise sehr überlaufen war. Oder ein Besuch in den Katakomben von Paris.

Dort bin ich noch nicht gewesen – Tom hatte die Vorstellung von Gängen voll mit Knochen nicht gefallen –, und ich wollte nicht warten, bis Olivier Zeit hatte, sich mit mir Touristenattraktionen anzuschauen.

Es war ziemlich mühsam, mit der Metro hierherzukommen, und ich bin ein paarmal an den falschen Haltestellen ausgestiegen, bis ich es schließlich geschafft habe. Nun bin ich endlich hier und steige eine sehr schmale gewundene Treppe immer weiter nach unten, tief unter die Straßen von Paris. Ein Blick auf mein Handy zeigt mir, dass ich hier natürlich keinen Empfang habe.

Als ich den Hauptbereich erreicht habe, erhöht sich der Gruselfaktor um einiges. Ich befinde mich tatsächlich in einer Höhle voller Knochen. Menschlicher Knochen. Es handelt sich um ein verzweigtes Labyrinth mit unzähligen aufgestapelten Totenköpfen, alle mit Staub überzogen und schwach beleuchtet. Die Luft ist feucht und kalt und scheint sich auf meine Haut zu legen.

Doch die Art, wie die Knochen ausgestellt sind, hat etwas Schönes, Kunstvolles und Ehrfürchtiges, eine künstlerische Form des Respekts. Vielleicht ist es aber auch nur der Versuch, bei Bestattungen Platz zu sparen. Schließlich sind in diesen Tunneln mehr als sechs Millionen Menschen beerdigt. Diese Vorstellung überwältigt mich, und ich finde es ziemlich beunruhigend, dass die Öffentlichkeit nur einen kleinen Teil davon sehen darf.

Ich gehe eine Weile weiter, vorbei an Touristen, die Fotos und Selfies mit Schädeln und Oberschenkelknochen machen. Es ist verwirrend, wie die Gänge sich verzweigen, und die feuchte Luft und die Dunkelheit versetzen mich in eine merkwürdige Stimmung.

Dieser Ausflug ist ohnehin eine ziemlich morbide Sache, vor allem da ich Ludovic habe sterben sehen, auf seinem Begräbnis war und Seraphines Theorie gehört habe. Ganz zu schweigen von der Geschichte, die Olivier mir erzählt hat.

Eine kalte Brise weht über meine Arme, und ich wünsche mir erschauernd, dass ich sorgfältiger im Internet recherchiert und einen Pullover mitgebracht hätte. Durch den Regen weit über den Gängen scheint es hier unten noch kälter zu werden.

Es sind viel weniger Touristen unterwegs, als ich erwartet habe. In einigen Abschnitten sehe ich niemanden, sondern höre nur gedämpfte Stimmen. Und wenn ich dann um die Ecke biege, ist keiner da. Vielleicht hält der Regen alle im Louvre oder im Musée d'Orsay fest. Möglicherweise waren viele auch so klug und haben erkannt, dass die Katakomben der schlechteste Ort für einen düsteren Sommertag sind.

Immer wieder führen etliche dunkle Gänge vom Haupttunnel weg. Alle sind mit Schildern versehen, auf denen »NE PAS ENTRER« und »STOP« zu lesen ist, um die Besucher davor zu warnen, sie zu betreten. Einige sind durch Türen verschlossen, andere bestehen nur aus langen dunklen Spalten, die in den Kalksteinwänden verschwinden.

Als ich das feuchte Schmatzen von Schritten hinter mir höre, läuft mir ein Schauer über den Rücken.

Ich wirble herum, sehe aber nur eine Säule aus Knochen, die sich in der Mitte des schleimigen Bodens erhebt. Keine Menschenseele in Sicht.

Das muss das Wasser sein, das von der Decke tropft, sage ich mir.

Ich atme tief durch und gehe weiter. Als ich um die nächste Ecke biege, sehe ich erleichtert ein älteres Paar vor einer der Wandtafeln stehen und den Text lesen.

Doch dann höre ich wieder das Geräusch von Schritten und spüre einen kalten Luftzug, der Gänsehaut auf meinen Armen erzeugt. Und ich könnte schwören, einen Schatten zu sehen, der sich rasch nach hinten in die Dunkelheit zurückzieht.

»Hallo«, rufe ich, doch ich bekomme nur ein neugieriges »Hallo?« von dem Pärchen vor mir zur Antwort.

Ich winke den beiden unbeholfen zu, gehe an ihnen vorbei und wünsche mir nur noch, hier herauszukommen.

Es gibt jedoch nur einen Ausgang aus den Katakomben, zumindest für die Besucher, und er taucht einfach nicht auf. Ich gehe immer weiter, manchmal durch Räume, in denen sich einige Leute aufhalten, manchmal durch leere Tunnel.

Und die ganze Zeit über habe ich das Gefühl, von jemandem verfolgt zu werden.

Und natürlich stimmt das. Ständig folgen mir Touristen, aber bei meinem Tempo lasse ich alle schnell weit hinter mir.

Nein, ich spüre etwas anderes.

Da ist irgendwo ein Schatten, der sich pausenlos bewegt.

Und immer wieder leuchtet ein Augenpaar auf, bevor es wieder in der Dunkelheit verschwindet.

Tief in meinem Inneren weiß ich, dass ich beobachtet werde.

Gejagt werde.

Als ich zum wiederholten Mal dieses Gefühl verspüre, wirble ich herum, bereit, meinem Angreifer ins Gesicht zu schauen.

Außer einem Kind am anderen Ende des Gangs, das ganz allein dort steht und einen Totenkopf berührt, ist niemand zu sehen.

Als ich mich wieder umdrehe, sehe ich ihn.

Dieses Mal ist er vor und nicht hinter mir.

Ein Mann läuft quer durch den Tunnel und verschwindet in einem der dunklen Gänge, zu denen der Zutritt verboten ist.

Ich gehe weiter und spähe um die Ecke.

Vor mir liegen zwei Durchgänge, beide versehen mit Schildern mit der Aufschrift »ZUTRITT VERBOTEN«. Einer ist komplett dunkel und der andere ist durch eine weiter hinten von der Decke baumelnde Lampe schwach erleuchtet. Es scheint sich um eine große Höhle zu handeln.

Ich weiß, dass ich weitergehen sollte.

Ich weiß, dass ich von hier verschwinden sollte.

Doch jetzt bin ich neugierig, und meine Neugierde besiegt meine Angst.

Vorsichtig taste ich mich mit den Fingern an der feuchten Kalksteinwand in der dunklen Passage entlang und ignoriere das Verbotsschild.

Und dann sehe ich es.

In den Felsen ist eine kleine Höhle eingegraben.

In einer Ecke stapeln sich zerfallene Kisten.

Und zerbrochene Knochen.

Eine einzelne von der Decke baumelnde Glühbirne verbreitet einen matten bräunlichen Schein.

Direkt darunter steht Pascal.

Und wartet auf mich.

Damit hätte ich rechnen müssen. Ich hätte wissen müssen, dass er derjenige ist, der mich verfolgt. Dieser Ort passt genau für jemanden wie ihn, um wie zwischen der realen Welt und der Hölle plötzlich aufzutauchen.

Trotzdem bin ich überrascht.

So sehr, dass ich erstarre und mir die Luft wegbleibt.

»Es ist nicht leicht, dich zu erwischen«, sagt Pascal leise. Er tritt einen Schritt vor, sodass das Licht der Glühbirne auf seine Augen fällt und sie aufleuchten lässt.

»Du scheinst Hinweise nicht zu verstehen«, entgegne ich, hebe das Kinn und werfe ihm einen selbstbewussten Blick zu, obwohl ich das Bedürfnis verspüre, schnell davonzulaufen und mich irgendwo zu übergeben.

Ich drehe mich um und gehe den Weg zurück, den ich gekommen bin; ich mag so dumm gewesen sein hierherzukommen, aber ich bin nicht so dumm hierzubleiben.

»Und du scheinst Drohungen nicht zu verstehen«, erwidert er scharf. Seine Stimme klingt so schneidend, dass ich unwillkürlich stehen bleibe. »Du bist eine kluge Frau, Sadie. Du weißt, was dich und Olivier erwartet, wenn ihr die falschen Entscheidungen trefft. Natürlich kannst du jetzt von hier verschwinden und so tun, als hättest du mich nicht gesehen, aber ich werde dir folgen, wohin du auch gehst. An die Orte, wohin die Menschen gehen, die dir nahestehen. Dorthin, wo sich deine Liebsten befinden.« Er hält kurz inne. »Ich habe gehört, dass es um diese Jahreszeit in Seattle sehr schön sein soll.«

Mein Herzschlag dröhnt in meinen Ohren, und ich drehe mich langsam zu ihm um.

Das kann er nicht ernst meinen.

Hat er soeben eine Drohung gegen meine Mutter ausgesprochen?

Er wirkt tatsächlich ernst. Ernster, als ich ihn jemals gesehen habe. Die Maske, die er manchmal trägt, ist verschwunden, und er strahlt eiskalten Ehrgeiz aus. So stelle ich mir einen Serienkiller vor, der seinen nächsten Mord plant.

»Was willst du von mir?«, frage ich leise.

»Ich möchte dir etwas zeigen«, erwidert er sanft, holt sein Handy aus der Tasche und kommt auf mich zu.

Ich weiche zurück, bis ich an die kalte Mauer gepresst bin, und frage mich, ob meine Stimme bei einem Schrei durch die Tunnel hallen oder von den Knochen verschluckt würde.

»Keine Panik«, beruhigt er mich und kommt so nahe an mich heran, dass er mich beinahe berührt. Zwischen uns liegen nur noch wenige Zentimeter, so wenig Raum, dass ich kaum atmen kann. Er schiebt sein Gesicht noch näher an mich heran und verzieht seine Lippen zu einem schiefen Grinsen, das zeigt, wie sehr er genießt, was er tut. »Ich werde dir nicht wehtun. Wir können wie Erwachsene miteinander reden. Und dann entscheiden, was wir als Nächstes tun.«

Ich starre ihn schweigend an, und mir ist bewusst, dass sich in meinen Augen ganz deutlich meine Furcht widerspiegelt.

»Du hast sehr schöne Augen«, bemerkt er. »Wie ein in die Enge getriebenes Tier. Früher einmal vertrauensvoll, jetzt ängstlich.«

Ich fahre mir mit der Zunge über die Lippen. Mein Mund ist so trocken, als hätte mir jemand einen Sack voll Sand hineingekippt.

»Du hast nichts zu befürchten, wenn du gut zuhörst«, murmelt er und lässt den Blick zu meinem Mund gleiten. »Du brauchst keine Angst zu haben, wenn du dich richtig verhältst.«

»Und was genau meinst du damit?«, wispere ich.

Er zieht eine Augenbraue nach oben. »Du bist neugierig. Neugier ist der Katze Tod. Sagt man das nicht da, wo du herkommst? Aber du bist klüger. Du wirst zuhören, und dann wirst du fortgehen.«

»Sehr gern«, erkläre ich und wende mich zum Gehen, doch er schiebt sich gegen mich und baut sich so vor mir auf, dass ich zwischen ihm und der Mauer gefangen bin. Ich hole tief Luft und versuche, genügend Energie aufzubringen, um laut zu schreien, doch er legt rasch eine Hand auf meinen Mund.

»Schhh, schhh, schhh«, flüstert er ungeduldig. »Was habe ich gerade gesagt? Wenn du dich ruhig verhältst und mir gut zuhörst, wird dir nichts geschehen. Falls du jedoch schreist und wegläufst, werde *ich* im nächsten Flieger nach Seattle sitzen, nicht du. Hast du mich verstanden? Ich versuche, dir etwas Wichtiges mitzuteilen. Verstehst du das?«

Nein, ich verstehe es nicht.

Ich weiß nur, dass ich Angst habe.

Angst, dass mir etwas Schreckliches zustoßen wird.

Doch gleichzeitig frage ich mich, wie das gehen soll.

Ich könnte mich wehren, ihm entwischen. Ich könnte schreien, und innerhalb von wenigen Sekunden würden mir Leute zu Hilfe eilen. Wir befinden uns in einem Raum mit nur einem Ausgang, und direkt um die Ecke halten sich etliche Touristen auf.

Das alles könnte ich tun und vor ihm flüchten.

Doch das würde alles nur noch schlimmer machen.

Ich versuche, mich zu beruhigen und mitzuspielen, doch seine Hand auf meinem Mund und sein muskulöser starker Körper, der mich festhält, machen es mir unmöglich.

»Braves Mädchen«, sagt er. »Du lernst schnell, und du hörst mir zu. Das ist gut. Hey, ich möchte dir etwas zeigen.« Er nimmt seine Hand von meinem Mund, und ich schnappe nach Luft. Dann hält er sein Handy direkt vor meine Augen und drückt auf »Play«. »Kommt dir das bekannt vor?«

Zuerst flimmert das Video, doch dann wird das Bild scharf.

Es zeigt ein Hotel.

Ein Hotelzimmer im Rouge Royal.

Ein Fenster. Ich bin nackt gegen die Scheibe gepresst. Olivier dringt in mich ein. Die Kamera kommt immer näher heran, und obwohl mein Gesicht meist abgewendet ist, drehe ich hin und wieder den Kopf zur Seite – vor Erregung oder um nach unten zu schauen –, und ich bin deutlich zu erkennen.

Meine Wangen röten sich sofort, und ich schließe peinlich berührt die Augen.

Ich habe gewusst, dass es ein Fehler war, so schamlos zu sein und Sex an einem Ort zu haben, an dem uns jeder dabei beobachten konnte. Es gehörte zu dem Nervenkitzel. Das Treffen in diesem Hotel hat mich völlig überwältigt. In jeder Hinsicht.

Und Pascal hat alles gesehen.

Er hat uns aus dem gegenüberliegenden Gebäude gefilmt, vielleicht aus dem dunklen Zimmer, bei dem die Jalousien halb geschlossen waren.

Schließlich nimmt er sein Handy wieder weg. »Zuerst habe ich dich für eine großartige Schauspielerin gehalten«, murmelt Pascal so nah an meinem Ohr, dass ich seinen heißen Atem spüren kann. »Ich konnte mir nicht vorstellen, dass mein Cousin tatsächlich so gut ist. Doch anscheinend ist er das wirklich. Hätte ich allerdings Sex mit dir, wäre Olivier nur noch eine verschwommene Erinnerung.«

»Träum weiter«, bringe ich hervor und starre ihn zornig an.

»Ich brauche nicht zu träumen«, erwidert er lächelnd. »Ich habe ja das hier. Weißt du, wie oft ich mir diese Aufnahme schon angeschaut habe? Wie oft ich mir vorgestellt habe, es sei mein Schwanz, der in dir steckt und dich dazu bringt, dich zu winden und dich an die Scheibe zu pressen? Allein darüber zu reden, erregt mich schon wieder, vor allem da ich dich jetzt fühlen und riechen kann, wo du erhitzt und verzweifelt bist. Stürze ich dich jetzt im Moment in Verzweiflung?«

Ich wende den Blick von der lüsternen Gier in seinen Augen ab und weigere mich, ihm zu antworten. Mir ist klar, dass es keine Rolle spielt, was ich sage – er würde auf jeden Fall einen Weg finden, mir die Worte zu seinen Gunsten im Mund zu verdrehen.

»Plötzlich so schüchtern? Ich verstehe. Nun, ich nehme an, es ist immer ein Schock, sich selbst in einem so intimen Moment zu sehen. Und der Schock wird noch viel größer sein, wenn die ganze Welt diese Aufnahmen sieht.«

»Wovon zum Teufel sprichst du?«, frage ich gereizt.

Er grinst und sieht aus wie ein Wahnsinniger. »Jetzt habe ich deine Aufmerksamkeit geweckt. Sehr gut. Nun, das ist eines der Dinge, die passieren werden, wenn du bei Olivier bleibst. Ich werde das Video an die Presse geben, und sie werden es überall zeigen. Natürlich handelt es sich nur um einen kleinen Skandal, und ich glaube nicht, dass er Olivier schaden wird. Für dich wird es allerdings ziemlich peinlich, wenn dich alle in deiner Heimat so sehen. Auch deine Mutter ...«

»Lass meine Mutter aus dem Spiel.«

Er zuckt mit den Schultern. »Das kann ich nicht. Es gehört zum Plan.«

»Zu deinem verdammten Plan, uns auseinanderzubringen? Um Olivier jegliches Glück zu verderben? Ist es das, was du willst?«

Stirnrunzelnd neigt er den Kopf zur Seite und mustert mich. »Das hört sich so an, als würde ich meinen Cousin hassen.«

»Das tust du. Und er hasst dich.«

»Oh, das ist mir bewusst.«

»Deshalb hat er mit deiner Frau geschlafen«, stoße ich hervor und rechne damit, dass Pascal schockiert oder verletzt ist.

Stattdessen verzieht er seine zuckenden Lippen wieder zu diesem schiefen Grinsen, und seine Augen blitzen vergnügt. »Das ist nicht der Grund, warum er mit meiner Frau geschlafen hat«, erwidert er. »Er hat es getan, weil es ihn geärgert hat, wie gering seine eigene Familie ihn schätzte. Und wie wenig ich mir aus ihm machte. Er hatte Sex mit meiner Frau, weil sie schön war und ihn angehimmelt hat. Darauf ist er hereingefallen.«

»Hereingefallen?« Ich runzle die Stirn.

»Ja, genau. Marine war ehrgeizig, aber dumm, eine schreckliche Kombination. Tatsächlich ähnelte sie meiner Mutter. Wahrscheinlich habe ich sie deshalb geheiratet – du weißt ja, wie schwierig Beziehungen sein können. Wenn man ehrgeizig und dumm ist, tut man alles, ohne über die Konsequenzen nachzudenken. Marine hatte kein Interesse an mir – sie wollte nur mein Geld. Das passiert uns allen. Ich bin sicher, dass es sich bei meiner Mutter nicht anders verhielt. Ebenso bei Seraphines Ex-Mann. Man weiß nie genau, welche Absichten jemand verfolgt. Wenn man aus dem Hause Dumont kommt, will jeder ein Stück von dir haben, selbst wenn er sich dabei ins eigene Fleisch schneidet.«

Er fährt mir mit einem Finger über die Wange und erhöht dabei langsam den Druck. »Marine war ein leichtes Ziel, und sie war entbehrlich. Ich habe ihr meinen Plan geschildert. Sie sollte Olivier verführen, eine Affäre mit ihm anfangen und ihn glauben lassen, dass sie verliebt in ihn sei. Dann wollten wir darauf warten, bis sie erwischt wurden.«

Oh. Mein. Gott.

»Danach war die Sache gelaufen. Olivier hat alles verloren. Mein Vater und ich haben alles gewonnen – wir mussten nur noch den richtigen Zeitpunkt abwarten. Ehrlich gesagt ging es schneller, als ich dachte.«

»Marine … Du hast deine Frau dazu gebracht, Olivier zu verführen? Du hast ihm eine Falle gestellt!«

»*Wir* haben ihm eine Falle gestellt. Es war natürlich die Idee meines Vaters. Er hat immer so gute Ideen. Ich war damals noch sehr jung und noch nicht so erfahren. Mach dir keine Sorgen wegen Marine – sie hat bekommen, was sie verdient hat. Sobald alles vorbei war, habe ich mich von ihr scheiden lassen, und sie hat keinen Pfennig von mir bekommen. Schließlich hat sie mich mit meinem Cousin betrogen, und im Ehevertrag gab es eine Klausel über Untreue.«

Und ich habe schon geglaubt, dieser Kerl könnte unmöglich noch schlimmer werden …

»Oh, du findest mich abstoßend«, stellt er amüsiert fest. »Das ist in Ordnung. Es ist besser, eine solche Reaktion zu bekommen als keine. Das ist wie bei Kunst, verstehst du?«

»Wie kannst du es wagen, Mord mit Kunst zu vergleichen?«

»Mord?«, fragt Pascal. »Jetzt wirst du aber ein wenig zu dramatisch, findest du nicht?«

»Ich weiß, dass du es getan hast. Alle wissen es. Du hast Ludovic ermordet, um die Firma übernehmen zu können.«

Pascal spitzt für einen Moment die Lippen. Offensichtlich hat er nicht damit gerechnet, dass ich die Wahrheit weiß. »Er hatte einen Herzinfarkt.«

»Du hast ihn getötet.«

»Ich versichere dir, dass ich das nicht getan habe. Ich habe mich zwar nicht gut mit meinem Onkel verstanden, aber ich habe ihn auch nicht gehasst. So etwas würde ich niemals tun. Viel zu unappetitlich.«

»Ich habe dich gesehen, wie du mit ihm und deinem Vater das Arbeitszimmer verlassen hast. Kurz vor Ludovics Tod. Du hättest es dort drin tun können. Mit Gift.«

Pascal runzelt die Stirn und scheint über etwas nachzudenken. Dann schüttelt er den Kopf. »Glaub, was du willst. Im Moment ist mir das egal. Wichtig ist nur, dass du von hier verschwindest. Der Flug geht heute Abend.«

»Welcher Flug?«

»Der Flug zurück nach Seattle. Er startet in drei Stunden.«

Ich schrecke zurück. »Ich fliege nirgendwohin.«

»Doch, meine Liebe. Du kennst die Konsequenzen, falls du bleibst.«

»Warum willst du unbedingt, dass ich gehe?«

»Weil es für dich hier keinen Platz gibt. Vielleicht will ich nur auf dich aufpassen. Möglicherweise hast du recht und ich hasse Olivier und will ihm zeigen, dass ich alle Trümpfe in der Hand habe. Ich habe die Macht und kann dafür sorgen, dass seine Geliebte ihn verlässt. Und er bleibt allein zurück. Er wird dir niemals folgen. Nicht, wenn er Seraphine schutzlos zurücklassen müsste. Und wenn er sich nicht mehr um seine Hotels kümmern könnte. Er wird um dich trauern, und es wird ihm das Herz brechen. Und er wird dich nie wiedersehen.«

Ich schlucke heftig und zucke kaum zusammen, als ein kalter Wassertropfen von oben auf meine Schulter fällt. Pascal steht immer noch dicht vor mir und kommt mir vor wie das große schwarze Loch, das mich langsam verschlingt und an meiner Entschlossenheit nagt.

»Ich gehe nirgendwohin.«

Seufzend schließt er kurz die Augen. »Ich mag dich, weißt du. Sehr sogar. Wenn du ein wenig aufgeschlossener wärst, könntest du mich meinem Cousin vielleicht sogar vorziehen. Aber das spielt jetzt keine Rolle. Ich möchte weder dich noch Olivier noch deine Familie verletzen, aber wenn du nicht genau tust, was ich dir sage, werde ich es tun.« Er schaut mir mit erstaunlicher Überzeugungskraft in die Augen. »Und es wird mehr wehtun, als du es dir vorstellen kannst«, flüstert er.

Dann tritt er einen Schritt zurück, und die Feuchtigkeit der unterirdischen Höhle schlägt mir so heftig ins Gesicht, dass mir übel wird. Er holt sein Handy wieder hervor und ruft einen Airline-Ticker auf.

»Dein Flug«, erklärt er. »An deiner Stelle würde ich schnell zurückfahren, packen und mich auf den Weg machen.« Er scrollt nach unten, bis ein weiterer Ticker erscheint. »Wie du siehst, habe ich auch ein Ticket. Wir treffen uns am Flughafen. Vielleicht vertraue ich dir aber auch und komme nicht. Auf jeden Fall fliegt jemand nach Seattle zu deiner Mutter. *Tu comprends?*«

Ich nicke. »Ja.«

»Auf Französisch klingt das besser«, erklärt er.

Es kostet mich große Mühe, das Wort auszusprechen. »*Oui.*«

»Ah, vielleicht bleibst du doch lieber bei deiner Muttersprache.« Er steckt sein Handy ein und verlässt mit schnellen Schritten die Höhle. »Komm nicht zu spät, Sadie«, ruft er über die Schulter, sodass seine Worte widerhallen. »Das kannst du dir nicht leisten.«

Und dann bin ich allein.

Ich lasse mich gegen die Mauer fallen, rutsche langsam daran nach unten und versuche zu atmen und zu denken.

Und herauszufinden, was die richtige Lösung ist.

Und ob es nur die eine gibt.

KAPITEL ACHTZEHN

Olivier

»Könnten Sie ein bisschen schneller fahren?«, bitte ich meinen Chauffeur Hugo, obwohl er bereits zwanzig Stundenkilometer über der erlaubten Geschwindigkeit liegt, als wir den Quai d'Orsay zu meinem Apartment im Marais entlangrasen.

Er zieht die Augenbrauen nach oben, tritt aber aufs Gaspedal.

Ich drehe mich zu Blaise und Seraphine um. »Also«, wende ich mich an Blaise. »Was genau hast du gesagt?«

In dem Moment, in dem er darauf anspielte, dass Pascal Sadie in irgendeiner Weise Schaden zufügen könnte, war mir klar, dass ich sofort zu ihr musste. Der Fiat war nach dem Angriff nicht mehr fahrtauglich, also ließ ich einen meiner Fahrer kommen.

Und ich vergewisserte mich, dass ich nicht allein war. Blaise musste unbedingt dabei sein. Er ist der Schlüssel zu dieser ganzen Sache, die einzige Person, die alles richtigstellen kann.

Natürlich ist dieser Gedanke ziemlich naiv, denn Blaise ist immer noch einer von ihnen, und ich bin mir nicht sicher, ob ich ihm trauen kann. Doch im Augenblick bin ich auf ihn angewiesen.

Seraphine ist, wie ich deutlich erkennen kann, stark angegriffen. Zuerst wären wir beinahe in ihrem Auto umgekommen, und dann musste sie die Wahrheit über meine Abmachung mit Gautier erfahren.

Sie ist wütend auf mich, das weiß ich. Falls sie es noch nicht ist, wird sie es sein, wenn der Schock abklingt, und das kann ich ihr nicht verübeln. Selbst wenn sie nichts mehr von mir wissen und nicht mehr meine Schwester sein will, kann ich ihr deshalb nicht böse sein. Ich habe sie lange Zeit angelogen, und diese Lüge könnte ihr persönlich schaden – eine Lüge, die auf meinem Egoismus und meiner Dummheit beruht.

Im Moment zieht sie Glasscherben aus ihren Händen und versucht unbeirrt, Blaise zum Antworten zu bewegen. Ich habe darauf bestanden, sie sofort ins Krankenhaus zu bringen, obwohl sie meinte, das sei alles nicht so schlimm, wie es aussehe. Anschließend muss sie sich dann mit der Versicherung in Verbindung setzen und den Vorfall der Polizei melden, auch wenn ich mir sicher bin, dass das zwecklos ist. Natürlich wird sie Geld für ihren Wagen bekommen – Geld, das sie nicht braucht –, aber eigentlich geht es nur um Lippenbekenntnisse. Der Mann hinter dem Steuer könnte auch nie existiert haben, und selbst wenn mein Onkel damit irgendetwas zu tun haben sollte – was ich noch genauer untersuchen werde –, wird das nie ans Tageslicht kommen.

So läuft das, wenn man derart korrupt ist. Wenn einem die Macht der Mafia und anderer krimineller Organisationen auf Abruf zur Verfügung steht und man darüber hinaus über verdammt viel Geld verfügt, kann man kontrollieren, was die Polizei tut und was nicht.

»Ich habe gar nichts gesagt«, erwidert Blaise gereizt, reibt sich die Nase und stöhnt dabei auf.

»Oh doch«, widerspricht Seraphine ihm. »Du hast gesagt, dass Pascal eine Schraube locker habe, was, ehrlich gesagt, niemanden hier überrascht.«

»Wenn er ihr wehtut, dann werde ich dir wehtun«, warne ich

ihn, und Wut steigt mir wie Galle in die Kehle. »Noch mehr, als ich es bereits getan habe. Schlimmer, als du es dir vorstellen kannst.«

Blaise runzelt die Stirn. »Was Pascal tut, geht mich nichts an.«

»Und warum verrätst du ihn jetzt?«, fragt Seraphine.

Er schaut ihr in die Augen und hält ihrem Blick länger stand als üblich. Schließlich schluckt er und reibt seine Lippen einen Moment lang aneinander, als würde er gegen ein Monster in seinem Inneren kämpfen. »Weil ich ihn hasse«, erwidert er dann.

Entsetzt sieht Seraphine zuerst mich und dann wieder Blaise an. »Was?«

Blaise atmet tief ein. »Ich habe gedacht, das wüsstet ihr inzwischen.«

»Wie zum Teufel sollten wir das wissen? Du bist doch ständig mit ihnen zusammen.«

»Wie der dritte Musketier«, füge ich hinzu.

Blaise starrt mich an und wendet sich dann wieder Seraphine zu, als wäre ich nicht da. »Ich arbeite mehr mit dir zusammen, als ich das jemals mit ihnen getan habe«, erklärt er und zuckt dann mit den Schultern. »Wie auch immer. Ich muss mich nicht rechtfertigen.«

»Meine Güte, du bist ein launischer kleiner Mistkerl«, stellt Seraphine fest.

Er grinst sie an. »Und du würdest mich nicht anders haben wollen.« Er zuckt zusammen und fasst sich an die Nase. »Au.«

»Es tut mir leid«, erkläre ich, »aber wir haben im Augenblick dringendere Probleme. Klar, wir wären beinahe umgekommen, und ja, es ist schockierend, dass du deinen Bruder plötzlich hasst, aber Sadies Leben ist in Gefahr.«

»Er wird ihr nichts tun«, erwidert Blaise geringschätzig. »Vielleicht springt er grob mit ihr um. Du weißt, wie er ist. Und möglicherweise jagt er ihr ein wenig Angst ein. Doch er wird ihr nicht wehtun.«

»Verteidigst du ihn jetzt wieder?«, fragt Seraphine.

»Ich verteidige niemanden, ich sage nur die Wahrheit. Pascal wird ihr drohen und sie dazu bringen, dass sie fortgeht.«

»Warum?«, will Seraphine wissen. »Was hat sie ihm getan?«

»Nichts«, erwidert Blaise. »Das ist nur ein Spiel. Inzwischen solltest du das wissen. Für die beiden war es schon immer ein Spiel. Sie müssen unbedingt an der Spitze stehen und ständig die Kontrolle über alles haben. Wenn das nicht so ist, kann es ziemlich ungemütlich werden.«

»Das ist es bereits«, erkläre ich schroff. »Schau uns doch an.«

»Deshalb geschieht das«, fährt er matt fort, als würde es ihn erschöpfen, darüber zu reden. Oder langweilen. »Sadie ist etwas Neues in deinem Leben, und sie gehört eigentlich nicht in diese Welt. Und sie sind der Meinung, je kleiner sie dich machen, umso größer werden sie. Vergiss nicht … Sie haben Angst vor dir.«

»Angst? Vor mir?«

»Man schickt keine polnischen Gangster los, wenn man sich sicher fühlt. Sie sind sich bewusst, dass sie nur ganz oben sind, weil sie dich erpresst haben. Töten wollten sie dich heute nicht, aber dich einschüchtern, um dir zu zeigen, wo dein Platz ist.«

»Dann waren *sie* es«, stellt Seraphine fest. »Du gibst es also zu.«

»Ich weiß gar nichts«, entgegnet er rasch. »Aber das ergibt am meisten Sinn. Im Gegensatz zu deiner Mordtheorie. Tut mir leid, ich weiß, du suchst einen Schuldigen, aber du solltest einfach loslassen.«

»Unser Vater ist tot«, erwidert Seraphine kalt. »Das kann ich nicht auf sich beruhen lassen.«

»Wenn du die Sache weiterverfolgst, kommt großes Leid auf dich zu«, erklärt Blaise und schaut sie eindringlich an. »Vertrau mir. Bitte. Ich glaube nicht, dass mein Vater oder mein Bruder etwas mit Ludovics Tod zu tun haben. Wenn du allerdings anfängst herumzuschnüffeln, dich benimmst, wie sie es getan haben, und Dinge verdrehst, dann … dann werden sie sich rächen. Vergiss es einfach. Nimm dir Zeit, um deinen Vater zu betrauern, aber suche nicht nach etwas, was alles noch schlimmer macht.«

Darin stimme ich mit Blaise überein. Vielleicht liegt es daran, dass ich nicht darüber nachdenken will, oder daran, dass damit tatsächlich alles noch schlimmer werden würde. Auf jeden Fall ist es besser für uns alle, wenn wir einfach loslassen.

Vorerst.

Außerdem ist das im Moment nicht das Thema, das mich am meisten beschäftigt. Ich bin nicht sicher, ob ich Blaise seine Behauptung, Pascal würde Sadie nicht wehtun, glauben kann. Und ich möchte mir lieber nicht vorstellen, was er mit »grob umspringen« gemeint hat. Ich weiß nur, dass Sadie sicher verängstigt, verloren und verwirrt ist, falls Pascal sie erwischt hat. Und sie wird in gewisser Weise Schmerzen empfinden. Und so wie ich sie kenne, wird sie sich fügen, wenn Pascal sie vor die Wahl stellt und alles tut, um sie loszuwerden.

Sie wird gehen, um mich zu schützen.

Das ist einer der Gründe, warum ich mich in sie verliebt habe.

Sie ist einer der wenigen Menschen, die über ihre Grenzen hinaus alles für mich tun würden – und ich für sie.

Verdammt! Die glückseligen Tage in der sonnendurchfluteten Hotelsuite, an denen unser einziges Problem darin bestand, was wir beim Zimmerservice bestellen sollten, scheinen Ewigkeiten her zu sein.

Ich vermisse dieses Leben.

Ich vermisse sie.

Ich vermisse uns. Uns zusammen.

Und nun liegt alles in Scherben.

»Hey«, sagt Seraphine behutsam und berührt mich an der Schulter. Als ich mich zu ihr umdrehe, sehe ich Mitgefühl in ihren Augen. »Ihr wird nichts geschehen.«

»Ja. Und wenn doch?«

»Sie wird es überstehen.«

»Das heißt jedoch nicht, dass mit uns noch alles in Ordnung sein wird.«

Ich sehe, dass sie genau versteht, was ich meine.

Jedes Paar hätte Schwierigkeiten, damit fertigzuwerden, ganz besonders, wenn die Beziehung noch frisch ist.

Glücklicherweise dauert es nicht lange, bis der Wagen mit quietschenden Reifen auf der nassen Straße vor dem Gebäude anhält. Ich renne an der Concierge vorbei, die zweimal hinschauen muss und dann noch ein drittes Mal, als Seraphine und Blaise mir rasch durch die Lobby folgen. Es überrascht mich, dass Blaise mit uns kommt, aber vielleicht versucht er damit, sich von Pascal und Gautier zu distanzieren.

Oder es hat möglicherweise etwas mit Seraphine zu tun. Auf merkwürdige Weise verhält er sich ihr gegenüber beschützerisch. Vielleicht auf eine geschwisterliche Art, was jedoch ebenfalls seltsam wäre, denn sie kommen von verschiedenen Seiten der Familie und haben sich nie gut verstanden. Wenn Blaise allerdings Pascal wirklich hasst – und so wie es sich anhört, ist er seinem Vater auch nicht sehr zugetan –, dann ist Seraphine in diesem Spiel vielleicht doch nicht ganz allein.

Sobald ich mein Apartment betrete, ist mir klar, dass Sadie nicht mehr da ist.

Ihre Sachen sind weg.

Und ich finde einen Brief.

Die Nachricht erleichtert mich ein wenig, denn daraus schließe ich, dass es ihr gut geht.

Lieber Olivier,

es tut mir so leid, aber ich muss gehen. Ich habe keine Zeit für Erklärungen; ich nehme einen Flug vom Flughafen Charles de Gol oder wie auch immer man das schreibt und fliege nach Hause. Es geht mir gut, ich bin nicht verletzt, aber ich muss zurück. Bitte versteh das. Es hat nichts mit dir zu tun. Ich melde mich, wenn ich gelandet bin. Ich liebe dich. Ich würde gern auf Französisch schreiben, aber …

Ich liebe dich.
Sadie

»Geht es ihr gut?«, fragt Seraphine und versucht, über meine Schulter zu schauen, um die Nachricht zu lesen.

Ich falte den Brief zusammen, stecke ihn in meine Tasche und verberge ihn vor ihrem neugierigen Blick. »Ich glaube schon, aber genau weiß ich es nicht. Sie fliegt nach Hause zurück.«

»Nach Hause?«

»Zurück nach Seattle.«

»Dann hat ihr sicher Pascal das Ticket besorgt«, meint Blaise nachdenklich, während er, die Hände auf dem Rücken verschränkt, ein Bild an meiner Wand betrachtet. »Das habe ich mir schon gedacht.«

»Wie geht es dir?«, fragt Seraphine mich und durchstöbert meine Hausbar nach einem Drink.

»Ich weiß es nicht«, gebe ich zu.

Weil ich es tatsächlich nicht weiß. Sie ist weg.

Meine Liebe ist nicht mehr da.

Doch mir ist klar, dass ich sie nicht so einfach gehen lassen werde.

Seraphine wählt eine Flasche Brandy aus und zieht den Korken mit den Zähnen heraus. »Wenn es dich nicht stört, gönne ich mir einen Drink. Mir ist jetzt danach.«

Geistesabwesend beobachte ich, wie sie einen großen Schluck aus der Flasche trinkt.

»Beeindruckend«, bemerkt Blaise, richtet seine ganze Aufmerksamkeit auf sie und starrt sie auf eine Weise an, die mir nicht familientauglich vorkommt.

Ich runzle die Stirn, doch meine Gedanken treiben mich voran. »Warum hasst du deinen Bruder?«

Blaise grinst höhnisch. »Warum hasst du ihn?«

»Weil … weil er ein Stück Dreck ist. Rücksichtslos und ohne jegliche Klasse.«

»Oh, wir sind alle ein wenig rücksichtslos, Olivier«, erwidert Blaise. »Wir haben alle unsere Methoden, um an die Spitze zu kommen. Du auch. Nicht bei der Marke Dumont, aber bei deinen

Hotels. Und du, Seraphine, warst es auch, als es darum ging, den Job zu bekommen, den du haben wolltest. Wenn du die Möglichkeit hättest, wärst du ganz oben. Ich sehe, wie ehrgeizig du bist. Das liegt uns im Blut. Wobei meine Seite der Familie dabei vielleicht noch etwas stärker betroffen ist.«

Er geht zu Seraphine hinüber, nimmt ihr die Flasche aus der Hand und trinkt ebenfalls einen Schluck daraus, ohne den Blick von ihr abzuwenden. »Ist das unsere Marke oder etwas wirklich Gutes?« Er wischt sich mit der Hand den Mund ab. »Für mich schmeckt das alles wie Feuer.«

»Du hast meine Frage noch nicht beantwortet«, erinnere ich ihn.

Er zuckt mit den Schultern. »Was spielt es für eine Rolle, warum ich ihn hasse? Nur weil jemand dein Bruder ist und zur Familie gehört, musst du ihn nicht zwangsläufig mögen. Lass es mich so sagen: Ich habe ein anderes Leben in einem anderen Haus geführt, aber meine Bestrebungen und meine Ziele sind die gleichen.«

An die Spitze zu kommen, denke ich bei mir. Wenn es ihm gelingt, Pascal irgendwie auszuschalten, kann er seine Stellung einnehmen. Allerdings bin ich mir nicht sicher, ob Blaise begreift, dass sein Vater und Pascal eine vereinte Front bilden, gegen die er nicht ankommt. In dieser Familie sind manche begünstigter als andere.

»Was hast du jetzt vor?«, erkundigt sich Seraphine, während Blaise mir die Flasche reicht.

Ich greife zu. Warum nicht?

Der Brandy schmeckt wirklich wie Feuer, aber so, als würde man damit getauft.

Er vertreibt den Nebel und bringt eine gewisse Klarheit in die Gedanken.

In dem Moment, in dem ich es ausspreche, weiß ich, was ich zu tun habe.

»Ich fliege nach Seattle«, erkläre ich. »Heute Abend. Und ich weiß noch nicht, ob und wann ich jemals zurückkommen werde.«

Ich rechne damit, dass Seraphine jetzt ein großes Tamtam macht. Ich erwarte, von ihr zu hören, dass ich genau tue, was sie wollen, und ich sie damit gewinnen lasse. Und dass Vater damit nicht einverstanden wäre.

Doch mein Vater wollte immer nur, dass ich glücklich werde.

Und ich weiß, was mich glücklich macht.

Es ist Sadie.

Sadie und nichts anderes.

»Gut«, sagt Seraphine, und obwohl sie mit meinem Vater nicht blutsverwandt war und ihm nicht ähnlich sah, erkenne ich meinen Vater in ihr und höre ihn in ihrer Stimme. Ich weiß, er spricht durch sie oder sie spricht durch ihn. »Ich glaube, das ist die richtige Entscheidung. Vielleicht das Einzige, was du tun kannst.«

»Es macht dir nichts aus?«

Sie lacht trocken. »Ob es mir etwas ausmacht? Ich werde dich schrecklich vermissen, aber du musst dir keine Sorgen machen, weil du mich allein lässt.«

»Ich werde mich um sie kümmern«, wirft Blaise ein.

Mit vor Überraschung geweiteten Augen starrt Seraphine ihn an. Er erwidert ihren Blick, und in diesem Moment wird mir klar, dass er es ernst meint. Es sieht ganz so aus, als würde es ihr ohne mich gut gehen. Vielleicht sogar besser. Möglicherweise entwickeln wir uns alle zu besseren Versionen unseres Selbst, wenn wir allein gelassen werden und herausfinden können, wer wir wirklich sind.

Und was wir wirklich wollen.

Ich will in ein Flugzeug steigen und Tausende Kilometer weit über den Ozean in ein anderes Land fliegen.

Ich will ihr folgen, das weiß ich.

»Ich glaube, ich muss einen Flug erwischen«, erkläre ich und gehe in mein Schlafzimmer, um meinen Reisepass zu holen. Als ich zurückkomme, reichen sich Blaise und Seraphine die Brandyflasche hin und her. »Kann ich euch in meinem Apartment allein lassen?«

»Glaubst du etwa, wir schlagen uns die Köpfe ein?«, fragt Seraphine.

Nicht wirklich.

»Na gut. Kann ich mich zumindest darauf verlassen, dass ihr ins Krankenhaus fahrt?«

»Ich bringe sie hin«, erwidert Blaise. »Verschwinde endlich von hier.«

Für den Bruchteil einer Sekunde überfällt mich das Gefühl, dass ich nun genau tue, was sie wollen, und dass Gautier, Pascal und auch Blaise aus meiner Abreise aus Paris nur Nutzen ziehen.

Doch ich kehre ja nicht allem den Rücken.

Ich gehe nur einen Schritt voran.

Auf dem Weg zum Flughafen muss ich jedoch noch einmal kurz anhalten.

Gautiers Haus liegt ein wenig außerhalb von Paris an einem ruhigen Ort, wo sanft geschwungene Hügel in Eichenwälder übergehen. Ich kenne diese Gegend wie meine Westentasche. In meiner Kindheit habe ich in vielen Sommern etliche Tage in diesem Haus verbracht und bin auf dem Grundstück herumgelaufen, bis dann zur Abwechslung mein Cousin tageweise mit mir in unser Haus gekommen ist.

Oberflächlich betrachtet handelt es sich um wunderschöne Erinnerungen. Makellose. Vielleicht geht das vielen Menschen so. Die Kindheitserinnerungen sind voll von Sonnenschein, dem Duft nach frischem Gras und dem Geschmack nach Eiscreme und wecken die Sehnsucht nach Vergangenem. Man erinnert sich nur an das Gute und verdrängt das Schlechte.

Bis vor Kurzem habe ich die damalige Beziehung zu meinem Onkel, meiner Tante und meinen Cousins als vollkommen unbelastet betrachtet.

Doch nun erkenne ich allmählich, dass ich mich geirrt habe.

Selbst durch die rosarote Brille der Kindheit ist zu sehen, dass schon damals einiges in die Wege geleitet wurde. Gautier und Camille haben ihre Kinder und uns wie Schachfiguren gegeneinander ausgespielt, alles in dem Bemühen, die Familienbande zu untergraben.

Als ich jetzt die baumbestandene Straße entlangfahre, überfallen mich schlagartig die Erinnerungen daran. Die echten Erinnerungen – an die kleinen Bosheiten zwischen den Freundlichkeiten, dem Lachen und den Spielen.

Ich erinnere mich daran, wie meine Mutter nach einer Auseinandersetzung mit meinem Onkel weinend ins Badezimmer lief. Ich erinnere mich daran, wie meine Tante zu Pascal sagte, er sei nicht so hübsch und so klug wie ich, woraufhin Pascal mich verprügelte. Ich erinnere mich daran, wie Blaise mich eines Tages auf den Boden schubste und mir erklärte, dass ich hier nicht willkommen sei. Ich erinnere mich daran, wie mein Onkel mich immer wieder mit seinen Söhnen verglich und mich als jemanden hinstellte, an dem man sich messen sollte, obwohl ich noch ein kleiner Junge war und nichts Böses getan hatte. Ich erinnere mich daran, dass er seinen Söhnen Angst einjagte, um sie dazu zu bringen, alles zu tun, was er wollte, und wenn es einmal nicht so lief, wie er es sich vorgestellt hatte, verwandelte er sich in ein gewalttätiges Ungeheuer.

Ich erinnere mich daran, dass Blaise blaue Flecken auf der Wange hatte.

Daran, dass Pascal weinte, nachdem sein Vater ihn während seiner Geburtstagsparty in den Keller gesperrt hatte.

Daran, dass Camille versuchte, meine Mutter immer wieder betrunken zu machen.

Daran, dass mein Onkel behauptete, ich stamme von einer Bande Lügner ab.

Jetzt schießen mir alle diese düsteren Erinnerungen, die ich verzweifelt verdrängt hatte, durch den Kopf und kriechen durch mich hindurch wie das matte Sommerlicht durch die Reihen der Eichen am Straßenrand.

Ich halte vor dem Haus, und bei all den Schatten und neu erwachten Erinnerungen wirkt das weitläufige dreihundert Jahre alte Anwesen besonders düster.

Und es sieht so aus, als sei niemand zu Hause. Nur ein Auto steht davor. Ich habe damit gerechnet, zumindest Pascal hier zu finden, da er meistens hier wohnt, doch dann muss ich eben mit meinem Onkel reden.

Er ist ohnehin derjenige, der Pascal kontrolliert.

Nachdem ich meinen Wagen geparkt habe und ausgestiegen bin, schaue ich zu den oberen Fenstern hinauf und sehe die Schattenumrisse meiner Tante. Sie späht zu mir herunter und verschwindet dann.

Meinem Klopfen an der Tür folgt eine lange Stille. In einem Horrorfilm würden jetzt irgendwo im Haus riesige teuflische Hunde bellen, aber Gautier und Camille können fast alle Tiere nicht leiden.

Wieder überfällt mich eine Erinnerung. Weil Seraphine es sich gewünscht hatte, durften wir ein Kätzchen namens Felipe aus dem Tierheim holen.

Pascal war ganz begeistert von dem Kätzchen und spielte jedes Mal, wenn er bei uns war, stundenlang mit ihm.

Er bat seine Eltern, auch eine Katze haben zu dürfen, doch sie waren unerbittlich – ein so schmutziges Tier würde ihnen nie ins Haus kommen. Also sparte Pascal, um sich einen Hamster besorgen zu können. Als er genug Geld hatte, kaufte er einen Käfig und eines der kleinen Tierchen, und ich erinnere mich noch gut daran, wie er damit prahlte, jetzt auch ein Haustier zu haben, und mich mit auf sein Zimmer nahm.

Doch der Hamster war verschwunden – der Käfig war leer.

Nachdem wir zwanzig Minuten lang fieberhaft das Zimmer abgesucht hatten, tauchte seine Mutter auf und erklärte ihm, dass sie den Hamster in der Toilette hinuntergespült habe.

Danach veränderte sich Pascal sehr. Die für sein Alter typische jungenhafte Unschuld schien plötzlich wie ausgelöscht zu sein, und irgendetwas Kaltes, Unpersönliches trat an ihre Stelle. Ich erinnere mich an den Schock, das Entsetzen und den Ekel, den ich empfand, als ich hörte, was seine Mutter so unbekümmert mit einem lebendigen Wesen gemacht hatte. Doch noch stärker ist mir in Erinnerung geblieben, dass ich Angst um Pascal hatte, weil er sich so benahm, als sei seine gute Seite mit einem Mal völlig verschwunden.

Ich atme tief durch und will noch einmal klopfen, als sich endlich die riesige Tür öffnet. Vor mir steht Charlotte, das junge zierliche Hausmädchen.

»Hallo«, begrüßt sie mich mit ihrer leisen Stimme.

»Charlotte.« Ich nicke ihr zu. »Ist Pascal zu Hause?«

Sie schüttelt den Kopf und wirkt ein wenig ängstlich.

»Und mein Onkel?«

Sie schluckt, und aus ihrer Körpersprache schließe ich, dass sie mir gleich die Tür vor der Nase zuschlagen wird.

Hinter ihr ertönt eine Stimme. »Schon gut, Charlotte, lass ihn rein.«

Gautier.

Sie öffnet die Tür weiter und weicht zurück. Als ich eintrete, sehe ich Gautier mit einem Glas Sherry in der Hand am Eingang zur Bibliothek stehen.

»Freut mich, dich zu sehen, Olivier. Komm herein.«

Er dreht sich um und verschwindet in dem Zimmer.

Charlotte wirft mir einen bangen Blick zu, huscht die Eingangshalle hinunter und taucht in den dunklen Leib des Hauses ein.

Ich gehe in die Bibliothek und versuche, meinen aufsteigenden Zorn zu kontrollieren und den Impuls, meine Hände zu Fäusten zu ballen und wieder zu öffnen, zu unterdrücken.

Gautier steht in der Mitte des Zimmers und trägt einen Anzug, der eher nach Gucci als nach Dumont aussieht. Dieser Mann trägt nicht einmal seine eigene verdammte Marke.

»Welchem Umstand habe ich deinen überraschenden Besuch zu verdanken, Olivier?«, fragt er und nippt an seinem Sherry.

»Wo ist Pascal?«, frage ich. Ich bin direkt an der Tür stehen geblieben, weil ich ihm nicht zu nahe kommen will. Aus Angst davor, was ich dann tun könnte.

Er zuckt mit den Schultern. »Ich habe keine Ahnung«, antwortet er. »Ich überwache meine Söhne nicht.«

Ich grinse spöttisch und stoße ein trockenes Lachen aus. »Oh doch, das tust du. Du hast Pascal heute losgeschickt, um Sadie zu schikanieren. Genauso wie du später den Fahrer auf uns gehetzt hast, um uns zu töten.«

Gautier zieht die Augenbrauen nach oben, wirkt aber nicht überrascht. »Sadie? Euch töten lassen? Alles in Ordnung mit dir, Olivier? Du hast doch nicht etwa getrunken? Was du sagst, ergibt keinen Sinn.«

»Du kannst dich verstellen, solange du willst«, erwidere ich, kochend vor Wut. »Das ändert nichts. Ich weiß, was du getan hast. Ich kenne deinen Plan. Ich weiß, dass du uns heute nicht nur Angst machen, sondern uns von der Bildfläche verschwinden lassen wolltest. Nun, es hat geklappt. Bei Seraphine und bei mir. Und auch bei Blaise.«

Er kneift die Augen zusammen. »Lass meinen Sohn aus dem Spiel.«

»Warum? Du hättest ihn heute beinahe umgebracht, weißt du das? Was glaubst du, wie er sich jetzt fühlt?«

Beinahe schnappt er nach dem Köder. Er will wissen, wie es seinem Sohn geht, ob er in Ordnung ist, doch er hält sich zurück. »Ich habe keinen blassen Schimmer, wovon du sprichst.«

»Und Sadie. Du hast Pascal beauftragt, ihr zu drohen und deine Drecksarbeit zu machen. Du hast geglaubt, dass du mich schwächen könntest, wenn du sie vertreibst. Dass du meine Entschlossenheit beeinflussen und mich dazu bringen würdest, mit eingezogenem Schwanz abzuhauen. Du hast dich getäuscht.«

»Olivier, bitte, ich weiß nicht einmal, wer diese Sadie ist. Eine weitere deiner Huren?«

Ich weiß nicht, wie es geschieht, doch plötzlich fliege ich durch das Zimmer, stürze mich auf meinen Onkel und werfe ihn auf den Parkettboden, sodass ihm das Sherryglas aus der Hand fällt.

Logisches Denken und Zurückhaltung sind verflogen, und ich ramme ihm die Faust gegen den Wangenknochen, die Nase und das Kinn. Am liebsten hätte ich ihm den Kopf so lange auf den Boden geknallt, bis nur noch Hackfleisch übrig ist.

Mein Onkel ruft nach Hilfe und versucht zurückzuschlagen. Für sein Alter ist er ziemlich stark, und durch das Blut auf seinem Gesicht sehe ich Wut in seinen Augen und die Furcht, dass ich ihn töten könnte. Vielleicht ist es auch der Schock darüber, dass er den Kampf verliert. Der Verlust des Stolzes ist in dieser Familie eine gefährliche Angelegenheit, vor allem für ihn. Es ist die Sache, vor der er sich am meisten fürchtet.

Und ich höre nicht auf, ihn zu schlagen.

Nicht einmal, als meine Fingerknöchel blutig sind.

Nicht einmal, als Camille und Charlotte versuchen, mich zurückzuhalten, und Camille damit droht, die Polizei zu rufen.

Nicht einmal, als ich schwer atmend über Gautiers zerschundenem Körper stehe, mich mehr wie ein Tier als wie ein Mensch fühle und weiß, dass ich diese eine kleine Runde gewonnen habe.

»Ich weiß, was du getan hast, Gautier«, stoße ich wütend hervor. Mir ist bewusst, dass Camille dabei ist, die Polizei zu verständigen, und ich das Schlimmste befürchten muss, weil Gautier sie geschmiert hat. »Wir alle wissen, was du getan hast. Im Augenblick glaubst du vielleicht, dass du ungestraft davongekommen bist, aber das stimmt nicht. Wenn du einmal unachtsam bist und glaubst, dass dir niemand zusieht, dann wird deine eigene Welt zusammenbrechen und du wirst dir wünschen, dass du nur diese Prügel von mir bekommen hättest.«

Ich strecke mein Bein aus und trete ihn in die Seite. Die Redewendung heißt zwar, man sollte niemanden treten, der bereits auf dem Boden liegt. Doch man sagt auch: Das Schicksal ist unberechenbar.

Während Gautier stöhnt und mich beschimpft, schüttle ich Charlottes und Camilles Hände ab, mit denen sie mich halbherzig festgehalten haben, und gehe. Ich verschwinde von hier, bevor die Polizei eine Chance bekommt, mir etwas anzutun.

Ich verlasse das Haus mit der Gewissheit, dass ich in Gegenwart seiner Frau Gautiers Stolz verletzt habe.

Und ich weiß genau, wohin ich gehen und mit wem ich mich treffen werde.

KAPITEL NEUNZEHN

Sadie

Ich bin mir nicht sicher, ob es an all den Ereignissen liegt oder an
der Reise um die Welt, doch der Heimflug von Paris scheint eine
Million Stunden länger zu dauern als mein Hinflug.

Elf Stunden lang rutsche ich auf meinem Sitz hin und her, kaue
an meinen Fingernägeln und schütte ein Glas Wein nach dem anderen in mich hinein, bis die Flugbegleiterin mich freundlich darauf hinweist, es könnte jetzt genug sein, und der Passagier neben
mir zu der Überzeugung gekommen ist, dass er keine schlechtere
Sitznachbarin hätte bekommen können.

Zumindest ist es mir gelungen, meine Tränen herunterzuschlu-
cken. Jedes Mal, wenn meine Nase heiß wurde und meine Augen
zu brennen begannen, bin ich aufgestanden und zur Toilette gelaufen. Wahrscheinlich haben alle gedacht, ich würde mich dort
drin übergeben, aber ich habe mir die Augen aus dem Kopf geweint.

Ich trauere um alles, was ich verloren habe.

Ich trauere um Olivier.

Um den Mann, den ich liebe und den ich, wie ich befürchte, niemals wiedersehen werde.

Nachdem Pascal mich in den Katakomben derart bedrängt hatte, wusste ich, dass mir kaum eine Wahl blieb und ich nicht viel Zeit hatte, Entscheidungen zu treffen. Trotzdem wollte ich zur Polizei gehen und berichten, dass ich und meine Mutter bedroht würden. Ich wollte alles erzählen, was passiert war.

Doch ich wusste, das würde nicht einfach werden. Ich bin eine Rucksacktouristin, die sich offiziell schon zu lange in Europa aufhält und ihr Visum überzogen hat. Und die Person, die ich beschuldigen würde, gehört zu den reichsten Männern Frankreichs. Die Vorstellung, dass Pascal irgendein Interesse an mir haben sollte, würde sicher Gelächter hervorrufen. Und da Olivier mich vor der Öffentlichkeit versteckt hatte, gab es keinen richtigen Beweis, dass ich in irgendeiner Weise etwas mit ihm zu tun hatte.

Und der Flug würde schon bald starten. Wenn ich nicht rechtzeitig auftauchte, riskierte ich, dass Pascal an meiner Stelle fliegen würde.

Also blieb mir nur eines übrig.

Ich musste gehen.

Zurück in Oliviers Apartment packte ich hastig meinen Rucksack und hinterließ ihm eine Nachricht. Hätte ich mehr Zeit gehabt, hätte ich unzählige Male geschrieben, wie sehr ich ihn liebte und wie viel er mir bedeutete. Und dass er mein Leben, meine Welt verändert hatte. Ich lasse nicht nur ihn zurück, sondern auch die Person, von der ich nicht wusste, dass ich sie sein kann.

Ich konnte ihm jedoch nur schreiben, dass ich ihn liebe und dass ich das tun müsse. Und wie sehr es mir leidtue, dass ich keine andere Lösung gefunden hatte.

»Wir landen bald«, erklärt die Flugbegleiterin und deutet auf die Rückenlehne meines Sitzes, die ich so weit wie nur möglich nach hinten gekippt hatte, und da ich in der Businessclass sitze, ist das ziemlich weit. Ich weiß nicht, was Pascal sich dabei gedacht hat; eigentlich hätte man glauben können, er würde noch einmal seine

Grausamkeit beweisen und mir einen Mittelsitz neben der Toilette in der Economyclass buchen. Stattdessen habe ich alle Vorteile der Businessclass. Nur schade, dass ich das überhaupt nicht genießen kann.

»Tut mir leid, ich habe anscheinend die Durchsage nicht gehört«, murmle ich und stelle die Sitzlehne aufrecht.

»Kein Problem«, erwidert sie und lächelt mich mitfühlend an. »Machen Sie sich keine Sorgen – ich wette, Sie sind schneller wieder zurück in Paris, als Sie denken.«

Sie geht weiter durch den Mittelgang, um bei jedem nach dem Rechten zu sehen. Wahrscheinlich sind ihr die Gesichter von Menschen vertraut, die abreisen mussten, ohne dazu bereit zu sein.

Tatsächlich wäre ich sicher nie bereit dazu gewesen. Als ich mich entschieden habe, bei Olivier zu bleiben, habe ich mir keine Gedanken darüber gemacht, für wie lange das sein würde. Und wie meine Zukunft aussehen würde. Habe ich geglaubt, ich könnte illegal für immer in Frankreich bleiben? Habe ich geglaubt, wir könnten Monate, Jahre weiter so verbringen, als wären wir in den Flitterwochen? Und dann? Würde ich jemals mein Studium wieder aufnehmen? Meine Mutter wiedersehen? Habe ich erwartet, dass Olivier mit mir in die Staaten kommen und dort bleiben würde?

Pascal hatte recht. Ich gestehe es mir nur ungern ein, aber Oliviers Leben ist in Frankreich verwurzelt. Unsere Beziehung war von Anfang an eine Einbahnstraße. Selbst wenn wir uns lieben, hat sich alles immer nur auf seinem Terrain, in seinem Leben abgespielt.

Vielleicht ist es so am besten. Möglicherweise hat Pascal uns beiden einen Gefallen getan.

Ich schüttle den Kopf – es fällt mir schwer, das zu akzeptieren. Pascal ist die Verkörperung des Bösen. Zumindest betrifft das einen Teil von ihm. Obwohl alles darauf hindeutet, dass er etwas mit Ludovics Tod zu tun hat, habe ich das merkwürdige Gefühl, dass das nicht stimmt. Vielleicht war Seraphines Theorie falsch.

Möglicherweise war es wirklich ein Herzinfarkt. Selbst gesunde Menschen sterben oft daran, und es war kein Geheimnis, dass Oliviers Vater seit einiger Zeit unter enormem Stress stand. Das war schließlich auch der Grund, warum Olivier in der Firma aushalf.

Ach, es spielt keine Rolle mehr, wie es wirklich gewesen ist. Alles, was zählt, ist die Tatsache, dass ich in einem Flugzeug sitze und gleich am Flughafen Sea-Tac landen werde – ohne den Mann, den ich liebe. Jetzt fehlt er mir mehr als je zuvor.

Obwohl mein Herz unglaublich schwer ist, tue ich alles, was man eben tut, wenn man nach Hause kommt. Ich steige aus dem Flugzeug, hole mein Gepäck und staune über die Geräusche hier und den Anblick eines einfachen Flughafens. Im Unterschied zu dem chaotischen Rhythmus in Europa läuft hier in den Vereinigten Staaten alles sehr schnell und effizient ab. Ich rufe mir ein Taxi und werde sofort daran erinnert, wie gern die Taxifahrer hier plaudern. Und jetzt verstehe ich jedes Wort.

In gewisser Hinsicht wünschte ich mir, ich könnte schweigen und anonym bleiben, zumindest so lange, bis ich wieder zu mir selbst gefunden habe und wieder so etwas wie ein Mensch bin.

Doch ich überstehe das belanglose Geplauder, und schon bald hält das Taxi vor dem Haus, in dem ich mit meiner Mutter gewohnt habe.

Nein, in dem ich mit ihr *wohne*, verbessere ich mich in Gedanken. Gegenwart. Jetzt ist alles wieder so, wie es früher war.

Seufzend steige ich aus dem Taxi und gebe dem Fahrer von meinem restlichen Barvermögen ein Trinkgeld. Gutes Timing, um endgültig pleite zu sein.

Doch in dem Moment, in dem ich an die Tür klopfe und meine Mutter öffnet, durchströmt mich Erleichterung.

»Sadie?«, ruft sie aus.

»Mom!« Ich breche in Tränen aus und falle ihr in die Arme.

Sie umklammert mich – na ja, eigentlich größtenteils meinen Rucksack –, und wir bleiben einen Augenblick lang so stehen, während ich unaufhaltsam weine.

Dann führt sie mich zum Sofa hinüber und verkündet, dass sie mir Tee kochen werde. Ich schaue mich um und fühle mich seit einiger Zeit zum ersten Mal wieder sicher. In Oliviers Gegenwart habe ich mich immer sicher gefühlt, aber ohne ihn nie. Doch hier in diesem Wohnzimmer bin ich zu Hause und in Sicherheit. Ich schaue auf die schrecklichen Bilder, die ich in meiner Kindheit gezeichnet habe und die meine Mutter unbedingt rahmen wollte, die Fotoalben, in denen auf allen Aufnahmen das Gesicht meines Vaters herausgeschnitten ist, die Katze auf dem Bücherregal und ...

Moment. Woher zum Teufel kommt die Katze?

»Mom, hast du jetzt eine Katze?«, rufe ich. »Oder weißt du zumindest, dass hier eine sitzt?«

Die Katze hat mich die ganze Zeit über beobachtet, und jetzt, wo ich sie entdeckt habe, zuckt ihr Schwanz. Sie ist komplett schwarz bis auf eine weiße Pfote.

»Das ist Kismet«, erwidert sie, während sie die Teekanne ins Wohnzimmer bringt und auf den abgenutzten Kaffeetisch stellt. »Wir sind gute Freunde.«

Ich ziehe die Augenbrauen nach oben. »Ich habe gedacht, du ...«

»Ich könnte Katzen nicht ausstehen?«, fragt sie lachend. »Ja, das habe ich auch gedacht. Doch nachdem du weg warst, habe ich mich einsam gefühlt und nach einer Weile begriffen, dass ich ein Wesen brauche, um das ich mich kümmern kann. Als ich mich schließlich gut genug dafür fühlte, bin ich ins Tierheim gefahren, und dort habe ich ihn entdeckt. Ein Mitarbeiter hat mir erzählt, dass schwarze Katzen nur selten adoptiert würden, also habe ich mich für ihn entschieden.«

Ein strahlendes Lächeln breitet sich unwillkürlich auf meinem Gesicht aus. »Ich bin stolz auf dich.« Ich hätte nie gedacht, dass meine Mutter es tatsächlich schaffen würde, einen festen Job zu haben und Freunde zu finden, geschweige denn ein Haustier zu halten – und nun ist es so weit.

Und ich bin wieder bei ihr.

Sie schenkt mir ein schwaches Lächeln. »Ich gehe einen Tag nach dem anderen an, nur so komme ich voran. Wenn ich es einmal nicht schaffe, dann war das eben ein schlechter Tag. Aber es gibt immer ein Morgen, und der nächste Tag bedeutet niemals das Ende.« Sie schenkt mir eine Tasse grünen Tee ein und reicht sie mir. »Es tut mir so leid, dass du hier bist.«

Blinzelnd nehme ich die Tasse entgegen. »Tatsächlich?«

»Natürlich freue ich mich, dass du hier bist, mein Schatz. Es ist die schönste Überraschung, die es für mich geben konnte! Doch mir ist auch klar, dass deine überstürzte Rückkehr bedeutet, dass es nicht gut gelaufen ist mit deinem Olivier. Ich habe es mir so sehr für dich gewünscht, Schätzchen.«

Ich atme tief aus. Plötzlich erschöpft mich sogar der Gedanke, ihr zu erzählen, was geschehen ist. »Ich habe es mir auch gewünscht«, bringe ich mühsam hervor.

»Wir müssen nicht jetzt darüber reden. Du hast einen langen Flug hinter dir und bist sicher sehr müde. Lass uns zuerst mal eine Tasse Tee trinken, und wenn du Hunger hast, bestellen wir uns Pizza. Ich wette, du hast schon lange keine richtige Pizza mehr gegessen.«

Ich behalte für mich, dass ich in Italien sehr viel richtige Pizza gegessen habe. »Pizza wäre großartig«, sage ich stattdessen.

Doch noch bevor sie bei Domino's eine Bestellung aufgeben kann, liege ich bereits auf der Couch, schließe die Augen und falle in einen tiefen Schlaf.

Am nächsten Morgen komme ich gegen neun Uhr nach zwölf Stunden Schlaf wieder zu mir. Der Jetlag weiß mit mir nichts mehr anzufangen.

Irgendwie bin ich in meinem alten Bett gelandet, und ich nehme an, dass meine Mutter mich dorthin gebracht hat. Allerdings kann ich mich an nichts mehr erinnern, nachdem ich auf dem Sofa eingeschlafen bin. Das Haus ist still, und als ich in die Küche gehe, um mir Kaffee zu kochen, springt mir die Katze zwischen die Beine, sodass ich erschrocken aufschreie.

Auch die Katze stößt einen Schrei aus, flitzt durch das Zimmer und bringt sich auf dem Bücherregal in Sicherheit.

»Tut mir leid«, murmle ich und presse eine Hand gegen meinen Brustkorb, um mein Herz zu beruhigen. Ich bin verdammt nervös, und ich schätze, das ist nicht meine Schuld. Schließlich wurde ich mehr oder weniger gezwungen, nach Hause zu fliegen, um meine Mutter zu retten. Das volle Programm.

Meiner Mutter werde ich davon nichts erzählen. Je weniger sie über Pascal, Gautier und die anderen erfährt, umso besser. Es geht im Grunde genommen nur um Olivier und mich, und so hätte es auch bleiben sollen. Doch sobald wir in Paris angelangt waren, wurde unsere kostbare Beziehung in unzählige verschiedene Richtungen auseinandergezerrt, sowohl durch seine Arbeit und familiäre Verpflichtungen als auch durch seinen abartigen intriganten Cousin. Allmählich frage ich mich, ob es für Olivier und mich jemals eine Chance gegeben hat. Es kommt mir so vor, als hätte uns nur der Sex, den wir jede Nacht genossen haben, zusammengehalten.

Doch wenn wir eine Chance gehabt hätten, nur wir beide, irgendwo an einem anderen Ort, in einem anderen Leben, dann hätte etwas Großartiges daraus werden können, da bin ich mir sicher.

Ich schenke mir aus der Kanne eine Tasse Kaffee ein und entdecke eine Nachricht von meiner Mutter. Sie lässt mich wissen, dass sie zur Arbeit gegangen ist, eine Doppelschicht vor sich hat, aber versucht, eher nach Hause zu kommen. Und dass im Kühlschrank noch Pizza ist.

Ich öffne den Kühlschrank, hole mir eine Scheibe Salami heraus und kaue sie langsam, während ich darüber nachdenke, wie es jetzt weitergehen soll.

Nach der Landung habe ich sofort auf meinem Handy nachgesehen, ob Olivier mich zu erreichen versucht hat. Dann habe ich ihm einige Nachrichten und E-Mails geschickt. Am liebsten hätte ich mit ihm telefoniert, um ihm zu erklären, was passiert ist. Auf keinen Fall sollte er glauben, ich sei abgereist, weil ich das wollte.

Doch meine Nachrichten kamen nicht an, und meine E-Mails wurden nicht beantwortet.

Ich habe keine Ahnung, ob er wütend auf mich ist. Ich würde es ihm nicht übel nehmen, vor allem falls er die ganze Geschichte noch nicht kennt. Hauptsache, es geht ihm gut. Ich wünschte, ich hätte Seraphines Telefonnummer, damit ich mich bei ihr nach ihm erkundigen könnte.

Ich weiß, ich sollte allmählich richtige Pläne schmieden. Herausfinden, ob ich mein Studium fortsetzen kann, obwohl ich schon eine Woche zu spät dran bin. Falls das nicht möglich ist, sollte ich mich erkundigen, ob ich im nächsten Semester wieder einsteigen kann. Oder vielleicht sollte ich an ein anderes College wechseln. Nach Europa will ich in nächster Zeit nicht mehr fliegen. Wahrscheinlich darf ich dort eine Weile ohnehin nicht mehr einreisen. Möglicherweise käme ein anderes College irgendwo in den Vereinigten Staaten infrage. Ich möchte meine Mom nicht allein lassen, und trotzdem stehe ich hier in der Küche, schlürfe lauwarmen Kaffee und fühle mich nicht zu Hause. Es kommt mir so vor, als könnte ich nur an einem anderen Ort der Mensch sein, der ich sein möchte, egal ob nah oder fern.

Diese Erkenntnis gibt mir ein Ziel und ein wenig Kraft, obwohl mir bewusst ist, dass mein Herz nicht bei mir sein wird, unabhängig davon, wohin ich gehe.

Ich habe es in Paris zurückgelassen.

In diesem Apartment.

Bei dem Menschen, dem es gehört.

Bei dem Menschen, der es verdient.

Bei dem Menschen, der es braucht.

Plötzlich trifft mich der Schmerz in meinem Herzen mit einer solchen Wucht, dass ich kaum Zeit habe, darauf reagieren zu können.

In der einen Minute halte ich noch die Kaffeetasse in der Hand.

In der nächsten Minute werden meine Knie weich, die Tasse fällt mir aus der Hand auf den Boden und zerbricht in unzählige Scherben.

Natürlich erinnert mich auch das an Olivier.

An diesen ersten Morgen.

Nachdem er mich gerettet hatte.

Er hat mich auf so viele verschiedene Arten gerettet.

Und nun bin ich an der Reihe, ihn zu retten.

Ich stoße einen markerschütternden Schrei aus. Heftige Traurigkeit erfasst meinen ganzen Körper, überrollt mich wie ein Feuersturm, und ich fühle mich, als würden mein Herz, mein Magen und meine Lunge in tausend Teile zerfetzt. Ich falle auf die Knie, die Hände nass vom verschütteten Kaffee, und schluchze bebend, und meine Tränen fallen auf die klebrigen Fliesen.

Bei Tom ist das nicht so gewesen.

Da war es nur ein Kratzer.

Jetzt ist es eine klaffende Wunde, als hätte mich jemand mit einem sehr scharfen Messer von oben bis unten aufgeschlitzt, und ich frage mich, ob sie irgendwann ganz heilen wird.

Ich weiß nicht, ob ich mich jemals davon erholen werde.

Ich weiß auch nicht, ob man jemals sein Herz in einem Stück zurückbekommt, wenn man es einmal verschenkt hat.

Ich bleibe lange auf dem Boden liegen, so lange, dass die Katze schließlich neugierig wird und kommt, um mich zu begutachten. Kismet reibt seinen Kopf an meinem und leckt an der Kaffeepfütze, bevor er angewidert davonschlendert.

Das bringt mich ein wenig zurück ins Leben. Ich konzentriere mich auf den Kater und auf den Küchenboden, den es hier schon gab, als ich noch ein kleines Mädchen war. Nachdem mein Vater uns verlassen hatte, sind meine Mutter und ich aus Wenatchee hierhergezogen, um uns allein durchzuschlagen. Irgendwie schließt sich der Kreis, nur, dass ich dieses Mal gegangen bin.

Zuerst höre ich das Klopfen an der Tür nicht. In meiner Wahrnehmung gehört es wie das Surren des Kühlschranks zu den Hintergrundgeräuschen.

Doch dann ertönt es noch einmal. Laut und gebieterisch.

Langsam setze ich mich auf und lausche.

Auf meinen Armen richtet sich ein Härchen nach dem anderen auf.

Meine Nerven sind zum Zerreißen gespannt.

Irgendwo in meinem Hinterkopf wird Adrenalin ausgeschüttet.

Keine vorschnellen Schlüsse, befehle ich mir. Entspann dich. Es könnte der Postbote sein, ein Nachbar oder die Zeugen Jehovas. Irgendjemand.

Ich stehe auf und wünschte, ich würde nicht so stark zittern. Langsam und vorsichtig gehe ich durch die Küche und achte darauf, nicht auf die Scherben der Tasse zu treten. Dann besinne ich mich eines Besseren und hole ein Messer aus einer der Schubladen hervor.

Ich drücke es an meine Seite und schleiche um den Kater herum, der mich mit großen Augen beobachtet.

Wenn es sich nur um eine ganz normale Person handelt, wird sie mich für eine Verrückte halten: zerzaustes Haar, Tränen auf den Wangen, gerötete Augen, Kaffeeflecken auf der Hose und ein Messer in der Hand.

Bitte, lass es nur den Postboten sein!

Wieder klopft es so fest, dass die Tür zu beben scheint. Das Herz schlägt mir bis zum Hals, und ich bekomme kaum Luft.

Vorsichtig spähe ich durch den Türspion, aber er ist so verrostet und verkratzt, dass ich nur eine große männliche Silhouette sehen kann.

Oh mein Gott!

Der Gedanke, was passieren könnte, wenn ich die Tür nicht öffne, macht mir Angst. Vielleicht sollte ich das Messer weglegen und mein Handy holen, um jederzeit die Notrufnummer wählen zu können.

In dem Moment, als ich den Gedanken in die Tat umsetzen will, höre ich eine dröhnende Stimme. »Sadie?«

Ich kann sie nicht richtig hören, und obwohl sie irgendwie vertraut klingt, kann ich mir nicht vorstellen, dass Pascal oder Gautier sich bei mir anmelden würden, bevor sie mich ermorden.

Trotzdem umklammere ich das Messer noch fester, bevor ich die Tür öffne.

Beinahe lasse ich das Messer fallen.

Vor mir steht Olivier, zerzaust und in den Augen einen verzweifelten Ausdruck. Sein Hemd ist zerknittert, seine Frisur ist verwuschelt und er wirkt müde.

Doch als er mich ansieht und ich seinen Blick erwidere, werden seine Augen wieder lebendig.

»*Mon petit lapin*«, flüstert er heiser. »Du bist da.«

»Olivier«, rufe ich, ringe nach Luft und bin so aufgeregt, dass ich schwanke. »Was tust du hier?« Ich lasse das Messer fallen und werfe instinktiv die Arme um seinen Hals. Er drückt mich an sich, so fest, dass ich nicht mehr atmen kann.

Doch ich muss nicht atmen, solange ich bei ihm bin.

»Ich habe mir solche Sorgen um dich gemacht«, murmelt Olivier mit brüchiger Stimme, die Lippen an meinen Hals gedrückt. »Du kannst dir nicht vorstellen, was ich durchgemacht habe.«

»Es tut mir so leid, dass ich gegangen bin«, flüstere ich. »Ich hatte keine andere Wahl. Pascal …«

»Ich weiß«, erwidert er. Er tritt einen Schritt zurück, und seine Augen funkeln, als er mein Gesicht in seine Hände nimmt. »Blaise hat mir alles erzählt.«

»Blaise? Und du hast ihm vertraut?«

»Lass es mich so sagen: Blaise ist ebenso wenig begeistert von seinem Vater und seinem Bruder wie wir. Ich traue ihm nicht über den Weg, aber ich habe ihm geglaubt, was er mir erzählt hat. Dass Pascal dir gedroht hat … Und ich habe gewusst, dass du alles tun würdest, um deine Mutter zu schützen. Und mich.«

»Ich wusste mir nicht anders zu helfen«, erkläre ich und halte ihm die Tür auf, damit er hereinkommen kann. »Ich durfte kein Risiko eingehen.«

»Das verstehe ich«, erwidert er, betritt das Zimmer und schaut sich um. »Es ist merkwürdig, aber genauso habe ich es mir vorgestellt.«

»Ich bin mir nicht sicher, was das über mich sagt«, meine ich. »Wie um alles in der Welt hast du mich hier gefunden?«

»Das war nicht sehr schwer.«

»Tatsächlich? Ich erinnere mich daran, wie du einmal behauptet hast, dass du nichts über mich wüsstest und ich im Internet praktisch unauffindbar sei.«

»Vielleicht wollte ich dich damit nur zum Reden bringen«, erwidert er grinsend. »Und es hat ganz gut funktioniert.«

»Erzähl mir bloß nicht, du hättest Kontakte zum französischen Geheimdienst.«

»Das könnte sein«, erwidert er. »Vielleicht weiß ich aber auch nur, wie man diese Suchmaschine namens Google bedient.«

Ich lache. Ich lache, weil er hier ist und weil das so großartig und unglaublich ist.

Er ist hier.

»Wie bist du hierhergekommen?«

»Mit einem Flugzeug.« Er zieht mich in seine Arme. »Genauso wie du.«

»Oh, hast du das Ticket auch von Pascal bekommen?«

Oliviers Griff an meinen Armen verstärkt sich, und in seine Augen tritt ein harter Ausdruck. »Du musst mir alles erzählen, was passiert ist. Hat er dich verletzt? Hat er …« Seine Stimme bricht vor Zorn. »Hat er dir etwas angetan?«

Ich schüttle den Kopf. »Nein. Allerdings ist er ein Arsch, ein Widerling und ein verdammter Perverser.«

»Pervers?«, fragt er scharf.

»Überrascht dich das?«

»Was hat er mit dir gemacht?«, stößt er hervor. Er sieht so aus, als würde er gleich den Sessel durchs Zimmer schleudern.

»Beruhig dich«, bitte ich ihn. »Er hat mir nichts getan. Er … er ist nur ein widerlicher Spanner. Er hat ein Video, das uns beim Sex zeigt, am Fenster im Rouge Royal. Wahrscheinlich hat er sich dabei mehr als nur einmal einen runtergeholt.«

Olivier kneift seine dunkelgrünen Augen zu Schlitzen zusammen. »*Pardon?*«, schnaubt er.

»Ich habe das Video gesehen. Es ist, ähm, ziemlich heiß ... Du solltest dir deswegen keine Sorgen machen ... Oder vielleicht könntest du ihm das Handy abnehmen, wenn du ihm das nächste Mal im Büro begegnest.« Möglicherweise kursiert das Video bereits im Internet. Ich versuche, diesen Gedanken rasch zu verdrängen.

»Was für ein kranker Mistkerl!«, flucht er, und ich sehe, wie die Ader an seiner Schläfe pulsiert. Meine Güte, ich hätte es ihm vielleicht besser nicht erzählen sollen.

»Ja, aber wir sind wirklich heiß, das ist das Gute daran«, bringe ich hervor, aber er geht nicht auf meinen kläglichen Scherz ein. »Ich schätze, er hat einen oder zwei Faustschläge verdient, wenn du wieder zurück bist.«

»Ich gehe nicht zurück.«

Ich starre ihn verständnislos an. »Was?«

»Ich habe gesagt, dass ich nicht zurückgehe.«

Ich mustere ihn von oben bis unten. »Du hast nicht einmal Gepäck bei dir.«

»Als Blaise mir alles erzählt hatte und ich dann deine Nachricht gefunden habe, musste ich sofort los. Ich bin sofort zum Flughafen gefahren und habe den nächsten Flug genommen. Seraphine habe ich gesagt, dass ich wahrscheinlich eine Weile nicht zurückkommen würde.«

»Wie lange ist eine Weile?«, frage ich hoffnungsvoll, obwohl ich Angst vor der Antwort habe.

Er kaut einen Moment lang auf seiner Unterlippe und sieht mich dabei an. Vielleicht fühlt er das Gleiche wie ich. »Solange es dauert. Möglicherweise ein paar Jahre.«

»Jahre?«, stoße ich hervor.

Er zuckt mit den Schultern. »Nur kein Druck. Ich glaube, dieser

Zeitpunkt ist günstig, um endlich mein Hotel in Napa Valley aufzubauen. In Renauds Weinbaugebiet.«

»Nimmst du mich auf den Arm?« Das fühlt sich alles so kostbar und zerbrechlich an, dass ich befürchte, es infrage zu stellen, weil es dann kaputtgehen könnte, aber ... »Du gehst nicht nach Hause zurück?«

Er schüttelt den Kopf. »Dort laufen schräge Dinge ab. Ich will kein Teil davon sein.«

»Aber Seraphine! Sie ist deine Schwester.«

Ein Schatten von Traurigkeit überfliegt sein Gesicht, und es tut mir sofort leid, dass ich Schuldgefühle in ihm erweckt habe.

»Sie ist meine Schwester, aber sie ist erwachsen. Sie hat mich ermutigt, dir nachzureisen – sie wollte, dass ich gehe.«

»Aber die Firma ... Sie werden sie fertigmachen!«

»Sie versteht es, sich zu wehren, und das wird sie auch tun.«

»Aber ...«

»Ich weiß.« Er fährt sich seufzend mit den Händen übers Gesicht. »Doch es ist so, wie es ist. Und ich glaube nicht, dass sie so allein ist, wie du glaubst.«

»Aber dann werden sie gewinnen. Du könntest die Firma übernehmen und den Namen deiner Familie beschützen.«

»Der Familienname lautet Dumont, ob es mir gefällt oder nicht. Ob Gautier ihn ruinieren oder ihn ins nächste Jahrzehnt transportieren will, indem er sich den neuen Zeiten anpasst, ist seine Angelegenheit. Nicht meine. Ich bin dafür nicht geeignet, weißt du. Vielleicht war ich das einmal, aber ich bin sehr gut in meinem jetzigen Beruf, und er macht mir Spaß. Wahrscheinlich ist es die beste Idee, die ich jemals hatte, vorübergehend meine Brücken in Paris abzubrechen. Hast du das nicht auch empfunden, als du von hier weggegangen bist?«

Ich nicke langsam. Ich schätze, Olivier hat immer nur gearbeitet. Vielleicht ist für ihn die Zeit gekommen, jemand anderer zu sein.

»Der Mensch, der ich in Paris war, hat mir nicht gefallen, und das wäre nicht besser, sondern schlimmer geworden«, fährt er fort.

»Du weißt das. In dem Moment, in dem wir in dieser Stadt ankamen, war das Schicksal gegen uns. Wir konnten nicht mehr einfangen, was wir am Anfang hatten.«

»Ist das nicht bei allen Beziehungen so?«

»Wenn man das akzeptiert und aufgibt, dann wahrscheinlich schon. Doch ich werde unsere Beziehung nicht aufgeben. Und ich werde dich nicht aufgeben. Wir haben etwas Besseres verdient, *mon petit lapin*.«

Ich lache und weine gleichzeitig vor Glück und zittere am ganzen Körper nach diesem Wechselbad der Gefühle von herzzerreißendem Kummer zu schrecklicher Angst und schließlich zu allem, was ich mir jemals gewünscht habe.

»Und ich hoffe, du kommst mit mir«, fährt Olivier fort. »Nach Kalifornien. Vielleicht kannst du dein Studium in San Francisco beenden. Oder einfach tun, was du möchtest. Ich möchte dich bei jedem Schritt in meinem neuen Leben bei mir haben.«

»Natürlich komme ich mit dir«, flüstere ich erstickt und stelle mich auf die Zehenspitzen, um ihn zärtlich zu küssen. »Ich fühle mich geehrt, ein Teil des Lebens zu sein, das du für dich wählst, aber … Machst du dir keine Gedanken mehr um das Leben, das du hinter dir lässt?«

»Doch.« Er nickt. »Vor meiner Abreise ist einiges passiert – mehr, als du weißt.«

»Was war mit Seraphine? Hat sie dir von ihrer Theorie erzählt?«

»*Oui*«, erwidert er langsam. »Das hat sie.«

»Und?«

»Ich weiß es nicht. Ich weiß es wirklich nicht.«

»Nun, ich habe mit Pascal darüber gesprochen.«

Er zieht eine Augenbraue nach oben. »Ihr habt euch unterhalten?«

»Über einiges. Er mag ein grässlicher Mensch sein, aber ich bin mir ehrlich gesagt nicht sicher, ob er es getan hat.«

»Ich glaube es auch nicht. Bleibt also mein Onkel übrig … Und ihm traue ich alles zu.«

»Was hast du vor? Von hier aus kannst du keine Nachforschungen anstellen.«

»Das kann ich ohnehin nicht – ich bin schließlich kein Polizist. Außerdem befürchte ich, dass die Polizei nicht auf unserer, sondern auf *ihrer* Seite ist.«

»Wie kommst du darauf?«

»Zerbrich dir darüber nicht den Kopf«, erwidert er ruhig. Das macht mich natürlich misstrauisch. Was immer es auch sein mag, es ist mit Sicherheit etwas, worüber ich mir Sorgen machen sollte. Allerdings ist mir klar, dass ich bei Olivier jetzt ganz langsam vorgehen sollte. Schließlich haben wir alle Zeit der Welt.

Aber trotzdem …

»Du hast gesagt, Blaise hätte dir alles erzählt. Was genau hat er gesagt?«, frage ich.

»Nur, dass Pascal dich vielleicht bedrängen würde. Oh, und dass man mir eine Falle gestellt hat.«

»Marine und Pascal?«

Seine Kinnmuskeln spannen sich an, und er wendet den Blick ab. »Ja. Was mir daran am meisten zu schaffen macht, ist der Gedanke, dass ich es hätte bemerken müssen. Ich hätte von Anfang an wissen müssen, dass es eine Falle war. Aber ich war noch so jung. Nur ein dummer Junge.«

»Und du warst verliebt. Geh nicht so hart mit dir ins Gericht.«

»Nein«, entgegnet er, fährt mit der Hand durch mein Haar und umfasst meinen Nacken. Besitzergreifend. So, wie ich es mir gewünscht habe. »Nein, ich war nicht verliebt. Jetzt weiß ich erst, was Liebe ist, Sadie. Sie lebt in dir. Deshalb bin ich hier. Weil du hier bist. Und weil du mir ebenso gehörst wie ich dir.«

Unwillkürlich muss ich lächeln. »Du kannst ja richtig romantisch sein.«

»Ich bin immer romantisch«, erwidert er und küsst meinen Nacken. »In deiner Nähe bin ich unausweichlich ein verliebter Sklave.« Er legt seine Stirn gegen meine und atmet tief ein. »Sag mir, dass es richtig war hierherzukommen. Sag mir, dass du das willst. Dass du mich willst.«

Oh Gott. Weiß er das immer noch nicht?

»Ich bin nur gegangen, weil ich gehen musste«, flüstere ich dicht an seinen Lippen. »Vielleicht gibt Pascal nur leere Drohungen von sich, aber vielleicht auch nicht. Ich weiß es nicht. Ich hatte keine Zeit mehr, das herauszufinden.«

»Ich weiß. Du musstest beschützen, was du liebst. Und deshalb bin ich dir gefolgt. Weil ich dich liebe. Ich werde dir immer folgen.«

»Und ich werde dir folgen. Nach Cannes. Nach Paris. Nach Kalifornien. Jeden Schritt des Wegs. Ich liebe dich.«

Wir küssen uns. Es ist ein langer, leidenschaftlicher, süßer Kuss, voll von all den Gefühlen der letzten Tage, überströmend mit Begierde, Liebe und Verlangen.

Wir küssen uns immer weiter, bis ich spüre, wie der Kater um unsere Beine streicht.

»Wem gehört diese Katze?«, fragt Olivier und löst sich von mir, während Kismet sich schnurrend an uns schmiegt.

»Meiner Mutter. Ich nehme an, du wirst sie später kennenlernen.«

»Ich freue mich schon darauf.«

»Sie hat eine Doppelschicht und kommt erst spät nach Hause, aber, meine Güte, sie wird überrascht sein, dich zu sehen.«

»Was hast du ihr von mir erzählt?«

»Natürlich nur nette Dinge.«

»Obwohl du eher zurückgekommen bist als erwartet?«

»Ja. Ich weiß, dass sie sich gewünscht hat, dass es zwischen uns klappt. Mütter haben offensichtlich ein untrügliches Gespür für junge Liebe. Zumindest tun sie so und geben gern Ratschläge«, meine ich lachend. »In der Zwischenzeit ... Pizza?«

»Pizza? Zum Frühstück?« Er zuckt mit den Schultern. »Ich schätze, ich bin in Amerika.«

Ich schlage ihm spielerisch auf die Brust. »Hey! Es ist ein Rest. Du bist doch sicher immer noch auf Pariser Zeit eingestellt, und außerdem siehst du aus, als hättest du noch nichts gegessen. Also – Pizza?«

Er grinst. »Wo geht's lang?«

Ich führe ihn in die Küche, und er betrachtet die zerbrochene Kaffeetasse auf dem Boden.

»Hast du heute Morgen die Szene aus dem Hitchcock-Film geprobt?«

»So etwas Ähnliches«, erwidere ich, hole die Pizza aus dem Kühlschrank und mache mich damit auf den Weg zu meinem Schlafzimmer.

»Wohin gehst du?«, fragt er und folgt mir. »Willst du die Pizza nicht aufwärmen?«

»In Amerika wird sie kalt gegessen«, behaupte ich. Sobald wir beide in meinem Zimmer sind, schließe ich die Tür hinter uns und bedeute ihm, sich auf mein Bett zu setzen. »Zieh deine Schuhe aus und nimm Platz.«

»Das ist sehr merkwürdig«, erklärt er, während er seine Schuhe abstreift. »Frühstückt man hier immer so?«

»Nein«, antworte ich und klettere zu ihm ins Bett. »Doch da ich mit Sicherheit nach ein paar Bissen über dich herfallen werde, wollte ich zwei Fliegen mit einer Klappe schlagen.«

Er schenkt mir sein wunderschönes Lächeln. »Über mich herfallen?«, fragt er und zieht die Augenbrauen nach oben. Dann nimmt er mir den Pizzakarton aus der Hand und schleudert ihn durchs Zimmer. »Das Essen kann warten.«

Olivier drückt mich eng an sich, und mein Aufschrei verwandelt sich in ein glückliches Lachen, als er mich von Kopf bis Fuß mit Küssen bedeckt und seine Hände über meinen Körper gleiten lässt.

Ich empfinde nur noch Erleichterung, als er sich auf mich legt.

Ich spüre nur noch Schmetterlinge in meinen Bauch und Liebe in meinem Herzen.

Ich lasse mich von meinem Franzosen in Besitz nehmen – meinen Körper, mein Herz und meine Seele.

EPILOG

Olivier

Sechs Monate später

»*Bonjour*«, höre ich Sadie in mein Ohr flüstern.

Ich schiebe die Bruchstücke meines Traums beiseite und öffne langsam die Augen. Durch die Fenster fallen weiche Sonnenstrahlen. Das Sonnenlicht in Kalifornien gleicht dem in Südfrankreich sehr, vor allem im Winter. Es ist blass, aber es schimmert und hat noch genug Kraft, um zu wärmen und für gute Laune zu sorgen.

Doch das Licht ist nicht das Einzige, was mich am Leben erhält. Es ist Sadie.

Meine liebe, wunderschöne Sadie, die im Bett neben mir liegt und in diesem Licht, in jedem Licht, wie ein Engel aussieht.

Als ich nach Amerika gekommen bin, um ein neues Leben mit ihr zu beginnen – sie nannte das einen mutigen Schritt –, war mir klar, dass ich ein Risiko einging. Es war eine Herausforderung, doch ich glaubte keinen Moment, dass ich es bereuen würde.

Und ich behielt recht. Es hat sich zehnmal, nein, eine Million

Mal gelohnt, diesen Sprung zu wagen und mit ihr ein gemeinsames Leben aufzubauen.

Derzeit beginnen wir, uns häuslich niederzulassen, eine Basis zu finden und Wurzeln zu schlagen.

Wir wohnen in einem Gästehaus auf Renauds Weingut.

Sein Haus liegt auf der anderen Seite der sanft geschwungenen Hügel, tausend Morgen Land, auf denen die Trauben für unseren Merlot und den Cabernet Sauvignon wachsen. Und dazwischen, in der Nähe der Dumont Napa Winery, der Weinkellerei, und der Produktionsanlagen befindet sich das Fundament des Dumont-Hotels.

In den USA wird sehr schnell gearbeitet. Vor einem Monat haben wir den ersten Spatenstich gemacht, und in wenigen Monaten, genau rechtzeitig für die Sommersaison, könnte das Hotel bereits fertig und in Betrieb sein.

Noch nie in meinem Leben war ich bei einem Projekt so aufgeregt.

Vor allem da ich jetzt zwei Projekte habe.

Das erste ist das Hotel; es wird nicht nur mein erstes richtiges Boutique-Hotel mit nur zwanzig Zimmern sein, sondern auch mein erstes in Amerika.

Das zweite ist der Plan, Sadie zu heiraten.

Oberflächlich betrachtet kennen wir uns zwar erst seit sieben Monaten, aber in dieser Zeit habe ich mehr über mich herausgefunden als in meinem ganzen Leben zuvor. Vor allem habe ich mein Herz erforscht und weiß nun, wie es ist, wenn man liebt.

Und was es heißt, geliebt zu werden.

Mit Sadie habe ich all das gefunden. Ich habe mich selbst in ihr entdeckt – den wahren Olivier, bei dem sich nicht alles ständig um Verträge, Termine und Schuldgefühle dreht. Ich habe einen Ort gefunden, an dem ich endlich frei sein kann.

Natürlich hat alles seinen Preis.

Die Firma ist immer noch in den Händen von Gautier, Pascal und Blaise.

Meine Schwester leitet immer noch unsere Modelinie – für sie.
Allein der Gedanke, dass alles, wofür wir so hart gearbeitet haben, die Moralvorstellungen und die Errungenschaften meines Vaters, nun davongespült werden, tut mir sehr weh. Sein Vermächtnis wird immer unvergessen bleiben, aber Gautier führt die Firma nun auf eine ganz andere Weise. Das Onlinegeschäft läuft bereits. Er arbeitet mit berühmten Künstlern bei limitierten Auflagen zusammen, was für Aufregung in den Läden sorgt. Selbst das Firmenlogo wurde geändert und wirkt jetzt grell und billig.

Die Verkaufszahlen sind gestiegen, nehme ich an. Ich habe nie angenommen, dass seine ehrgeizigen Pläne für die Firma nicht funktionieren würden – allerdings habe ich sie immer für unnötig gehalten. Der Umsatz ist jetzt sehr gut, weil es sich um eine Neuigkeit handelt, doch ich bezweifle, dass das auf Dauer so bleiben wird.

Und Seraphine versucht, mit alldem zurechtzukommen, und weiß, dass mein Vater sich wahrscheinlich im Grab umdreht.

Doch sie gibt nicht auf. Ich telefoniere mindestens einmal in der Woche mit ihr und versuche, sie zu überreden, die Firma zu verlassen – oder zumindest auf einen Besuch hierherzukommen.

Sie weigert sich; dafür ist sie zu loyal. Und zu entschlossen und zu dickköpfig. Sie will das für meinen Vater tun. Sie will an Bord bleiben, um mitreden zu können, selbst wenn niemand auf sie hört. Sie will für alle Fälle dort sein, in der Nähe unserer Feinde bleiben.

Der Job ist der einzige, den sie beherrscht und machen möchte, wie sie sagt.

Ich mache mir Sorgen um sie. Nicht nur um ihre Sicherheit, sondern in erster Linie um ihr seelisches Befinden. Wie geht es ihr, wenn sie den ganzen Tag in diesem Gebäude mit Blaise zusammenarbeiten muss? Sie sagt, dass er sie verrückt macht, und das glaube ich ihr. Ich habe auch Angst, dass sie beginnt, ihm zu vertrauen, obwohl sie das nicht tun sollte. Sie hat mir erzählt, dass Blaise sich von seinem Bruder und Vater distanziert habe und dass seine Geständnisse sich als wahr erwiesen hätten. Doch ich bin mir da nicht so sicher. Sie ist manchmal in den falschen Situationen zu vertrauensselig, und ich wünschte, ich wäre bei ihr, um selbst alles im Auge behalten zu können.

Doch ich will Sadie nicht allein lassen, obwohl sie sich an die Gesellschaft meines Bruders Renaud gewöhnt hat. Außerdem lasse ich oft ihre Mutter zu einem Besuch einfliegen. Zu diesem wichtigen Zeitpunkt will ich außerdem nicht von der Baustelle weg.

Früher oder später werde ich nach Paris zurückkehren müssen, das ist mir klar. Meine Geschäfte kann ich abwickeln, ohne in Europa zu sein, vor allem mit einem Vorstand und einigen Direktoren, die für mich arbeiten, aber ich muss nach Seraphine sehen.

Und ich muss mich mit meinem Onkel treffen.

Auf irgendeine Weise muss ich ihn wissen lassen, dass ich nicht davongelaufen bin, sondern nur auf den richtigen Zeitpunkt warte. Weder er noch Pascal haben sich mit mir in Verbindung gesetzt. Wahrscheinlich sehen sie keine Notwendigkeit dafür. Ich bin aus dem Rennen. Ich habe verloren. Mein Vater ist tot. Ich habe keine Kontrolle über die Firma. Sie haben mich reingelegt und gewonnen.

Trotzdem habe ich das Gefühl, dass mein Onkel mich nicht vergessen lassen wird, was ich ihm angetan habe. Eine solche Demütigung steckt er nicht so einfach weg. Ich kann nur hoffen, dass ihn die Firmenangelegenheiten zu beschäftigt halten, um uns zu verfolgen. Auf jeden Fall werde ich den Rest meines Lebens sehr vorsichtig sein.

Doch das stört mich nicht.

Denn ich habe die Liebe meines Lebens an meiner Seite.

Hier habe ich ein neues Leben, ein Leben, das mein altes übertrifft und sich wahrhaftiger und echter anfühlt, als ich es mir jemals hätte vorstellen können.

Das ist es, was Liebe aus einem macht.

Sie weckt dich auf und macht dich echt.

Trotzdem fällt es mir schwer zu glauben, dass Sadie jetzt, wie jeden Morgen, neben mir liegt. Dass ich das Glück hatte, sie zu finden, und dass ich sie und sie mich nicht mehr gehen ließ.

»Was geht in deinem Kopf vor?«, fragt sie und streicht mit einem Finger über die Stelle zwischen meinen Augenbrauen. »Normalerweise runzelst du so früh am Morgen nie die Stirn.«

Ich werfe ihr einen schiefen Blick zu. »Ich glaube, du verwechselst mich mit jemandem.« Seit wir in dieses hübsche kleine Häuschen auf dem Weingut gezogen sind, habe ich entdeckt, wie schön es ist, auszuschlafen und alles langsam angehen zu lassen.

»Na gut, sagen wir, du denkst üblicherweise morgens nicht so viel nach«, erwidert sie. »Was beschäftigt dich?«

»Nur du«, antworte ich, beuge mich über sie und streiche ihr das zerzauste Haar aus der Stirn, bevor ich sie zärtlich küsse. »Du bist immer in meinen Gedanken.«

»Sogar, wenn ich direkt vor dir bin?«

»Ja, auch dann.« Ich strecke den Arm aus und versuche, sie näher zu mir heranzuziehen, aber sie rollt sich lachend aus dem Bett. In ihrer Spitzenunterwäsche und dem engen T-Shirt, auf dem ein Einhorn abgebildet ist, sieht sie unglaublich sexy aus.

»Oh nein, nichts da«, erklärt sie. »Ich habe einige wichtige Dinge zu erledigen.«

»Dir ist aber klar, dass wir diese wichtigen Dinge gemeinsam erledigen werden, oder?«, erinnere ich sie, während sie in die Küche geht.

»Ich weiß genau, wie du am Morgen bist«, ruft sie aus der Küche, und ich höre, wie sie Wasser in die Espressomaschine gießt. »Du lässt dir gern viel Zeit, aber heute haben wir keine Zeit.«

Sie hat recht. Wir wollen nach San Francisco fahren und zuerst ihre Mutter, die uns für ein paar Tage besuchen kommt, vom Flughafen abholen. Anschließend geht es weiter nach Berkeley zur University of California. Sadie denkt darüber nach, ihr Kommunikationswissenschaften-Studium im Herbst dort fortzusetzen, allerdings hat sie in letzter Zeit auch andere Möglichkeiten in Erwägung gezogen.

Sosehr ich mir auch eine abgeschlossene Ausbildung für sie wünsche, kann ich mich nicht mit dem Gedanken anfreunden, dass sie für längere Zeit in die Bay Area ziehen müsste. Obwohl ich natürlich mit ihr gehen würde. Mir gefällt unser kleines Leben, das wir uns auf dem Weingut geschaffen haben. Glücklicherweise besteht eine der anderen Möglichkeiten, über die Sadie sich informieren möchte, in dem Plan, Sommelière zu werden. Sie verbringt viel Zeit mit Renaud, und seine Leidenschaft für Wein ist auf sie übergesprungen.

Offen gesagt bin ich der Ansicht, dass sie in allem, was sie sich vornimmt, großartig sein wird. Hauptsache, sie ist glücklich. Der heutige Besuch der Universität könnte auch in erster Linie dazu dienen, ihre Mutter zu beruhigen. Obwohl ihre Mutter mich sehr mag und mit unserem neuen Leben einverstanden ist, macht sie sich anscheinend immer noch Sorgen um die Zukunft ihrer Tochter.

Hoffentlich wird sich das ein wenig legen, wenn ich Sadie einen Antrag gemacht habe und sie meine Frau wird.

In diese Gedanken vertieft gehe ich zur Küche, bleibe an der Tür stehen und beobachte, wie sie auf die Knöpfe der Kaffeemaschine drückt und frustriert feststellt, dass nichts geschieht. Ich weiß nicht, woran es liegt, aber sie hat ständig mit dieser Maschine zu kämpfen.

»Warum können wir uns nicht eine ganz normale amerikanische Kaffeemaschine zulegen?«, jammert sie und schlägt mit der Hand auf die Seite der Maschine. »Ich wäre sogar mit einer French Press zufrieden. Ich meine, mit etwas Französischem müsstest du doch auch zufrieden sein.«

»Hör mal«, beginne ich. »Wie wäre es, wenn wir uns eine dieser altmodischen Kaffeemaschinen als Hochzeitsgeschenk wünschen? Ich bin sicher, dass uns jemand diesen Wunsch erfüllt.«

Sie hört auf, hektisch an der Maschine herumzuhantieren, und starrt mich aus großen Augen an.

So hatte ich das wirklich nicht geplant, aber ich nehme an, dieser Augenblick ist so gut wie jeder andere.

»Hochzeitsgeschenk?«, fragt sie. Ihre Stimme klingt hoch und piepsig, als sie sich langsam zu mir umdreht und mich ansieht.

Ich lächle und hoffe, sie bemerkt nicht, dass ich innerlich zu zittern beginne.

Vielleicht hätte ich mir das alles besser überlegen sollen.

Ich wollte ihr den Antrag auf dem Weingut unter dem Sternenhimmel machen.

Ich wollte ihn auf einem Segelboot unter der Golden Gate Bridge machen.

Ich wollte ihn in so vielen romantischen Momenten machen.

Verdammt, ich bin Franzose und sollte so früh am Morgen, wenn wir beide kaum etwas anhaben, keinen Heiratsantrag machen!

Doch nun ist es eben so.

Ich gehe zu ihr hinüber und nehme ihre Hand – die Hand, mit der sie soeben noch gegen die Kaffeemaschine gekämpft hat – und lasse mich auf die Knie sinken.

Und bitte die Liebe meines Lebens, meine Frau zu werden.

»Sadie, *mon petit lapin*, willst du mich heiraten?«

Sie ist sprachlos.

Das hat sie nicht erwartet. Und ich auch nicht.

Doch die besten Dinge im Leben ereignen sich auf diese Weise.

»Meinst du das ernst?«, fragt sie und legt die andere Hand überwältigt an ihre Brust.

Ich nicke und spüre Tränen in mir aufsteigen; meine Nase und meine Kehle werden heiß. »Ich habe noch nie in meinem Leben etwas so ernst gemeint. Auch wenn ich im Moment nicht so aussehe.«

»Ja. Ja, *mon Dieu!*«, erwidert sie, und ich lache. Ich lache laut, weil ich so aufgeregt und erschrocken bin, da sie soeben eingewilligt hat, mich zu heiraten.

Ich platze fast vor Glück. Mein Herz wird wahrscheinlich gleich explodieren, und ich bin mir nicht sicher, ob ich das überleben werde. »Du sagst das aber nicht nur wegen der Kaffeemaschine, oder?«

Jetzt lacht sie auch und strahlt übers ganze Gesicht. Ich stehe auf, ziehe sie an mich und drücke ihr einen Kuss auf die Hand. »Ich sage Ja, weil ich dich liebe«, erklärt sie und wirft einen Blick auf ihre Hand in meiner. »Brauchst du dafür nicht einen Ring?«

»Bin gleich wieder da.« Ich renne ins Schlafzimmer und suche den Ring, den ich in meiner Sockenschublade versteckt habe. Er liegt schon seit drei Monaten dort, ein Diamantring mit Saphiren, die zu ihren Augen passen. In dem Moment, in dem ich den Antiquitätenladen betrat, wusste ich, dass es der richtige Ring war.

Ebenso wie ich wusste, dass sie die Richtige war, als ich sie zum ersten Mal gesehen habe. Sie gerettet habe. Von dem Moment an, als ich begriffen habe, dass sie mich retten würde.

Ich gehe zurück in die Küche, knie mich wieder vor sie und wiederhole meinen Antrag mit dem Ring in der Hand.

Sie nimmt ihn an.

Der Ring passt.

So wie sie.

Sie passt in mein Herz, in dieses Leben und auch in das nächste.

»Ich liebe dich, Sadie«, flüstere ich, während ich sie umarme und an mich drücke. Ich werde sie nie wieder loslassen. »Danke, dass du wieder aus diesem Zug ausgestiegen bist.«

Ich spüre, dass sie lächelt, als sie begreift, was ich damit meine. »Das war die beste Entscheidung, die ich jemals getroffen habe«, erklärt sie.

»Und was ist mit der Entscheidung, meine Frau zu werden?«

»Das war die leichteste Entscheidung, die ich jemals getroffen habe«, antwortet sie. »Ich habe dir von Anfang an gehört.«

»Und nun gehörst du mir für immer.«

»*Bien sûr*«, erwidert sie. Sie weicht ein Stück zurück, um mich anzusehen, und runzelt trotz ihrer Glückstränen die Stirn. »Das habe ich doch richtig gesagt, oder?«

Ich lache. »Du wirst das schon noch schaffen, *mon petit lapin*. Ganz sicher.«

Wir werden es gemeinsam schaffen.

DANKSAGUNG

Ich habe in meinem Leben bisher etwa fünfzig Danksagungen geschrieben, und ich habe damit gerechnet, dass mir diese hier besonders schwerfallen würde, weil dieses Buch am schwersten von allen zu schreiben war.

Doch da der schwierige Teil nun vorüber ist, habe ich beschlossen, die Danksagung so kurz und bündig wie möglich zu halten (obwohl mir irgendetwas sagt, dass das nur Wunschdenken ist).

Zuerst ein wenig darüber, warum dieses Buch so schwer zu schreiben war.

Ich möchte vorausschicken, dass es nichts mit dem Buch an sich zu tun hat. Es liegt nicht an den Charakteren, an der Handlung oder an dem Inhalt. Als mir die Idee zu den Dumonts kam, setzte ich mich an meinen Computer und tippte zum ersten Mal in meinem Leben über zehntausend Wörter an einem Tag. Das ist eigentlich nicht ungewöhnlich für mich. Ich tippe schnell, und wenn ich kurz vor einem Abgabetermin stehe, schreibe ich oft so viel. Ungewöhnlich war jedoch, dass ich das alles an dem Tag geschrieben habe, an dem ich den Einfall hatte. Normalerweise muss ich eine Idee, die Charaktere und die Handlung ein paar

Tage bis zu einigen Monaten sacken lassen, bevor ich zu schreiben beginnen kann.

Doch es überkam mich einfach, und ich war richtig aufgeregt. Die Intrigen, der Sex, das Geld, die Franzosen – meine Güte, ich liebe die Franzosen (vor allem meine französischen Leser*innen – bonjour!). Wir reisen so oft nach Frankreich, dass es sich anfühlt wie eine zweite Heimat, und mir war klar, dass diese Serie dort spielen musste. (Ich wusste auch, dass ich meine Besessenheit von Chanel dort einbauen musste, hihi.) Ich war hin und weg von den Dumonts.

Und dann … Ich legte eine Pause vom Schreiben ein (tatsächlich fuhr ich nach Frankreich, um dort ein wenig weiter zu recherchieren) und dann ging alles in die Binsen.

Der November kam und mit ihm wie üblich eine Attacke von SAD (saisonal-affektive Störung). Normalerweise befinden wir uns bereits im Süden, wenn die Tage dunkel und düster werden, weil diese Störung sich tatsächlich auf meine Fähigkeit zu schreiben auswirkt, doch dieses Mal wollten wir erst im Dezember abreisen. Und wir leben auf einer Insel, auf der es nicht nur kein Licht gibt – man braucht eine Stirnlampe, wenn man die Straße überqueren muss, um die Post zu holen –, sondern auch eine dicke Wolkenschicht, die monatelang kein Sonnenlicht durchlässt und die Tage sehr kurz macht.

Dann bekam ich eine scheußliche Grippe, die nicht abklingen wollte, und zusammen mit meiner SAD und der Tatsache, dass ich mich zum ersten Mal mit anderen schweren Gesundheitsproblemen herumplagen musste, führte das dazu, dass alles den Bach runterging.

Und damit meine ich wirklich alles. Ich fiel in eine sehr tiefe Depression, aus der es keinen Ausweg zu geben schien. Und obwohl mir Depressionen vor allem in dieser Jahreszeit nicht fremd sind, beeinflusste es dieses Mal mein Schreiben. Ich brachte die Kraft nicht mehr auf, mich um alles zu kümmern, geschweige denn um die Charaktere in meinem Buch. Der zündende Funke war verflogen. Ich hatte keine Freude mehr daran. Und es ging nicht nur um dieses Buch … eigentlich um alles. Es spielte keine Rolle, ob ich etwas anderes schrieb oder nichts. Es gelang mir einfach nicht, die mentale Energie oder den Willen dafür aufzubringen. Jedes Mal wenn ich es versuchte, baute sich eine Ziegelwand in meinem Kopf auf, und mir fehlte die Kraft, sie zu überwinden. Ich hörte auf, mich darum zu kümmern, obwohl ich das dringend gebraucht hätte.

Doch irgendwie machte ich weiter. Ich versuchte immer wieder, über diese Mauer zu klettern, mich darunter durchzugraben oder einen Weg hindurch zu finden. Es muss gewirkt haben, denn schließlich war das Buch fertig. Termine wurden nach hinten verschoben. Die ersten zehn Tage meines Urlaubs habe ich von morgens bis abends geschrieben, um jeden Schritt der Geschichte gekämpft, darum gekämpft, sie erzählen zu können, gegen meine Depression gekämpft. Und irgendwie habe ich es geschafft.

Rückblickend kann ich mir selbst nicht erklären, wie. Psychisch war das die schwierigste Aufgabe, die ich jemals bewältigen musste, und ich weiß, dass viele, die das jetzt lesen, das für keine große Sache halten, doch glauben Sie mir, das war es.

Wenn man plötzlich die Hoffnung und Freude an einer Sache verliert, die diese Gefühle vorher erweckt hat, ist das niederschmetternd, und es ist furchteinflößend, wenn man zu beginnen glaubt, dass man nie wieder normal sein wird.

Mir war nur klar, dass die Depression nicht gewonnen hätte, wenn es mir gelänge, Oliviers und Sadies Geschichte zu erzählen. Das bedeutete, dass ich nicht aufgegeben hatte. Es bedeutete, dass ich die Oberhand hatte, auch wenn es sich nicht so anfühlte.

Obwohl dieses Buch in mir einige schmerzhafte Erinnerungen weckt, ist es in erster Linie ein Triumph für mich. Dies ist das Buch, in dem ich gesiegt habe. Nicht die Depression hat dieses Buch befeuert. Depression befeuert nur Dunkelheit und Verzweiflung. Doch dieses Buch ist zum Treibstoff geworden, mit dem ich meine Depression besiegt habe.

Natürlich hätte ich das nicht allein geschafft, und das meine ich wirklich ernst. Ich habe Hilfe von allen Seiten gebraucht, und ich bin froh und dankbar, dass ich sie bekommen habe.

Ich möchte meiner wunderbaren Lektorin Maria danken. Vielen Dank dafür, dass du immer an mich geglaubt hast und dieses Projekt verwirklichen wolltest. Du warst immer so verständnisvoll, und es war umwerfend, das erste Buch mit dir zu machen. Und – juchhu! – wir haben es geschafft. Ich freue mich sehr auf mehr. Weiter so!

Holly, du bist eine Kämpferin und ein Champion (und auch ein Genie). Du hast dich mit all meinem Mist herumgeplagt (und mit Formulierungen, von denen ich immer noch nicht weiß, ob sie Sinn ergeben) und alles in etwas verwandelt, worauf ich stolz sein kann. Ich bewundere dich, deine Geduld und deine Fähigkeiten und kann dir nicht genug danken.

Taylor, du bist die beste Agentin, die man sich vorstellen kann. Danke, dass du mich niemals aufgegeben hast, mir immer bei meinem Gejammer und meinen Schimpftiraden zugehört und sie in etwas verwandelt hast, was einen begeistern konnte!

Sandra, Nina, Kathleen, Kelly, Ali, Chanpreet, ihr habt mich immer gestärkt, wenn ich aufgeben wollte, ihr habt mir zugehört, wenn ich reden musste, und ihr habt mir das Gefühl gegeben, nicht allein zu sein, wenn ich mich verloren fühlte. Danke dafür, dass ihr an mich geglaubt habt und für mich da wart.

Ein großes Dankeschön auch an meine Anti-Heroes (Antihelden). Eine weitere großartige Gruppe von Leser*innen und Freund*innen, die immer da sind und mir das Gefühl geben, besser zu sein, als ich tatsächlich bin. Und an meine IG-Familie, eure Nachrichten voller Kraft, Unterstützung und Solidarität (und vor allem Mitgefühl und Verständnis) haben mir unglaublich viel bedeutet.

Hmm, ich schätze, das Kauai Beach Resort hat auch einen Gruß verdient, obwohl wir, wenn wir jetzt daran vorbeifahren, immer die Faust recken und rufen: »*Discretion!*« Es gab keinen Zimmerservice, und ein Hurrikan zog auf, aber ohne euch hätte ich die letzten vier Tage nicht damit verbracht, in meinem Buch einen Sturm zu entfachen, während draußen tatsächlich einer tobte. *Mahalo.*

Mein größter Dank geht wie immer an meinen Mann Scott. Wenn ich jetzt etwas zu Schnulziges sage, riskiere ich, beim Schreiben in Tränen auszubrechen, aber hier kommt es: Ich wäre nichts und nirgendwo ohne dich. Du bist ein so guter Mensch, und ich bin so glücklich, dass unsere Seelen sich gefunden haben. Du bist talentiert, freundlich, schön und liebenswert, und ich liebe dich mehr als alles auf dieser Welt.

Eine lobende Erwähnung gilt Bruce. Du warst nicht hier, als ich das geschrieben habe, aber ich habe deine vierbeinige Unterstützung über den Ozean hinweg gespürt.

Und eine ganz besondere Erwähnung gilt meiner Mutter. Dafür, dass sie sich um Bruce gekümmert hat. Oh, und dafür, dass sie immer an mich geglaubt hat. Als Zugabe nenne ich auch noch meinen Vater.

Ich weiß, ich habe gesagt, ich würde das kurz und bündig verfassen. Das ist leider nicht ganz geglückt.

Merci!